Alan Hollinghurst · Die Verzauberten

Alan Hollinghurst

DIE VERZAUBERTEN

Roman

Aus dem Englischen von
Eike Schönfeld

Karl Blessing Verlag

Titel der Originalausgabe: The Spell
Originalverlag: Chatto and Windus, London

Der Karl Blessing Verlag ist ein Unternehmen
der Verlagsgruppe Bertelsmann.

1. Auflage
Copyright © der deutschsprachigen Ausgabe by
Karl Blessing Verlag GmbH, München 1999
Copyright © by Alan Hollinghurst 1998
Umschlaggestaltung: Design Team München
Satz: Uhl + Massopust, Aalen
Druck und Bindung: Wiener Verlag
Printed in Austria
ISBN 3-89667-086-7

Für Eric Buchanan

Ich danke der Yaddo-Stiftung sehr herzlich für ihre Gastfreundschaft; dort entstand ein Teil des Romans.

A. H.

Glücklich das Herz,
das nicht an Trennung denkt!

Fine knacks for ladies

1

Er fragte sich, ob der Junge sich verfahren hatte. Anfangs hatten sie sich noch auf einem tief zerfurchten Feldweg befunden, der teilweise mit knirschendem Schotter bedeckt war, dann verlor sich die Fahrrinne, tauchte einen Kilometer lang, am Rand eines ausgetrockneten Gewässers, wieder auf, verebbte erneut zwischen den windgezausten Konturen und kleinen staubigen Sträuchern der Wüste. Dröhnend schob sich der Pick-up über lange Hänge aus grauer Erde. Der Junge blieb unentwegt auf dem Gas und starrte geradeaus, ohne auch nur einmal nach links oder rechts zu sehen. Fast lächelte er – Robin war sich unschlüssig, ob aus Nervenstärke oder dem Vergnügen heraus, das ein Einheimischer empfindet, wenn er einen Fremden in die Irre führt oder ihm einen Schrecken einjagt. Eine leere Flasche rollte klirrend gegen die Metallstreben der Sitzbank. Den Unterarm im offenen Fenster verkeilt, saß Robin da und ächzte unfreiwillig bei jedem Stoß und Abfall: Nie war wissenschaftliche Recherche so launenhaft, so körperbetont gewesen. Er merkte, daß auch er lächelte und daß er bei allem Geschüttel glücklich war.

Auf einer flachen Kuppe hielten sie an. Vor ihnen erstreckte sich über vierzig, fünfzig Kilometer eine silbrige Einöde, über die die Wolken dahinjagten und ein flinkes Spiel aus Licht und Schatten erzeugten. Die weite Ebene war von Rinnen und trockenen Flußbetten durchzogen und stieg in der Ferne zu Bergen an, die im Westen leuchtende Türme waren und im schwarz verschatteten Süden unergründliche dunkle Flecken. Das hatte er sehen wollen; das hatte ein halbes Jahrhundert zuvor einen reichen Mann und seinen Architekten hierher geführt. Es war kein Gelände, das gepflügt oder abgeweidet oder durch Gebrauch entwürdigt werden konnte; nur die allmähliche Gewalt des Windes und der Gewitterstürme konnten dieses Land verändern. Der Pick-up wurde langsamer, und Robin stellte sich vor, daß selbst sein Führer, der sein ganzes Leben lang gewiß nur dieses Land gesehen hatte, sich von seinem Zauber oder seiner stummen Mahnung berühren ließ.

»Wie heißen die Berge da?« schrie er, um das Mahlen des Motors, das Getöse von Steinen und Geröll am Unterboden des Fahrzeugs zu übertönen. Der Junge beugte sich über Robin hinweg und blickte zu den morgenhellen Felsen im Westen. Er nickte mehrmals, vielleicht hatte er nur das Wort Berge verstanden oder zögerte angesichts so vieler Berge mit so vielen Namen.

Plötzlich war das Wageninnere voller Sand. Der Junge stieß einen wortlosen Schrei aus, als der Pick-up seitlich wegkippte und die Windschutzscheibe von rutschendem Sand verdunkelt wurde. Sand schwappte heftig prasselnd zu den offenen Fenstern herein und legte sich ihnen wie ein schweres Tuch auf den Schoß und um die Füße. Robin kniff die Augen zu, um sich vor den harten Körnern zu schützen, spürte den Arm des Jungen auf seiner Seite, als dieser nach dem Schaltknüppel tastete. Er verschluckte sich, würgte und spuckte Sand, während das Fahrzeug stillstand oder auch unmerklich rutschte. Dann brüllte der Motor auf, der Sand wurde wieder lebendig, und sie krochen bei panisch heulenden Umdrehungen aufwärts. Robin glaubte, sie würden es nicht schaffen, würden hinabgezogen von dem Element, mit dem sie rangen. Er fragte sich, ob der Sand wohl bodenlos war.

Als sie sich freigekämpft hatten, schossen sie regelrecht nach vorn über den Hang, als wäre die rasende Maschinerie, in der sie saßen, nicht mehr zu zügeln, oder als würde die unsichtbare Grube, in die sie hineingeraten waren, sie verfolgen gleich einem hungrigen und beleidigten, in einen Wirbelwind gehüllten Geist.

Viel war nicht zu sehen, und während Robin ehrfurchtsvoll mit seiner Kamera und seinem Notizbuch umhertappte, war er sich nicht sicher, ob die Angst im Wagen sein Ziel nun kostbarer, weil gefährlicher gemacht oder den Eindruck, es sei der Mühe nicht wert, verstärkt hatte. Das Haus war weitgehend aus Holz gebaut gewesen, was auf Wrights unbekümmerten Zeichnungen grau und rosa markiert war, oder aus Leinwand, die allerdings keinen Schutz gegen die bitterkalten Wüstennächte geboten hatte und ebenso brennbar war wie Holz. Das einzige, was am Ende einer rissigen Betonterrasse noch stand, waren die grobe Masse des Kamins und der Schornstein, ein kleiner Turm aus Steinbrocken, das unvermittelt symbolische Herz dieser Stätte. Robin kniete zwischen Asche, Papiermüll, einem halbverkohlten Kreosotbusch nieder und spähte den offenen Rauchfang hinauf in das eierschalenhelle Viereck. Viele waren schon dagewesen, möglicherweise Hunderte, Wissenschaftler und Studenten ebenso wie die unfreundlichen, vergrübelten Menschen, die in der Wüste lebten. Er berührte die geschwärzten Steine und dachte an andere einsame Orte – Häuschen ohne Dach auf Waliser Bergen, vollgepißte Bunker auf den Feldern daheim in England; und die zerstörte Stätte hier hatte auch etwas von einem Außenposten, von Pflicht und Heimweh. Doch dann richtete er sich auf und sah die Aussicht.

Rechts von ihm schöpfte der Junge Sand aus den Fußkästen des Wagens; er tat es langsam, mit einer gewissen Verärgerung über seine Dummheit und zweifellos auch aus Respekt vor der Hitze. Eile lohnte sich einfach nicht – außer beim Fahren selbst natürlich: schrankenlos, fernab von Straßen, das war der Kitzel für einen heranwachsenden Indianer, dessen Vater schon um neun Uhr morgens betrunken und feindselig war. Robin spürte, wie die Befangenheit, die sich durch die Schweigsamkeit des Jungen eingestellt hatte, von ihm abfiel; der Tag hielt eine perfekte Balance zwischen der Hochlandkühle, in der er begonnen hatte, und der enormen Hitze, die noch bevorstand. Robin zog das Hemd aus und fand es herrlich, wie ihm heiß und kalt zugleich war. Er kletterte von dem Gelände weg bergauf und suchte sich in den kleinen Schieferhaufen ein Plätzchen, wo er sich hinsetzen konnte.

In seinem Rucksack hatte er eine Kopie von Wrights Plänen

und ein einzelnes Photo von dem fertiggestellten Haus, dessen Details jedoch durch Sonnenlicht und häufige Vervielfältigung – die Kopie einer Kopie einer Kopie – verblaßt waren. Von hier aus konnte Robin das rudimentäre Dreieck der Anlage erkennen und, indem er einen entfernteren Berg einem grauen Schatten auf dem Bild zuordnete, die kapriziöse Hartnäckigkeit des Projekts bewundern. Vielleicht hatte er ja dadurch, daß er hierher gekommen war, eine ähnliche Einstellung bewiesen.

Nie zuvor hatte er eine Wüste gesehen, nichts, das viel leerer war als das kahlgefressene Heideland von Dorset, wo er aufgewachsen war, mit seinen Kieferngrüppchen und den Ginsterschoten, die in der Junihitze wie Zündplättchen knallten; auch keinen größeren Berg als den Snowdon oder Sca Fell. Er mochte den warmen Duft von Beifuß, auch die bittergrünen kräuterartigen Pflanzen, die spärlich unter den Felsen wuchsen. Es war eine verlassene Gegend hier, doch die Luft war mild und weit oben voller Vogelgezwitscher – wie hießen die doch gleich, die da aus dem Schutz der Büsche emporsausten? Nicht Lerchen. Das Wort Krammetsvogel kam ihm in den Sinn.

Er war dreiundzwanzig und zum ersten Mal in Amerika. Die Gesellschaft von Amerikanern machte ihn steif und förmlich, wie er fand – Eigenschaften, die er vorher nicht an sich gekannt hatte. Sein Vokabular erschien ihm peinlich groß und genau, wenngleich er im Gespräch wiederholt den Eindruck hatte, sich unklar auszudrücken. Er recherchierte für eine Dissertation, wußte aber, daß er sich mit den einfachsten Dingen der Landschaft, die zu sehen er schließlich auch hergekommen war, nicht auskannte. Dennoch ahnte er, daß er einige Entdeckungen machen würde; wie er so dasaß und in die Sonne blinzelte, während der Wind in kleinen Brisen seinen nackten Rücken streichelte, spürte er Amerika in sich – nie hatte er sich so wach gefühlt, so frei.

Ein kleines Stück von der Betonterrasse entfernt streifte sein Fuß etwas Weißes, und er hockte sich hin, um es aus dem Staub zu ziehen. Es war ein grobes Stück Sanitärporzellan, ungefähr zehn Quadratzentimeter groß, auf dem die Buchstaben SEMPE standen, vielleicht ein Teil von SEMPER, »immer«. Er lächelte, auch weil es einen Architekten namens Semper gab, der ganz anders als Frank Lloyd Wright war. Rasch schob er moralische Bedenken beiseite, öffnete seinen Rucksack und ließ die Scherbe hineinfallen.

Als er zum Pick-up zurückkam, fläzte sein Fahrer hinter der offenen Beifahrertür und rauchte eine Zigarette. Sein blaues T-Shirt war dunkel von Schweiß, und seine Wangen glühten in dem breiten braunen Gesicht. Er hob die Augenbrauen, wie um zu fragen: »Alles erledigt?«, und Robin sagte: »Hast du alles rausgekriegt?«

Der Junge schnippte die Kippe weg und stand auf, wiegte den Kopf hin und her und zog seinen Gürtel fest. Der offene Unterbau des Fahrzeugs hätte einer genaueren Untersuchung wohl nicht standgehalten, doch für dieses staubige Land war es vermutlich gut genug. Robin ging davon aus, daß kein größerer Schaden entstanden war. »Zurück«, sagte der Junge in einer Weise, die Frage und Antwort zugleich war, aber auch die Spur einer Abfuhr enthielt. Robin war ein klein wenig verletzt, daß sein Begleiter so ungesellig war, zumal nach der Angst, die sie gemeinsam ausgestanden hatten; er spürte, wie er sich gegen ihn verhärtete, um das Hochgefühl zu beschützen, in dem er sich befand, ein Gefühl, das in gleichem Maße dem visionären Licht des Ortes entsprang wie der prickelnden Wahrnehmung seiner eigenen Körperlichkeit. Und ein wenig rührte es natürlich auch daher, daß er einen Ort betreten hatte, der heilig war – zumindest einem von ihnen beiden. »Ja, gehen wir«, sagte er leichthin und wandte sich in einem letzten Versuch, die Aussicht zu genießen, um. In der Ferne begann ein trügerisches Schillern. Plötzlich verspürte er den Wunsch, all das Licht in sich zu speichern.

Der schwarze Sitzbezug war heiß, und Robin breitete sein Hemd darüber. Der Wagen kroch hügelan; vielleicht würde die Rückfahrt ja vorsichtiger vonstatten gehen. Ungefähr fünf Minuten rumpelten sie über – wie ihm noch immer schien – unberührtes Gelände; hier waren sie doch nicht hergekommen?

Der Junge starrte weiterhin stur geradeaus; dann fiel Robin auf, daß er ihn ansah – gelegentliche kurze Blicke, die bemerkt werden wollten. Er drehte sich halb zu ihm hin und setzte ein Lächeln auf, das bereit war, auf Sarkasmen einzugehen, sich aber auch zu Freundschaft erwärmen konnte, wenn dies zugelassen wurde.

»Also, du großer starker Kerl.« Die Art und Weise, wie sein Fahrer das Gespräch eröffnete, war unmöglich vorherzusagen gewesen. Und war die Bemerkung spöttisch oder bewundernd gemeint? Robin blickte an sich hinab. In England, in Cambridge, machten seine Freunde immer Witze über sein natürliches Vergnügen daran, sich auszuziehen – Witze, die er als Eingeständnis von Neid und verdeckter Erregung interpretierte. Aber vielleicht hatten seine unbekümmerte Vitalität und sein gutes Aussehen hier in der Wüste einen vulgären touristischen Anklang?

Gewichtig erklärte er: »Ich rudere viel. Und ich spiele Rugby« – und erkannte gleich darauf, daß nichts davon hier auch nur die entfernteste Bedeutung hatte. Er mimte zwei Ruderschläge und sagte dann: »Rugby ist natürlich wie American Football. Gewissermaßen.«

Der Pick-up rumpelte weiter, fuhr schräg einen langen geschwungenen Hang entlang, so daß Robin ein wenig zu dem Jungen hinrutschte. Er überlegte, wie er das Gespräch retten und am Laufen halten konnte, wobei er sich mit den Fingerspitzen unbewußt über den prallen Bizeps seines anderen Arms strich, der angewinkelt im offenen Fenster lag. Seine Gedanken wanderten zum späteren Teil des Tages – als wäre er noch im Training, brauchte er seinen Lunch, den Kohlehydrateschub; dann ein Nickerchen im Jalousiendämmer des Gasthauszimmers, über sich das einschläfernde Seufzen des Deckenventilators; anschließend würde er seine Notizen über das Ransom House aufschreiben. Und danach ein Abend in einer fremden Stadt; er wußte, er würde trinken, und er wollte, daß es auch Sex gab, obwohl er jetzt noch nicht wußte, wie es dazu kommen sollte. Vielleicht hatte ihn ja der ganze Sport so empfänglich für Schweißgeruch gemacht; die Ungewaschenheit des Fahrers, die strenge

Wärme seines Unterhemds, das er wahrscheinlich viele Stunden zur Arbeit getragen hatte, wallten in dem Fahrerhaus zu ihm herüber. Er riskierte einen für ihn ungewöhnlich verstohlenen Blick zwischen die Beine des jungen Mannes und versank in ein paar traumartigen Sekunden der Mutmaßung und zugleich sexueller Handlungen, die doch nie stattfanden. Und als der Junge mit seinem bislang breitesten, dabei aber auch ganz besorgten Lächeln sagte: »He, aber nicht Papa erzählen«, dachte er denn auch einen Augenblick lang, daß die Phantasie auf Gegenseitigkeit beruhte oder daß er ihm offenbar unwissentlich einen Antrag gemacht hatte. Er merkte, wie er errötete. »Wegen Sandloch, Mann.«

Robin blickte nach vorn und glaubte, wieder den ursprünglichen Pfad zu sehen. Im großen und ganzen war es gutgegangen. »Aber nein, natürlich nicht.« Die Vorstellung war sowieso absurd gewesen – wie immer juckte es ihn, aber er war gar nicht scharf auf den Jungen, für den eine solche Handlung, woraus sie auch bestehen mochte, durchaus hätte abstoßend sein können.

Für einen zusätzlichen Dollar fuhr er ihn weiter, vorbei an dem trostlosen Indianerdorf und seinem Vater, der finster blikkend und schwankend am Straßenrand stand, bis hinein nach Phoenix. Robin stellte keine Fragen, wenngleich er die Anspannung registrierte, in der auf dem Fahrersitz eine zweite Zigarette geraucht wurde. Für den Jungen war das eine Art Flucht, wenn auch nur bis zu den vertrauten Grenzen einer weiteren Siedlung, wohingegen für Robin jedes Schaufenster, jede Plakatwand, jedes Straßenschild den satten Glamour Amerikas besaß: So hatten sie beide ihren Spaß, jeder auf seine Weise. Zuerst war es ihm ein bißchen peinlich, in einem ramponierten alten Pick-up in die Stadt zu rumpeln, mit einer Windschutzscheibe, die nur noch aus zwei Winkeln inmitten von Dreck bestand, doch dann lehnte sich Robin auf seinem Sitz zurück und ergab sich in sein Schicksal. Er überlegte, ob er nicht vielleicht für einen Einheimischen gehalten werden könnte, wußte aber gleichzeitig, daß er dafür zuviel unfreiwilliges Interesse ausstrahlte. Die jungen Leute vor einer Bar, an denen sie vorbeikamen, hatten lange Haare und Bärte und trugen Silberschmuck zu bunten, abgerissenen Kleidern; einer blies hingegeben auf einer kleinen Flöte, deren versagende Töne Robin einen leisen Hauch von Einsamkeit vermittelten.

Sie fuhren, wie er vermutete, nicht auf direktem Wege zu seinem Hotel; vielleicht kannte der Junge eine Abkürzung, vielleicht war er auch auf eine bestimmte Strecke konditioniert, die er auf dem Weg anderswohin gelernt hatte. Es war Mittag, viele Straßen waren leer unter der sengenden Sonne. Ich brauche eine Baseballkappe, dachte Robin, dann passe ich hierher. In den Gartenpalmen und den schattenspendenden Bäumen auf dem Gehweg ging ein Lüftchen, doch die Hitze, wenngleich ersehnt, war in jedem Fall ein gelinder Schock, wie ein Luxus, den sich jemand gewohnheitsmäßig erlaubt. Am Ende einer der düsteren Quergassen, die die Häuserblocks teilten – in der Mitte ein Rinnstein, Mülleimer, Kabel, die verrammelten Rückfenster von Geschäften und Restaurants –, hielten sie fast an. Der Junge zeigte hinaus, sagte: »Gute Bar, Blue Coyote« und nickte mehrmals.

»Ach ... wirklich?« Robin spähte skeptisch in den leeren sonnenbeschienenen Hohlweg. Wahrscheinlich gehörte die Bar einem Familienangehörigen des Jungen. Er hoffte, daß er nicht vorschlug, jetzt hinzugehen.

»Wird dir gefallen.«

»Okay, danke ... das merk ich mir«, erwiderte er und blickte wieder nach vorn, da er es plötzlich nicht mehr erwarten konnte, ins Hotel und an ein Essen zu kommen; wobei er dachte, daß die Erklärungen seines Führers so rar waren, daß er sie sich wahrscheinlich tatsächlich merken würde. Wie sich zeigte, lag die Bar sehr nahe der Stelle, an der sie schließlich anhielten, vor dem schäbig-romantischen Art-déco-Protz des San Marco mit seinem abblätternden rosa Foyer und seiner Ansammlung grotesker alter Sukkulenten.

Robin wartete auf sein Wechselgeld, schämte sich dann aber dafür, so knickerig zu sein, und hob die Hand, um das unproduktive Kramen des Jungen in der Gesäßtasche zu beenden;

wahrscheinlich konnte er ihm sowieso nicht herausgeben, und Robin war einen Tick zu weit gegangen, um ihnen beiden eine Peinlichkeit zu ersparen. Der Junge nickte würdevoll. Robin setzte sein sauberes Verführerlächeln auf, mit dem er allerdings seine Verwirrung kaschierte und auch eine flüchtige Beklommenheit, die jedoch weniger von der ehrenwerten Kuriosität herrührte, Brite zu sein, als von seinem Klassenbewußtsein, das für ihn jeglichen Umgang mit der Welt färbte oder befleckte. Er hielt ihm die Hand hin. »Ich heiße Robin«, sagte er.

»Victor«, entgegnete der Fahrer und schüttelte die Hand träge.

»Hi!« sagte Robin, dann stieg er aus dem Wagen.

Das Blue Coyote hatte keine Fenster und blieb daher auch völlig unberührt von dem Sonnenuntergang, der sich über den Boulevard ergoß, oder dem grandiosen Flammenmeer im Westen über den Bergen. Als Robin merkte, daß man klingeln mußte, hätte er fast wieder kehrtgemacht, denn er hatte hier ja nur aus einer Laune heraus einen frühabendlichen Schluck trinken wollen; doch da ging die Tür schon auf, und er wurde von einem jungen Mann gemustert, der für diese Aufgabe eine Sonnenbrille trug und mit einem akzeptierenden »Yep« beiseite trat.

Die Beleuchtung in dem Raum war sparsam, Licht kam nur indirekt aus dem künstlichen Gesims über dem Tresen und der Haube über dem Billardtisch. Noch bevor sich die Tür hinter ihm geschlossen hatte, fühlte sich Robin im Nachteil. Es war die düsterste Bar, in der er je gewesen war, und schien wie geschaffen dafür, in dem hereinstolpernden Neuling Beklommenheit zu wecken, während er aus dem Dunkel von Stammgästen, die daran gewöhnt waren, beäugt wurde. Bei seinem Eintreten war es still geworden. Er kam sich töricht vor, weil er so beeinflußbar war und sich von seinem neuen Gefühl, daß alles ungezwungen und so vieles möglich schien, so leicht hatte herführen lassen. Dann dröhnte aus der Musikbox »Automatically Sunshine«, und wie aus einer Hypnose geschreckt wandten sich die Trinkenden wieder ihren Gläsern zu, nahmen die Sprechenden ihr

Gemurmel wieder auf, blinzelte der Billardspieler, beugte sich vor und lochte seine Kugel ein.

Der Barmann hielt das Bierglas beim Eingießen gerade, so daß der Schaum im Nu über den Rand quoll, und stellte die halbvolle Flasche daneben auf die nasse Theke. »Aus welchem Teil von England kommen Sie?« fragte er und runzelte dabei die Stirn, was ein allgemeines Mißtrauen England gegenüber bedeuten mochte oder auch den Argwohn, daß er die Gegend, einmal genannt, nicht kennen könnte. Er war ein kräftiger Mann Mitte Fünfzig mit einem schwarzen Menjou-Bärtchen, und er sah aus, als habe er schon so manche Demütigung ertragen.

Robin sagte: »Ach, so aus dem Südwesten, Dorset. Da bin ich aufgewachsen.«

»Dorset. Jaja, hab davon gehört«, sagte der Barmann und nahm den Dollarschein mit einem kleinen selbstgefälligen Zwinkern.

Robin drehte sich um, lehnte sich gegen die Bar und überflog den Raum mit einer Miene gespielter Gleichgültigkeit. Ein junger langhaariger Mann unterhielt sich mit einem älteren Geschäftsmann, der wohl gerade von der Arbeit gekommen war; er erklärte ihm etwas und reckte dabei die Hände immer höher in die Luft, und als der Geschäftsmann lachte, lächelte er ihn an, legte ihm die Hände auf die Schultern und streichelte ihn dabei mit den Daumen sanft hinter den Ohren. Robin blickte rasch weg und zu dem Mann auf dem Barhocker neben ihm, der ihn, wie er sogleich wußte, mit derselben unverhüllten Faszination angestarrt hatte. Er sah glänzende dunkle Haare, ein langes, humorvolles Gesicht, gespreizte Beine in engen, ausgestellten Jeans. »Dann muß es wohl Dorset gewesen sein, als ich in Plymouth war«, sagte er.

»Sie sind möglicherweise durch Dorset gekommen«, sagte Robin, auf Genauigkeit bedacht. »Plymouth selbst liegt nämlich in Devonshire.«

Der Mann lächelte auf eine Weise, die andeutete, daß er das wußte. »Ich heiße Sylvan«, sagte er.

Robin nahm diese Information großmütig entgegen. »Robin, hi!« sagte er und streckte ihm seine schwielige Rudererhand hin.

»Oh, okay …« Sylvan hob die Hand vom Knie und fügte sich dieser Geste – mit einem ziemlich nachdrücklichen Lächeln, als wollte er den Fremden zu einer schnellen begeisterten Bestätigung von etwas noch Ungesagtem drängen. Robin wußte, was das war, und verbarg seine Unentschlossenheit wie auch das behagliche Gefühl der Macht, die ihm daraus erwuchs, hinter englischer Unschuld.

»Was hat Sie nach Plymouth geführt?«

Sylvan senkte den Blick. »Ach, Familiensachen. So was in der Art.« Dann wieder heiter und vertraulich: »Und was führt Sie ins Valley of the Sun?«

»Na ja, Recherche.« Robin fiel es nie leicht, so etwas zu Fremden zu sagen. Er ließ das restliche Bier sachte in das geneigte Glas laufen. »Also, ich mache was über Frank Lloyd Wright?« Er merkte, daß er sich die fragende Aussage schon angewöhnt hatte. Er blickte zu Sylvan hoch.

»Okay, dann waren Sie also auch schon in Taliesin West und haben die … Stümpfe gesehen, diese großen Säulen des Pauson House, jedenfalls, was davon übrig ist. Was noch?«

Robin nahm die Tatsache, daß er hier ein Tourist war wie jeder andere auch, mit einem sportlichen Lächeln zur Kenntnis. »Nein, ich bin gerade erst angekommen.«

»Und dann gleich ins Blue Coyote. Ein Mann, der weiß, was er will.« Sylvan schlug leicht auf die Theke. »So eine Recherche könnte ich oft machen. – Das gleiche noch mal, Ronnie«, sagte er zu dem sich herdrehenden Barmann. »Sie auch noch ein Bier?«

»Danke, nein«, sagte Robin. »Heute war ich übrigens bei der Ruine des Ransom House.«

Sylvan nickte. »Ja. Das ist irre. Da war ich noch nie. Wissen Sie, wenn man hier zur Schule geht, macht man den ganzen Kram rauf und runter. Ich erinnere mich noch an den Tag, als er starb, der alte Frankie Lloyd. Der Lehrer kommt in den Kunstunterricht und sagt, so richtig mit stockender Stimme: ›Meine Damen und Herren …‹ Wir waren alle ziemlich fertig.« Er sah Robin mit einem sehnsuchtsvollen Schmollmund an, als müßte er noch immer getröstet werden. »Aber wie zum Henker sind Sie da überhaupt hingekommen? Haben Sie Allrad?«

»Ein Indianer aus dem Reservat hat mich hingefahren«, erwiderte Robin, noch immer stolz auf seinen Unternehmungsgeist.

»Holla! Und das haben Sie überlebt?«

»So gerade, ja …« Auf einmal war ihm unbehaglich wegen möglicher Animositäten hier, und er fürchtete die abgebrühte Offenheit, mit der ein Einheimischer hofft, den Neuankömmling mit seinem naiven Gerechtigkeitssinn eines Besseren zu belehren. Von dem Sandloch würde er ihm jedenfalls nichts erzählen. »Nein, er war toll. Noch ein Junge.«

Sylvan bedachte ihn mit einem besorgten Blick. »Na, da haben Sie aber Glück gehabt. Denn das sag ich Ihnen, das sind die Schlimmsten.«

Es stimmte, Victor war ein beunruhigender Fahrer gewesen. Aber er hatte auch hellseherische Fähigkeiten bewiesen. In den ein, zwei Augenblicken, in denen Sylvan Robin mißfiel, sah er auch, wie schön er war; und daß er ihm gewiß auch zur Verfügung stand, ganz da war zu seinem Vergnügen, er brauchte nur ein Wort zu sagen. Er mußte das Lächeln, das in einer Art Thermik der Begierde an seinen Lippen aufstieg, mit einem Stirnrunzeln verjagen.

»Es ist entweder der Alkohol oder der Peyote«, fuhr Sylvan fort, wobei er mit einer Hand neben seinem Kopf wedelte, um eine benebelte Verrücktheit anzudeuten.

»Ach …«

»Kennen Sie Peyote? Eßbarer Kaktus. Kriegt man Visionen von, Mann.« Sylvan wiegte den Kopf und machte ein kleines Summgeräusch. Dann grinste er, legte Robin beruhigend eine Hand auf seine und ließ sie dort. »Nein, es gehört zu ihrer Religion. Ist das nicht toll? Große Zeremonie, Peyote essen, abheben … Natürlich stehen die Kids hier jetzt alle drauf, die Hippies und so. Die rennen in die Wüste und knallen sich total zu, *tagelang.*«

Robin wußte nicht recht, ob das so gut war. Die Wüste hatte ihn auch so schon in eine Art Trance versetzt, er brauchte nur

Luft zu holen und spürte sie wieder, ein teilweise körperliches Hochgefühl; und da war noch etwas anderes, vielleicht etwas Religiöses oder wenigstens Philosophisches, dieser übermenschliche Friede. Er dachte an den ausgebrannten Prachtbau zurück: eine Lektion, die einer reichen Familie erteilt worden war, die glaubte, sie könne sich in so einer Umgebung ein Zuhause errichten und damit einen Anspruch darauf erheben. Hatten sie nicht 10 000 Dollar allein für Wasserbohrungen ausgegeben? Er beobachtete ein sehr tuntiges Paar, das rauchte und brüllend lachte. Nein, so war er nicht. Er verlagerte sein Gewicht, so daß sein Bein gegen Sylvans Knie drückte. Ihm fiel ein, daß er ja für den Abend Pläne hatte, darunter Abendessen und ein Anruf; doch angesichts des Ungeplanten war dieser Plan bedeutungslos. Mit einer kleinen befreienden Drehung zog er die Finger zurück und schob sie dann wieder zwischen die des anderen.

»Tja …«, sagte Sylvan.

Robin blickte ihm in seine langwimprigen, wenig vertrauenerweckenden Augen. »Gibt es hier ein Telephon? Ich muß mal kurz anrufen.«

Das Telephon war hinten bei der Herrentoilette, wo es noch dunkler und die Ausstattung sehr nüchtern war. Er wählte und starrte dabei auf die trockene Ironie eines alten Emailschilds, auf dem »Unbefugter Aufenthalt verboten« stand. Er hielt sich hier nicht unbefugt auf. Für ihn hatten diese Worte immer nur »Mach schon!« bedeutet. Bei seinen gelegentlichen Besuchen in den Toiletten von Parker's Piece oder auf dem Marktplatz, die Augenbrauen wie mißbilligend hochgezogen angesichts der Abenteuer eines anderen, bekam er seine Befriedigung immer sofort, und zwar von einem Mann, der sich offenkundig unbefugt da aufhielt und dies wahrscheinlich stundenlang. Die Frau von der Vermittlung klang entspannt, fast schläfrig, schien aber nett zu sein und hatte offenbar Freude daran, getrennte Freunde zusammenzubringen. Ein Mann kam vorbei und nickte ihm zu – »Hi!«, wie ein überarbeiteter Kollege –, Robin schenkte ihm ein abwesendes Lächeln und spähte mit der Miene des erwartungsvollen Anrufers in den Raum. Er war begierig darauf zu reden, aber ebenso begierig, das Gespräch wieder zu beenden.

Als Jane sich meldete, redete er sofort los und empfand es wie einen Tadel, als die Frau von der Vermittlung über ihn hinwegsprach und sie fragte, ob sie den Anruf entgegennehmen wolle. Dann: »Hallo, Janey, ich bin's«, sagte er, »habe ich dich geweckt?« Er hörte, wie seine Worte mit winziger Verzögerung in der Leitung widerhallten.

»Nein, ich war noch wach«, sagte sie, als rechnete sie mit einer schlechten Nachricht.

»Es muß doch schon ziemlich spät sein.«

»Es ist zwanzig nach eins.«

»Na, egal, geht's dir gut?«

»Läuft alles gut?«

»Ja, es ist unglaublich, ich kann's dir gar nicht sagen.«

»Denn wenn's so ist, dann bin ich froh, daß du anrufst.«

»O danke, Schatz«, murmelte Robin mit dem vagen Gefühl unverdienten Erfolgs. »Ich wollte einfach nur deine Stimme hören und dir sagen, daß ich noch heil bin.« Erneut gab ihm das Echo seine letzten Worte zurück. Als er wieder redete, hörte er, daß sie schon sprach.

»Eigentlich habe ich doch schon geschlafen. Ich war gerade weggedämmert, ich bin so furchtbar müde, aber jetzt bin ich so aufgeregt, daß es sicher ganz schwierig wird, wieder einzuschlafen.«

Robin war erst zwei Tage zuvor abgereist, und ihre Worte standen irgendwie im Widerspruch zu seiner Vermutung, daß sie ihn schrecklich vermißte. Er war eifersüchtig auf ihre Aufgeregtheit, aber in gewisser Hinsicht beruhigte es ihn auch, daß sie ohne ihn aufgeregt sein konnte; sie schien ihm damit seine unerwähnten Freiheiten zu gestatten. »Ist was passiert?« fragte er beiläufig und vorsichtig. Überrascht hörte er ein Kichern, vielleicht nur ein Zeichen von Nervosität.

»Ja, und ob was passiert ist: vielleicht erinnerst du dich sogar noch daran. Aber was wichtiger ist, es wird etwas passieren.«

Ihm fiel auf, daß man sich Freunde nie so richtig vorstellte, wenn man mit ihnen telephonierte: Sie hatten das Schattenhafte der Erinnerung, wie etwas, was man nicht direkt ansah; statt dessen sah man jemanden in einem halb erinnerten Zimmer oder auch nur ein verschwommenes Bild von dessen Haus oder Straße. Die Telephon-Jane dagegen war eine auf subtile Weise stärkere Persönlichkeit – dunkler, kapriziöser, kompetenter – als die Jane, mit der er zusammenlebte und die er liebte. Er sagte: »Hast du noch ein Vorstellungsgespräch?«

»Also wirklich.« Es entstand eine Pause, in der er überlegte, warum das so falsch gewesen war. »Robin, ich bin schwanger. Wir kriegen ein Kind.«

Es war das »wir«, was ihn verwirrte. Einen kurzen Augenblick dachte er, daß sie sich und einen anderen Mann meinte. Und sogar als er, fast gleichzeitig, erkannte, daß er selbst der Vater sein müsse, hatte er weiterhin das unheimliche Gefühl, daß sie das irgendwie ohne ihn bewerkstelligt hatte.

»Ach, Janey, das ist ja phantastisch.«

»Freust du dich?«

»Natürlich freue ich mich. Mein Gott! Wann ist es denn soweit? Also, das ändert ja alles.«

»Oh ...«

»Oder jedenfalls vieles. Müssen wir jetzt heiraten?«

»Na ja, wir müssen mal drüber nachdenken, oder? Aber nicht vor Juni.« Sie klang schelmisch und irgendwie träge zugleich; und für Robin auch auf unbestimmte Weise dicker. Sein verschwommenes geistiges Bild von ihr war schon mit der ausgeprägten Wölbung fortgeschrittener Schwangerschaft versehen.

Er stand noch etwas herum, nachdem das Gespräch mit seinen dummen, fast simultanen Ciaos und Ich-liebe-dichs zu Ende gegangen war. Sein Blick glitt abwesend über das UNBEFUGTER-AUFENTHALT-VERBOTEN-Schild, während die Neuigkeit langsam und in Schüben durch ihn hindurchlief. In einem Theaterstück oder im Fernsehen war der Satz »Ich bin schwanger« häufig das ausschlaggebende Moment, er klärte Dinge oder entschied sie wenigstens. Robin ächzte leise und biß sich auf die Lippe, dann lächelte er und nickte wie in gutmütiger Zustimmung, obwohl niemand da war, der es sehen konnte. Dies war nur der Anfang, doch er sah sich schon in der schlaflosen Plackerei der frühen Elternzeit und empfand eine jähe Angst, als hätte er versehentlich nicht nur sein eigenes junges Leben zerstört, sondern auch noch ein anderes dazu. Doch dann stellte sich, die Sorgen wegstupsend, ein widerstrebend eingestandener Stolz ein, eine Sehnsucht nach seinen Freunden beim Steakessen des Achterteams und dem Fest der ersten Rugby-Fünfzehn, die ihn den ganzen Abend freihalten und mit unflätiger Schockiertheit und Neid an seiner Leistung Anteil nehmen würden.

Sylvan konnte er es wahrscheinlich nicht sagen. Er würde in die Bar zurückgehen, als hätte er nicht gerade ein Gespräch geführt, das sein Leben veränderte. Vielleicht konnte er das Gespräch ja vergessen und den Beginn seines neuen Lebens bis zum Morgen hinausschieben. Auf ihn wartete ein schöner Mann, und Robin glühte vor Verlangen und schöner Selbstgefälligkeit, daß sie einander wollten. Er wünschte sich nichts anderes in seinen Gedanken, seinen Blicken, seinen Händen als Sylvan. Fast in Panik rannte er zurück in die Bar zu ihm.

2

Alex ließ den Motor im Leerlauf und ging zögernd zum Tor; er war sich unschlüssig, ob er es öffnen und hineinfahren oder davor auf der Straße parken sollte. Weiter unten sah er das lange Dach eines Häuschens, halb verborgen von blühenden Bäumen, und eine Fläche aus alten Ziegelsteinen im Gras, auf der man vermutlich einen Wagen abstellen konnte. Für ihn als Städter schien es wünschenswert, das Auto von der Straße wegzubringen, aber sicherer würde er sich wohl fühlen, wenn er es draußen stehenließ, fluchtbereit. Er beschloß, den Wagen rückwärts auf dem Rand zu parken, wo er im langen Gras unter einer hohen wilden Hecke stand. Als er ausstieg und die Tür abschloß, wischte er einen ganzen Tropfenschwarm vom Stoffverdeck.

Der Mai war dieses Jahr feucht und kühl gewesen, die Frühlingsabende waren ihrer Weichheit und Weite beraubt, morgens wurde es nur zögernd hell. Alex erwachte täglich von dem frühen Knacken der Zentralheizung und streckte auch noch nach sieben Monaten des Alleinseins in einem kleinen Tastritual eine Hand zu dem Kissen aus, auf dem Justins Kopf hätte liegen sollen; oder er wälzte sich auf dessen Seite des Bettes und lag dann da, als leistete er sich selbst Gesellschaft. Das Wetter schien mit seiner grauen Schwere den Verdacht zu bestätigen, daß ihm sein Leben genommen worden war. Dann war unvermittelt der Sommer gekommen, und er erwachte von dem Gesang der Amseln und dann, nach wirren Träumen, von den Schritten und Stimmen der ersten, die das Haus verließen, und dem frühmorgendlichen Licht, das in einem schüchternen Winkel in Zimmer fiel, in die den ganzen Winter über keine Sonne gelangt war. Mit frischen Sinnen nahm er nun Distanzen wahr, das schläfrige Grummeln einer Stadt, die sich in Dunst und Blüten ausdehnte – eine geraunte Verheißung, die jäh und unerwartet Wirklichkeit wurde, als Justin selbst anrief und ihn nach Dorset einlud. Und dann, auf der Fahrt durch die zunehmend schmaler werdenden Sträßchen des Bride-Tals, die ein einziges Bremsen und Beschleunigen war, hatte es einen kurzen prasselnden Regenguß gegeben, Warnung und Mahnung zugleich.

Seit jenem dunklen Oktobertag, als Justin noch einmal gekommen war, um seine Sachen aus Alex' Wohnung zu holen, hatten sie einander nicht mehr gesehen. Nasses Laub wehte über die Windschutzscheibe, als Alex ihn mit seinem kleinen Chaos aus Plastiktüten nach Clapham fuhr – beide schweigend, Alex aus Kummer und Justin aus schuldhaftem Respekt gegenüber den Gefühlen seines ehemaligen Geliebten. Justins Schuhe und halbgelesene Romane und zerknüllte Kleider, dazu die zwei, drei Bilder, die Kissen, das Dutzend fast leerer Fläschchen Eau de toilette und der Reisewecker aus Messing, alles war Teil ihres Zuhauses gewesen und nun auf dem Weg, unerahnt das Gerümpel eines anderen zu werden. Es hatte Monate gedauert, bis Alex es über sich brachte, die daumenabdruckübersäten Polaroids von Justin anzusehen, stets mit roten Augen und betrunken; andere Erinnerungsstücke hatte er nicht, denn daß Justin Briefe schrieb, hatte er noch nie erlebt. Lautlos schloß er jetzt die Gartentür hinter sich und überlegte, wie sein alter Freund wohl aussah.

Das Häuschen war niedrig und sehr hübsch, und Alex betrachtete es ebenso mit der typischen Wehmut des Engländers wie mit dem Gefühl des großgewachsenen Menschen, daß es unbequem werden könnte. Es war fast zuviel, das Ideal eines Hauses, das seiner Parodie schon sehr nahe kam, die Wände aus goldbraunem, stellenweise mit Kalk und Ziegeln geflicktem Bruchstein, die Pfauentauben aus Stroh auf dem Dachfirst und die echten, die sich in die Schräge des Reets darunter drückten, die weiße Klematis und die gelbe Mermaid-Rose, die in einem dichten Gewirr über die kleinen dunklen Fenster geführt waren, die Atmosphäre betäubter Heimeligkeit... Und hier nun wachte Justin jeden Morgen auf und blickte hinaus über den verschwiegenen Garten mit seinem Goldlack und den Buchsbaumhecken, der alten Bleisonnenuhr und Ziegelwegen, die durch weitere Hecken führten, dahinter funkelndes Glas. Bestimmt hatte er sich sehr verändert. Oder wenn nicht, dann mußte sein neuer Mann Bedürfnissen Justins entsprechen, auf die Alex nie gekommen wäre. Aus einem der oberen Fenster hing ein bauchiges blaues Federbett zum Lüften heraus, was dem Haus eine achtlose Privatheit verlieh, als würde gar kein Gast erwartet. In einem anderen standen ein Krug mit Blumen und ein Stapel sonnengebleichter Bücher. Dahinter lag das undurchdringliche Innendunkel eines hellen Sommertags.

Seinem Klopfen war keine Antwort beschieden, und in einem Aufruhr von Gefühlen wie vor dem ersten Rendezvous – Erleichterung über den Aufschub, Verärgerung, wirkliche Angst vor den bevorstehenden Begegnungen, eine unpassende Wachsamkeit und dazu der Wunsch zu gefallen – trat er auf den Steinplatten zurück. Nachdem er ein weiteres Mal, nun vielleicht leiser, geklopft hatte, ging er an die Seite des Häuschens und beschirmte die Augen, um in ein Fenster zu spähen. Es war die Küche, und auf dem Rayburn kochte etwas, auf dem Tisch stand ein Sieb mit geschnittenen Karotten, was ihm den Eindruck vermittelte, sie hätten sich seinetwegen wirklich Umstände gemacht. Er ging um die Ecke und erblickte den Garten, einen Rasen und eine niedrige Mauer, hinter der eine ungemähte Wiese sich zu einem schnell fließenden Bach hinabsenkte. Er schlenderte vom Haus weg, noch immer mit dem Gefühl, ein Eindringling in eine geordnete, aber nicht unverwundbare Welt zu sein; kurz zog er in Betracht zu rufen, doch ein Teil von ihm wollte die Stille und Verschwiegenheit nicht stören. Ihm war leicht übel. Immerhin wäre es jetzt noch möglich, ungesehen zum Auto zurückzugehen und wegzufahren. Hinter ein paar Apfelbäumen zu seiner Linken stand ein Holzschuppen mit Teerdach. Beiläufig probierte er die Tür und wandte sich dann wieder dem Haus zu.

Zunächst glaubte er, Justin sei nackt. Er machte eine Kuhle in die blaue Plane, auf der er lag und die sich um ihn herum in kleinen Hügeln und Tälern über das lange, gebogene Gras ausbreitete. Alex pirschte sich behutsam heran wie ein Naturfreund, der

27

sich in Windrichtung eines nervösen Tiers hält – wenngleich diese Vorstellung bei Justin doppelt absurd war, denn dieser schlief offensichtlich. Als er näher kam, erkannte er, daß Justin eine Art Riemen trug.

Alex blieb eine Weile einfach nur neben ihm stehen. Mit heißem, abgespanntem Gesicht, unfähig, nicht hinzusehen auf das, was da vor ihm ausgebreitet lag und was er verloren hatte. Er fragte sich, ob dies eine grausam kalkulierte Koketterie war. Seine Augen sogen den blonden, mit Sonnenöl gedunkelten Flaum auf den Waden auf, das schlummernde Gewicht der Hinterbacken mit der Lycrazunge, die dazwischen begraben war, die Arme, wie Flossen nach hinten zeigend, den zur Seite gedrehten Kopf; alles war, wie er es in Erinnerung hatte, sogar mehr noch, korrekt in jedem unbewußten Detail, selbst in den Veränderungen, den neuen Rundungen um die Hüften, der glatten Falte unterm Kinn.

Er wandte den Blick ab und schaute auf die Bäume, das weiße Gefunkel und Gekräusel auf der dahineilenden grünlich-schwarzen Oberfläche des Bachs. Die Luft war in der Hitze nach dem Schauer erfüllt von der Würze blühenden Rotdorns und wilden Kerbels und der Üppigkeit des Grases. Hohltauben riefen schläfrig, und gerade noch in Hörweite plätscherte der Bach. Wieder schaute er zu Justin hin, der ihm, so versunken in der besinnungslosen Landschaft und der ungeselligen Leere der Sonnenanbeterei, sehr fern erschien. Alex hockte sich hin und hielt den Atem an, als er die Hand ausstreckte, um ihn aufzuwecken. Blaue Augen öffneten sich weit, kniffen sich in dem Gleißen wieder zu, blinzelten dann zu ihm hoch.

»Du bist abscheulich früh da«, sagte Justin, blinzelte noch einmal und gähnte.

»Hallo, Schatz«, sagte Alex und grinste, um zu verbergen, wie sehr Justins Ton ihn verletzt hatte. Er sah zu, wie dieser sich umdrehte und aufsetzte.

»Was bist du bloß für ein alter Perversling, mich so anzustarren! Wie lange bist du denn schon hier? Ich muß dich womöglich noch Wachtmeister Barton Burton melden.« Er runzelte die Stirn, und Alex beugte sich unbeholfen vor, um ihn zu küssen.

»Ich bin eben erst angekommen. Natürlich hatte ich kein Empfangskomitee erwartet.«

Justin sah ihn fest und kampfeslustig an und lächelte dann neckisch. »Wie findest du meinen Tanga?« sagte er.

»So nennt man das also? Ich glaube, du hast ein bißchen zugenommen«, sagte Alex.

»Das liegt an Robin, Süßer.« Er stand auf und drehte sich einmal um sich selbst; er war überall leicht gebräunt. »Er füttert mich und füttert mich. Außerdem hat er den Tick, sich und anderen die Klamotten vom Leib zu reißen. Wart's nur ab, du bist auch bald dran, Schatz.« Was Alex unnötig verschüchterte, als wäre er zu Beginn einer Party vor einem beunruhigenden Spiel gewarnt worden, das nach dem Tee beginnen sollte. Justin hakte sich bei ihm unter und führte ihn zum Haus zurück. »Für das Land siehst du mir aber sehr geschniegelt aus, Schatz. Und wir sind hier nämlich auf dem Land.« Er wedelte schwach mit der anderen Hand. »Das merkt man an dem ganzen Verkehr hier, und die Pubs sind voller Faschisten. Anscheinend zieht bald noch ein Homo ins Dorf. Wie du dir denken kannst, sind wir schon ganz schrecklich aufgeregt.«

Sie standen in der Küche, in einer anderen Art Hitze, die vom Kochen kam und von allerlei Düften erfüllt war. Justin hob den Deckel, der die Suppe auf der lauen Kochplatte halb bedeckte, und spähte mit geheuchelter Kompetenz hinein. Alex sagte: »Das riecht ja köstlich.«

»Das ist das Brot, mein Süßer. Er schiebt es rein, bevor er laufen geht, und wenn er zurückkommt, ist es auf die Sekunde genau fertig. Er macht alle möglichen verschiedenen Sorten Brot.«

Alex überlegte, wie es wohl sein mochte, wenn Robin zurückkam. »Ich finde, er sollte uns nicht so sehen.«

Justin lächelte und blickte an seiner geschmeidigen Beinahe-Nacktheit hinab. »Vielleicht hast du recht«, sagte er, zog eine Schürze von der Stange vorn am Herd und tänzelte darin aus dem Zimmer wie ein französisches Hausmädchen in einem ält-

lichen pornographischen Werk. Alex wandte sich von dem Anblick ab.

Er wußte, es war idiotisch gewesen herzukommen. In der
wohlerzogenen Lähmung eines Gastes, der allein gelassen wurde,
und gedemütigt von der brodelnden Effizienz dieser fremden
Küche blieb er stehen, wo er war. Er spürte die Gegenwart des
Mannes, dem sie gehörte, Robin Woodfield, mit seinem tüch-
tigen Landnamen, die alles um ihn herum bestimmte oder
prägte, und das waren trübere Aussichten, als er erwartet hatte.
Justin hatte die klare, ebenso feige wie vernünftige Entscheidung
getroffen, es so laufen zu lassen, als wären Alex und er einfach
nur gute alte Freunde. Alex dagegen war versteinert von dem
Knistern untoter Gefühle. Über ihm knarrten Bodendielen
unter dem dumpfen Hin und Her von Justins schweren Schritten über der Decke. Dann war ihr Schlafzimmer also da, hinterm
Bettgestell der warme Kamin und darum herum die Backdüfte,
die durch den Fußboden aufstiegen? Alex ergriff die Lehne des
Stuhls, neben dem er stand, und ließ sie mit argwöhnischer
Erleichterung wieder los wie einer, der einen Augenblick lang
glaubte, er habe ein Gespenst gesehen.

Und da war Justin wieder. Er trug zerknitterte Leinenshorts
und abgetretene Mokassins, die Alex noch von früheren Sommern in Erinnerung hatte, sowie ein weites weißes T-Shirt mit
der Signatur von Gianlorenzo Bernini darauf, die, stark vergrö-
ßert, rechts und links nach hinten verlief. »Wie ich sehe, trägst
du Bernini«, sagte Alex.

Justin überhörte ihn mit einem feinen Lächeln, das darauf
schließen ließ, er halte Bernini in der Tat für einen Couturier.
»Möchtest du einen Aperitif? Danach führe ich dich herum.« Er
zog die hohe, klirrende Tür des Kühlschranks auf, holte einen
Krug Bloody Mary heraus und füllte zwei nahezu halblitergroße
Gläser damit. »Komm, ich zeige dir das Haus.« Alex folgte ihm
durch eine niedrige, mit einem Riegel versehene Tür, hinter der
es unvermittelt eine Stufe hinabging, auf der er sich jäh aufrich-
tete und sich den Kopf an einem Balken anschlug. »Vorsicht bei
den landestypischen Details, Schatz«, sagte Justin.

Mehrere winzige landestypische Zimmer waren zu einem großen vereint worden, das nun den Hauptraum des Häuschens bildete.

Bis zum Boden reichende Fenster, die auf den Garten gingen, ließen einen neuzeitlichen Bedarf an Licht und Luft herein. Der Raum war sparsam mit alten Eichenmöbeln, durchgesessenen Sofas und etlichen kunstgewerblichen Stühlen eingerichtet, die aussahen, als verweigerten sie aus Gewissensgründen die Bequemlichkeit. Am einen Ende befand sich der leere Rost eines großen steinernen Kamins, am anderen eine Wand aus Büchern über Architektur und Gärten. Justin zeigte auf die schwarz glasierten Vasen auf den tiefen Fensterbrettern. »Diese Töpfe, Schatz«, sagte er kokett, »wurden von Töpfern von höchster Redlichkeit hergestellt.«

Beobachtet von Justin, der auf ein günstiges Urteil zu warten schien, ging Alex umher. Als das Telephon klingelte, ließ Justin ihn mit den Bildern allein. Es waren braune Ölgemälde von georgianischen Kindern, die geerbt sein mochten, und etliche recht ordentlich gemachte, mit »RW« signierte Aquarelle, die das Häuschen selbst zeigten. »Nein, tut mir leid, Tony, er ist nicht da«, sagte Justin gerade. »Genau, er ist weg. Ja, ich sag ihm, daß er Sie anrufen soll… Ich bitte ihn, Sie anzurufen… Ja, keine Sorge, ich bitte ihn, Sie anzurufen.« Auf Robins Bildern wirkte das Haus unzugänglich und abgeschieden, wozu der Kreis der Bäume ringsum und die hohen alten Mauern ein übriges taten; im Bildvordergrund verdeckten Laub und Blütenblätter die unteren Fenster des Hauses fast vollständig, die gerundete Masse des Reets lag im Schatten der üppigen Buchen darüber.

Auf einem Beistelltisch stand ein gerahmtes Schwarzweißphoto von einem jungen Mann in weißen Shorts und einem Trikothemd, der mit einem aufrechten Ruder gleich einer Lanze dastand und sich darauf zu stützen schien. Als Justin auflegte, fragte Alex sogleich: »Wer ist das auf dem Bild da?«

Sein Ex-Lover kam mit einem kleinen »Hm?« gespielter Unsicherheit heran und legte ihm einen Arm über die Schulter. »Das ist er«, sagte er – und Alex, dem das gesamte Repertoire von

Justins Tonfällen vertraut war, hörte in den drei Silben ein seltenes Beben des Stolzes und der Unruhe. Es war, als hätte Justin sie soeben einander vorgestellt.

»Er sieht sehr gut aus«, sagte Alex in dem ihm eigenen Ton trockener Aufrichtigkeit. Sie standen eine Weile vor dem Bild, locker umarmt, und nippten an ihren Gläsern, als gelte es, dieses Urteil über den kräftigen englischen Jungen mit den gewellten Haaren und den Rudererschultern und den langen schönen Beinen noch einmal zu überdenken. Sein breites Lächeln vermittelte die Gewißheit, in einem bevorstehenden Wettkampf zu bestehen, und machte neugierig darauf, wie jenes Rennen tatsächlich ausgegangen sein mochte.

Justin versetzte Alex ein paar tröstende Klapse, als er sich von ihm löste. »Na, wirst ihn ja bald sehen.«

»Das hier ist aber schon länger her«, sagte Alex, denn nur so konnte er sich den Haarschnitt, das ganze Aussehen erklären.

»Natürlich, Schatz, das ist vor dem Krieg entstanden. Es ist ja schließlich von Julia Margaret Cameron.«

Was zusätzlich zu dem kalten Tomatensaft und seinem scharfen Nachgeschmack von starkem Alkohol einen gewissen Trost darstellte. Bis heute morgen hatte Alex von seinem Nachfolger nur den Namen, den Beruf und seine Adressen in London und hier gekannt. Er hatte seine Phantasie mit so wenig wie möglich belasten wollen, und so tat es denn ganz gut, daß er in seinem siebenunddreißigsten Lebensjahr nicht wegen eines Jüngelchens mit einem Sportstipendium verlassen worden war.

Justin errötete und griente wie ein Angeber, der auf begeistertes Gejohle wartet. »Nein, er ist hinreißend alt.«

(Trotzdem, dachte Alex, habe ich ihn hoffentlich nicht an einen Rentner verloren. Und erkannte im selben Moment die hilflose Absurdität beider Hoffnungen – durch einen Besseren ersetzt worden zu sein, was niederschmetternd, aber evolutionär gewesen wäre, oder durch einen Minderen, was Justins Urteilsschwäche gezeigt hätte und für Alex der Beleg dafür wäre, daß er ohne ihn besser dran war.)

Sie gingen die schmale Treppe hoch, wo Justin ihm rasch einen

Überblick über Badezimmer und Schlafarrangements gab. Alex warf nur einen flüchtigen Blick über Justins Schultern in das nahezu unmöblierte große Schlafzimmer: Er sah ein riesiges Bett mit eichenem Kopf- und Fußteil und Stapeln von Kissen wie für einen Bettlägerigen sowie den kleinen Messingwecker unter der Nachttischlampe. Sein Zimmer war daneben, nur durch eine Holzwand getrennt, darin ein Einzelbett unter einer geblümten Tagesdecke. Er sagte, es gefalle ihm, wenngleich er wußte, daß er in dem Bett Krämpfe wie ein Halbwüchsiger bekommen würde, und ihn das dumpfe Gefühl beschlich, in einem Dienstmädchenzimmer zu sein, trotz der albernen Sammlung alter brauner Bücher auf der Kommode: *Kauzige Originale im Westen, Wer ist wer bei Surtees, Außergewöhnliche Aussprüche außergewöhnlicher Königinnen.* Justin lehnte in der Tür. »Und, hast du jemanden?« fragte er.

Die Fenster im oberen Stockwerk saßen niedrig in der Wand, und obwohl die Sonne eine gleißende Raute auf das Fensterbrett warf, war das Zimmer unter dem Reet schattig und kühl. Die Atmosphäre hatte etwas leicht Verbotenes, als hätten sie eigentlich draußen herumtollen sollen, sich aber unbemerkt ins offene Haus geschlichen.

»Eigentlich nicht.« Alex lächelte ein wenig gepreßt. In Wahrheit war er zu deprimiert gewesen, zu erschüttert über sein Scheitern, um zu glauben, daß ein anderer Mann ihn wollte oder sich überhaupt in ihn verlieben könnte. Er log nicht oft, und es schmerzte ihn, als er sich sagen hörte: »Ab und zu treffe ich mich mit jemandem; nichts Ernstes.«

»Ist er süß?«

»Ja.«

»Ist er blond?«

»Ähm, ja.« Alex zuckte die Achseln. »Er ist sehr jung.«

»Auch wieder so eine blonde Jungfrau wie ich, hm?« Justin machte sein Erfahrene-Bardame-Gesicht. »Natürlich bin ich scheußlich eifersüchtig.« Und trotz des breiten beglückwünschenden Lächelns, das darauf folgte, registrierte Alex die Wahrheit in dieser üblichen Hyperbel; und erkannte gleichzeitig, daß der Glückwunsch selbst eine milde Herabsetzung bedeutete.

»Es ist wirklich nichts weiter.«

Unten in der Küche stand Robin in Laufdreß und Topfhandschuhen vor dem Herd und schüttelte die Laibe von den heißen Blechen auf ein Drahtgestell. Der zuvor schwache Duft von Majoran und Knoblauch und aufgehendem Teig hatte die Küche mit seinem eigenen erstickenden Willkommen erfüllt. Justin schlurfte zum Kühlschrank und dem Krug mit dem Getränk darin.

»Schatz, das ist Alex. Schatz, das ist Robin.«

»Einen Moment.« Robin befreite seine Hände von den wattierten Hüllen und drehte sich mit einem Lächeln um, das Alex schon kannte, wenngleich er bezweifelte, ob er in dem großen hübschen Mann, der da vor ihm stand, jenen großen hübschen Jungen erkannt hätte. In der ersten befreienden Ungezwungenheit, die Alkohol auf leeren Magen verursacht, trat er zu ihm, schüttelte ihm die Hand und grinste zurück; stand dann einen kurzen Augenblick dicht neben ihm und spürte Robins feuchte Hitze. Der Schweiß auf seinen nackten Schultern und in der Vertiefung seiner Brust unter dem weiten Trikot, die sportliche Leichtigkeit seiner Art, das kurz überflogene Gewicht von Schwanz und Eiern in dem silbrigen Innenslip seiner Laufshorts, der hohe Kopf mit dem dünn werdenden Stoppelhaar und den lebhaften, aber berechnenden grauen Augen: Alex errötete angesichts dieser Mischung aus Herausforderung und Verführung und trat dann mit einem ablenkenden Kompliment über die Schönheit des Hauses zurück.

»Als er es gekauft hat, war es eine Ruine«, sagte Justin in einem grimmigen Singsang, womit er sich über Robins offensichtlichen Stolz auf das Haus lustig machte.

»Wirklich?« sagte Alex, den Blick unverwandt auf Robin gerichtet. »Das ist ja unglaublich. Es wirkt so, ähm...«

»Es war eine Menge Arbeit«, sagte Robin leichthin, womit er das Thema abrupt beendete.

»Es gibt faszinierende Vorher-Nachher-Photos«, beharrte Justin; doch da zog sich Robin schon das Hemd aus dem Hosenbund und meinte, er müsse unter die Dusche.

Binnen einer Minute waren oben federnde Schritte zu hören, das leise Klack-klack fallen gelassener Schuhe und dann das Wimmern der Heißwasserrohre.

Alex ging seine Tasche aus dem Auto holen und spürte, als er durch den Garten ging, sogleich die Freude darüber, allein zu sein; er erkannte, daß es zu spät war, um noch wegzulaufen; plötzlich erfüllt von einem rasenden benebelten Gefühl beschloß er, sich dem Wochenende und seinen Zwängen zu ergeben. Es war wie eine Trainingsübung, die zwar als solche verwirrend und unangenehm war, am Ende aber wahrscheinlich das obskure Gefühl bereithielt, etwas geleistet zu haben. In der Tasche hatte er eine Flasche Whisky und ein weiteres Geschenk für Justin, das, wie er nun wußte, das falsche war, doch als er wieder im Wohnzimmer war, überreichte er es ihm mit jagendem Puls.

Justin gab ein »Oh…« nachsichtiger Überraschung von sich, und Alex sah mit schmerzlich erinnerter Klarheit zu, wie er über das rote Geschenkpapier die Stirn runzelte und errötete, das Buch ziemlich brüsk auspackte, seinen Titel murmelte, sich dann mit einem kleinen Grinsen umdrehte und Buch samt Papier in die oberste Schublade der Eichenkommode hinter ihm stopfte. Er konnte sich also noch immer nicht bedanken: ein abartiger Makel an einem, der so sehr vom Nehmen lebte. Alex sah zu, wie er die Schublade mit seinem tölpelhaften, aber ausgefallenen Zeichen der Vergebung darin mit dem Knie zuschob.

Nach dem Lunch waren sie alle so betrunken, daß sie sich hinlegen mußten. Gähnend und schwankend gingen sie nach oben, als wäre es mitten in der Nacht. Alex stieß die Schuhe von sich und legte sich bei offener Tür auf den Rücken, Justin dagegen schlug ihre Tür vielleicht fester zu als beabsichtigt: Der Holzriegel klapperte. Alex grunzte, drehte sich auf die Seite und hoffte, sie würden nicht hörbar miteinander schlafen. Mit trockenem Mund und geil erwachte er in der stehenden Hitze des Spätnachmittags.

Mißmutig tappte er zum Badezimmer, vorbei an den geschlossenen Türen anderer Zimmer, die bei der Führung nicht erwähnt worden waren, rieb sich in dem Halbdunkel, das nur durch den Streifen Streulicht unter den Türen erhellt wurde, die Augen und hatte plötzlich das traumartige Gefühl, daß das Haus innen viel größer sein müsse als außen. Am Ende des Ganges hing die lange Ellipse eines alten raumhohen Spiegels, die diesen Eindruck nur noch verstärkte. Er warf sich selbst einen freundlich-finsteren Blick zu.

Es stellte sich heraus, daß Robin weggegangen war, während die beiden anderen schliefen. Justin kam herunter, als Alex gerade in der Küche Wasser trank. »Er ist zur Arbeit«, sagte er.

»Ich wußte nicht, daß Architekten auch am Wochenende arbeiten.«

»Leider ja, wenn sie für verrückte alte Tunten arbeiten. Und verrückte alte Tunten stellen offenbar einen schrecklich großen Teil von Mr. Woodfields Kunden.« Justin setzte sich an den Tisch, von dem, wie Alex auffiel, alle Lunch-Sachen auf wundersame Weise entfernt worden waren; der Geschirrspüler hatte sich offenbar durch seine Gänge geächzt und gesprudelt, während sie geschlafen hatten.

»Und wer ist dieser nun?«

»Ach, Tony Bowerchalke«, sagte Justin mit spöttischer Innigkeit, als würden sie ihn beide kennen.

»M-hm…«

»Möchtest du was trinken, Schatz?«

»Großer Gott, nein.«

»Vielleicht hast du ja recht. Nein, der alte Tony ist ganz reizend, aber er macht sich immer so viele Sorgen. Neulich rief Robin ihn an, und da sagte er: ›Ich esse gerade ein Tomatensandwich‹, also mußte Robin auflegen und später wieder anrufen. Sein Haus ist grauenhaft.«

»Du willst doch damit nicht sagen, daß Robin ein grauenhaftes Haus gebaut hat.«

»Nein, es ist eine viktorianische Klapsmühle.« Justin stand auf und bewegte sich in Richtung Kühlschrank. »Robin baut eigentlich überhaupt keine Häuser. Er könnte der Frank Lloyd

Wright der ganzen Gegend um Bridport sein, aber meistens möbelt er nur die Schuppen alter Tunten auf. So etwas nennt sich dann Landhausstil, Schatz. Natürlich baut kein Mensch mehr Landhäuser, es sei denn klassizistische Pastiches von Quinlan Terry, es sind also meistens Instandsetzungen und Umwandlungen in Wohnungen.«

»Mein Lieber, du hast doch sicher noch nie etwas von klassizistischen Pastiches von Quinlan Terry gehört.«

Justin hob eine Augenbraue. »Du wirst feststellen, daß ich in vieler Hinsicht nicht mehr die alte Lesbe bin, die du mal gekannt hast.« Er öffnete eine Flasche Bier.

Später machten sie einen Spaziergang einen tief eingefurchten Feldweg entlang, der unter den dichtbelaubten Haselsträuchern und Eichen schon am frühen Abend geheimnisvoll wirkte, und dann hinaus auf die hohen, zum Meer hin abfallenden Hänge oberhalb des Dorfs. Es war ein stufiger, fünf Kilometer langer Anstieg hinauf zur Steilküste, was Justin zu weit war, da er in der Regel nur spazierenging, wenn es, wie die Franzosen sagen, im Auto geschah. Doch Alex verspürte plötzlich den Sog des Meers, eine Ferienfreiheit, die in dem stickigen Haus unmöglich schien. Er schritt auf seinen langen Beinen voran über den büscheligen Berghang.

»Wir haben es doch nicht eilig, oder?« sagte Justin und begann, schnell zu atmen und so sehr zu schwitzen, daß sich das Licht auf seinem Gesicht ätherisch spiegelte.

Alex drehte sich um und blickte auf ihn und die unglaubliche Landschaft, in der sie sich befanden. In einem entsprechenden Schäferspiel wäre Justin wohl als goldgelockter Viehtreiber oder Heumacher aufgetreten; und doch wäre es eben nur ein Spiel gewesen. »Es ist alles so grün«, sagte er und schwenkte dankbar die Arme.

Justin kam heran und hakte sich bei ihm ein. »Ja, das kommt vom Regen. Habe ich jemanden sagen hören. Anscheinend wird dadurch alles grün.«

Sie gingen weiter, durch Lücken in Hecken, vorbei an den niedrigen Wirtschaftsgebäuden eines Hofs mit nesselüberwucherten Schafhürden und einem Lastwagen voller Stroh, die Umzäunung einer stillen Kiefernpflanzung entlang. Auf einer sich durchbiegenden Planke balancierten sie über einen schnellen kleinen steinigen Bach, was Justin zum Anlaß nahm, mitten über dem Gewässer stehenzubleiben und darauf aufmerksam zu machen, wie es dahinfloß und daß es dasjenige sei, das auch am Haus vorbeieile. Alex bekam allmählich ein alpines Gefühl für Entfernung und Maßstab, obwohl sie nur rund hundert Meter hoch waren. Jenseits des Bachs erstreckte sich ein Gürtel aus jungem, grünem Farn, der aus den braunen Überbleibseln der letztjährigen Triebe herauswuchs, und tief in diesem Dickicht gelangten sie an eine flache torfige Mulde ähnlich dem Sofa eines Steinzeitriesen. Dort setzten sie sich und blickten zurück auf weitere Hügel, die nach Norden hin gemächlicher anstiegen. In dem riesigen offenen Talkessel war die Luft reglos und wie beschützend, wobei Alex dachte, daß es weiter oben, hinter ihnen, gewiß auch kühlere Brisen gab, die die steilen Abhänge herabjagten.

Weit unten lag das Dorf Litton Gambril, und Justin zeigte ihm dessen wenige Attraktionen mit einer trägen Ungenauigkeit, die seinen Respekt davor dennoch nicht ganz verbergen konnte, ja, er schien es sogar als ein Glück zu empfinden, hier zu leben. »Das ist die Kirche, und das der Kirchturm, Schatz. Das da sind die Häuser diverser alter Monster. Das Haus dort, du kannst es fast nicht sehen, da wohnen die Halls, die ganz sagenhafte Trunkenbolde sind, das muß ich schon sagen. Die sind die ganze Zeit sturzbesoffen, außer angeblich zwischen acht und neun Uhr morgens. Wir gehen oft zu ihnen hin, es ist wie ein Pub, das nie zumacht.« Alex spähte zu der Kirche hin, die keinen eigentlichen Kirchturm hatte, sondern einen Turm, dessen kunstvolle Kreuzblumen sich vor den grünen Kornfeldern erhoben und dabei seltsam extravagant wirkten. Darum herum gruppierten sich locker einige Häuser sowie die hohe dunkle Haube einer Rotbuche auf dem Dorfanger. Nach rechts hin waren Spaziergänger auf dem Steinpfad zu sehen, der zu einer Burgruine führte – »Von den Rundköpfen zerstört, Schatz«, sagte Justin, für den selbst die verstaubteste Anzüglichkeit das Experiment verdiente, sie kundzutun. Das Haus selbst war in seiner kultivierten Mulde am anderen Ende des Dorfes völlig verborgen; Alex hingegen vermittelte der Ort eine seltsame, verstörende Mischung aus Häuslichkeit und Verlust.

Er dachte an sein Viertel in Hammersmith, das bei weitem nicht so in sich geschlossen war, nur ein, zwei Häuserblocks, fast bis zur Unsichtbarkeit abgewohnt, der Ort in jener selbstvergessenen Stadt, wo das Leben sich für ihn verlangsamte und funkelte und sich regenerierte. Der Zeitungsladen und die Fleischerei und die chemische Reinigung trugen noch immer die Spitznamen, die Justin ihnen gegeben hatte. Zwei Jahre und einen Monat lang war Justin durch diese Straßen geschlendert, hatte die Summer-Fußmatte im Schnapsladen ihre wachsame Beruhigung gespendet, war er immer an dieselbe Ecke gegangen, wenn er mit dem Taxi in die Stadt wollte.

Es war erstaunlich, wohin die Liebe einen führte – und Alex glaubte, sie sei dasjenige, wofür man überallhin gehen würde. In der ersten Zeit ihres Zusammenseins war Justin sein Zutritt zur Lust gewesen, zu der Routine gewisser Bars, zur unvermittelten Freundschaft mit gutaussehenden Männern, zu verluderten schwulen Abendessen mit ihrer unterschwelligen Anzüglichkeit. Alex kam mit ihm, wurde ohne das leiseste Zögern akzeptiert, was schmeichelhaft war, auch wenn es etwas Willkürliches hatte, sein langes schmales Gesicht und glänzend schwarzes Haar wurden schöner, sein weit ausgreifender Gang gefälliger und verführerischer. Genau in dem Moment, als er sich Justin völlig ergab, wollten plötzlich auch andere Männer mit ihm schlafen. Er wurde zu einem aufgeladenen Teilchen. Und nun saß er hier, auf einem Berghang in einem Teil des Landes, den er nie zuvor gesehen hatte, und war noch immer leicht magnetisiert. Er legte Justin eine Hand auf den nackten Unterarm, nicht gänzlich unbewußt, und kurz darauf stand Justin, wie immer an einem Ort natürlicher oder historischer Schönheit, auf und ging pissen. Alex betrachtete ihn, wie er ein paar Meter entfernt von ihm stand und den glitzernden Strahl spielerisch in ein Farngebüsch lenkte; in dem flachen Sonnenlicht zuckten die aufgerollten Farnwedel hier und da auf und verliehen dem Hang dadurch etwas verstohlen Lebendiges.

»Und, wie findest du Robin?« fragte Justin, als er sich wieder hingesetzt hatte, das Kinn auf den angezogenen Knien.

Das war nun doch etwas brutal. Alex schaute weg und wieder hin und sagte: »Er kocht gut.« Man konnte nicht sagen, was man über andere dachte, nicht zu diesem Zeitpunkt. Er erinnerte sich daran, was seine Freunde genüßlich trauernd über Justin gesagt hatten, nachdem er gegangen war – daß er hinterhältig, langweilig, ständig betrunken und eine undankbare Schlampe gewesen sei, daß er ihre indirekte Ablehnung nie zur Kenntnis genommen habe und gegen das, was sie gesagt hätten, immer seltsam resistent gewesen sei, trotz der verletzenden Beweise, daß sie recht hatten. Er fügte hinzu: »Ich hoffe, du bist gut zu ihm«, was unaufrichtige Großzügigkeit ausdrückte als auch Argwohn signalisierte.

Justin zog eine Flunsch und spähte zu dem Dorf hin, wobei sein Kopf leicht ruckte, als könne er sich nicht entscheiden, ob er ihn schütteln oder nicken sollte. »Versuch hier nicht, gut zu sein«, sagte er. »Und überhaupt, was ist denn mit deinem Kerl? Viel hast du ja nicht über ihn gesagt.«

Alex lächelte mit einem komplexen Bedauern. »Es gibt gar keinen. Ich hab dich nur aufgezogen.«

»Ach, Schatz…«, sagte Justin mit einer vergleichsweise subtilen Vorspiegelung von Betroffenheit.

Auf ihrem Weg den Hügel hinab hakte Alex sich bei Justin unter, züchtig oder als wäre wenigstens einer von ihnen alt und gebrechlich, und als Justin mit seinen glatten Sohlen auf dem Gras ausrutschte und Alex ihn am Handgelenk packte, waren sie einen Augenblick lang beinahe Hand in Hand, bevor sie zusammen hinfielen. Natürlich waren sie nicht verletzt, doch ein paar Sekunden der Erholung schienen legitim, und so lagen sie da, den Arm unter dem jeweils anderen, Alex' Knie zwischen den Schenkeln seines alten Freundes, ihre Hosen hochgerutscht, als hätte der Steinzeitriese sie von hinten am Gürtel hochgehoben und zu Boden geworfen. Alex blickte in den Himmel, dessen Tiefblau gerade silbrig wurde und sich begann aufzulösen. Langsam drehte er den Kopf und schien mit einer kleinen Grimasse den Wunsch, der den Puls an seinem Hals zum Zucken brachte, ins Lächerliche zu ziehen; doch Justin sah an ihm vorbei, als meditierte er über einen anderen. Alex richtete sich halb auf und küßte ihn gar nicht spielerisch auf den Mund; löste sich dann von ihm und ging mit einem forsch-fröhlichen »Komm, gehn wir« los. Er sah das Sträßchen, das das Tal entlanglief und Richtung London aufstieg, und stellte sich vor, wie er in ein paar Tagen in seinem optimistischen alten Sportwagen mit quietschenden Reifen durch die Dörfer preschen würde. Justin lag noch immer im Gras, mit eigentümlich ausdrucksloser Miene, und streckte ihm eine Hand hin, um sich aufhelfen zu lassen.

Als sie zurückkamen, war die Sonne aus dem Garten verschwunden, die Vögel schwiegen, doch die Blumen und Büsche erglühten noch für kurze Zeit in ihren leuchtenden Farben in dem fahlen Hintergrund. In Alex rührte diese Tageszeit an ein altes Gefühl der Vorahnung und der Einsamkeit, doch Justin, der auf dem Weg hinab bedrückend nachdenklich gewesen war und von der Intensität des Kusses halb gekränkt und halb erfreut zu sein schien, wurde beim Anblick der erleuchteten Küchenfenster wieder heiterer. Er führte Alex durchs Hintertor herein, vorbei am Gewächshaus und einem offenen Schuppen, in dem Holzklötze mit bleichen Enden aufgeschichtet waren. »Hier stapeln wir das Holz«, sagte er. »Nachdem wir es geschlagen haben.« Sie umrundeten das Haus, von wo aus der Küchentür eine Übertragung von *Tosca* gewirbelt kam und sich einen Augenblick lang mit der kälteren Musik des Bachs vermengte. Alex ließ sich vor dem hellen Rechteck zurückfallen und sah, wie Robin, ein langes abgeschliffenes Messer in der Hand, auf Justin zuschritt, der aber irgendwie an ihm vorbeischlüpfte, so daß der Kuß kaum den Wangenknochen berührte.

Alex lag in der Wanne, die Haare nach hinten gestrichen, die Knie ragten aus dem Wasser. Justin hatte vor ihm gebadet, der

Fußboden war naß, überall waren Bögen verstreuten Talkumpuders. Die Zeit hatte nicht gereicht, um den Boiler wieder ordentlich aufzuheizen, und Alex spielte lustlos mit sich, weniger um der Erregung als um der Wärme willen. Seine Gedanken pendelten zwischen dem jetzigen Abend und dem vorigen Jahr, er hatte das beklemmende Gefühl, vor einem Rätsel zu stehen, als habe er einen Hinweis verpaßt, eine Erklärung nicht verstanden, die nun nie mehr wiederholt würde. Er wußte, daß Justin es ihm damals gesagt hatte, aber er konnte sich ums Verrecken nicht mehr erinnern, warum er nicht mehr sein Freund war. Bedrückt blickte er auf die kunterbunten Seifen und Kosmetika, die sich um die Wanne drängten, das Durcheinander karminroter Badetücher, auf Robins Sporthose und Trikot, die mit Justins hingeschmissener Shorts zu einem achtlosen Knäuel zusammengetreten waren, als wollten sie die Lüste ihrer Besitzer nachspielen. Über seinem sich hebenden und senkenden Nabel lief sein Schwamm auf und kam wieder frei, lief auf, kam frei. Er zog sich hoch und griff ins Regal nach Justins Lieblings-Eau-de-toilette, dem gedrungenen Fläschchen Bulgari, und sprühte damit nach oben in die Luft. Als er sich in den kostspieligen Nebel beugte, war er sogleich um zwei Jahre zurückversetzt; und als er die Augen öffnete, war es, als flirrten seine hoffnungslosen, unbelehrten Gefühle in der parfümierten Luft um ihn herum.

Justin schlief noch oder schmollte vielleicht auch nur. In der blöden Angst, allein mit seinem Gastgeber zu sein, ließ sich Alex beim Anziehen und Zurechtmachen Zeit; er wußte schon, daß Robin mit einer Konzentration kochte, die jedes Gespräch künstlich und stockend machen würde. Schließlich stieg er gebückt die Treppe hinab und schlenderte in Richtung Küche und Opernlärm, der, wie er glaubte, einen Schutz für seine Unbehaglichkeit bilden würde; vielleicht konnten sie ja einfach nur etwas trinken und zuhören, was möglicherweise auch die eifersüchtigen und appetitzügelnden sexuellen Phantasien hemmen würde, die das Haus ihm aufzudrängen schien. Dann hörte er durch die Musik hindurch eine Stimme, die schnell und lässig sprach, nicht Robins kultivierten Bariton, der sie mit der gemessen Antwort »Lachs« unterbrach, sondern den klassenlosen Durchschnittstenor eines jungen Mannes. »Ich möchte baden«, sagte er.

Alex blieb stehen. Ein weiterer Gast: wieder so eine Sache, die ihm mitzuteilen niemand für nötig befunden hatte. Das ärgerte ihn, obwohl er es gleichzeitig begrüßte, weil es durchaus sein konnte, daß eine vierte Person die unauflöslichen Spannungen der anderen drei minderte. Erschrocken hörte er seinen Namen. »Ich glaube, Alex ist drin«, sagte Robin.

»Ah, ja ... Wer ist das?«

»Justins Ex.«

Ein Zögern. »Ist er süß?«

»Hmm ... Schon.«

»Meinst du, er will sich den Rücken schrubben lassen?«

Ein Geräusch, als kratzte Robin etwas schnell mit einer Gabel oder einem Löffel aus einer Schüssel. »Bestimmt sehnt er sich danach. Allerdings weiß ich nicht, ob er es von dir haben will. Nein ... nein ... der ist schon in Ordnung. Etwa drei Meter groß. Eher wie ein Gespenst ...«

Woraufhin Alex mit einem matten allgemeinen Ausruf der Zufriedenheit – das Bad, der Duft des Essens, die Aussicht auf ein Glas, einfach, da zu sein – den Raum betrat.

Am anderen Ende der Küche, nun eingerahmt von der zunehmenden Dunkelheit jenseits der Hintertür, standen die beiden Gestalten, Robin mit der rechten Hand auf dem Nacken des jungen Mannes, worin Alex eine besondere Geste bewundernder Zärtlichkeit sah. So etwas hatte er nicht erwartet; und Robin ließ sogleich den Arm sinken, während der Fremde mit hochgezogenen Augenbrauen zu Alex hinsah, als erwartete er ebenfalls eine Erklärung. Robin hätte etwas sagen sollen, doch er tat es nicht und vertiefte so das ungesellige Schweigen, während Alex herantrat und den Neuankömmling musterte, der sich hier offenbar wie zu Hause fühlte, vielleicht selbst ein Ex war, der mit Robin gewisse unvergessene Gewohnheiten und Tonfälle teilte. Er war allerdings jung, zwei-, dreiundzwanzig, hatte kurze Wuschelhaare, unter der Unterlippe ein blondes

Spitzbärtchen und trug über seiner schlanken Gestalt ein enges schwarzes T-Shirt. Sein Mund war voll, herabgezogen, schläfrig, wirkte eine Spur abschätzig; doch sobald ein Lächeln auf diesen Lippen erwachte, änderte man seine Meinung. Er trat auf Alex zu und drückte ihm mit wunderbar anzüglicher Unvermittelt-heit den Oberarm. »Ich bin Dan«, sagte er und nickte auf eigen-tümliche Weise zu Robin hin. »Und das ist mein Dad.«

Alex sah ihn wieder an, um diese unerahnte Tatsache bestätigt zu bekommen und um zu begreifen, was sie für ihn bedeutete.

3

Als Simon sehr krank war, hatten sie aufgehört, miteinander zu schlafen, wenngleich vieles, was zwischen ihnen geschah, die Aussicht darauf oder die Erinnerung daran zu enthalten schien. Robin hatte Nacht für Nacht neben seinem Freund gelegen und war, eine Hand leicht an seiner Schulter oder Hüfte, eingeschlafen, eine Geste der Distanz wie auch der Beruhigung. Er bezog das Bett, verabreichte ihm seine Medikamente und machte alles für Simon, wobei er häufig über den Ärger und die Belästigung klagte, als dächte er, es handele sich lediglich um ein vorübergehendes Problem. Er behandelte ihn mit der praktischen Begriffsstutzigkeit der Gesunden.

Simon war am glücklichsten in Dorset, er genoß die beschützten, sonnendurchfluteten Tage im Garten des Hauses, und wenn ein bedrohlicher Wind ging, setzte er sich ins Gewächshaus mit dessen eingelassenem Tank und der feuchten, für die Jahreszeit unpassenden Wärme und las und döste wie ein tatteriger alter Exilant. Er mochte die dichte Dunkelheit auf dem Land, die Robin nach dem durchdringenden Gleißen und Getriebe der Londoner Nächte immer aufs neue sepulkral erschien. Robin sah mit an, wie er über eine Schwelle glitt, hinein in die sich verjüngenden Perspektiven der tödlichen Krankheit, in welcher nur die mildesten Freuden noch nicht der Vergangenheit angehörten. In einem entsetzlichen Traum war er selbst der Sterbende gewesen, eine bloße Bewußtheit, die durch die Augen eines gelähmten Körpers hinausstarrte, unfähig, den Freunden zuzurufen, die auf dem Weg zu Tennis, Essen oder Sex an der offenen Tür vorbeihasteten. Gelegentlich blieb eine Gestalt stehen und schaute herein mit dem Vorsatz, die eigene Leidensfähigkeit zu testen.

Robin arbeitete in jenem Frühjahr an einer Queen-Anne-

Stadtvilla in Kew und hatte während des größten Teils der Woche die kleine Wohnung in Clapham zu seinem Büro gemacht, von wo aus er jeden Morgen losfuhr, um zuzusehen, wie die morschen Balken entfernt oder der dem Fluß zugewandte Portikus gesichert wurde. Zum Abendessen war er dann wieder bei Simon und in Räumen, die ihm während der ersten Minuten eigentümlich weiß und eng erschienen. Es war eine Arbeit, wie er sie liebte: die Rettung eines Hauses vor der drohenden Zerstörung, dazu ein angelegter Garten, der noch hinter den hohen roten Mauern zu erahnen war; das Dach wurde wiederhergestellt, der Keller trockengelegt und versiegelt, und eine verregnete Woche war völlig verwandelt, wenn alte Farben auf Holz und Stuck zu neuer Leuchtkraft gebracht wurden. Dennoch spürte er im Laufe der Monate, während sich die Dokumente und Photographien anhäuften, die Gegenkraft jener anderen Entwicklung, das sich neigende Diagramm von Simons Kräften mit seinen trostlosen Statistiken. Es war das dunklere, halbverborgene Gesicht jener ambivalenten Apriltage, in denen Erfolg durchgängig mit Niederlage verwoben war.

Seine letzte Woche verbrachte Simon im Krankenhaus; er war schon in dem Stadium, in dem Hilfe und Beruhigung am nötigsten und am vergeblichsten waren. Robin teilte sich die Abendbesuche oder Nachtwachen mit Simons Vater und Schwester – und fand dann seine Tage von einer schrecklichen angstvollen Betriebsamkeit aufgewühlt. Zur Mittagszeit kam er meist in seine Wohnung zurück, um in Bewegung zu bleiben, ging dann auf dem Common laufen und machte unter den Bäumen seine Hantelübungen. Die Kastanien schlugen schon aus, in den Büschen mischte sich Hellgrün mit Schwarz; Frühling lag in der Luft, beiläufig, aber unbeirrbar, und Robin beneidete andere einzelne Jogger und gemächliche Paare um die Entspanntheit auf ihren Gesichtern.

An einem milden bewölkten Tag war er auf dem Nachhauseweg am Common entlang und ging zu einem kleinen Laden, um sich noch etwas zu trinken zu kaufen. Er mußte vor dem Ladentisch warten, weil vor ihm eine ganze Reihe von Leuten ihre

Lotterieabschnitte abgaben, und ertappte sich dabei, wie er mit unbewußter Intimität den Mann vor ihm betrachtete, der, halb im Profil zu ihm stehend, abergläubisch die fünfzehn Scheine, die er ausgefüllt hatte, überprüfte. Es war wie in einem vollen U-Bahn-Zug, wo gerade durch die unpersönliche Nähe geheime Wünsche und plötzliche Erregungszustände geweckt werden. Noch warm und ungeduldig vom Laufen und zugleich gebremst von der Trägheit in dem engen Lädchen mit seinen grellen Videopostern, seinen beleidigenden Geburtstagskarten, seinem verblüffend umfangreichen obersten Fach mit den übereinandergeschichteten Pornoheften hatte Robin sein anspruchsvolles inneres Auge, sein Architektenauge geschlossen; um es jetzt wieder zu öffnen angesichts der unerwarteten Gegenwart von etwas Schönem inmitten so viel unkontrollierter Vulgarität.

In jenen seltsamen Sekunden des Stillstands schaute er mit zunehmender Aufmerksamkeit auf die schimmernd blonden Haare und die vollen Lippen des jungen Mannes, die in nicht eben intelligenter Konzentration offenstanden. Etwas Glattes, Unzuverlässiges haftete ihm an. Robin empfand eine Art Verwandtschaft mit ihm, denn er erinnerte ihn an sein eigenes Ich, wie es fünfzehn Jahre früher gewesen war, ein Ich, das Sex und Bewunderung gewohnt war. Er wollte ihn reden hören, wollte sehen, ob sich sein Eindruck bestätigen würde, daß der Junge eine Privatschule besucht hatte, doch der gab seinen Zettel und seine törichten fünfzehn Pfund ab, ohne ein Wort zu sagen. Robin stellte sich dicht neben ihn an den Ladentisch, fast als hätten sie etwas miteinander, und wartete darauf, daß er seine Abschnitte bekam, während er ungeduldig seine gekühlte Flasche hochhielt.

Auf der Straße dann verdichtete sich die Laune eines Moments zur Notwendigkeit, wobei ihn die Tatsache noch anspornte, daß der jüngere Mann ihn überhaupt nicht wahrgenommen hatte, als wäre Robin wie sein sterbender Liebhaber zum Gespenst geworden, und das war er schließlich ganz und gar nicht, sondern sechsundvierzig und groß und fit und schön unrasiert. Er folgte ihm auf dem Weg, den er gekommen war, wobei er mit einem unterdrückten unwillkürlichen Stöhnen dessen ausgeprägten, eleganten Hintern registrierte, der in einer engen, ausgefransten Jeans steckte, an der eine Tasche wie durch das fehlgeschlagene Flugtackling eines Verehrers halb abgerissen war. Robin spürte, wie seine Energien zunehmend gebündelt und absorbiert wurden, und erkannte, daß sich in der kräftigen, schlendernden Gestalt zwanzig Meter vor ihm natürlich ein eigenes, lange überspieltes Bedürfnis klärte.

Sie gingen weiter, über den flachen, offenen Common, wobei Robin darauf bedacht war, immer wieder die Blickrichtung zu wechseln, als interessiere ihn der Lotteriesüchtige gar nicht und als folge er ihm rein zufällig. Sie passierten Horden von Schuljungen, einen zertrampelten Torraum. Er sah ihren Weg auf einem Stadtplan oder einer Landkarte vor sich: Ein geübter Verfolger hätte sich von Baum zu Baum voranbewegt oder Tangentialpfade gewählt und sein Objekt dabei dennoch unausweichlich im Blick gehabt. Doch Robin achtete nicht auf so etwas, ja, er wollte gesehen werden. Sie näherten sich einem graffitiübersäten Musikpavillon, gingen daran vorbei, dahinter kam ein niedriges Holzgebäude, ähnlich einem eingefallenen Umkleidehäuschen beim Kricket, daneben eine mit Brettern verrammelte Bude, die noch immer Tee und Eiscreme anpries. Dahinter geriet der Blonde aus dem Blick, und als Robin um die Ecke bog, war er nirgends mehr zu sehen.

Flechtzäune, die in einem Winkel zueinander standen, schirmten den Eingang zu einer öffentlichen Toilette ab; die Damentoilette war mit Stacheldraht versperrt, doch aus dem Herrenklo drang, ob durch ein gütiges Ausharren oder ein traumhaftes Versehen, das Rauschen der Spülung, und die Metalltür schwang mit dem hellen, protestierenden Arpeggio einer alten Feder auf.

Zwölf Minuten später joggte er zurück, vorbei an Spaziergängern, die nichts davon wußten, was er gerade getan hatte. Der Wind trug Jungenschreie und Fußballpfiffe mit sich, und in Robins Schritten war ein weltvergessenes Federn, wie angetrieben von einer verbotenen Droge. Die Erregung einer geheimen Übertretung wärmte ihn, so daß er ganz rot wurde, was ein argloser Betrachter sicher der gesunden Anstrengung des Laufens zugeschrieben hätte... Natürlich würde jemand sagen, hätte er nicht warten können? Doch er hatte keine Wahl gehabt, ebensowenig wie es eine Entschuldigung gab. Was für eine erregende Verkommenheit das gehabt hatte: der ausdruckslose Hunger des Blonden, wie er an Robins glitschigem, wippendem Schwanz schluckte und schluckte, sich dann über die verdreckte Schüssel kauerte, die Hände um das Abflußrohr geklammert, als die unverschließbare Tür hinter ihnen aufschwang.

Eigentlich hätte Robin duschen sollen, doch er beließ es bei einem kalten Spritzer *Escape* unter beide Arme, zog die Jeans über sein feuchtes Suspensorium und fuhr, halb schuldbewußt, halb jubilierend, mit aggressivem Tempo nach Kew. Den ganzen Nachmittag hatte er inmitten all der zuverlässigen alten Bauarbeiter und Klopfkäfermänner in ihren Overalls den Geruch des feuchten Arschs und des süßen Talkumpuders des Fremden im Bart und an den Fingerspitzen. Als er schließlich auf den Parkplatz des Krankenhauses einbog, war er verflogen.

Simon machte in langen Abständen zusammenhanglose Bemerkungen und lächelte mit einer scheinbaren Bitterkeit, die vielleicht auch nur an seiner Abgezehrtheit und wiederholt auftretenden, halb unterdrückten Schmerzen lag. Robin fürchtete jegliche Ironie bezüglich seiner eigenen blendenden Gesundheit; er war froh, daß Simon »gut« starb, was heißen sollte, mit so viel Sedativa, daß die Schrecken des Grabes das Gesicht verhüllten.

Am Mittag des nächsten Tages ging er direkt zu dem Häuschen und machte seine Übungen am Rand des Fußballplatzes der Schuljungen, fast als wollte er gleich weitergehen. Beiläufig behielt er den abgeschirmten Eingang im Blick. Er fand es schön, daß das Gebäude ihn an seine eigene Jungenzeit und deren Erfolge erinnerte – Gerüche nach Leinsamen und Kreosot und der abgestandenen Luft von Umkleideräumen. Er wartete lange, lief dann auf einem improvisierten Kurs zwischen unsichtbaren Markierungen hin und her, doch die Stunde raste für ihn dahin, so versunken war er in das Bild des namenlosen Mannes. Robin liebte sein mattes Glühen und seine Fleischigkeit, was ihm auf eine kaum annehmbare Weise wie eine Entschädigung für das erschien, was mit Simon geschehen war. Natürlich war es nur Lust – das durfte er nicht vergessen; er hatte den Mann nicht einmal sprechen hören, nur ein gegrunztes, verächtliches »Yeah«, als er ihm mit der Hand über den Hals fuhr, und ein geflüstertes »Okay?«, bevor er ging. Doch es war eine elektrisierende Lust, unvernünftig und unwiderstehlich. Der schattige Boden zwischen den Bäumen wurde von seinem treibenden Bild erhellt wie von dem Leuchtstrahl, der ungewollt von einer Windschutzscheibe oder einem geöffneten Fenster zurückgeworfen wird. Eine breite, blasse Schulter, das graugoldene Dunkel der Haare zwischen seinen Beinen, unerbittliche blaue Augen, Schein und Schimmer in der Luft eines Frühlingstags. Als der Mann endlich erschien, sah Robin ihn mit einem Schock des Erkennens – er hatte ihn ganz anders in Erinnerung gehabt.

An jenem Abend sagte Simon zu ihm: »Du siehst gut aus« und nahm mit einem verwirrten Blick seine Hand, stolz und voller Zweifel. Für Robin schien er fast etwas Hellseherisches zu haben; Simon kannte ihn am besten von allen, es war absurd anzunehmen, er wüßte nicht alles, was er getan hatte. Robin war, als sei durch ein System von Ehrlichkeit und Strafe die Entscheidung, ob er nun angeklagt oder freigesprochen worden sei, ihm selbst übertragen. Er sagte: »Ich liebe dich«, was er in Gegenwart der jüngeren Schwester und des zugegebenermaßen tauben Vaters noch nie getan hatte. Simon starb in den frühen Morgenstunden.

Robin nahm es ruhig hin, nahm die Tatsachen mit einem Gleichmut, der Teil seines natürlichen Stolzes war, aber auch etwas typisch Woodfieldsches hatte: Er wußte, er hatte die Gelegenheit erhalten, sich gut zu benehmen, so gut, wie Simon gestorben war. Eine Rolle spielte auch eine gewisse Robustheit, die von seiner nie wirklich verhandelten Stellung Simons Familie gegenüber rührte. Als es soweit war, wußten anscheinend weder er noch der Vater, wer von ihnen mehr verloren hatte und wer die tieferen, die vorbehaltloseren Trauerbekundungen verdiente.

Am Spätvormittag hatte dann ein fast körperliches Unwohlsein eingesetzt – leichte Übelkeit, eine zerstreute Ungeschicktheit, panikartige Atemlosigkeit. Der stoisch beobachtete Ablauf im Krankenhaus, der emphatische letzte Atemzug und die darauffolgende Stille, das feine Entspannen und Leerwerden des Gesichts, das zaghafte, aber stete Knarren der Schuhe der Krankenschwester auf dem Linoleum, die düstere Bestätigung durch das jähe Erscheinen des indischen Arztes, all das tauchte mit der Klarheit von etwas verspätet Begriffenem wieder vor ihm auf. Er lief in der Wohnung herum, hob Sachen auf und ließ sie, abgestoßen von ihrer Bedeutungslosigkeit oder ihrem kruden Pathos, wieder fallen. Seine Gedanken waren unangenehm sexuell, er stellte sich Simon vor, wie er zehn Jahre zuvor gewesen war, mit seinem dicken jüdischen Schwanz, der ständig anschwoll und Zuwendung brauchte, wobei die Vorstellung seines Schwanzes als jüdisch irgendwie suspekt war, als wäre er ein kleiner Mensch; Robin stellte ihn sich jetzt vor, kalt und blutleer zwischen den verbrauchten Schenkeln.

Er ging ins Bad und zog sich um, schlüpfte mit angespannter Erregung in Trikot und Laufshorts. Er erinnerte sich an den Tag vor zwanzig Jahren, als seine Großmutter in ihrer Wohnung in The Boltons gestorben war und er wie in Trance in eines der Pubs in Earl's Court losgezogen war, dort einen Mann mit Ledermütze abgeschleppt und den ganzen Nachmittag gefickt hatte.

Als er auf die Straße trat, lag ein feiner, haftender Regen in der Luft. Er war tröstlich und intim wie eine kaum greifbare Form der Therapie; er schien seinen warmen, aufgewühlten Körper in seiner gewichtslosen Kühle zu definieren. Robin sah die Bäume auf dem Common am Ende der Straße und rannte, ohne langsamer zu werden, durch zwei schleichende und beschleunigende Verkehrsströme, um hinzugelangen. Es war eigentlich kein Joggen, es war etwas Schnelleres. Als die Holzhütte

mit ihren verrammelten Fenstern und den Erfrischungsangebo-
ten in Sicht kam, hatte sie schon etwas Gewohnheitsmäßiges, was
Robin mit Erleichterung und Scham erfüllte. Er rannte schnur-
stracks ins Männerklo, das leer war, und stand keuchend an der
Wand, silbrig vom Nieselregen.

Dann war es drei Uhr, und niemand war hereingekommen,
nur ein Blinder mit Stock und Hund, wie eine Figur aus einem
Sketch, und ein paar lärmende Jungen in Fußballstiefeln, die ihn
ängstlich anstarrten, während er sich in eine Kabine verzog. Er
lehnte sich gegen die Tür, um sie geschlossen zu halten, und
weinte lautlose Tränen des Kummers und der Demütigung.

Das nächste Mal sah er den Blonden eine Woche später, im
West End, inmitten der Massen von Kauflustigen auf Long Acre.
Er hatte gerade an ihn gedacht, und es folgte eine verschwom-
mene halbe Sekunde, in der sich die erinnerten Züge in die
wirklichen auflösten: Der Schock darüber, daß er tatsächlich da
war, wurde wunderbarerweise gelindert von Robins Gefühl, daß
er auf dem treibenden Schleier seiner Phantasie schon die ganze
Zeit präsent gewesen war. Er hatte die wahrnehmbare Aura einer
fleischgewordenen Idee. Er war anders angezogen, wirkte irgendwie verkleidet, doch Robin lächelte, um ihm zu zeigen, daß
er sein Geheimnis kannte, als der Blonde mit einem kurzen
Blick, in dem kein Erkennen lag, vorbeiging.

Er konnte es kaum fassen, daß der Augenblick schon gekommen und wieder vorbei war; und nachdem er ein paar Sekunden lang gegen Leute gerempelt war, machte er kehrt. Dieser
Blick hatte ihn verletzt und provoziert, bei jedem anderen hätte
er ihn schlimm gefunden, doch diesem Mann hielt er gern alles
mögliche zugute. Vielleicht war er schrecklich kurzsichtig oder
womöglich ebenfalls gramversunken gewesen; oder er spielte ein
nicht sehr lustiges Spiel. Vor dem Schaufenster eines teuren Her-
renausstatters stellte sich Robin neben ihn, wo dieser Blick mit
liebevollerem Interesse auf die Mixtur aus seltsam geschnittenen
Anzügen und sportlichem Clubwear in Schwarz, Orange und
Limonengrün gerichtet war. Die Schatten der beiden Männer,
die zweimal heftig und wortlos miteinander geschlafen hatten,

fielen diffus über das gestelzte kleine Tableau der Kleider und Accessoires, den festgehefteten Boi, die körperlosen Falten von Hosenbeinen und Hemdsärmeln. Auf der Glaswand war eine schwache Spiegelung, zu blaß und unbeständig, als daß sie einander ruhig gesehen hätten. Robins Augen wanderten über die verwirrend hohen Preisschildchen. Allmählich bekam er das Gefühl, daß er, wie ein Agent, der einen Kontakt schloß, einen vorgefertigten Satz äußern sollte, etwas Gnomisches, aber auch Alltägliches. Noch nie hatte er sich so befangen gefühlt. Ihm wurde bewußt, daß er den anderen Mann an der Schulter faßte und recht laut sagte: »Ich muß dich wiedersehen.«

Sie begannen, sich nachmittags in Robins Wohnung zu treffen. Justin wohnte zusammen mit einem Freund in Hammersmith und kam gegen halb drei mit dem Taxi. Der Freund arbeitete in der Pensionskasse einer Regierungsstelle – einmal meinte Robin, Justin habe vom Innenministerium gesprochen, ein anderes Mal, vom Außenministerium. Diverse Fakten ergaben sich aus den Gesprächen nach dem Bett, während Robin sich starken Kaffee machte und für seinen Besucher einen frühen Gin Tonic. Justin hatte zuweilen als Schauspieler gearbeitet; er war vierunddreißig; er hatte einen ungewöhnlich alten Vater, über neunzig, der Fabrikant war; er war mit seinem Freund seit anderthalb Jahren zusammen, er liebte ihn, langweilte sich aber körperlich mit ihm. Robin empfand weder Schuld noch Feindseligkeit dem andern gegenüber, nur eine ferne Neugier. Er sagte Justin nicht, daß er einmal verheiratet gewesen war und einen erwachsenen Sohn hatte; doch nach einer verschämten kleinen, unbemerkten Pantomime, bei der er Simons Photo in einer Schublade verschwinden ließ, ließ er es schließlich auf dem Nachttisch stehen, und Justin schien es mit Befriedigung zur Kenntnis zu nehmen. Robin bekam das Gefühl, daß Doppelspiele ein ständiger Teil von Justins Leben waren.

Er fand ihn charmant und witzig, mit einem Hang zum Absurden, den er bei ihm nicht erwartet hätte. Bei seinem dritten Besuch und seinem zweiten Gin Tonic grinsten sie über eine seiner Geschichten und blickten einander lange an; die plötzliche Vertiefung ihrer Intimität erschien Robin ebenso gefährlich wie möglich. Wenn Justin in der Wohnung umherspazierte und sich irgendwo hinfläzte, nackt oder in seinen Boxershorts, schuf er eine nicht unangenehme Atmosphäre trägen Gefangenseins. Robin betrachtete ihn mit einer neuen Aufmerksamkeit seinen vier kleinen weißen Zimmern gegenüber, als hätte er noch einmal die Gelegenheit erhalten, ihre Wirkung zu studieren. Doch Justin bemerkte nichts und ließ so all die wohlerwogenen Details und Verbesserungen als ziemlich unwichtig erscheinen – Robin fragte sich, ob selbst Simon sie überhaupt je gewürdigt hatte.

Zuzeiten war das Gefühl, ein Sakrileg zu begehen, sehr stark – doch entscheidend war vielleicht, daß der Fremde nichts von dem Mann wußte, dessen Platz er einnahm: Er hatte keinerlei Verpflichtung ihm gegenüber. Robin schluchzte, als er ihm von seinem Tod erzählte, doch die lockere Umarmung, die dem folgte, das Abwischen der Wange mit einem groben Daumen führte binnen zehn Sekunden zu Sex – Robin hörte, wie seine eigenen tränenerfüllten Atemzüge sich hilflos zu einem Keuchen modulierten, als Justins züngelnder Mund sich an die Arbeit machte. Er streichelte und packte seine dichten goldenen Haare – und wie nun alles wiederkehrte, das Leben der Liebe und der Erregung, das er einmal als seine richtige und unausweichliche Zukunft betrachtet hatte.

Theoretisch war das nachmittägliche Arrangement ideal für ihn, da es den Vormittag für Besuche auf der Baustelle freihielt und er die Mittagspause durcharbeiten konnte, während die Bauarbeiter draußen unter dem Portikus saßen mit ihren Sandwichs und Zigaretten und ihrer desinteressierten Art, als gehörte ihnen das alles. Dann konnte er in zwanzig Minuten zu Hause sein, und nach seinen zwei, drei Stunden mit Justin tat sich der Frühabend auf mit seinem gewohnten Schema der Ertüchtigung und danach mit ungewohnten Einladungen bei alten Freunden, die ihn eindeutig noch immer mit Samthandschuhen anfaßten. Robin erkannte schnell, daß seine gedankenverlorene Art und sein bedauerlicherweise mangelndes Interesse an anderen Män-

nern nicht zu unterscheiden waren von den Symptomen gefaß-
ter englischer Trauer. Zuweilen wunderte er sich, daß er nicht
mehr trauerte.

Doch nach zwei Wochen wurden die romantische Heimlich-
tuerei und selbstauferlegte Beschränkung schmerzhaft. Die zielbewußten Vormittage gerieten durch die Intensität der Vor-
freude auf die Nachmittage aus dem Gleichgewicht. Man mußte
ihm Dinge zweimal sagen, er war wie abwesend, was ebenfalls
auf Trauer zurückgeführt werden konnte, und kam mit der
Arbeit in Verzug, während er wie ein Schuljunge immer wieder
auf die Uhr sah. Es war, als blickte er durch die Pläne, die er studierte, auf etwas Unkontrolliertes und Turbulentes darunter. Justin beherrschte seine Gedanken und erregte ihn, aber es ärgerte
ihn auch ein wenig, daß er seine Phantasie so vollkommen und
unablässig besetzte: Mit seiner Weigerung, sich vor halb drei Uhr
nachmittags anfassen, gar sich blicken zu lassen, erschien er ihm
als ein verzehrend passiver Liebhaber wie auch als eine Art Auf-
geiler, als erwachsene Schultunte. Robin nutzte seine intimsten
Bilder von ihm ab, indem er sie so unablässig in seinen Gedanken wälzte.

Und dann der ganze Ablauf des Rückzugs, etwa um fünf Uhr,
das freundliche, aber geschäftsmäßige Schweigen, in dem sie sich
anzogen, die neuartige Bangnis, wenn Justin auf die Uhr sah…
und die ersten Sekunden des Wiederalleinseins, wenn die Tür
zugegangen war und Robin blicklos vom Bett zum Schreibtisch
und zum Spülbecken streifte mit dem schwachen, zarten, weh-
mütigen, schockierten Lächeln eines Menschen, dessen Gefühl
plötzlich seines Gegenstands beraubt ist. In dem Maße, wie dieses Gefühl sich vertiefte, wurden die Abenddämmerungen länger und einsamer, Tag um Tag. Er ging wieder ins Fitneßstudio,
und wenn er hinaustrat in das weiche Licht, das langsam sich aus-
fällende Rosa und Blau des Abends eines Liebenden, wußte er,
daß er in der Falle saß. Daß er Justin hatte, war dadurch unter-
graben, daß er ihn nicht hatte; er brauchte Nächte mit ihm, nicht
Stunden. Das alte Ich, das Justin wiedererweckt hatte, fand in
dem Arrangement, das er verfügt hatte, keine Befriedigung.

Robin war, auf seine wohlerzogene Art, schon immer ein Initiator gewesen. Er hatte nicht jene räuberische Geringschätzung für den anderen, die manche seiner Freunde hatten, sondern war es gewohnt, eine Stimmung zu schaffen und eine Möglichkeit zu nutzen. Er glaubte, daß noch keiner, den zu haben es lohnte, sich ihm widersetzt hatte. Wenn er sich zuvor, in den Jahren seiner Ehe und in der unruhigen Anfangszeit mit Simon, in der Falle gefühlt hatte, hatte er stets einen stolzen Überlebens- und Fluchtinstinkt bewiesen. Er wußte, daß man ihn für gefährlich hielt, für den hübschen, athletischen jungen Architekten mit einem Grafschaftspräsidenten als Vater, für einen Mann, der einen Sohn an einer guten Schule hatte, der aber auch einer geheimeren Elite in den Londoner Underground-Clubs der frühen achtziger Jahre bekannt war. Daher war es eine neue Erfahrung, ähnlich den betrüblichen körperlichen Veränderungen der mittleren Jahre – der plötzliche Haarausfall, der nachlassende Geschlechtstrieb, die halb bezweifelte Trübung seines Gehörs –, sich in der ergebenen Position einer Mätresse zu befinden, jenes sehnsuchtsvollen Wesens des Nachmittags, zu dem man sich nicht bekennen konnte.

Am schlimmsten waren die Wochenenden, die drei vollen Tage von Freitagnachmittag bis Montagmittag, das aufgezwungene oder wenigstens hingenommene Schweigen… Es war ein Schweigen, dem ein unwiderstehliches Gefühl der Krise anhaftete, als müsse alles aus sein zwischen zwei Liebenden, die einander so lange allein ließen. Robin fuhr nach Litton Gambril, wo der Frühsommer auch ohne ihn besinnungslos weiterdrängte und wo er nützliche Arbeiten für sich erfinden konnte, den Rayburn anwerfen, ein aufwendiges Mahl aus dem Garten kochen und es mit der kläglichen Hast des Frischverwitweten zu verspeisen. Das Häuschen war solide und störrisch und so, wie er es verlassen hatte; es wollte einfach nicht zum Leben erwachen. Robin hatte das Gefühl, einen Fehler gemacht zu haben, und sein Handeln war eine Parodie der Zielstrebigkeit. Wenn er auf seiner gewohnten Seite des riesigen alten Bauernbetts lag und mit dem Arm über die kühle Leere strich, tastete er nach allem, was er mit Simon verloren hatte, und allem, was er an Justin brauchte, er schluchzte und erregte sich zugleich, bis er vor bedauernswerten und besitzergreifenden Gefühlen ganz irr geworden war und sich befriedigte, um überhaupt einschlafen zu können.

An einem Samstagmittag trank er bei den Halls eine Flasche Gilbey's und wählte, als er zurückkam, in einer Stimmung trotziger Vernünftigkeit Justins Nummer. »Hören wir doch auf mit der Scheiße«, sagte er zu sich selbst, während er die elf Ziffern mühevoll auf der Wählscheibe drehte, die ihm mit ihrer altmodischen Art Gelegenheit gab, den Anruf noch einmal zu überdenken. Nach zweimaligem Klingeln hob jemand ab, und eine angenehme, unbekannte Stimme wiederholte die letzten sieben Ziffern der Nummer, die er gerade gewählt hatte, wobei sie sich am Ende fragend hob. Der Ton des Mannes war von einer so gelassenen und arglosen Effizienz, daß Robin zögerte, und als Alex nach ein paar Sekunden »Hallo« sagte, im Ton härter, aber noch tolerant, legte er auf. Auf dem Sofa vorgebeugt, saß er in der Stille des ländlichen Nachmittags. In London legte nun ein junger Mann, den er noch nie gesehen hatte, achselzuckend den Hörer auf und sprach unschuldig mit dem Mann, den sie teilten; Robin stellte ihn sich in einer Schürze vor, weil er wußte, daß er einen Putzfimmel hatte. In der heiteren mechanischen Art, sich am Telephon zu melden, in der beneidenswert angenehmen Langeweile, die die Liebschaft zwischen Justin und Alex offenbar prägte, entdeckte er einen leisen Tadel. Er sprang auf, erfüllt von der mürrischen Sehnsucht, die Sache zu beenden, und in seiner Trunkenheit ließ er sie zu einem Plan reifen.

Zurück in der Stadt ergriff ihn eine Stimmung fatalistischer Erregung, die ihm neu war. Er fand, er müsse seinen Rivalen wenigstens sehen, und fuhr gleich am Montag morgen in die stille viktorianische Straße, wo die beiden lebten. Von einer Parklücke aus, die er fast gegenüber dem Haus ergattert hatte, blickte er hinüber, wobei er mit dem Auge eines Architekten die banale Verglasung und die sinnlose Terrakottaverkleidung des Hauses begutachtete, um seinen Eindruck der besonderen Aura und des berstenden Geheimnisses, das es barg, zu dämpfen. Oben zog ein Arm in Hemdsärmeln einen Vorhang auf und dann, wie auf einen genervten Protest hin, wieder halb zu. Es war ein gewöhnliches Backsteinreihenhaus, dem kunstgewerbliche Elemente einen gewissen Pomp verliehen. Früher hatte es bestimmt einmal ein Hausmädchen und Kinder beherbergt. Robin fragte sich, wie Alex und Justin wohl darin lebten, was sie daraus gemacht hatten.

Sein Blick auf die Haustür wurde von einem ramponierten gelben Escort gestört, der auf der Suche nach einem Parkplatz vorbeirollte. Am Steuer saß ein flachgesichtiger junger Schwarzer mit einem goldenen Kreuz am Ohr, das aufblitzte, als er den Hals reckte. Als er Robin in seinem Auto sah, fragte er ihn lautlos, ob er gleich wegfahre, und zeigte ihm, als Robin den Kopf schüttelte, ein zusammenhangloses Grinsen, in dem eine gewisse sexuelle Sympathie enthalten schien. Ein kurzes Stück weiter hielt er an, mitten auf der Straße, und wartete. Es war die halbe Stunde, in der alles zur Arbeit und zur Schule ging. Die ganze Straße entlang erschollen aus Fluren Abschiedsrufe oder wurden Haustüren zweimal, für die stumme Zeit des Tages, abgeschlossen. Robin schien aufzufallen, denn Kinder wurden an ihm vorbeigescheucht. Achtlos blickte er zu dem schwarzen Fahrer hin, wohl ein Elektriker oder Anstreicher, und sah, wie dieser den Innenspiegel verstellte, um seine Frisur darin zu prüfen und seine Augen und Zähne zu beäugen, als suche er sie auf Schlaf- oder Frühstückskrümel ab. Schließlich sprühte er sich mit einem kleinen Spray in den Mund. Solcherart abgelenkt verpaßte Robin, wie die Tür des Hauses gegenüber aufging, wandte sich aber auf das Zuschlagen und das Klappern des Briefschlitzdeckels zu ihr hin. Ein blasser junger Mann in einem grauen Anzug ging zur Straße; er war so groß, daß es beinahe so aussah, als könne er mit einem Schritt über das wackelige Gartentürchen steigen. Robin fand, daß sein langes Profil und die nahezu schwarzen, zurückgekämmten Haare ziemlich an die Jahrhundertwende erinnerten; er war viel schöner, als er ihn sich nach Justins Schilderung vorgestellt hatte. Zugleich dachte er rüderweise an das Liebesleben, das er mit Justin führte, und konnte sich nicht vorstellen, daß dieser Mann ihn jemals hätte befriedigen können. Der andere beugte sich nieder, um ein verletzliches altes Mercedes Cabrio aufzuschließen, und als er davonfuhr – wobei er ein Gesicht machte, als sei ihm der ehrgeizige Lärm, den es erzeugte, neu und peinlich –, setzte der Fahrer des Escort geistesgegenwärtig zurück und scherte in die frei gewordene Lücke ein.

Das war's dann wohl. Er hatte den Partner seines Liebhabers bei dem eher gedankenlosen Trott am Morgen eines Arbeitstags gesehen; und sehen und wissen war besser, als von Phantasien geplagt zu werden. Er fand, es hatte sich gelohnt. Und erst dann kam ihm überhaupt in den Sinn, daß er jetzt ja auch Justin selber sehen könnte: Er könnte die Fahrt nach Kew hinausschieben und zuerst eine heftige halbe Stunde mit ihm haben, in dem müffelnden Ehebett oder auf dem Küchentisch, wo sie die Frühstückssachen auf den Boden rütteln würden. Im Augenblick fand er die Vorstellung einer Vögelei, bei der etwas kaputtging, sehr reizvoll. Dennoch wartete er. Er fürchtete sich vor Justins Reaktion.

Kurz darauf hörte er von fern ein Telephon klingeln, und als er über die Straße blickte, sah er, wie der Schwarze nickend in ein Handy sprach und dann die kleine Antenne hineinschob, aus dem Auto stieg, nach einem Rucksack griff und die Tür zuschlug. Er war breit und muskulös, kurvenreiche Beine steckten in zerrissenen alten Jeans; er schlenderte selbstbewußt um das Auto, durch Justins und Alex' wackeliges Gartentor und zur Haustür hin, die sich schon öffnete, während er noch hinging. Bevor sich die Tür wieder schloß, sah Robin noch ein Stück weißen Bademantel an einem begrüßenden Arm aufblitzen. Mit offenem Mund saß er da, die festen Lippen gebogen, als würde ihm gleich schlecht. Oben wurde am Erkerfenster des Schlafzimmers der halboffene Vorhang achtlos zugezogen.

4

»Alex ist viel netter, wenn er betrunken ist«, sagte Justin. »Stimmt's, Schatz?«

Alex runzelte die Stirn und nickte verhalten, und als Danny lachte, warf er ihm ein Lächeln zu und fixierte ihn einen Augenblick lang. »Anders vielleicht«, sagte er.

Justin bemerkte den Kontakt und registrierte dann Robins starren Blick über den Tisch, das Lächeln mit herabgezogenen Mundwinkeln, das besagte, daß er ihn normalerweise gewähren ließ, es heute abend aber womöglich mit den anderen halten könnte. »Ich bin ein Engel, wenn ich betrunken bin«, sagte Justin.

Es war das Ende eines langen, üppigen Mahls, Danny räumte gerade in der rationellen Art des geübten Kellners den Tisch ab, wobei er Justins ungenießbare, da kalt gewordene Nachspeise stehenließ, die dieser mit verdatterter Bestürzung betrachtete wie das Sinnbild eines Lebens, das er sich nicht gewünscht hatte. »Du kannst mein Glibberzeug entsorgen, Schatz«, sagte er; worauf nur Alex aus alter Gewohnheit lachte.

»Will jemand Kaffee?« sagte Robin laut. »Oder selbstgemachten Borretschtee?«

»Komm, setz dich zu mir auf den Schoß«, sagte Justin und grabschte vage nach Dannys Bein, als er vorbeiging.

»Ich habe gerade leider keine Zeit, Justin. Ich muß abräumen.«

Justin grübelte kurz darüber nach. »Na, das ist aber schrecklich nett von dir«, sagte er.

Alex beugte sich über den Tisch, um bei allen die Wassergläser aufzufüllen. »Hast du Justin schon dazu gebracht, Hausarbeit oder dergleichen zu machen?« fragte er Robin.

»O nein«, sagte Robin rasch. »Manchmal frage ich mich, ob er das denn gern täte. *Mir* sieht er dabei mit, wie mir scheint, echtem Interesse zu, aber ich glaube, ihm fehlt die nötige Zuversicht, das auch einmal selbst zu lernen.«

Justin lächelte verzeihend an ihnen vorbei. Er wußte gerade nicht so recht, warum er Alex eingeladen hatte, es sei denn aus Ruhelosigkeit und einer dumpfen Lust auf Ärger. Doch es war befriedigend, die beiden Männer in seinem Leben zusammenzubringen und zuzusehen, wie sie höflich in Kampfstellung gingen und wieder zurückwichen, Alex mit seiner schottischen Trockenheit und seinen aufgekratzten und verletzten Gefühlen, Robin mit seinem wohlerzogenen Charme und seinem Hauch von sexueller Skrupellosigkeit. Justin fand Gefallen an der Macht, die er dadurch hatte, daß er diese beiden Männer kannte, die Gesichter hinter ihren Gesichtern, die nur im Licht ihres Verlangens nach ihm sichtbar wurden. Dabei entstand ein Machtüberschuß, der bekanntlich die köstliche Tendenz hatte, einen zu verderben. Er blickte zu Danny hin, der gebückt den Geschirrspüler belud. Sein weites Trikothemd hing schlaff von seinen schmalen jungen Schultern herab.

»Hey-ho«, sagte er und hob sein Glas. »Auf das Landleben«.

»Auf das Landleben«, sagte Robin, trotzig den Toast annehmend; während Alex mit der alten Beklemmung auf Justins bedrohliche Stimmungsumschwünge und private Ironien blickte.

»Im Dorf gibt es ein ganz wundervolles Schwein«, sagte Justin zu ihm. »Ich muß es dir zeigen. Womöglich ist es das Interessanteste überhaupt im *ganzen* Dorf. Es ist ein riesengroßes ungeheures... Schwein.«

»Ach.«

»Allerdings. Du hast es doch schon gesehen, oder, Danny?«

»Für so etwas habe ich keine Zeit«, blieb Danny seiner Linie treu, und Justin sah, wie er erglühte, als seine Bemerkung eine kleine Belustigung auslöste. Aber natürlich würden sich die beiden anderen um Alex kümmern.

»Wir könnten es uns jetzt ansehen, aber wahrscheinlich hat es schon seinen Pyjama an«, sagte Justin, als handelte es sich um ein Kind.

»Bleiben wir doch einfach hier«, sagte Robin ruhig.

Doch Justin stand auf und schlenderte zur offenen Tür hinaus, um unter der fernen Aufsicht der Sterne zu pinkeln.

Die Nacht war schwärzer und leuchtender, als man sie je in London erlebte, selbst auf dem Heath; und dort gab es wärmere, huschende Schatten. Justin erschauerte in der leichten Kühle kurz vor Mitternacht. Er sehnte sich nach Menschenmengen und dem zielbewußten Durcheinander der Stadt; er wollte Geschäfte, in denen man bekam, was man wollte, und ohrenbetäubende Bars, die so voller Männer auf der Suche nach Vergnügen und Vergessen waren, daß man kaum zwischen ihnen hindurchkam. Hier dagegen war es, abgesehen von dem dunklen Geplapper des Bachs, totenstill. Eine Fledermaus oder etwas Ähnliches flatterte über ihn hinweg. Dort, dachte er, spielt das tolle Leben, Augenblicke der Initiation, neue Männer, neue Reize; und dann auch noch alles Übrige. Er wandte sich zu der erleuchteten Tür zurück. Nur Kerzenlicht, aber doch ein feiner Schein auf Gras und Weg. Voller Ärger fiel ihm ein, daß das ja gar nicht sein Haus war; daß es geflickt und überdacht und eingerichtet worden war, um einen anderen Partner zu erfreuen – oder auch zu zähmen.

Daß er jetzt urplötzlich auf Danny stand, war die Offenbarung des Abends, und während seine beiden Liebhaber sich in ihrem ausgewalzten Schema geteilter Sarkasmen über ihn ergingen, hatte er in seiner Phantasie alles mögliche mit ihm erlebt. Es war ihm nach wie vor unbehaglich, daß sein Freund einen Sohn hatte, als verwiese das auf eine Charakterschwäche bei ihm. Justin haßte Charakterschwächen. Seine Liebhaber mußten ebenso fest mit beiden Beinen auf dem Boden stehen, wie ihre Hingabe zu ihm unerschütterlich sein mußte. Er merkte, wie er sich dafür rechtfertigte, daß Robin kein berühmterer oder originellerer Architekt war. Und Danny war richtungslos, jobbte hier und da ein bißchen, wohnte mit diversen anderen jungen Pillenwerfern und hoffnungslosen Existenzen in einem Haus, das nach Rauch und Sperma roch, wobei er dennoch den irritierenden Eindruck machte, als wisse er, was er tat. Heute abend jedoch war Justin jäh erregt von seiner Frische, von den blaugeäderten Oberarmen, dem vollen Schmollmund, der einen immerzu aufforderte, ihn zum Lächeln zu bringen, und dem kleinen Spitzbärtchen darunter, und natürlich von seinem tollen Schritt, der Beule, was für Justin das alles Entscheidende war und alle anderen Gefühle und Urteile relativierte und überstimmte. »Wie der Vater, so der Sohn«, sagte er mit offensichtlicher, wenngleich ungewisser Bedeutung, als er sich wieder auf seinen Stuhl plumpsen ließ.

»Also, wer will Scrabble spielen?« sagte Robin. Er wischte die Krümel vor sich vom Tisch und lächelte abenteuerlustig.

Alex sah aus, als wäre er nicht abgeneigt, aber auch so, daß Justin sagte: »Spielt ihr nur. Ich bin heute abend viel zu legasthenisch.« In Wahrheit konnte er natürlich bestens lesen und schreiben, auch wenn ihm manche Wörter ein bißchen danebengerieten: Menuett beispielsweise sah er immer als Minarett, angenommen als Agamemnon und Vermählung als Verhehlung. Als er letzte Woche auf einen von Robins Plänen blickte, hatte er das Wort GROSSES SCHLAFFZIMMER gesehen.

»Ich spiele nicht mit«, sagte Danny mit besorgtem Nachdruck, wischte das Abtropfbrett ab und stöpselte den Wasserkessel ein.

Justin sagte: »Spielen wir doch Alex' Enzyklopädiespiel! Das hat Alex erfunden, es ist wundervoll.«

»Na schön«, sagte Robin vorurteilslos, aber mit einem leicht gereizten Unterton, weil sein Spiel nicht angenommen worden war. »Wie geht das?«

Justin neigte den Kopf zu Alex hin, der zögernd die Regeln erklärte. »Es basiert auf dem Aufbau eines mehrbändigen Lexikons, etwa der Britannica oder dergleichen. Man muß sich die Begriffe auf den Bandrücken ausdenken, beispielsweise ›Aachen bis Beatles‹, in der Art. Nur daß sie die anderen beschreiben sollen, mit denen man spielt. Dann werden alle vorgelesen, und man muß raten, wer gemeint ist. Bei dem Spiel kann man nicht gewinnen, es ist nur zum Spaß.«

»Da bin ich mir nicht so sicher«, sagte Justin und beobachtete, wie Robin sogleich einen Wettbewerbsgedanken einbrachte.

»Man könnte zwei Punkte bekommen, wenn man richtig geraten hat«, meinte Robin, »und einen Punkt, wenn man die Definition geschrieben hat.«

»Das ginge«, sagte Alex.

»Das ist aber unfair Alex gegenüber«, sagte Danny, »weil er ja nur Justin kennt.«

Justin sagte: »Das macht nichts. Er schreibt sowieso bestimmt nur nette Sachen über alle.«

Robin holte aus einer Schublade Schmierpapier und eine Handvoll angekauter Bleistifte und Kulis, während er sich selbst einen feinen Rotring-Stift nahm. Alex sagte: »Man darf aber nur zwei Buchstaben weitergehen. Beispielsweise geht ›Albern bis Chaotisch‹, aber nicht …«

»Aber nicht ›Mäßig bis Schlecht‹«, sagte Justin. »Oder ›Heiter bis Wolkig‹.«

»Ah, verstehe …«, sagte Danny.

Robin warf einen Blick in die Runde. »Vermutlich beschreibt man auch sich selber?« Er lächelte geheimnisvoll.

Justin sah ihnen zu, wie sie überlegten und schrieben und Wörter ausstrichen. Zuweilen blickte einer den anderen an. Alex wechsle leicht die Farbe, als Danny merkte, wie er ihn ansah. Robin hingegen hielt Dannys Blick mehrere Sekunden lang aus und sah dann unbeteiligt weg – durch jahrelanges Bridge-Spielen war er sogar beim Scrabble beinhart, was in Justin den Drang auslöste zu schummeln oder bewußt die Regeln falsch zu verstehen. Danny runzelte anrührend die Stirn über seinem Blatt, und als er etwas hingeschrieben hatte, betrachtete er es mit geneigtem Kopf und überlegte, wie es wohl ankäme. Robin riß schon sein Blatt in Streifen, während Alex seufzte, matt lächelte und überhaupt nichts hinschrieb, als hemmten ihn Höflichkeit und besorgte Ernsthaftigkeit dem Spiel gegenüber.

Als sie alle fertig waren, warfen sie ihre Zettel in eine Schüssel, und Robin zeichnete ein Gitter, in das die Punkte entsprechend seinem System eingetragen werden sollten. Justin war zuversichtlich, daß er gewann; er kannte die für das Spiel erforderliche Mischung aus Eitelkeit und Scharfsinn. Er wußte nicht recht, wie die Woodfields spielen würden; zufälligerweise waren die beiden ersten vorgelesenen Lösungen, »Alkohol bis Berauscht« und »Architekt bis Baukunst«, von Danny; sie zeigten einen recht dürftigen Ansatz. Justin versuchte es mit »Bett bis Drei«, womit er sich selbst aufzog, und zeigte keinerlei Bedenken bei »Schön bis Toll«, wenngleich Alex unvorsichtigerweise sagte, er habe geglaubt, es beziehe sich auf Danny. Im ganzen waren Alex' Lösungen peinlich offenherzig: »Justin bis Litton Gambril« (Robin), »Gimpel bis Heute« (er selbst) und »Verspielt bis Vorbildlich«, was, wie sich reizenderweise herausstellte, Justin galt; »Disco bis Fünf« faßte vermutlich das eine zusammen, das er bislang über Danny in Erfahrung gebracht hatte. Bei Dannys lahmem Kompliment »Gut bis Interessant« wirkte er ein bißchen geknickt und glaubte, »Weit bis Wunschbild« müsse auf ihn gemünzt sein (es war Dannys einsame Selbstbeschreibung); irgendwie paßte es zu Robins verbindlich-distanziertem Versuch auf Alex: »Reise bis Stadt«.

Der Unfug war von kurzer Dauer, danach kamen sich aber alle dünnhäutig und dumm vor. Eine Weile saßen sie da, sahen sich die abgelegten Zettel an und überlegten, was Justin sich wohl bei seinem chiromantischen »Jagd bis Liebe« (für Danny) und dem unergründlichen »Lang bis Nachspiel« (für Alex) gedacht hatte. Robin zählte noch einmal die Punkte nach, weil Justin mit so großem Vorsprung gewonnen hatte, während er ärgerlicherweise auf die gleiche Anzahl wie Alex kam. »Ich fand mein ›Pilatus bis Pontius‹ ganz witzig«, sagte er. Er strich heftig über das Gitter, bis es wie der Plan für einen Kräutergarten aussah.

»Genug gespielt«, sagte Danny und stand auf, um etwas zu tun.

»Hast du zur Zeit einen Freund, Schatz?« fragte Justin.

Danny drehte sich um und sah ihn, die Hände in die Hüften gestemmt, an. »Ich habe schon genug Ärger mit dem Freund meines Vaters, da brauche ich nicht auch noch selber einen, vielen Dank«, sagte er; doch als er an ihm vorbeikam, beugte er sich zu Justin hin und umarmte ihn, wobei er ihm eine Hand ins Hemd schob – und Justin meinte, er habe bei solchen ungeplanten, nahezu bedeutungslosen kleinen Tändeleien doch einen hübschen kuscheligen Umgang mit ihm. Als Danny sich zurückzog, faßte er zu ihm hoch und erhaschte erneut etwas auf Alex' Gesicht, was mehr als bloßes Registrieren war, ein unwillkürliches Interesse, ein protestierender Blick. Er sagte: »Alex gäbe einen super Freund ab.«

»Na, und wie«, sagte Danny fröhlich, aber nicht unhöflich.

»Du bist wie ich, Süßer, du brauchst einen Älteren, der sich um dich kümmert. Ich weiß, Alex ist ziemlich schüchtern und sensibel, aber er hat eine Menge Geld und ein bequemes Haus und einen Sportwagen – und im Bett… also –«

»Bitte!« murmelte Alex.

»Das macht die Hebelwirkung, die er mit seinen langen Beinen hinkriegt…«

Am Türrahmen klopfte es. »Komme ich ungelegen?« Ein breitgesichtiger junger Mann mit zurückgekämmten schwarzen Haaren trat zögernd aus der Nacht. Er trug eine Malerlatzhose über einem blauen T-Shirt, den Latz an einer Seite offen, und abgetretene alte Turnschuhe. Die Wirkung war authentisch, aber man hatte dennoch den Eindruck, daß er sie ausschlachtete. »Ich bin grade auf dem Weg zu Mam«, sagte er mit den ausgeprägten Vokalen der Gegend.

»Komm rein, Terry«, sagte Robin, worauf Danny zu ihm hinschlenderte und ihm den Arm drückte.

»Komm, trink was, Terry«, sagte Justin schroff. Und so besorgte man ihm einen Stuhl und ein Glas, die Flaschen wurden gegen das Licht gehalten, um zu sehen, ob noch etwas drin war.

»Das überrascht mich aber, daß du Samstag abends nichts zu tun hast«, sagte Robin, zweideutig, wie Justin fand. Terry war ein lokales Faktotum und ein Romeo. Er trieb sich hauptsächlich auf dem Wohnwagenplatz Broad Down herum, einem berühmten Schandfleck auf der anderen Seite von Bridport, und verfügte außerdem über eine etwas undurchsichtige Verbindung zu dem protzigen Bride Mill Hotel.

»Ich hab ein bißchen was für Bernie Barton gemacht«, sagte Terry. »Hab ihm das Hinterzimmer tapeziert.«

»Meinst du Wachtmeister Barton Burton?« erkundigte sich Justin.

Terry kam mit Justins Humor nicht zurecht. Er sagte bloß: »Wenn du meinst«, und grinste die anderen um Solidarität an. »Warst du in der letzten Zeit im Mill?« fragte Robin in einem Ton, der Justin irritierte. »Wie sind die Preise? Immer noch fünfunddreißig Pfund für Fish and Chips?«

»So um den Dreh«, sagte Terry. »Cheers!« Er trank einen vorsichtigen Schluck, lachte und sagte: »Vielleicht sind sie ja auch gestiegen.«

Ärgerlich war dabei die leicht schelmische Jovialität, die Art, wie nun auch Robins Vokale verschwammen, halb ländlich wurden, gewissermaßen eine verbale Laxheit annahmen, als wollte er ihre Unterschiede bezüglich Alter und Schicht überspielen. Er soll das sein, was er ist, dachte Justin, der nicht betrunken genug war, um nicht zu wissen, daß sein Ärger von Schuldgefühlen verschärft wurde. Der jetzige unvermutete Anlaß war ein Test für Terry wie auch für ihn selbst. Er wußte nicht, wie geübt Terry bei Betrügereien war, aber vielleicht war es auch seine eigene Versnobtheit, anzunehmen, ein Londoner könne eine Geschichte wie die ihre besser verbergen. Er hätte ihm ein höheres Trinkgeld geben sollen. Wie er ihn nun betrachtete, die Oberarme und die breite Stirn schon rosig-braun von der Sonne, spürte Justin den verlockenden Biß seines berauschenden Wesens und freute sich auf weitere Vormittage, wenn Robin in Tytherbury war und ihn mit dem allmählichen Erwachen seiner verkaterten Lust allein zurückließ.

»Das ist übrigens Alex«, sagte Danny.

»Guten Tag«, sagte Terry und erhob sich halb, um ihm über dem Tisch die Hand zu schütteln.

»Wohnst du hier in der Nähe?« fragte Alex schlaff.

»Ganz in der Nähe«, sagte Terry und lachte freundlich über seine Unwissenheit. »Nein, meine Mam wohnt gleich um die Ecke, hinten in der Straße.« Er nickte in die angegebene Richtung. »Ich kann durch die hintere Gartentür hin.«

Justin wunderte sich, wie kunstlos dieses ganze Gerede über

hintere Schlafzimmer und hintere Straßen war. Er sagte:»Mrs. Doggett hat herrliche Delphinien.«

Terry zog die Augenbrauen hoch; er argwöhnte einen weiteren Scherz.»Sie hat damit schon einige Preise gewonnen«, sagte er.»Sie heißt Badgett.«

Nun war es Justin, der auf der Leitung stand; vielleicht hing die Verwechslung mit seiner Erinnerung an Doggett's Coat and Badge zusammen, einem Pub an der Blackfriars Bridge, wo er mehrere Abende mit einem geilen Jungredakteur vom *Sunday Express* versumpft war. Er fand es aber sinnlos, sich deswegen zu entschuldigen.

»Ihr habt nichts für mich zu tun?« fragte Terry mit einem vagen Kopfschütteln.

Justin sagte:»Robin ist berühmt dafür, daß er alles selber macht.«

Eine kleine Pause entstand.»Machst du die Disco dieses Jahr?« fragte Robin, als wäre es ein Ereignis, auf das er sich besonders freute.

»Ja, glaub schon, im Juli, wenn Ferien sind«, sagte Terry leise und nickte gewichtig angesichts der Schwierigkeit der Aufgabe und seiner Bereitschaft, sie durchzuführen. Justin konnte seinen blauen Slip durch die Seitenlasche der Latzhose sehen. Sonst trug er also nichts darunter.

»Wir haben tolle Musik auf meiner Party«, sagte Danny, während er sich von der anderen Seite her vorbeugte und dabei Terry eine Hand auf den Oberschenkel legte, womit er blitzartig Justins Phantasie wahr machte.»Ihr seid alle eingeladen«, fuhr er fort, offenbar auf eine spontane Eingebung hin.»In zwei Wochen, hier. Das geht doch klar, Dad, oder?«

Robin zuckte die Achseln und breitete die Arme aus:»Ja...« Justin sah darin sogleich einen Plan, der von potentiellen Gelegenheiten und Peinlichkeiten nur so strotzte. Alex würde natürlich nicht da sein, wenngleich er die Einladung schon mit allen Anzeichen geschmeichelter Überraschung annahm; und vielleicht würde auch Robin als Vater es für angebracht halten, den Abend lieber mit den Halls zu verbringen... Vermutlich würde es Drogen geben, die ihn immer unbehaglich stimmten, ihre Konsumenten dagegen eher liebebedürftig, aber unfähig machten. »Wie alt wirst du denn, Schatz?« fragte Justin.

»Dreiundzwanzig«, sagte Danny und zog dabei eine Grimasse über diese Scheußlichkeit. Dann brummelte er theatralisch: »Was habe ich nur aus meinem Leben gemacht?« Woraufhin sich alle bis auf Terry gewichtig räusperten und mit einem verzweifelten Grinsen ihre Gläser auffüllten.

»Tja, Alex hat es in seinem Beruf ja weit gebracht, er ist schon bei der Pensionskasse«, sagte Justin und lächelte, als er sah, daß sein ehemaliger Liebhaber das Kompliment nicht vom Spott trennen konnte. »Während Robin die hoffnungsvollen Ansätze seines Frühwerks über ›Das Haus in der Landschaft‹ und ›Die Landschaft im Haus‹ vielleicht nicht ganz bestätigt hat, oder, mein Süßer?«

»Du hast als Schauspieler auch nicht gerade die Massen angezogen«, sagte Robin, womit er offenbar seine Verärgerung parodieren wollte. Justin blickte auf Danny und Terry, die nebeneinander saßen, unsicher, wen er für sich gewinnen sollte.

»Ich habe *in* einem Stück gespielt«, sagte er.

Bald löste sich die Runde auf, Terry rief von der Tür her »Tschüs«, und Danny ging leise redend mit ihm hinaus. Justin sah, wie Alex hinter ihnen herschlenderte, als wäre er wie im Halbschlaf von ihnen angezogen oder einfach nur aus einem Fluchtinstinkt heraus, dann in der Tür stand und sich übertrieben reckte und gähnte. Oben im Badezimmer knipste Justin das Licht aus, hockte sich auf das niedrige Fensterbrett und wartete, bis sich seine Augen an das nächtliche Dunkel gewöhnt hatten: die arglosen Bäume, dichtgedrängte matte Monde Wiesenkerbel, dann langsam, nach und nach, mehr Sternenlicht auf der Schräge des Gewächshauses, auf den reglosen Rosen und auf der vagen Unermeßlichkeit des Hügels dahinter. Sehen konnte er die Jungen nicht, allerdings hörte er gelegentlich einen lauteren Satz oder beide lachen, dann minutenlang nur das Plätschern des Bachs. Am liebsten hätte er den Bach abgestellt. Wahrscheinlich würde Danny Terry nach Hause begleiten, durch das Tor in der Mauer und dann fünfzig Meter den finsteren Weg entlang; doch da waren ihre Stimmen wieder, ganz in der Nähe, undeutlich die Worte und mit den trägen Rhythmen und unergründlichen Pausen der Belauschten. Also, wenn Terry Danny sagen wollte, was gewesen war, dann würde er es tun. Sie hatten einen Vogel geweckt, der nun eine Reihe orientierungsloser Gluckser von sich gab.

5

Am Sonntag beschloß Robin, sich von dem unablässig sich entschuldigenden Alex und den unnötigen Spannungen des Wo-
chenendes eine Pause zu gönnen und nach Tytherbury zu
fahren. Doch dann meinte Tony Bowerchalke, er solle doch die
ganze Gesellschaft mitbringen, nicht zum Lunch, sondern auf
ein Glas vor dem Lunch. Sie alle in den Saab zu kriegen war
nicht einfach gewesen. Alex, der zunächst wenig überzeugend
Shorts angehabt hatte, rannte nach oben, um sich umzuziehen,
und stieß sich den Kopf ziemlich unsanft an einem Balken. Dann
schienen Alex wie auch Justin hinten bei Danny sitzen zu wollen, wobei Danny aber sagte, er wolle lieber vorn sitzen. Justin
siegte, indem er den Standpunkt vertrat, Alex habe die längsten
Beine, und brachte dann Danny zur Weißglut, indem er auf seinem nackten Unterarm »Kommt ein Mann die Straße lang«
spielte. Danny war sichtlich eingeschnappt, nachdem Robin mit
einem gehörigen Schrecken morgens um drei im Badezimmer
einem nackten Terry Badgett begegnet war. Vielleicht war es
doch am besten, wenn Alex mit seiner verantwortungsbewuß-
ten Freude an den Dörfern und der Explosion blühender Kastanien und Weißdornsträucher den Beifahrer machte.

Als sie zwischen den hohen gemauerten Torpfosten einbogen,
sah Robin alles mit neuen Augen, so wie es immer ist, wenn man
Besuchern etwas Vertrautes zeigt – er schien ihre Neugier und
vage gemeinschaftliche Wahrnehmung bei der einen knappen
Kilometer währenden Fahrt zu teilen, die sich die schlagloch-
übersäte Zufahrt entlangwand: zwischen dichten Rhododen-
dronwällen an Feldern vorbei, die, wie zu Kriegszeiten, bis an die
Straße bepflanzt waren, durch unheimliche Pappelschonungen
mit Fasanerien in ihren schnurgeraden Schneisen bis zu dem
grausigen Schock des Hauses selbst. Widerstrebend rutschten die

»Kinder«, als die Robin sie sah, aus dem Wagen, als wären sie gerade zum Internat zurückgebracht worden.

Tony stand links auf dem struppigen, mit Gänseblümchen übersäten Rasen; offenkundig hatte er mit seiner üblichen Unruhe und Furcht vor einem Unfall schon auf sie gewartet, wenngleich er vorgab, sie erst bemerkt zu haben, als die Autotüren arhythmisch zugeschlagen wurden. Er eilte herbei, wobei er seinen Pullover herabzog und sich die plattgedrückten, öligen Haare zurückstrich. Man stellte einander vor, Tony hielt einen längeren Moment Alex' und Dannys Hand gedrückt, um sich ihre Namen besser einprägen zu können. Sie standen in einer unschlüssigen Gruppe zusammen, locker ausgerichtet auf den Mittelpunkt des kiesbedeckten Kreises, eine nackte Steinplinthe, auf der sich einmal eine Willkommensgottheit oder eine hohe Urne, aus der Kapuzinerkresse wallte, erhoben haben mochte, die ihnen nun aber lediglich einen kurzen, rostigen Dorn präsentierte.

»Sie möchten bestimmt etwas trinken«, sagte Tony rasch und führte sie nach einem kurzen Blick auf die Uhr weniger durchs Haus als vielmehr darin herum. Robin ließ die Gruppe vorauszotteln; Alex sprach mit ihrem Gastgeber, der gerade im Ton milder Hysterie sagte: »Dieser Architekturstil gefällt nicht jedem.« Robin erinnerte sich, wie er versucht hatte, Tony von dessen Vorzügen als einem Beispiel von »abweichender Gotik« zu überzeugen, doch sein Auftraggeber, der während des Krieges ein Jungstar unter den Kodeknackern beim Geheimdienst gewesen war, hatte Robins professionellen Euphemismus sofort entschlüsselt.

Bald darauf saßen sie, mit dem Rücken zum Haus, auf der Terrasse. Es gab zwei alte Liegestühle und zwei hohe Eßzimmerstühle, deren mit feuchten Grasschnipseln verklebte Klauenfüße zerbrechlich wirkten; Danny hockte in seiner lebhaften, disponiblen Art ein wenig abseits auf der niedrigen Mauer. Tony warf ihm einen dankbaren Blick zu und sagte: »Mögen Sie alle einen Campari?«, als wäre es ihr Lieblingsgetränk; und alle gaben sie vor, einen zu wollen.

In die Sonne blinzelnd blickten sie auf die Überreste eines viktorianischen Gartens mit einem großen runden Teich, in dessen Mitte ein stillgelegter Brunnen aus bröckelnden Tritonen, ärgerlichen pockennarbigen Säuglingen gleich, stand; der Wasserspiegel war gefallen, so daß man nun die krautbewachsene Röhre sah, die ihn gespeist hatte. Die darum herumliegenden französischen Gärten waren alle schon zehn Jahre zuvor in Rasenflächen umgewandelt worden, als Hilfskräfte ein aussichtsloses Problem geworden waren; wenngleich hier und da eine gebogene Sitzbank, eine Sonnenuhr oder eine unausrottbare alte Rose eine verwirrte Anspielung auf die Anlage machten, deren Teil sie einst gewesen waren. Dahinter befand sich eine ansteigende Kastanienallee, die den Ziegelschornstein eines florierenden kleinen Industriebetriebs einrahmte.

Tony kam durch das hohe Terrassenfenster zurück, dabei Mrs. Bunce, die das schiefe Tablett mit den Gläsern trug, geleitend und ermunternd. Robin wußte, daß sie nicht vorgestellt würde, und rief daher aus: »Hallo, Mrs. Bunce«, eine Aufmerksamkeit, die ihr offenbar schmeichelte und sie auch ein wenig durcheinanderbrachte. Sie war eine Witwe, deren Alter durch ihre trotzig gefärbten Haare, den scharlachroten Lippenstift und eine entfernte Ähnlichkeit mit der Herzogin von Windsor verhüllt und zugleich auch irgendwie hervorgehoben wurde. Vermutlich hatte sie ihren Hauskittel abgelegt und sich in Ordnung gebracht, bevor sie herauskam, wo sie die zweifelhafte Rolle der stummen Gastgeberin spielte. Drinnen kochte und putzte sie und organisierte das geschrumpfte heutige Leben des riesigen Hauses. Robin bot ihr seinen Stuhl an.

Bald gestand Tony seine Sorgen um das Haus, obwohl ihn eigentlich niemand danach gefragt hatte. In den sechziger Jahren waren Teile des Grundstücks verkauft worden, um mit dem Erlös schändliche Labour-Steuern zu begleichen, der kleine Hof war auf Jahre hin an eine Firma verpachtet worden, die allergieauslösende Schädlingsbekämpfungsmittel einsetzte. Gegenwärtig ließ Tony in einem Teil des Hauses, der nicht mehr benutzt wurde, zwei abgeschlossene Wohnungen ausbauen, um damit gutbetuchte kinderlose Mieter aus London anzulocken. Und dann hatte die Viktorianische Gesellschaft plötzlich einen Wirbel um das Mausoleum seines Urgroßvaters veranstaltet, eine verwüstete Kuriosität im Park, wie Tony dazu sagte. Bei den beiden letztgenannten Dingen war Robins Büro (wenn man das so nennen wollte) im Spiel, und Tony prostete ihm zu.

»Ich liebe dieses Haus!« sagte Danny und grinste über ihre Köpfe hinweg und immer höher an den alterslosen rotweißen Backsteinbastionen hinauf. »Es ist unglaublich.« Und leiser, in sein Glas: »Echt ein Trip!« Tony zeigte sich erfreut, aber einer Lösung seines Problems nicht näher.

Alex sagte vieldeutig: »Es ist umwerfend«, während Justin seine Sonnenbrille aus der Hemdtasche zog und sich dahinter verbarg. Bei gewöhnlichen gesellschaftlichen Anlässen war er häufig schüchtern und unzugänglich.

»Haben Sie schon einmal daran gedacht, das Ganze zu verkaufen?« fragte Danny, als hätte er einen potentiellen Käufer im Sinn oder wollte es gar für sich selbst.

»Na, aber natürlich«, sagte Tony. »Das könnte man zu einem Ausbildungszentrum oder Seemannswaisenhaus machen und Fertighäuser auf den Rasen stellen. Aber ich glaube, ich könnte es nicht weggeben – meine Mutter war nämlich sehr glücklich hier. Das ginge doch nicht, oder…«

Robin hatte ihn schon das eine oder andere Mal so argumentieren hören und meinte, es müsse einem so exklusiven Ehren- oder Gefühlskodex entspringen, daß Tony vielleicht selbst der letzte Vertreter davon war. Doch Danny, der eine intensive Beziehung zu seiner Mutter hatte, schien das ganz normal zu finden, und Mrs. Bunce meinte: »Das sagen Sie doch immer, Tony.«

»Es wird alles gut«, sagte Robin, der seine Funktion hier ebenso therapeutisch wie architektonisch begriff.

Tony lächelte Danny an und sagte: »Ich habe einmal deinen Großvater kennengelernt. Wir waren eigentlich nicht der gleichen Auffassung. General Woodfield«, erklärte er Mrs. Bunce in einem Ton, in dem Spott und Respekt untrennbar verbunden waren, »war angeblich der bestaussehende Mann in Wessex.

Seine Frau, Lady Astrid, war die Tochter des Grafen von Hexham.«

Mrs. Bunce strich sich verzagt über die Haare, als sollte sie diesem großartigen Paar gleich vorgestellt werden. Robin sagte:»Ich sehe mir mal den Putz an.« Und mit einem überraschenden und kindischen Gefühl der Erleichterung trat er ins Haus.

Er ging durch den hohen dunklen Salon in die Halle. Die meisten Zimmer in Tytherbury waren konventionell, hatten strenge klassische Kamine und Schiebefenster, die gerade hinter den spitzen gotischen Öffnungen hochgingen; manche allerdings wiesen ein düsteres Halbpaneel und Tudor-Türen auf. Die Halle war ganz anders; sie war ein Paradestück mit einem dunklen Backsteineingang gleich einem Verrätertor und führte auf einen haarsträubenden Treppenaufgang hinaus, dessen sich vereinende und trennende Aufgänge über die gesamte Höhe des Hauses einen großen düsteren Schacht hinaufliefen. Die Sonne sprenkelte durch das grell kolorierte Buntglas das kräftige und unattraktive Balkenwerk. Dieses teilte bei all seiner phantasievollen Gestaltung mit dem übrigen Haus einen zerlegten, halbmöblierten Eindruck, als wäre es schon an eine der Einrichtungen verkauft worden, die Tony derzeit noch hinhielt. Oben ragten noch eine Reihe Haken hervor, wenngleich die mythologischen Gobelins, die einmal daran gehangen hatten, anscheinend nun dem Ballsaal eines Herrenhauses in Beverly Hills etwas düster Klassisches verliehen. Bilder, Möbel und Rüstungen waren während der vergangenen fünfzig Jahre in unregelmäßigen Aktionen weggeschafft worden. Robin wußte nie, ob er diesen Effekt nun eindrücklich oder bedrückend finden sollte. Er ging, zwei Stufen auf einmal nehmend, so als handelte es sich um irgendein altes Treppenhaus, in den ersten Stock und trat in einen der seltsam unlogischen Gänge, die davon abzweigten.

Die Wohnungen waren im Personalflügel geplant. Als Tony Bowerchalkes Urgroßvater sich das Haus ausgedacht hatte, hatte ein ehrgeiziger Architekt aus der Gegend die Pläne für ihn erstellt, die unterschiedlichen Wirtschaftsräume und Quartiere für die männlichen und weiblichen Bediensteten, die Spülküchen und Speisekammern, die Tresore für das Silber und die Brennstofflager. Am Ende des Flügels war ein als »Übriges Zimmer« bezeichneter Raum, bei dem die Vorsorge den findigsten Bedarf übertroffen hatte. Tony behauptete, er und seine Schwester hätten darin als Kinder ihre eigene Version von Fives gespielt. Robin fühlte sich nicht wohl, und das wollte er nicht zeigen. Er war nicht Herr der Lage. Justin hatte morgens um acht Uhr darauf bestanden, mit ihm zu schlafen und gestöhnt und geächzt, als würde er einen Porno synchronisieren. Sie hörten, wie Alex sich im Schlafzimmer nebenan umdrehte, und als der Taumel vorüber war, konnte Robin nicht umhin, sich die Wirkung ihres Gegrunzes und Gelächters auszumalen, und war beschämt ob seines grausamen Benehmens. Daß beim Frühstück in Alex' Gesicht und Gesprächsbeiträgen keinerlei Anspielung darauf erfolgte, war ein deutliches Zeichen, wie aufgebracht er gewesen sein mußte. Anscheinend hatte er gestern abend bei Justin einen Annäherungsversuch gemacht, es war deutlich, daß er ihn noch immer liebte und es ihm schrecklich ging. Er tat Robin leid, aber nur theoretisch: Sein Verlust war Robins Gewinn, es wäre entsetzlich, Justin zu verlieren, doch Robin war noch nie verlassen worden.

Er stand im »Übrigen Zimmer«, wo der neue Putz in dem warmen Wetter schnell von rosigem Schokoladenbraun zu dem Sandpink einer Puderdose getrocknet war. Die Streichbögen der Arbeiter waren schwach auf den Wandflächen zu sehen, die marmorglatt waren und dennoch einen kalkigen Staub auf den Fingerspitzen zurückließen. Im Zimmer roch es angenehm nach Putz und frischen Sägespänen. Seine Schritte hallten. Er mochte diese saubere, praktische Phase der Projekte, wenn noch nichts von Nutzung kompromittiert war.

Als er wieder nach draußen kam, sammelte Mrs. Bunce gerade die Gläser ein und sagte ihm, die übrigen hätten sich zum Mausoleum hin aufgemacht, ein Wort, das sie mit leicht spöttischer Gewißheit aussprach. »Ihr junger Mann wollte es sehen«, sagte sie, womit sie, wie er vermutete, Danny meinte. Justin hätte es nur sehen wollen, wenn sonst niemand es hätte sehen wollen.

Er sah sie oben vom Feld aus, gerade zu weit weg, um zu rufen, ohne albern zu klingen. Danny und Alex gingen rechts und links von Tony, Alex aufmerksam vorgebeugt und schnelle Blicke um sich werfend wie ein königlicher Herzog, dem etwas Erfindungsreiches gezeigt wird. Justin schlenderte in einigem Abstand zur Linken dahin, schlug nach Gräsern, ungesellig, von nichts angetrieben als einem schwachen Aperitif. Robin stieg über den Zaun und trabte hinter ihnen her; er konnte nur an eines denken: Justin für sich zu reklamieren, ihn anzuspringen oder ins hohe Gras zu schleudern.

Tytherbury war ein wenig landeinwärts gebaut, wo das Meer nicht mehr zu sehen war, so daß das Gut nur an einer Stelle an die Küste stieß: an einer rätselhaft unbesonnten engen Mulde oder Schlucht mit einem struppigen Bewuchs aus Eiben, Rhododendren und sich darüberwölbenden Zedern. Ein kleiner, nahezu verborgener Bach rann hindurch, unter einem Zaun hinweg und schnitt einen gewundenen Kanal durch den Strand. Der Wald wies eine Vielfalt an Flechten und Epiphyten auf, die ihm das Aussehen eines Zwergregenwaldes gaben, und manchmal schickte Tony Blockadebriefe an Ökologen, die ihn untersuchen wollten. Er hatte seine Lektion von Sir Nikolaus Pevsner gelernt, dem er ein Essen gegeben und sein Archiv überlassen hatte, was dieser ihm dann mit einem gnadenlosen Satz über das Haus im Dorset-Band von *Die Häuser Englands* vergolten hatte: »Ein extremes Beispiel für einen zu Recht vernachlässigten Typus.«

Seine Eindrücke von der Schlucht schrieb Pevsner nicht auf, ebensowenig die von dem empörenden Bau, der darüber in einer Lichtung windgezauster Douglasien stand: »Auf dem Gelände MAUSOLEUM von Thomas Light Bowerchalke. Eine Pyramide.« Nach mehreren Besuchen fand Robin, daß es seinen monumentalen Effekt noch nicht verloren hatte und die steilen Ebenen aus fein gemörteltem, purpurnem Backstein das Gefühl des Besuchers für Entfernungen verwirrten: War es zehn Meter hoch? Dreizehn? Sechzehn? Es drückte einem aufs Herz und erforderte bei denen, die sich ihm näherten, doch einen gewissen Mut. Es war vollkommen glatt, nur ganz oben an jeder Seite ließ ein verglastes Ochsenauge Licht in das unahnbare Innere.

Tony eilte voraus wie ein herbeigeholter Mesner und suchte seine Schlüssel durch. Die Tür der Pyramide lag unterhalb des Erdniveaus, und als er die lange Rampe betrat, die hinführte, schien er in die Erde hinabzusteigen. Robin folgte ihm, dann Danny und Alex und Justin mit ihrem jeweiligen Zaudern. Robin blickte sich um und sah, daß Justin sich weggedreht hatte, um zu pinkeln. Tony sagte gerade etwas über die Maske über der Tür – ein teilnahmslos starrendes römisches Gesicht, das mutwillig zu nasenloser ägyptischer Flachheit beschädigt worden war; Robin jedenfalls wußte nie so recht, ob es nun einen Mann oder eine Frau darstellte. Darüber befand sich eine griechische Inschrift, aus der niemand so recht schlau wurde, die aber, so Tony, besagte: »Er geht in sein langes Zuhause.« Ein Gitter mit einem Vorhängeschloß daran lag über der Tür, seine bronzenen Beschläge waren oxidiert und kratzten beim Aufgehen laut über den Boden.

Die erste Überraschung drinnen war die stille Kühle nach der windigen Hitze des Tages und der graue Morgendämmer, auf den die vor der Sonne zusammengekniffenen Augen trafen. Justin kam als letzter herein, die Sonnenbrille auf, und tastete sich zu dem glücklich fröstelnden Danny vor. Alex starrte zu den querlaufenden Backsteinstreben hinauf und stolperte rückwärts gegen den Sarkophag, auf dem er sich plötzlich einen Augenblick lang ernüchtert sitzend wiederfand – es war eine einzige polierte braune Marmorplatte, die aus dem Steinbruch von Purbeck dreißig Kilometer weiter ostwärts stammte.

Robin gab die Anlage des Baus noch immer Rätsel auf. Während andere derartige Pyramiden, die er in angelegten Parks und auf Gutsfriedhöfen im ganzen Land gesehen hatte, eine gewölbte Kammer enthielten, die fast so aussah, als wäre sie aus dem Innern einer dichten Masse gehauen, war die von Tytherbury von der abgesenkten Grabkammer bis hinauf zur Spitze offener Raum. Es war, als befände man sich in einem Kirchturm oder einer Darre, nur daß die Deckenträger nicht aus Holz, son

dern aus Backstein bestanden und als schmale, einander schnei-
dende Bögen übereinander zu hängen schienen. Der Effekt in
dem grauen Schein der wetterverkalkten Oberlichter war my-
steriös und klaustrophobisch zugleich. Tony behauptete, man
habe sich dabei von der Moschee von Córdoba leiten lassen.
Und einen dieser Backsteinbögen, der abgesackt war, sollte Robin wieder richten. Eine flache Vertiefung auf halber Höhe der
flechtenüberwachsenen Nordseite hatte sie auf die Gefahr aufmerksam gemacht. Robin erklärte dies den anderen ziemlich
kryptisch, so als erwartete er oder hoffte gar, nicht verstanden zu
werden, und zeigte dabei auf eine Stelle weit oben, die auch
beim besten Willen nicht zu sehen war. »Wie kannst du daran
arbeiten, ohne daß das, was darüber ist, herunterfällt?« fragte
Alex.

»Das weiß ich selber nicht«, sagte Robin.

Zwischen den Backsteinschichten unmittelbar neben ihnen
hatte sich Feuchtigkeit niedergeschlagen. Er mochte diesen Bau
nicht und hatte auch ein klares Bild, wie auf einer kleinen Film-
schleife, wie er über ihm zusammenstürzte. Den Mangel an religiösen Versicherungen fand er verblüffend trostlos. Es war nun
über ein Jahr her, seit sie Simon begraben hatten, doch angesichts
einer derart prosaischen Umsetzung fröstelte ihn, wie er da gerade mal einen Meter von einer Leiche entfernt stand, die nach
über einem Jahrhundert ungläubiger Ruhe bestimmt verwest
war und grinste. Alex lächelte ihn gequält an, vielleicht in Gedanken an den Reparaturauftrag, vielleicht aber auch aus ganz
anderen, subtileren Gründen. Er sagte: »Ich weiß einfach nicht,
wie du weißt, wie überhaupt jemand weiß, ob etwas hält.«

»Tja…«, sagte Robin allgemein, als läge dies tatsächlich im
Bereich der Fähigkeiten eines jeden intelligenten Erwachsenen.
Gleich würde Alex von Spannungen und Belastungen anfangen.

»Das hängt doch mit Spannung und Belastung zusammen,
oder?« Alex sah zu Justin hin, der sich leise mit Danny unterhielt, während dieser mit dem Zeh eine Linie in den groben
Staub auf dem Steinboden zog. »Und darüber wissen wir ja nun
einiges…«

Und genau das mißfiel Robin – die unangebrachte Intimität, die Alex so bereitwillig zwischen ihnen suggerierte, als wollte er ihn auf seine Ebene des Scheiterns und der Nettigkeiten herabziehen. Robin hatte ein, wie er fand, Oberschichtmißtrauen Nettigkeiten gegenüber.

Unter dem Vorwand, etwas zu suchen, wandte er sich ab, um kundzutun, daß er nicht nur zum Vergnügen hier war; er löste das metallene Maßband, das er wie ein Zimmermann am Gürtel trug, und vermaß die niedrige Tür, um zu sehen, was hereingebracht werden konnte und was nicht. Als er sich wieder umdrehte, lächelten die vier anderen, die hinter dem Sarkophag eng beisammenstanden, über etwas. Es war ihm peinlich, Danny etwas über Opium sagen zu hören. Tony hatte ihm einmal, als wäre es noch ein Problem, anvertraut, sein Urgroßvater sei süchtig gewesen, und Robin hatte Danny gegenüber von seiner Theorie gesprochen, daß es sich bei der Pyramide und vielleicht sogar dem Haus selbst um den Versuch handele, die architektonische Phantasmagorie eines Opiumtraums zu realisieren. Er hörte, wie Tony hastig etwas erwiderte und Danny daraufhin sagte: »Echt derbe.«

Draußen in der Sonne, während er hörte, wie die Tür zugezogen wurde, das Vorhängeschloß am Gitter zuklickte und die Gruppe – sein Sohn, sein Liebhaber, sein Gast und ihr reizender, erwartungsvoller alter Gastgeber – kurz verstummte, um sich neu zu sammeln, wunderte Robin sich über seine Paranoia und unternahm einen charakteristischen Versuch, sie zu bannen: tiefer Atemzug, Schulterstraffen, gereiztes Stirnrunzeln und dann ein breites schönes Lächeln zu den anderen hin. Justin war eben kokett, was aber nichts bedeutete, denn er war gern eine Nervensäge; in betrunkenem Zustand setzte er sich nahezu Fremden, die zum Essen da waren, auf den Schoß oder warf sich wie ein Hund mit kleinen Faux-Ficks gegen alte Freunde von Robin. Er meinte, dies sei nur ein Zeichen seiner Schüchternheit.

Auf dem Rückweg ging Justin voraus und plauderte mit ihrem Gastgeber in einem Ton suggestiver Beiläufigkeit, als wäre dieser ein Mann seines Alters und seiner Erfahrung; vielleicht hoffte er, noch etwas zu trinken zu ergattern. Das weckte in Robin den Gedanken, er sei zu förmlich mit ihm gewesen. Der Anblick Justins von hinten konnte ihm noch immer ein kleines Geräusch der Lust und Bewunderung, halb Grunzen, halb Ächzen entlocken. Die klare, erregte Bündelung der Liebe auf ihr Objekt in einem verschwommenen, belanglosen Bereich. Alex unterhielt sich mit ihm, doch Robin, ein starres Halblächeln auf dem Gesicht, blickte nur nach vorn. Als er sich dann doch, als eine Geste der Höflichkeit, ihm zuwandte, sah er, daß sie beide auf dasselbe gestarrt hatten.

Auf der Rückfahrt herrschte unter den anderen eine Atmosphäre müßiger Verstimmung, als hätten sie sich gut betragen und sehr wenig dafür erhalten. Robin sagte:»Bowerchalke ist ein netter alter Kauz, was?«, doch nur Alex bequemte sich, ja zu sagen, was auch immer er tatsächlich denken mochte. Robin war plötzlich klar, wie leicht man einem, der sich so sehr zurücknahm und so bereitwillig allem zustimmte, einen Streich spielen konnte. »Natürlich ist er ein vertrotteler alter Narr«, sagte er, doch Alex blickte nur mit einem matten Lächeln zum Fenster hinaus auf die Sonne, die vom Rand einer hohen Wolke herabstrahlte.

Justin sagte ebenso laut wie vertraulich:»Du warst gestern Nacht ja wohl ein sehr ungezogener Junge, Danny.«

»Nicht besonders«, sagte Danny.

Eine kleine Pause entstand.»Na, dein Vater ist da aber anderer Meinung, Danny.« Er sprach wie eine Mutter, der die Aufgabe zugefallen ist, eine traurige elterliche Enttäuschung zu übermitteln.»Bis in die Puppen mit Terry Badgett herumzumachen; und was noch alles. Und wo du doch weißt, wie dein Vater zu harten Touren steht.«

»Ach, tatsächlich?« sagte Danny.

»Und sei nicht so frech.«

»Für dich mag Terry eine harte Tour sein«, sagte Danny leicht gelangweilt, »für mich ist er jedenfalls ein alter Freund.«

»Mhm, mag schon sein. Aber vorher hattest du noch nicht... du weißt schon... oder?«

Danny stellte klar, daß diese ganze Diskussion nicht nur ein Witz, sondern auch unter seiner Würde war. »Nur ein halbes dutzendmal«, sagte er; was ihm einen Kreischer und einen Hieb von Justin eintrug.

»Die heutige Jugend. Das bricht einer Mutter doch das Herz.«

»Glücklicherweise hat meine Mutter ein sehr zähes Herz.« Danny ließ sein Fenster halb herunter und ließ einen frischen Luftzug durch den Fond wehen.

Robin beschloß, auf diesen Unsinn gar nicht erst einzugehen, weil er fand, daß er schon genug gesagt hatte, und Danny hatte recht, auch wenn er selbst nicht unrecht hatte. Die elterlichen Instinkte, die Justin verspottete, waren zuweilen peinlich stark. Wenngleich die Ehe schon vor achtzehn Jahren zerbrochen war, hinterließen Dannys Besuche bei Robin nach wie vor den enttäuschten Nachgeschmack einer verwässerten Süße; manchmal waren sie ängstliche Scharaden des Lebens gewesen, das sie zusammen hätten führen können, doch sie wurden immer mit einem Auge auf der Uhr und einer Rührseligkeit gespielt, die vom einen zum andern wechselte. Die Wochenenden, die Ferienhälften sollten immer etwas Besonderes sein, doch Robin gemahnten sie nur daran, daß er als Ehemann gescheitert war. Das Scheitern blieb, wie sehr er es auch als einen Triumph des Instinkts verbrämte. Er mied eine Begegnung mit Jane und konnte Danny gegenüber streng sein, so als wollte er auf diese Weise jedweden vermuteten Vorwurf der Nachlässigkeit widerlegen. Er führte ein ordentliches Haus. Er wollte wissen, wer unter seinem Dach schlief. Er wollte nicht, daß sein Junge zu einer Schlampe wurde. Doch vergangenen Sommer war Danny in einem perversen Geist der Unabhängigkeit aus Kalifornien zurückgekommen, wofür Robin lahm Jane die Schuld gab, mittlerweile eine namhafte Professorin, die gefeierte Bücher in einem Idiolekt schrieb, den Robin nicht verstand.

Er sah in den Rückspiegel und spürte, wie nutzloser Neid auf Dannys Frische und Freiheiten an ihm zerrte – sogar eine gewisse unterdrückte Rivalität, nachdem er Terry Badgett über die Jahre hatte aufwachsen und von einer Art Tunichtgut zu einer anderen werden sehen. Es war ebenso erregend wie abgeschmackt gewesen, in den frühen Morgenstunden einen nackten Terry anzutreffen, wie er, noch erhitzt vom Sex, das abgestreifte Kondom noch in der Kloschüssel schwimmend, stirnrunzelnd in den Badezimmerspiegel blickte. Das war der erste unübersehbare Hinweis auf Dannys Geschlechtsleben gewesen, und sein Ärger hatte Robin nicht weniger überrascht als das nachklingende Gefühl, protestieren zu müssen.

Alex lächelte angespannt über die Schäkerei auf der Rückbank. Dann sagte Danny mit spitzbübischer Munterkeit: »Justin, erzähl uns doch mal die Geschichte, wie du Dad kennengelernt hast« – ohne überhaupt das ganze Ausmaß der Triangulation seines Patzers zu erkennen, als die anderen gleichzeitig anfingen, über Themen zu sprechen, die gar nichts damit zu tun hatten.

Als sie nach Litton Gambril hineinfuhren, sagte Alex: »Kann ich euch alle zum Lunch im Crooked Billet einladen?« und sah seine Freunde reihum versöhnlich an. Ein kurzes Schweigen entstand, dann hoben sich milde Augenbrauen in zögernder Einwilligung, und Robin sagte: »Ich mache uns einen Lunch zu Hause. Trotzdem danke. Aber wir können eigentlich nicht mehr ins Billet gehen.«

»Ach«, sagte Alex, als wäre er von seiner eigenen Sehnsucht, ihnen etwas zu geben, verletzt; das Pub mit seinen langen reetgedeckten Dachvorsprüngen und den herabhängenden Blumenampeln kam rechts in Sicht. Zwei rundgesichtige Männer, die in ihren Reitstiefeln recht verwegen aussahen, traten gerade heraus, glatte Pintgläser in sorgsamen Händen, und hockten sich auf die niedrige Mauer. Die vereinzelten Flaschenglasscheiben im Fenster des Gasthofs zwinkerten undurchdringlich. Der Saab fuhr ohne Aufsehen vorbei.

»Natürlich sind wir jahrelang hingegangen«, sagte Robin. »Ist ein reizendes altes Pub. Hardy erwähnt es in *Tess* als weithin bekannten Rastplatz an der alten Straße von Bridport nach Weymouth. Der Wirt hatte sich um Tess gekümmert. Bedauerlicherweise sind die Beziehungen mit dem gegenwärtigen Wirt um einiges weniger herzlich, seit Justin ihm einmal reichlich frech gekommen ist und sich dann hinten auf der Veranda erleichtert hat. Lunch dort geht einfach nicht.«

»Steht bei Hardy auch was darüber, daß die Klos dort die übelriechendsten in ganz Wessex sind?«

»Es ist ein wunderbar unverändertes Pub«, sagte Robin. »Wie die Ansichten der meisten Leute darin...«

»Trotzdem«, sagte Alex, »es überrascht mich, daß du dich mit einem Kneipier anlegst, Schatz.«

Justin seufzte. »Gott sei Dank gibt's die Halls. Obwohl selbst er nach zwei Flaschen Famous Grouse eklig wird.«

Robin sagte:»Im Haus haben wir schon auch was zu trinken«, bremste dann, als sie sich dem Tor näherten, wendete den Wagen in einem übellaunigen Manöver und raste plötzlich noch einmal davon. Er wußte, daß er jeden der anderen einigermaßen gegen sich aufgebracht hatte, und verspürte eine kollektive Spannung im Wagen; das Davonrasen war ziemlich angenehm, und sogleich ging es ihm besser.

»Meine Güte, wir werden gekidnappt«, sagte Justin gelangweilt. »Bestimmt werden wir gleich aneinandergekettet.«

»Mir ist gerade eingefallen, daß wir Alex noch gar nicht die Steilküste gezeigt haben«, sagte Robin. »Er kann doch nicht nach London zurück, ohne die Steilküste gesehen zu haben.«

»Die Steilküste ist auch noch nach dem Lunch da«, sagte Danny mit Worten, die eher ein Vater einem Kind gegenüber gebraucht hätte.

»Wir können ja in einem Pub in Bridport Lunch essen, wo man Justin noch nicht kennt.«

»Aber ich bezahle dann«, sagte Alex. Justin langte um die Kopfstütze herum und gab ihm einen leichten Klaps aufs Ohr.

Robin fuhr schnell aus dem Dorf und bog dann, statt die Hauptstraße das Tal entlang zu nehmen, in eine schmale Straße, die anstieg, dann eben weiterging und erneut anstieg. Er fühlte sich wie erstickt von dem Weiß um ihn herum, das an dem Wagen entlangbürstete und -scheuerte, dem zerzausten Weißdorn, der auf einen Hang voller Wiesenkerbel herabfiel, den Kastanien mit ihren Balkonen tropfender Kerzen, dem blendenden Sonnenlicht zwischen dem Laub, das über die Windschutzscheibe floß. Auf der Mitte der Straße wuchsen sogar Gänseblümchen. Wenn er auf uneinsehbare Kurven zufuhr, drückte er zwei-, dreimal auf die Hupe und drängte mit dem Spielerinstinkt, daß schon nichts entgegenkommen würde, voran. Wenn er bremste, dann eine lange Sekunde, nachdem seine Mitfahrer es getan hatten.

Alex mußte aussteigen und das Tor öffnen, und Robin überlegte einen Augenblick lang, wie komisch es wäre, ihn da stehenzulassen und zuzusehen, wie er es verbissen als Scherz nähme, nachdem er zu ihnen aufgeschlossen hätte. Dann donnerten sie einen weiten offenen Berghang hoch, trieben die Schafe in der Nähe auf dummen Kurven in die Flucht. Robin hatte an dieser Geländefahrerei einige Freude, sie erinnerte ihn an Tage, die er mit hübschen ahnungslosen Schulfreunden verbracht hatte, deren Väter Bauern waren und die schon den Landrover fahren durften; stundenlang waren sie über die Felder geröhrt und gerumpelt und hatten auf einem stillgelegten Rollfeld Handbremsenkurven geübt. Einmal hatten sie den Motor immer weiter aufheulen lassen und waren auf einen Graben losgerast und weiter durch den Zaun dahinter, und eine Reihe Stacheldraht und ein morscher Pfosten flogen durch die Luft. Das Fahren auf der Straße wirkte dagegen regelgebunden und prozessionsartig, als er ein Jahr später damit begann.

Die Steilküste hier erhob sich zu regelmäßig gewölbten Höhen, dazwischen lagen geschwungene Grasschultern. Sie bildeten den bröckelnden Querschnitt der Hügelkette, die die Dörfer im Landesinnern schützte, und als der Wagen die Steigung hinaufrollte, die Pracht der höheren Kronen des Stechginsters zu beiden Seiten, toste zunehmend der Seewind um sie herum und zu den halbgeöffneten Fenstern herein. Das Meer war nahe, aber noch nicht zu sehen: Robin spürte, wie sein Puls angesichts seiner Nähe schneller wurde, eine jungenhafte Erregung, die von der gefährlichen Beschleunigung seiner Laune aufgesogen wurde. Justin begann – mit bewußter Belanglosigkeit oder als fände er es höflich, die Rauheit und Unbequemlichkeit der Fahrt zu ignorieren – über ein Restaurant in Battersea zu sprechen. »Kennst du das, Schatz? Es ist ein Schwulenrestaurant. Es heißt Limp Ritz. Es war das erste Restaurant in England, das offen schwules Essen servierte.« Robin fühlte sich mit unvermindertem Ärger an seine Tante erinnert, die, vor die Kathedrale von Chartres gefahren, unaufhörlich von etwas redete, was sie zu Marks & Spencer's hatte zurückbringen müssen. Er blieb auf dem Gas und fuhr geradewegs auf den Rand der Steilküste zu, als sich dahinter urplötzlich das Meer in einem weiten, besinnungslosen Bogen silbrigen Grüns in den Blick hob.

Der Spaß, die kalkulierte Unruhe währten nur Sekunden, dann schrie Danny: »Dad, um Gottes willen!«, während Justin vor Angst, die in Gereiztheit gehüllt war, irgendwie aufheulte und Alex' Hand nach vorn schoß und schon folgenschwer ins Lenkrad greifen wollte. Natürlich drehte Robin rechtzeitig ab, es war ja nur ein Streich, wenngleich er schockiert feststellen mußte, wie verkrampft er war und wieviel näher an der Kante, als er beabsichtigt hatte: Als der Wagen in einer 180-Grad-Drehung wendete, sprühte ein Hagel loser Steine und herausgerissener Rasenstücke davon. Justin und Danny waren nicht angeschnallt, so daß Danny gegen Justin geschleudert wurde, dessen Kopf gegen die Scheibe knallte und darauf einen gefiederten Blutschmierer hinterließ.

6

Alex machte ein bißchen früher Mittag und zockelte die hallende Treppe hinab durch die gewölbten Vestibüle, die eine so irreführende Ouvertüre zu seinem kleinen, mit einem Store abgeteilten Büro bildeten. Auf der Straße nahm er seinen Sicherheitsausweis ab und steckte ihn in die Anzugtasche; ein Reisebus entließ langsam eine Schar knallbunter alter Urlauber, deren Namensschildchen in großer Klassenzimmerschrift »Warren« oder »Mary-Jo« verkündeten. Einen Augenblick lang fühlte er sich fremd und zu Hause zugleich. Das Sonnenlicht prallte von fahrenden Autos und Lieferwagen ab und schimmerte auf den polierten Visieren und Degen der reglosen Horseguards, doch es ging auch ein lebhafter Wind, der an seinem Jackett zerrte und den Staub umherwirbelte, als er die Horseguards Parade überquerte. Er versuchte, nicht zu rennen, schätzte dann aber den Verkehr auf der Mall falsch ein und mußte warten und dann traben, um hinüberzukommen.

Im Hof der Royal Academy, unter den blinden Fenstern der verschiedenen wissenschaftlichen Gesellschaften, empfand er eine vertraute Befangenheit, als würde er beobachtet, obwohl er wußte, daß der einzige Beobachter er selbst war. Oben an der Treppe zeigte er seinen Mitgliedsausweis und trug seinen Namen ein. Er spürte, wie sich in den Galerien die erhabene Pracht des Gebäudes fortsetzte, in dem er arbeitete, die Säulen und Architrave, die hohen beherrschenden Formen und die Gestalten in dunklen Anzügen, die sich dazwischen bewegten, ihre Gespräche, wenn man sie zufällig mithörte, ebenso apodiktisch wie diskret. Es gab dort eine erstaunliche Anzahl von Skulpturen aus einer großen Privatsammlung, doch die Objekte, die von primitiven Grabgöttern bis zu Rokokoheiligen reichten, von Island bis Ozeanien, wurden mit derselben Mischung aus diplomatischer

Zurückhaltung und leicht feindseligem Amüsement bedacht wie die Angelegenheiten und Krisen anderer Länder an Alex' Arbeitsplatz.

Er streifte recht schnell durch die ersten beiden Räume, und als er im dritten Raum den sah, nach dem er gesucht hatte, näherte er sich ihm indirekt und mit dem Anschein professoraler Versunkenheit in andere Ausstellungsstücke. Er betrachtete Kinn, Mund, Nase und rechtes Auge eines jungen Mannes, beredte, polierte Züge mit einem leicht kristallinen Marmorglanz, und sah, wie sie sich auflösten, als er daran vorüberging; von hinten sah das Fragment aus wie ein grobes Geschoß oder ein Meteorit. Er trat wieder nach vorn und sah, wie sich das Gesichtsfragment erneut durchsetzte. Dann ließ er den Blick auf den Kopf dahinter schweifen, auf dessen blondem Kraushaarschopf und ungegerbter Glattheit der Haut ein anderer, aber wahrnehmbarer Glanz lag. Doch, der junge Mann hatte einen satten Schimmer – trotz des verhangenen, verkaterten Blicks, den er fast vorwurfsvoll auf nichts Besonderes richtete. Alex trat mit einem schon aufgesetzten Grinsen vor, wobei er sich eigentümlicherweise selbst als eine Gestalt beobachtete, die unerwartet auftaucht. Mit einer Art faszinierter Erleichterung sah er, wie Dannys mißmutiger Mund sich zu einem breiten Lächeln öffnete.

»Hallo, Alex!«

»Hi, Danny...«

Sie gaben sich die Hand, blickten einander lebhaft in die Augen, während Alex mit der anderen Hand Danny leicht am Oberarm faßte und dessen raschen, unsicheren Versuch spürte, den Bizeps anzuspannen. Als er ihn dann losließ, strich er bewundernd über die steife graublaue Serge seiner Uniform. Danny drehte die Schultern in seinem Jackett und ging träge in Grundstellung. Mit seinen Epauletten, den großen aufgesetzten Taschen und seinem Kurzhaarschnitt sah er aus wie ein schneidiger RAF-Rekrut während des Krieges, das dreieckige Büschel unter seiner Unterlippe dagegen war ein Detail der Mittneunziger. Das Walkie-talkie in seiner Linken knisterte, er hörte sich die unverständliche Nachricht an und sagte mit einem an Alex gerichteten kleinen gelangweilten Grienen »Yeah«.

»Und? Was steht an?« sagte Alex in einem Idiom, das etwas unnatürlich für ihn war.

»Ein Wichser ist das«, sagte Danny und betrachtete kopfschüttelnd das Empfangsgerät in seiner Hand. »Den ganzen Tag nervt er mich, bloß weil ich fünf Minuten zu spät gekommen bin – wenn überhaupt.«

Alex lächelte mitfühlend, wobei er aber instinktiv wußte, daß es wohl eher eine halbe Stunde gewesen war. »Macht dich die Eintönigkeit hier denn nicht verrückt?« fragte er.

Danny riß den Mund auf und ließ in gespielter Resignation die Schultern sinken, als wäre dies noch kraß untertrieben, aber dann sagte er lächelnd: »Nein, ist ganz okay. Um einiges besser als im Supermarkt. Dort wird man von Hausfrauen belabert, hier von Männern bis zum Gehtnichtmehr angemacht. Natürlich ist die Verantwortung hier viel größer.« Er trat einen Schritt zurück und fixierte eine Frau, die wie gebannt vor einer glatten Buddha-Statue stand. »Die decken einen mit ihren Telefonnummern nur so zu«, sagte er. »Diese Woche hab ich schon zwölf gekriegt.«

»Tatsächlich«, sagte Alex, schon verärgert über diese anderen Freier und verwirrt darüber, daß er nicht der einzige war, der Danny schön fand. »Und wie viele hast du ...«

Doch da entfernte sich Danny vorsichtig, als ein weiterer Sicherheitsmann, ein kahlköpfiger, finster blickender Inder, bei dem derartige Annäherungsversuche eher unwahrscheinlich waren, langsam den nächsten Gang entlangmarschiert kam; mit feinfühliger Rücksicht auf Dannys Stellung schob sich Alex davon, um etwas anderes zu betrachten, und fragte sich gleichzeitig, ob Danny sich überhaupt mit ihm unterhalten wollte. Er hatte ihre Freundschaft schon so sehr in seinen Gedanken bewegt und sie mit solch zärtlichen Phantasien durch die kommenden Monate verfolgt, daß ihn die Erkenntnis, daß die ganze Arbeit noch vor ihm lag, wie ein Schock traf. Er fand sich vor einem spanischen heiligen Sebastian aus dem sechzehnten Jahrhundert wieder, der aus leuchtend glasierter Keramik gefertigt war. Die Figur war am ganzen Körper mit Löchern für die Pfeile übersät, so daß sie aussah wie ein riesiges anthropomorphisiertes Sieb. Alex stellte sich vor, wie die Statue aus einem Teich gezogen wurde und das Wasser ein paar Sekunden lang aus ihr herausströmte, dann nachließ und schließlich nur noch tröpfelte.

Danny war jetzt nicht mehr zu sehen, und Alex ging diskret zwischen den dichter werdenden mittäglichen Besuchermassen umher, um ihn zu suchen. Mit seiner üblichen Tendenz zur Schwarzseherei fragte er sich, ob auch er nur eine alte Tunte war, die sich die Gunst des jungen Mannes erhoffte, ihm ihre Nummer aufdrängte wie ein Bittsteller, der sein absurdes Gesuch einem Heiligenschrein darbringt. Er blickte sich in dem Müll alter Religionen, den Gefäßen erschöpfter Magien um. Vor ihm stand eine mit Bläschen überzogene Bronzemaske, brüchig wie Papier und vom Alter azurblau. Einen Augenblick lang dachte er an die Maske mit der abgebrochenen Nase an Tony Bowerchalkes Pyramide. Vielleicht lag er ja falsch, aber er glaubte, daß mit ihm und Danny etwas passiert war, als sie da in diesem verstörenden Bau umhergetappt waren.

»Bitte atmen Sie nicht auf die Objekte, Sir.« Danny stand neben ihm und schob ihm schnell einen Arm um die Taille.

»Alles in Ordnung?«

»Ja.« Dannys fordernder Mund verzerrte sich zu einer Grimasse. »Es ist ganz toll, dich zu sehen«, sagte er.

»Geht mir auch so«, sagte Alex. »Auf dem Weg hierher ist mir plötzlich eingefallen, daß du ja Dienst haben könntest.«

»Du meinst, du bist nicht nur hergekommen, um mich zu sehen?«

»Doch, schon, natürlich«, sagte Alex, froh darüber, daß diese kleine Artigkeit auch der Wahrheit entsprach.

»Eigentlich wollte ich dich ja anrufen.«

»Ach...«

»Ob wir mal abends was unternehmen könnten.«

Genau das wollte auch Alex, und er sagte: »Das wäre wundervoll.«

»Du hast mir letztes Wochenende leid getan«, sagte Danny,

womit er womöglich offenbarte, daß seine Motive weitgehend karitativer Natur waren.»Was ist mit meinem Vater zur Zeit nur los? Vielleicht gibt Justin ihm nicht sein Weetabix.«

»Das war es wohl kaum«, sagte Alex leise und erinnerte sich einen ekligen Augenblick lang an die Geräusche der beiden, als sie es trieben.»Wahrscheinlich war es dumm von mir zu kommen.«

»Nein, ich bin froh, daß du da warst. Das hat es für mich nämlich erträglicher gemacht. Ich hab mir so einiges anhören müssen, daß Terry über Nacht geblieben ist.«

»Ach so…«

Danny blickte sich um, um zu sehen, ob jemand mithören könnte.»Dad findet das nicht so prickelnd, daß ich Jungs mag.«

»Ach!… Tja…«

»Und diese Nummer mit dem Auto!« Danny schüttelte stirnrunzelnd den Kopf.»Was sollte das denn?«

Alex lachte kurz und freudlos auf und sagte dann:»Er war hinterher ja ziemlich geknickt.«

»Muß wohl das Alter sein«, sagte Danny, ob weise oder zynisch, wußte Alex nicht zu sagen.

Zwei Männer schlenderten vorbei, einer mit Sonnenbrille, als hätte er Angst, die Kunst könne seinen Augen weh tun, der andere redend und mit einem Unterarm rudernd, wie um ihm etwas zu erklären, wobei er Danny von oben bis unten träge musterte – dann aber scharf die Luft einsog, sich zu ihm hinwandte und mit den Fingern schnippte, als habe man ihm eine schwierige Frage gestellt. Schließlich sagte er:»Sean!«

Danny nickte nachsichtig.»Dan«, sagte er.

»Dan! Fast wäre ich inmitten dieses ganzen butchigen Plunders an dir vorbeigerannt. Das ist übrigens Hector.«

Hector verzog grüßend das Gesicht.

»Das ist mein Freund Alex.«

»Freut mich sehr, Alex. Ich bin Aubrey.« Er starrte Danny an und faßte sich in nahezu tränenfeuchtem Erstaunen über die Begegnung an die Brust.

»Na, so was!« sagte er.»Wir haben uns ja ewig nicht gesehen.«

»Ich war letztes Wochenende auf dem Land – wir beide«, sagte Danny, wobei er auf Alex zeigte und damit ein verblüffendes Signal von Nähe setzte. Aubrey schien davon wenig beeindruckt. »Ooh, hoffentlich nicht, um seßhaft zu werden.«

»Und du?«

»Ach, ich weiß nicht…« Er wies seinerseits auf den sprachlosen, vielleicht des Englischen nicht mächtigen Hector und bedachte ihn mit einem gereizten, zickigen Blick. »Was machst du denn am Wochenende?«

»Weiß noch nicht«, sagte Danny. »Bin vielleicht morgen abend im Ministry.«

»Ach…«, murmelte Alex, überlegte, welches Ministerium er wohl meinte, und stellte sich Danny in Uniform vor, wie er bei irgendeiner Versammlung Taschen und Mäntel überprüfte. »Ist ein bißchen hetero da, oder? Aber was macht das schon, wo sowieso jeder zugedröhnt ist.« Aubrey lächelte müde. »Kriegst du uns auf die Gästeliste?« Alex hielt das für ziemlich unwahrscheinlich, außer es war ein Ministerium, das gesellschaftlich sowieso nicht besonders angesagt war, wie das Land-, Forst- und Fisch-.

»Hör mal, ich soll eigentlich nicht mit Leuten reden, wenn ich im Dienst bin«, sagte Danny und deutete auf die Patte an seiner Schulter, auf die das Wort WACHSAM gestickt war.

Aubrey nahm das gleichmütig hin. »Na gut, Püppi, vielleicht sehen wir uns mal wieder« – und gab ihm einen Kuß auf die Wange, was zweifellos ebenfalls nicht erlaubt war. Hector lächelte und schüttelte ihnen fest die Hand wie nach einem anregenden Gedankenaustausch.

»Hab sie beide gefickt«, sagte Danny, als das Paar um die Ecke gebogen war, »aber Aubrey weiß das gar nicht.« Er schaute sich mit einem anzüglichen Grinsen um. »Hector ist« – und er formte das Wort »riesig« nur mit dem Mund, unterstrich es mit einer komischen Pantomime großäugiger Fassungslosigkeit. Er ging in seinen weichen, leicht quietschenden Doc Martens davon, drehte sich vor einem langgestreckten griechischen Löwen aber noch um. »Ich ruf dich heute abend an… aber Samstag ist okay.

Halt ihn dir frei.« Und wieder schenkte er ihm dieses Lächeln, das Alex mehr denn je persönlich und unberechenbar erschien, wie etwas, was man normalerweise erst bei einer intimeren Kenntnis der Person herausfindet – Hectors Riesigkeit etwa –, was weit erregender als irgend etwas Derartiges war.

Auf dem Rückweg zu seinem Büro merkte er, daß er seinen Lunch völlig vergessen hatte, und aß auf einer Bank am St. James's Square ein Sandwich. Die Platanen schlugen in ihrer wunderbar widerstrebenden Art erst jetzt allmählich aus. Alex spürte die schönen, törichten Emotionen, die einen ergriffen, wenn etwas anfing, und grinste zwischen den Bissen in sich hinein, als schmeckte sein Sandwich unerklärlich köstlich; was er jedoch genoß, war die ersehnte Überraschung, begehrt zu sein. Er blickte mit dem vagen Gefühl, noch immer in der Ausstellung zu sein, zu der Statue Wilhelms von Oranien auf ihrem hohen Sockel hinauf. Der König war heldenhaft barbrüstig und zügelte sein Pferd mit einem festen Blick in die Zukunft, die er beherrschen würde. Der hohe bronzene Vorderlauf des Pferdes war in der Luft erstarrt – und Alex stellte sich vor, wie es die Wege entlang unter den Bäumen davonpreschen würde.

Danny wohnte ganz in der Nähe von Ladbroke Grove in einem hohen Stadthaus, das bis letztes Weihnachten ein Privathotel gewesen war. Neben der Haustür konnte man noch die Wörter Fl. Warm- und Kaltwasser und Empfohlen schwach durch eine Schicht weißer Tünche erkennen. Alex war zu früh und ging erst einmal daran vorbei; er war sich unschlüssig, wie begeistert er sich geben sollte, obwohl er während der vergangenen zwei Tage heißhungrig an Danny gedacht hatte. Er hatte vergessen, wie einem bei einer neuen Liebschaft zumute ist, wie sich die zwanghafte Mischung aus Risiko und Sicherheit anfühlt. An diesem Vormittag hatte er eine Stunde in der Sloane Street verbracht, um sich die Haare um Millimeter kürzen zu lassen, war danach über eine Stunde in unterschiedlichen Aufmachungen durchs Haus gerannt und hatte sich schmachtend, dabei aber selbstkritisch in diversen Spiegeln betrachtet. Er nahm nie zu und konnte mit seinen sechsunddreißig Jahren immer noch alles tragen, was er besaß. Und nun probierte er Jeans an und knöpfte umständlich Hemden auf, die er lange, noch bevor er Justin kennengelernt hatte, nicht mehr angerührt hatte; manche waren möglicherweise wieder in Mode, bei anderen hingegen war er sich ziemlich sicher, daß sie lediglich Belege einer stillosen Vergangenheit waren. Schließlich trat er in Bluejeans, einem weißen T-Shirt und kurzer schwarzer Lederjacke aus dem Haus, ein anonymes, klassisches Outfit, das den Karneval der Unsicherheit, der es hervorgebracht hatte, Lügen strafte.

Das also war Dannys Gegend. Alex überlegte, ob er jemals in diesem düsteren Pub mit den Samtvorhängen, dem Chepstow Castle, gewesen war – wobei man von schwulen Männern heutzutage erwartete, daß sie Bars frequentierten, wo man sich nirgendwo setzen konnte und die Getränke doppelt so teuer waren. Es gab einen Waschsalon, einen vergitterten indischen Schnapsladen und ein italienisches Restaurant, das von außen verlockend geheimnisvoll aussah, wenngleich Photos in den Fenstern den Innenraum als eine Hölle aus dichtgedrängten Tischen, sadistischen Zigeunergeigern und baumelnden Chiantiflaschen zeigten. Er dachte daran, daß er den Abend eigentlich mit seinem alten Freund Hugh hatte verbringen wollen, erst *Traviata* und dann essen gehen, und an Hughs rasch verhüllten Neid, als er erfahren hatte, warum er versetzt wurde.

Er ging wieder zurück und suchte die hohe Klingeltafel ab. Das Haus wurde jetzt von einer Wohnungsgesellschaft betrieben, die offenbar eine außerordentliche Menge Leute darin untergebracht hatte. Die Klingel mit dem Schildchen »Woodfield« war ziemlich weit unten, und als Alex den Namen mit seinem prickelnden Klang sexueller Kraft wiedersah, wurde ihm der Widersinn bewußt, sich an Robins Sohn heranzumachen. Er war nicht sicher, ob er sich auf diesem Umweg an Robin rächte, weil dieser ihm Justin genommen hatte, oder ob er, so wie Justin, einfach dem Bann dieser Familie erlegen war. Doch da sprang ihm Danny selbst entgegen, küßte ihn auf die Wange und umarmte ihn fast schon aggressiv.

Er führte ihn zu einem hohen Zimmer im rückwärtigen Haus, ein Fenster stand offen über dem Garten. Aus der Hotelzeit gab es noch die Einbauschränke und das Waschbecken in der Ecke sowie eine überwältigende Tapete, rosa Rosensträuße auf gelbem Grund. Verschiedene Topfpflanzen standen da, einige aufragend und stachelig, andere herabhängend und wuchernd, wie widerstreitende Launen. »Ich muß mich nur noch schnell fertigmachen«, sagte Danny, während er wie ein Kind, das es zum Spielen eilig hat, das Hemd halb aufknöpfte und über den Kopf zog. Alex lächelte ihn an und bemühte sich, seinen schmalen, unbehaarten Rumpf und die verblüffend fleischigen braunen Brustwarzen nur beiläufig zu bemerken. Er fand sofort Gefallen an der Mischung aus Durchschnittlichkeit und Ausgefallenheit, die Danny ausstrahlte. Als dieser sich umdrehte und vorbeugte, um sich Wasser aus dem Becken über Gesicht und Hals zu spritzen, sah Alex den kleinen blauen Knoten, wie etwas aus einem Pfadfinderhandbuch, der auf sein linkes Schulterblatt tätowiert war. Es machte ihn betreten, daß Danny sich schon lebenslang gezeichnet hatte; er wandte sich ab und schlenderte so entspannt im Zimmer umher, daß es aussah, als könnte er gleich umfallen.

Er betrachtete das Durcheinander auf dem Kaminsims, studierte die gekrümmten Schnappschüsse aber nicht zu genau, aus Angst, sich an den grinsenden und strahlenden Gesichtern von Dannys Welt zu schneiden. Dannys Leben kam ihm vor wie eine endlose Party, eine Parade von blitzlichthellen Umarmungen und Küssen in einer magischen Zone, in der alle jung waren und einander schön fanden. Er schlenderte zum Bett hin, das breit und niedrig war und über das säuberlich eine rote Baumwolltagesdecke gebreitet war. Dannys Satz, er habe Aubrey und Hector »gefickt«, fiel ihm wieder ein.

»Also, was soll ich anziehen?« sagte Danny, während er sich den Krauskopf rubbelte und mit einem kleinen Lächeln und der eigentümlichen Verheißung, die er zu verströmen schien – nämlich, daß sie viel Spaß haben würden –, zu Alex herüberkam.

»Mich darfst du da nicht fragen« sagte Alex, unsicher, ob er seine eigenen Kleidersorgen, seinen Wunsch, sich anzupassen und dennoch er selbst zu bleiben, zugeben sollte. Er merkte, daß er als soziales Wesen seit Justins Weggang sehr gelitten hatte; er wußte nicht, welche Wirkung er erzielen sollte und wie das ging.

»Du siehst toll aus«, sagte Danny, wobei er jedes einzelne Wort betonte, als widerspräche er jemandem. Er bückte sich, um sich die Schuhe auszuziehen, richtete sich dann wieder auf, knöpfte die Hose auf und wackelte mit den Hüften, damit sie hinabrutschte. Alex blieb ein wenig die Luft weg.

»O ja«, sagte er sich, als er für den Bruchteil einer Sekunde auf das linksseitige Wogen in Dannys schwarzen Boxershorts blickte. Er überlegte, ob jetzt Schritte von ihm erwartet wurden und ob er es ewig bereuen würde, wenn er sie nicht unternahm, doch da drehte sich Danny um und öffnete den großen Schrank, in dem die Kleider in einer Weise hingen oder zusammengelegt waren, die Disziplin und Selbstachtung verriet. Wenige Minuten später war er angezogen. Er trug nun eine grünbeige Pluderhose, die aus dem Vorhang eines Wohnmobils hätte geschneidert sein können, einen weiten rosa Pullunder und ein weißes ärmelloses Hemd, das offen über der Hose hing; er setzte sich aufs Bett, um schwarze Turnschuhe anzuziehen, deren Sohlen vage an orthopädische Zwecke erinnerten.

»Möchtest du einen Schluck Weißwein?«

Alex bejahte das, und Danny ging in die Küche, wobei er die Tür offenließ. Alex konnte hören, wie er dort mit jemandem redete. Er trat ans Fenster, nur um irgendwo zu sein, wenn Danny zurückkam, und blickte hinaus auf den verwucherten Garten und auf andere Gestalten, die sich in den hohen schwarzen Fenstern der nächsten Häuserreihe an- und auszogen und sich etwas zum Trinken machten. Der kurze banale Vorgang des Sichausziehens und Andere-Sachen-Aussuchens hatte Alex bewegt und verwirrt. Er merkte, wie lange es her war, seit er solche unbefangenen Augenblicke mit einem anderen Mann erlebt oder sich auch nur gestattet hatte, an sein eigenes Glück zu denken. Er spürte die Gefahr, die darin lag, wie die vernachlässigte Mahnung einer alten Verletzung, und er staunte darüber, wie tief er in Danny versunken war; er merkte, wie er vergaß, daß Danny vierzehn Jahre jünger war – aber eben nicht ganz: Die Sachen, für die er sich schließlich entschieden hatte, waren ein fröhliches Zeichen des Abstands zwischen ihnen.

Danny kam wieder herein, wobei er noch hinhaltend mit dem Mann in der Küche redete, der einen schwarzen Pferdeschwanz und nackte Füße hatte und aussah, als wäre er gerade erst aufgestanden. »Ja... toll... okay... ich sag dir Bescheid...«

»Ich heiße Dobbin«, sagte der Mann, lehnte sich an den Türrahmen und kratzte sich.

»Hi«, sagte Alex vorsichtig. »Alex.«

»Alex. Klasse.« Dobbin verzog das Gesicht. »Das war ja ein heftiges Zeug«, fuhr er fort, als wüßte Alex, wovon er sprach. Beide sahen sie unbestimmt auf Dannys Hose.

»Wir haben was vor«, sagte Danny. »Bis später dann.«

»Okay.« Dobbin zwinkerte zäh und trottete davon, als hoffte er, daran erinnert zu werden, wo er war oder was er tun sollte.

»Dobbin hatte ein bißchen eine harte Nacht mit Special K«, sagte Danny mit der nachsichtig gedämpften Stimme eines gutbezahlten Pflegers.

»Oh...«, sagte Alex, der voller Mitgefühl an eine Darmstörung dachte. »Dann braucht er womöglich was Stärkeres.«

Danny lächelte schmal, und Alex hatte das Gefühl, eine Anspielung verpaßt zu haben. Und wie konnte Dobbins Nacht um halb neun Uhr abends zu Ende sein? Sie hoben ihre Gläser und tranken.

Als sie dann aus dem Haus gingen, waren sie beide von dem Wein ein wenig aufgekratzt, obwohl sich Alex gleich voller Verantwortungsbewußtsein an die Planung ihres Abendessens machte. Die Frage, wer von ihnen die Führung übernehmen sollte, schuf eine Art harmloser Spannung. Alex blickte sich immer wieder nach einem Taxi um und gab amüsante Beschreibungen diverser teurer Restaurants zum besten, die ihm gefielen und in denen er sie sich schon vorgestellt hatte, wie sie inmitten altertümlicher Düsternis oder schonungslosem postmodernem Glamour speisten. Danny hüpfte auf dem Gehsteig entlang und sagte mit willkürlicher Begeisterung »Ja« und »Klingt gut«. Das eine oder andere der Lokale, die Alex aufführte, war eng mit Justin und der Erinnerung an Abende unvergeßlichen Glücks oder Elends verbunden und schien für beide Fälle die heimliche Aussicht auf einen Exorzismus bereitzuhalten. Alex sehnte sich danach, die leerstehenden Flügel seines Lebens wieder zu bewohnen. Er verspürte den Kitzel freundlicher Macht, da er nun wieder jemanden hatte, für den er Geld ausgeben konnte.

Im Taxi lag seine Hand in der frühabendlichen Dämmerung auf dem Sitz zwischen ihnen; als er nach vorn schaute, sah er den wildrosa Nachglanz des Sonnenuntergangs, der in den Außenspiegeln leuchtete. Der Wagen schnurrte den Park entlang, die Fenster waren heruntergedreht und ließen einen kühlen Luftzug herein, der das Bedürfnis, groß etwas zu sagen, davonwehte. An den Ampeln spürten sie kurz die Nähe von Rollerskatern unter den Bäumen und den üblichen Fluß des Abends aus aufgestauter Energie und Müdigkeit. Als Alex einen raschen Blick auf Danny warf, entdeckte er etwas Spitzbübisches und Selbstvergessenes an ihm, das ihm in Dorset nicht aufgefallen war; die halbe Flasche Wein hatte ihn überraschend gelöst, und in dem Wechselspiel aus Schatten und Licht schien sein Gesicht von unterdrückter oder erahnter Belustigung gefärbt.

In Soho stiegen sie aus, und sogleich wurde das Taxi von jemand anderem übernommen und sauste davon, was Alex mit dem seltsamen unterschwelligen Gefühl erfüllte, daß es nun kein Zurück mehr gab. Er hatte vergessen, wie es auf den Straßen von Menschen wimmelte, und fragte sich, ob das auch früher so gewesen war. Dannys Handy klingelte, und er drehte sich weg und lachte und plapperte hinein, während Alex danebenstand und angerempelt wurde. Der Menschenstrom hatte etwas Ausgelassenes, doch ihn beschlich das Gefühl, daß der Spaß ihn noch nicht erreicht hatte. Er dachte an seine üblichen Samstagabende in Hammersmith, die nur spätnachts von dem Lärm aufbrechender Partygäste gestört wurden, und an das ferne Grollen der

Great West Road; und an das Wochenende, das er, ungefähr einmal im Monat, bei seinen Eltern in Chelmsford verbrachte – ein gutgemeintes Ritual, mit dem sie ihn, seit Justin gegangen war, wieder fester an sich gebunden hatten.

»Komm«, sagte Danny. »Du Träumer.«

»Wo gehen wir hin?«

»Ich muß jemanden suchen.« Er nahm Alex bei der Hand, doch Leute drängten sich zwischen sie, und Danny ließ wieder los. Alex folgte ihm, schloß zu ihm auf, war plötzlich allein, als Danny stehenblieb und jemanden umarmte und küßte. Und so ging es weiter. Allmählich glaubte er, sie würden das Ende der Old Compton Street nie erreichen. Danny kannte jeden schönen oder interessant wirkenden Menschen, der ihnen entgegenkam, und diejenigen, die er nicht kannte, wurden mit hochgezogenen Brauen oder einer Drehung des Kopfs für zukünftige Erkundungen registriert. Es konnte fünf Minuten dauern, bis sie an einer Bar oder einem Café mit Tischen auf der Straße vorbei waren: Danny zwängte sich zwischen die Stühle, gewährte gebückt Umarmungen, setzte sich kurz jemandem auf den Schoß und gab ausgelassen fröhlichen Unsinn von sich, bekräftigt von beliebigem Händchenhalten und Gestreichel. Ob er hier mehr der Star war oder ein Maskottchen, konnte Alex nicht sagen. »Das ist mein Freund Alex«, teilte er jedem korrekt mit, und einige fanden die Zeit, »Hallo« oder wenigstens »Hi« zu sagen und ihm einen flüchtigen Aufwärtsblick zu schenken, bevor sie mit ihrem Geplauder fortfuhren, während Alex mit einem distanzierten, aber verzeihenden Gesichtsausdruck dabeistand. Wörter wie »Trade«, »Miss Pamela« und »Gästeliste« wurden mit dem befriedigten Ennui geäußert und vernommen, der einem festen Ritual gebührt. Anekdoten von Exzessen ernteten das größte Gelächter, und Danny selbst gab die eine oder andere, die er gehört hatte, in fröhlicher Tratschbestäubung zum nächsten Grüppchen weiter. Wenn er weiterzog, winkte er ungeduldig, als hätte Alex ihn aufgehalten. »Komm schon«, sagte er. Alex wußte schon, daß er alles machen würde, was er sagte. Er fand es etwas angeberisch, daß Danny seinen Platz in dieser Welt so penetrant markierte, es war wirklich ziemlich kindisch. Doch dann wurde ihm plötzlich seine eigene kindische Sehnsucht bewußt, in einer Welt, die etwas anderes war als ein Korridor im dritten Stock in Whitehall, gekannt und gegrüßt zu werden.

Im Restaurant war Danny recht schweigsam und bestellte nur einen Gang, als hoffte er, eine gesellschaftliche Verpflichtung so rasch wie möglich zu erfüllen, wohingegen Alex ein Soufflé wählte, das zwanzig Minuten Zubereitungszeit brauchte. Sie hatten einen Fenstertisch, und Danny saß, Brot zerkrümelnd, da und blickte an Alex' Schulter vorbei auf die Prozession der Vergnügungshungrigen draußen. Anfangs sagte er noch mit zerstreuter Regelmäßigkeit »Ja ... ja«, während Alex ihm Geschichten aus seinem Büro erzählte, in denen er reizenderweise immer schlecht wegkam: Er hatte nie über irgendwelche besonderen Verführungskünste verfügt, sehr nett zu sein war seine einzige Technik. Er sah, wie Dannys kühle graue Augen von rechts nach links glitten, dabei kurz über das Hindernis, das er selbst darstellte, hinwegsprangen. Alex sagte: »Tut mir leid, es ist ein bißchen öde hier«, als sei die düstere und diskrete Atmosphäre des Restaurants Ausdruck seines eigenen Charakters und damit ein Armutszeugnis. Anscheinend hatte er das einzige Lokal in diesen schwulen Straßen gewählt, in dem Heterosexuelle noch immer Zuflucht fanden. Dann lächelte Danny breit und faßte Alex über den Tisch hinweg am Arm. Er beugte sich vor und schien seine Aufmerksamkeit wieder voll auf sein Gegenüber zu richten – ein Umschalten, das Alex in freudige Erregung versetzte und ihn auch ein wenig entmutigte, da er am Wochenende davor bei Robin genau dasselbe, als eine körperliche Konvulsion erinnerter Manieren, erlebt hatte; er war froh darüber gewesen und hatte zugleich seine Zweifel an der Echtheit dieses Verhaltens gehabt.

Danny sagte: »Was Dad und Justin jetzt wohl am Wochenende treiben.«

Alex sah auf die Uhr. »Viertel nach zehn. Dein Vater ... also, das weiß ich nicht, Justin jedenfalls wird jetzt betrunken sein.«

»Mhm«, sagte Danny wehmütig und zog die Flasche aus dem

Eis. Er trank schnell, aber nicht stark – es war die Beschleunigung des Abends, der Alex nur widerstand, weil er nicht wußte, in welche Richtung sie ging. »Hat er schon immer soviel getrunken?« Es war eine harte und posthum klingende Frage, wie eine, die man vor Gericht gefragt wird. Alex wußte nicht recht, ob er Justin schützen oder bloßstellen sollte. »Unterschiedlich. Er kriegt eigentlich nie einen Kater, warum, weiß ich nicht. Es war nie ein Problem. Letztes Jahr, nachdem sein Vater gestorben war, hat er viel getrunken. Das war eine schlimme Zeit für uns. Wahrscheinlich der Anfang vom Ende.« Alex sah sich in die flache Wand einer Camera obscura blicken, auf die eine Landszene projiziert war, Rasenflächen und Kastanien, ein sattes Grün, die quälende Apathie eines Sommertags, Justin in dunklem Anzug, wie er sich immer weiter von ihm entfernte. »Nach dem Begräbnis war alles anders.«

»Wann war das?«

Eigentlich wollte Alex gar nicht darüber nachdenken – vielmehr hatte er dem endlich entfliehen wollen, und daß der schöne junge Mann, der, wie er hoffte, Justins Platz einnehmen würde, ihn darauf angesprochen hatte, bereitete ihm ein ungutes Gefühl. »Genau vor einem Jahr.«

Danny schien zurückzurechnen. »Und wann hat er Dad kennengelernt?«

»Das weiß ich gar nicht genau. Irgendwann danach.«

Danny lachte schon. »Und *wie* sie sich kennengelernt haben, das wollen wir nicht so genau wissen.«

»Genau«, sagte Alex hastig, um zu verbergen, daß er es wirklich nicht wußte und auch nicht wissen wollte. Als endlich das Essen kam, leerte der Kellner den Rest der Flasche in Dannys Glas und nahm sein begeistertes Nicken auf die Anregung zu einer weiteren entgegen.

»Er ist ziemlich anders als Simon«, sagte Danny. Er hielt Messer und Gabel senkrecht, während seine Augen einen Teller mit kapriziös angerichteten Perlhuhnscheiben erforschten. Und wiederum schien er über eine Erinnerung zu lächeln, die er aus Höflichkeit nicht erklären konnte. »Ziemlich anders ...«

Darin mochte eine kleine Herabsetzung Justins mitge-schwungen sein, und erneut registrierte Alex, der besser als jeder andere um Justins Schwächen wußte, überrascht, daß er um seinetwillen doch leicht verletzt war. »Warum, wie ist Simon?«

Danny wartete, bis er zu Ende gekaut hatte, sagte dann: »Da mußt du auf dem Friedhof von Golders Green fragen« und lachte leise und düster. »Nein, er ist letztes Jahr gestorben.«

Alex hob die Augenbrauen und nickte, während er diese Nachricht mit dem Gefühl aufnahm, Robin gegenüber, den er bis dahin bloß als locker libidinös, als herrischen Saboteur des Glücks anderer Leute betrachtet hatte, womöglich unfair gewe-sen zu sein. »Aids?«

Danny ließ etwas Zeit verstreichen und sagte: »Ja«, als wäre diese Bestätigung überflüssig oder gar, als täte man das nicht.

»Aber… Robin ist negativ?«

»O ja.« Und mit einem Grinsen: »Mein Eindruck ist, er hat immer ausgeteilt und nie eingesteckt.« Alex war sich nicht sicher, ob sie beide den Doppelsinn erkannten. Wieder war er bedrückt von seiner eigenen dunklen inneren Schleife, dem zer-fließenden Verblassen des Verblassens des Verblassens seiner Er-innerung an den Sex mit Justin. »Das schmeckt übrigens ganz köstlich.«

»Gut – meins auch«, sagte Alex, wenngleich selbst die flüchti-gen Anforderungen eines Soufflés an seinen liebesbedingt ver-gangenen Appetit ein wenig zuviel waren.

»Ich meine, er sieht anders aus, Simon war dunkel, aber ich glaube, beide hatten einen ziemlich tollen Hintern. Glaubst du, man fliegt immer auf denselben Typus?«

Alex fragte sich das selbst; ein Teil von Dannys Reizen lag darin, daß er nicht wie Justin war. »Mal was anderes kann sehr schön sein. Manche müssen einen Blonden haben oder kriegen ihn nur bei Schwarzen hoch oder stehen nur auf Kleine.« Er klang unerschütterlich fachmännisch.

»Genau, und wie ist's bei dir?«

»Na, im Vergleich zu mir ist fast jeder klein. Wobei ich zugeben muß, daß ich nicht so recht einsehe, warum auch andere groß sein sollen.«

»Ich mag es, wie große Leute immer weiter- und weitermachen«, sagte Danny impressionistisch.

»Wirklich?« Alex lächelte ihm dankbar zu.

»Wirklich«, sagte Danny verschlagen.

Alex war schrecklich gern mit ihm zusammen, es ging ab wie eine Rakete in seinem Herzen, der rasante Aufstieg und all die leisen Explosionen herabfallender Sterne. Er wollte, daß die Leute auf der Straße stehenblieben und zu ihnen hersahen, wie sie im Kerzenschein die Köpfe zusammensteckten, und neidische Spekulationen über sie anstellten. Er sagte: »Ich glaube, mit den Typen ist das so, es geht weniger ums Aussehen als um die Psychologie. Ob man sich mehr zu Gebern oder zu Nehmern hingezogen fühlt.«

»Hm...«

»Ich habe eine ruinöse Vorliebe für Nehmer.«

Danny stocherte wild an dem letzten malvenbraunen Fleisch am weißen Knochen herum. »Das ist nur eine typisch bescheidene Art zu sagen, daß du ein Geber bist«, sagte er und lächelte mit Fett auf den Lippen. »Es ist ganz süß von dir, daß du mich zum Essen ausführst.«

»Ist mir ein Vergnügen, Schatz«, murmelte Alex, wobei er mit dem sanften Hieb des Koseworts eine vorübergehende Unzufriedenheit kaschierte – er hatte noch gar nicht gesagt, daß er ihn einlud, und nun hatte Danny ihn in seiner Synopse des Abends der Möglichkeit einer bewegenden Geste beraubt. Seltsamerweise klang es so, als wüßte Danny das, als er sagte: »Ich möchte wirklich gern, daß es für dich ein schöner Abend wird. Dieser Abend gehört dir.«

»Wirklich? Danke...«, sagte Alex, wenngleich mit dem Gefühl, daß Danny ihn bedauerte oder ihm zumindest seinen Willen ließ und daß es auf eine Art »sein« Abend war, wie ein Geburtstag oder der alljährliche Besuch eines verängstigten alten Verwandten in der Stadt ein besonderes Ereignis ist. »Tja, ich bin in deiner Hand.«

Danny nickte mit einer festen, selbstgewissen Schnute. »Ich hab gedacht, wir gehen ins Château, da ist es jetzt gerade ziemlich abgefahren. Wenn du magst.«

»Toll«, sagte Alex. Er kannte den Namen des Clubs von Plakaten an aufgegebenen Geschäften und Schaltkästen von Ampeln und hätte sogar sein Logo, ein explodierendes Schloß, erkannt. Wäre es tatsächlich sein Abend gewesen, er wäre niemals auf die Idee gekommen, dorthin zu gehen. Doch er stand zu seinem wachsenden Gefühl, sich Danny, den ihm die Magie des Zufalls geschickt hatte, anzuvertrauen und sich von ihm leiten lassen zu müssen. Und er tanzte ja auch gern, selbst wenn es während der letzten zehn Jahre nicht eben häufig vorgekommen war; wenn er sich vorstellte, wie er herumhüpfte, dann zu einem Lied namens »Let's Hear It for the Boy«, das, wie er wußte, der große Sommerhit des Jahres 1984 gewesen war. Zuweilen ging er nach einem Essen im West End an der Schlange vor einem Club vorbei, sah Leute in nervöser Spannung vor den Absperrseilen stehen und spürte seine eigenen Hemmungen wie Kräfte in der Luft, dunkle Säulen eines beklemmenden Atmosphärendrucks.

Während sie auf den Kaffee warteten, ging Danny aufs Klo. Alex sah seinem schwingenden Hemdschoß nach, als er zwischen den Tischen, an denen sich ältere Männer in Anzügen und ihre hochglanzfrisierten Frauen kostspielig vollstopften, hindurchschlenderte. Er fand, daß es doch etwas Erotisches hatte, in dieses steife Lokal gekommen zu sein, wo er und Danny so etwas wie eine lässige Devianz verbreiteten. Dann betrachtete er ihn, wie er zurückkam, die nicht sonderlich betonte Schönheit seines kräftigen jungen Körpers in den hellen weiten Kleidern, die Mischung aus natürlichem Eifer und launischer Gelassenheit auf seinem Gesicht. Alex dachte insgeheim: »Das wird nichts«, aber er stellte dem sogleich den Vorsatz entgegen, sich dabei einfach so viel Spaß zu holen, wie es nur ging. Der Mechanismus der Enttäuschung in ihm lief vom vielen Gebrauch schnell und geschmeidig.

Der Kaffee kam, und Danny lehnte sich zurück, drehte die

kleine Tasse mit ausgestreckten Fingern. »Hast du schon mal E genommen?« fragte er und bedachte ihn mit einem liebenswürdig berechnenden Blick.

Alex sagte fest und ruhig, vielleicht auch prüde: »Nein, bei Rauschgift bin ich eigentlich noch Jungfrau.« Das konnte er gleich zugeben, und er schämte sich dessen auch gar nicht, wenngleich seine Wortwahl ein Bedürfnis nach Entjungferung anzudeuten schien.

»Nichts?« fragte Danny mit freundlicher Ungläubigkeit. »Noch nie?«

Alex grübelte. »Na ja, in der Schule mußte man schon auch Dope rauchen. Aber es hat mir nie viel gebracht – ich hab damit aufgehört, als ich erwachsen wurde.«

»Au weh«, flüsterte Danny.

»Weißt schon, was ich meine.«

»Habt ihr nie Drogen genommen, du und Justin?«

»Justin hat einen Horror vor Drogen – Alkohol natürlich ausgenommen.« Alex hielt inne, noch immer unsicher, ob er über die Macken und Phobien eines Mannes, den er liebte und der jetzt in einem namenlosen Verhältnis – Onkel, Stiefmutter – zu Danny stand, reden sollte. »Als er Student war, hatte er mal einen schlimmen LSD-Trip. Er schaute in den Spiegel, und sein Gesicht bestand aus lauter Tieren. Danach hat er nie wieder was genommen.«

»Wie bei Arcimboldo!« sagte Danny.

Alex sah vor sich eine Allee der lockeren Kriminalität, zwischen deren weit auseinanderliegenden Lichttümpeln geschäftig Schatten huschten. Der Wein hatte ihn fügsam und gefühlig gemacht, und er sagte bescheiden: »Du müßtest halt auf mich aufpassen.«

Offenbar war der Mann, den sie suchen mußten, Dave, ein Freund von Dobbin. Als sie zurück auf der Straße waren, verfiel Danny wieder in sein herrisches und mysteriöses Gebaren, wie ein Präfekt im Internat der Freuden. Er konferierte kurze Zeit an seinem Handy, steuerte sie dann durch einige Gassen, in denen gepinkelt und geknutscht wurde, dann hinaus auf eine weitere belebte Straße, hell erleuchtet von Restaurants und Cafés, auf der Massen Betrunkener sich durch den stehenden Verkehr wanden. Alex blickte hinauf zu dem schmalen Band des Nachthimmels, ein Rosa-Grau, in dem jedwede Sterne vom Schein des Viertels überstrahlt waren. Dann merkte er, daß Danny jäh kehrtgemacht hatte und in eine Ladentür geflitzt war; Alex folgte ihm, und die Schnüre des Perlenvorhangs schwangen ihm ins Gesicht.

Dave saß inmitten der glänzenden Fleischfarben plastikverschweißter Pornographie und Gummisexspielzeuge wie eine große schwarze Gottheit in einem knallbunten kleinen Schrein. Er hatte die Kinnlade und das stabile Gewicht eines Boxers, doch seine Haare waren gefärbt wie blondes Astrachan, und seine Stimme war matt und hoch, als er versuchte, einen Kunden zum Kauf eines Videos zu überreden. »Yeah, das wird dir gefallen. Ist bißchen Leder mit drin. Und paar Ältere. Das willst du nicht? Na, sind auch 'ne Menge Jüngere drin. Eigentlich alles…« Er zwinkerte Danny zu, während der Mann, der, eine Aktentasche unterm Arm, vielleicht auf einen Zug mußte, angespannt auf den Fernseher starrte, in dem ein Ausschnitt des Videos lief. »Kann ich helfen?« sagte Dave zu Alex, als handelte es sich bei ihm um einen notorischen Stöberer.

Alex erschrak und klammerte sich an Dannys Arm: »Wir sind zusammen!«

Alex empfand sich in dem Laden kompromittiert, fand die Pornographie deprimierend, und die Szene in dem Video, in der ein Mann ein Kondom aufzog, war die verwirrende Vorwegnahme dessen, was er selbst in wenigen Stunden zu tun hoffte. Er trat zurück und schlenderte umher, soweit es eben möglich war, da er hinter jeder Ecke einen stoßbereiten Phallus vor der Nase hatte, wie eine surreale Sequenz in einem Fünfziger-Jahre-Krimi: Vor seiner eigenen Verdorbenheit gab es kein Entrinnen. Er nahm eine Zeitschrift mit dem Titel *Big Latin Dicks*, ein Titel, der weniger exotisch als unverblümt war; *penes magni,* dachte er und stellte sich aus irgendeinem Grund plötzlich die

Männer vor, die das druckten, vielleicht ebenso gleichmütig, als wenn es sich um *Homes and Gardens* gehandelt hätte, und auch die Männer, die sie herausbrachten. (»Was macht eigentlich dein Dad?« – »Der ist stellvertretender Chefredakteur von *Big Latin Dicks*. Ich dachte, das sei allgemein bekannt.«)

Jetzt waren sie allein, und Dave und Danny redeten lässig über Tauben, Pyramiden und Bulldoggen. Alex hatte davon natürlich schon gehört; er fand, es hatte einen besorgniserregenden Glamour. Dave stand in seinen engen Nadelstreifenjeans im Laden herum. »Gestern nacht war Tony Betteridge da, dieser Unterhausabgeordnete«, sagte er.

»Was wollte der denn?«

»Ach, das Übliche. Ich hab ihm ein Piß-Video verkauft, darauf steht der. *We Aim to Please* heißt es, toller Titel. Er sagte: ›Das Video hatte ich schon mal.‹ Ich sagte: ›Ich dachte, Sie stehen auf Recycling.‹«

Alex kapierte einigermaßen, und im übrigen war das eine von Justins Neigungen, auf die er sich nie eingelassen hatte. Er überlegte, ob Robin da entgegenkommender war. »Ich wußte nicht, daß er schwul ist«, sagte er.

»Ich sollte Photos von denen draußen haben, den Abgeordneten und so. Wie heißt das noch mal... ›Hoflieferant‹ oder so.«

»Referenzen«, sagte Danny.

»Also, was liegt an?« fragte Dave und kehrte damit wie ein erfolgsgewisser Verkäufer zum Thema des gemeinsamen Interesses zurück.

Danny nahm Alex beiseite und murmelte: »Hast du sechzig Pfund?«

Alex machte eine Pause. »Ich kann's besorgen.«

Er schlüpfte aus dem Laden und eilte die Straße entlang, schon halb darauf gefaßt, daß die Drogenfahndung zuschlug und womöglich auch noch die Sitte.

Vor dem Club bezahlte er das Taxi und hielt sich dicht an Danny, während sie an den Hunderten von Menschen, die davor anstanden, vorbeischritten. An deren Ende beugte sich Danny über die Absperrung und küßte den Sicherheitsmann in Bomberjacke auf den Mund, ein paar johlende Zuneigungsbekundungen wurden ausgetauscht, mehr war nicht nötig – die Barriere wurde beiseite geschoben, und sie gingen durch. Wie eine Welle liefen die Rufe und Grüße der gestaffelten Rausschmeißer und anderer Gäste über ihre Köpfe hinweg, Zeichen ihrer Sonderstellung und Erwünschtheit. Hinter der Tür sagte eine schöne Schwarze, die so groß wie Alex war, in einem Schokoladenbariton:»Hallo, Darling.«

Sogleich bewegten sie sich im Element der Musik, dem erdbebengleichen Baß und dem durchdringenden Gleißen eines hohen metallischen Lärms. Alex gab seine Jacke ab, und als er mit Danny an den Rand der riesigen Tanzfläche kam, die von blitzenden, unberechenbaren Lichtspeeren bestrichen wurde, durchlief ihn ein Schauder des Erkennens von den Fersen bis unter die Kopfhaut, wo er blieb und dann wieder sanft durch Schultern und Rückgrat absank. An der Wand hinter ihm warnte ein Schild:»Gefährlich laute Musik«. Alex war von dem Sound schockiert und lachte darüber. Männermassen bewegten sich dazu in verschwommenem, unerschöpflichem Takt. Einige tanzten in winzigen Shorts und Schnürstiefeln allein auf Podesten über den Köpfen der Menge, manche stolzierten wie Stripper umher, andere rannten mit semaphorischen, flackernden Armbewegungen auf der Stelle. Und auf der ganzen Fläche und noch weiter durch andere, unerahnte Räume zog sich eine endlose drängelnde Parade halbnackter Männer, deren Gesichter vor Glückseligkeit und Lust glühten. Alex brüllte Danny ins Ohr:»Willst du was trinken?«

Sie nahmen ihre E's an der Bar.»Und jetzt runter damit«, sagte Danny mit einem breiten schelmischen Grinsen und stieß Alex die Tablette mit dem Daumen zwischen die Lippen, um sicherzugehen, daß sie auch an ihr Ziel gelangte, wobei er ihm aber noch aufmerksam zusah, wie er schluckte und wegen des bitteren, warnenden Geschmacks das Gesicht verzog.

»Was so schlecht schmeckt, muß ja gut sein«, sagte Alex und stellte sich vor, wie die kleine graue Pille in ihm hinabglitschte und ihre lust- und risikobeladenen Moleküle verstreute. Danny spülte die seine mit einem Schluck Vittel hinunter.

»Das wird ganz phantastisch, wirst sehen«, sagte er. Er zog Alex' Kopf dicht an den seinen heran und schrie zuversichtlich: »Du sagst mir, wenn du dich irgendwie schlecht fühlst, wenn's dir nicht gutgeht – dann sagst du gleich Bescheid.«

»Ja, Schatz.«

»Das wird ganz phantastisch, wirst sehen!« Danny zappelte umher, und sein Lächeln schien so voller Zuneigung und auch etwas, was Spott nahekam, als er Alex beobachtete, wie er seinem unerträumten Kitzel entgegendriftete. »Ich bin ganz neidisch.«

»Aber du hast doch auch eine genommen.«

Danny schüttelte den Kopf. »Das erste Mal ist immer das beste.«

Dennoch sah Alex schon nach wenigen Minuten, wie er sich veränderte. Ihr Platz auf der Tanzfläche wurde ihnen von um sich schlagenden Tänzern streitig gemacht. Jeder starrte um sich, aber so, als wäre er in Gedanken versunken, ohne weiter zu wissen, was er da ansah. Alex wurde unablässig von Ellbogen und Händen geknufft, die rhythmisch zuckten wie bei fuchtelnden Buchmachern oder Blitz-Kung-Fu. Die schweißglitzernden Jungen klatschten beim Tanzen auf den Boden. Sie sahen aus, als gehörten sie einem dubiosen Gehirnwäschekult an. Alex spitzte die Lippen angesichts solch bereitwilligen Sklaventums und stellte sich vor, daß für ihn jetzt alles in die Hose gehen würde, dazu die verständnislosen Fragen seiner Familie und Kollegen, warum er das gemacht hatte. Mit einem Mal war er nüchtern und ganz befangen wegen seines expressiven, altmodischen 1984er Tanzstils. Danny legte ihm auf seine nette Art einen Arm um den Hals, er war warm und erregt wie ein Betrunkener, dem der Sinn für den anderen abhanden gekommen ist und der ihn etwas fragt, weil er ihm eigentlich etwas sagen will. »Wie fühlst du dich?«

»Gut«, sagte Alex mit einem vagen, gereizten Stolz wie einer, der immun gegen Kitzeln oder Hypnose ist. »Das heißt, ich fühle gar nichts.«

»Gott – mir dreht sich alles!« sagte Danny, zog sich aber, die Hand um seine Hüfte, ganz langsam von ihm zurück. Wieder ein kleiner Clinch. »Sag Bescheid, wenn's dir nicht gutgeht.« »Ja, Schatz.« Alex fiel auf, daß es nicht ganz wie Betrunkensein war; Justin beispielsweise war nie so vertrauensvoll und aufmerksam. Danny tanzte an ihn heran, liebevoll, aber ohne zu merken, wie er gegen ihn torkelte.

Nach einer halben Stunde mußte Alex sich eingestehen, daß er sich ganz angenehm fühlte, doch das konnte er leicht als das Hochgefühl abtun, das vom Alkohol und Tanzen und der Gesellschaft von tausend halbnackten Männern kam. Wobei die Männer in den Kaskaden und dem Bombardement der farbigen Lichter tatsächlich schön waren. Jeder der Männer um ihn herum wirkte irgendwie besonders und interessant, was Alex zuvor nicht erkannt hatte, als er beim Hereinkommen an der langen Reihe kurzgeschorener Köpfe und breitbrüstiger Oberkörper vorbeigegangen war. Aber natürlich waren die Menschen einzigartig, das vergaß man gern. Er wirbelte lächelnd herum und sah, wie Danny sich gerade sein kurzärmeliges Hemd auszog, ohne dabei zu tanzen aufzuhören. Es war, als sei er in einer eigenen Welt verloren, wie er sich so die Lippen kaute und leckte, das Hemd in einer Gürtelschlaufe festfummelte. Dann lagen beide Arme Alex um den Hals: »Scheiße, sind die stark, ich muß mich mal was hinsetzen.«

Alex umklammerte ihn fest und mit dem mulmigen Gefühl, daß er es nun war, der sich seines Führers annehmen mußte. Danny nahm ihn an der Hand, dann drängten sie sich durch die Menge und ließen sich auf eine breite, erhabene Stufe fallen, die ringsum an der Wand entlanglief. Andere saßen schon da, mit wippendem Kopf, gewissermaßen tanzend, obwohl sie saßen. Alex war noch immer schockiert von dieser massenhaften Hingabe an die Droge, doch diese Hingabe hatte auch etwas Schönes, das sah er schon. Die Musik steigerte sich immer weiter wie etwas Unausweichliches, das aber dennoch alles übertraf, was man erwarten konnte; Arme wurden ihr in einer wimmelnden Silhouette vor Trockeneisschwaden entgegengereckt – und das war das letzte Mal, daß Alex irgend etwas Finsteres oder Unmenschliches darin sah.

Als wäre ihm die Gesprächspause gar nicht bewußt geworden, sagte Danny:»Wow. Wie fühlst du dich, Schatz?«

»Gut. Viel fühle ich noch nicht«, antwortete Alex – mit dem übertriebenen Wunsch, nicht zu übertreiben, um genau zu wissen, was geschah, wenn es geschah. Er sah auf die Uhr.

»Wie lange?«

»Dreiviertelstunde.«

»Lehn dich einfach zurück, atme tief, kämpf nicht dagegen an, Alex!« In Dannys Stimme lag ein feiner Ärger, als widersetzte sich der Novize stur dem Meister.

Alex tat, wie ihm geheißen, und merkte, daß er einen Arm um Danny legte, seine Finger träumerisch auf dessen bloßem Bizeps spielten und er, den Kopf an der Wand, rockte, als die Musik ihren Höhepunkt erreichte und in wundervollen Klavierakkorden abbrach.

»Mmm. Die Musik ist toll.«

»Ja.«

»Wie heißt diese Musik?«

»Das ist House.«

»Aha, House. Warum heißt die so?«

»Weiß ich eigentlich gar nicht.«

»Toll.«

»Ja.« Danny lächelte ihn an, als läge darin schon die Zärtlichkeit, die zur Liebe gehört, wenn sie sich erstmals offenbart.»Laß dich mittreiben... Denk, was du willst. Sag alles, was du willst.«

Er wußte nicht recht. Er schloß die Augen und sog schnaufend die Luft ein, als wollte er gleich nach etwas tauchen, was er verloren hatte. Jetzt war Dannys Arm um sein Knie geschlungen, seine Hand streichelte liebevoll, aber abwesend sein Schienbein, das ihm noch nie so empfindlich erschienen war. Die Musik wummerte und flimmerte, aber ihr Ursprung lag in etwas subtil anderem, Großem, Höhlenartigem; doch als Danny wieder sprach, brauchte er nicht zu schreien – es war, als sei ihnen mitten in einem Gewitter eine magische Intimität gewährt. Was er da sagte, war: »Scheiße, ist das gut.« Und dann wieder, mit engelsgleicher Besorgnis: »Sag gleich Bescheid, wenn's dir nicht so gutgeht.«

Alex empfand sich noch immer ein klein wenig schüchtern, denn das, was er sagen wollte, hatte in einem ganz tiefen Sinn mit Danny zu tun. Er schloß die Augen, und sein Geist schoß auf den glitzernden Tongleisen dahin. Es war keine Halluzination, aber er sah seine eigene Glückseligkeit als eine Abfolge von Wellen funkelnden Dunkels, jede mit einem schimmernden Lichtrand. Als die Worte dann herauskamen, waren sie völlig unzulänglich, doch er wußte sogleich, daß Danny sie verstehen und seine unbeschreiblichen Empfindungen aus den billigen Silben herauslesen würde. Er sagte: »Ich bin so atemberaubend glücklich. Ich war noch nie so glücklich.«

Danny hatte den Arm um Alex' Schultern liegen, und sie drehten sich einander zu und küßten sich, das Wunderbare aber war, wie seidig sich Dannys Hals und Arme anfühlten und wie heiß er in dem schweißfeuchten Trikothemd war. Alex sah, daß das, was er am meisten wollte, gerade geschah, und tastete staunend zwischen den unterschiedlichen Arten des Glücks, den Chemikalien und dem Sex, umher. Es war, als wären Geschehen und Glück ein und dasselbe, das mußte er sich merken, damit er es allen sagen konnte. Danny saß jetzt schräg hinter ihm und umarmte und streichelte ihn. Überall, wo er ihn berührte, krochen kleine Schauer über seine Haut. Alex packte und streichelte die Arme, die ihn streichelten, und zog Dannys Füße zwischen seinen Beinen herum. Er wollte, daß sie einander überall gleichzeitig berührten. Er konnte Dannys Brustwarzen spüren, als sie über seinen kribbelnden Rücken strichen.

Sie tanzten mitten auf der Fläche in einer lockeren Gruppe mit anderen Freunden Dannys. Nie hatte Alex sich so gelenkig, so voller Energie gefühlt. Er zog sein nasses T-Shirt aus, und nach dem, wie die Leute ihn ansahen und leicht berührten, wußte er, was für eine strahlende sehnige Schönheit er war. Seine dichten schwarzen Haare waren durchnäßt, fielen ihm ins Gesicht, wurden zurückgeworfen. Er tanzte jetzt wie alle anderen auch, aber besser, auffälliger. Er merkte, wie er verzückt auf die anderen Tanzenden um ihn herum starrte – es war überhaupt nicht bewußt, sondern vielmehr so, als wäre er aufgewacht und stellte fest, daß sein Blick mit dem eines grinsenden Fremden verklammert war. Oder er redete unvermittelt mit einem oder nahm einen Schluck aus einer Flasche. Alles war plötzlich, schien aber unbemerkt ein paar Sekunden davor begonnen zu haben.

Die Musik hatte von ihm Besitz ergriffen, er lebte sie mit seinem ganzen Körper, doch sein Ohr war so geräumig und analytisch geworden, daß er das Tohuwabohu der einzelnen Sprechenden ganz deutlich hören konnte, wie das hallende Flüstern von Touristen in einer Kathedrale.

Danny ließ ihn an der Bar mit einem seiner Freunde zurück, einem muskulösen jungen Norweger mit silberblonden Haaren. »Du siehst ein bißchen aus wie Justin«, sagte Alex zu ihm und lachte darüber, wie wenig Justin oder alles, was ihn früher verletzt hatte, ihm nun bedeutete.

»Kann sein«, sagte der Blonde.

»Kennst du Justin?«

»Nein, Süßer, aber mach dir deswegen keine Gedanken. Das ist dein erstes Mal, ja?«

Alex gefielen der norwegische Akzent und sein flüssiges Englisch. »Du bist sagenhaft«, sagte er, und sie ließen ihre Lippen zu einem unsentimentalen Kuß aufeinanderprallen.

»Du bist übrigens auch ziemlich scharf. Dir geht's ziemlich gut, hab ich recht?«

Alex lachte nur, schüttelte den Kopf und packte seinen Freund fester. Jetzt waren sie zu dritt, Dave aus dem Pornoladen hatte die Arme um beide gelegt, und Alex küßte ihn auf die Wange und drückte ihm in einem Zustand nahezu unbewußter Einheit mit ihm immer wieder das Genick. Mehr als die Hand geschüttelt hatte er nie bei einem Schwarzen oder vielleicht einmal einen beim Schul-Rugby abgegrätscht – er seufzte, weil ihm plötzlich bewußt wurde, wie schwarz der andere war, und fuhr ihm mit den Fingern in weiten Bögen das Rückgrat auf und ab.

»Die Pillen waren also gut...«

Alex versuchte, eine erstaunliche Wahrheit zu formulieren. Er vertraute sie erst Dave als dem Lieferanten dieser Wonnen und dann dem Blonden an. »Ich bin so glücklich, daß es mir nichts ausmachen würde, wenn ich sterben würde.«

»Ach, bitte nicht«, sagte der Norweger auf seine praktische Art. »Dann kannst du immer wieder glücklich werden.«

Alex küßte die beiden Fremden. Minutenlang standen sie da und streichelten ihn mit dem nachsichtigen Lächeln allwissender, alles verzeihender Freunde.

Er war ausgedörrt und trank ein Fläschchen Lucozade. Als er seine Uhr zum Licht drehte, sah er, daß er schon fast drei Stunden hier war. Er wußte, daß er pinkeln mußte, und zog mit einer vagen Vorstellung, wo die Klos waren, von seinen Hütern weg. Gehen war irgendwie schwieriger als Tanzen, und fast hätte er auf einer mit leeren Plastikflaschen übersäten Treppe das Gleichgewicht verloren. In dem Durchgang tanzte plötzlich ein hemdloser blonder Junge vor ihm, strahlend, mit geweiteten Pupillen, vor Drogen glühend. Er umarmte ihn, dann fingen sie an zu knutschen – in seiner Zunge steckte ein winziger runder Bolzen, der gegen Alex' Zähne klackerte und bohrte und rappelte, während sie einander am Hintern packten und unter heftigem ausgelassenem Ächzen und Japsen herumschwangen. Alex schob ihn unter kleinen Küßchen auf Nase und Stirn langsam von sich, und als er sich ein paar Sekunden später umdrehte, sah er, daß der Junge ihn schon vergessen hatte.

Als er in der hallenden Helligkeit der Toilette wartete, überkam ihn ein kleiner Anflug von Einsamkeit, und er fragte sich, wo Danny wohl war. Alle hier taten etwas, Männer standen zu zweit vor den Kabinen Schlange, andere, in Shorts oder zerrissenen Jeans, nickten starr zur Musik, gefangen in ihren sich beschleunigenden Innenwelten. Ein Kerl im Arbeitsanzug drehte sich ihm halb zu und bedeutete ihm, sein Urinal mit ihm zu teilen – Alex lehnte sich auf seine Schulter und blickte auf seinen großen gekrümmten Schwanz hinab, der in abgehackten Stößen pinkelte. Er öffnete seinen Schlitz, schob die Hand hinein und konnte einen Moment lang seinen eigenen Schwanz nicht finden, vielleicht hatte er ja irgendwann während der vorbeigerauschten, vergessenen Stunden eine Geschlechtsumwandlung durchgemacht, doch da war er, so eingeschrumpelt, daß er ihn vor seinem Freund abschirmte, der sagte:»Ist schon gut, du bist zugedröhnt«, und:»Du schaffst das schon«, und dann, gierig:»Na komm, laß schon sehen«, wobei er sich streichelte und immerzu daraufstarrte.

Eine Stunde oder mehr später lag Alex ausgestreckt in einem Chillout-Raum, den Arm um Danny, kaute Kaugummi, noch immer zu der Musik aus dem größeren Raum dahinter rockend und wippend. Hier gab es fluoreszierende Wandbehänge, die seine Aufmerksamkeit über lange Perioden hin beanspruchten. Das Blau war übernatürlich, unendlich schön, vollauf ausreichend. Und das *Rot* erst… Leute drifteten vorbei oder setzten sich, wobei sie sie anfaßten wie alte Freunde und sagten:»Alles klar?« Manchmal waren es Freunde von Danny, dann hockten sie sich friedlich fünf Minuten lang dazu und sagten nichts weiter, wobei alles, was sie dann doch sagten, reizend und auf unerklärliche Weise treffend war. Die flatterige Erregung von vorher war zu einer vollkommenen, grenzenlosen Ruhe abgeklungen, durch die sich Gestalten hindurchbewegten, die noch etwas von der lebhaften Wirkung ihrer Drogen verströmten. Einmal ragte ein Junge namens Barry Sowieso, dem Alex gelegentlich bei der Arbeit auf dem Korridor begegnete, mit offenem Mund zweifelnd vor ihm auf und sagte, nachdem er eine Weile überlegt hatte:»Nein, du siehst aus wie Alex, aber du bist nicht Alex«, und ging weiter.

Danny rutschte herum, so daß sie einander nun ansahen; ihre Beine waren ineinander verschlungen, als lägen sie im Bett und redeten.»Alles klar?«

»Ja, Schatz. Jetzt weiß ich übrigens, warum es House-Musik heißt.«

Eine humorvolle Stille.»Und warum?«

»Weil man einfach drin leben möchte.«

Danny fuhr Alex mit der Hand durch die Haare und küßte ihn.»Möchtest du dein anderes E?«

Alex stellte mit Interesse fest, daß er es nicht wollte. »Würd mich nicht stören, ewig hier zu liegen.«

Doch Danny war ein wenig mißlaunig und unruhig. »Ja, ich bin jetzt echt runter davon.«

»Und, willst du noch eins?« Der Gedanke daran erschien Alex ungeheuer gierig, als wollte man nach dem Mittagessen gleich das Abendessen; wobei er allerdings gelesen hatte, daß manche vier, sechs oder gar zwölf nahmen. Er konnte sich nichts Schöneres denken als das, was er noch immer durchlebte.

»Nee…« Danny rappelte sich auf und blickte auf Alex herab, wie um ihm aufzuhelfen, als wäre er schwer und empfindlich von seinem Glück. »Komm, gehn wir nach Hause.«

7

Justin horchte auf den Knall der Haustür, die raschen, verletzten
Schritte den Weg entlang, das entferntere dumpfe Schlagen der
Autotür, das Geräusch des startenden und sich dann rasch ent-
fernenden Wagens. Wenn Robin zu Hause arbeitete, schien
Justin auf natürliche Weise weiterzuschlafen, doch da er das Haus
nun für sich hatte, fühlte er sich erleichtert und hellwach. Er
drehte sich auf Robins Seite des Betts. Die ganze Woche hatten
sie sich an ihre jeweilige Seite gehalten, und er schnüffelte die
Gerüche seines Liebhabers von Laken und Kissenbezug mit
einer fetischistischen Lust, die momentan stärker war als seine
Gefühle für den Mann selbst. Aufzuwachen und Robin zu riechen, nachdem sie in der Nacht zuvor gevögelt hatten, und sich
dann erneut einem gemurmelten, halbwachen Morgengerangel
hinzugeben, war die sicherste Glücksverheißung, die Justin erwarten konnte; doch er weigerte sich, ihn aus seiner Muffig-
keit herauszuschmeicheln, und bewunderte seine eigene ken-
nerhafte Art, ihn dann wenigstens in seiner Abwesenheit zu
genießen.

Seit dem Wochenende mit Alex war nichts mehr richtig gut
gewesen. In seiner Phantasie von jenem Sonntag morgen öffnete
er die Tür und bat Alex auf einen rivalisierenden Dreier ins Bett
dazu. Alex schmollte nie und schlug ihm nie etwas ab. Justin
mußte zugeben, daß der Schock, ihn wiederzusehen, eine verborgene Spur von leisen Nachschocks gelegt hatte. Zuerst hatte
er noch nicht gewußt, warum er ihn eingeladen hatte, doch nun
erschien es ihm als ein heimliches Abschätzen, ein Bedürfnis zu
vergleichen, ein Wiegen, als wäre der Kampf nicht schon lange
vorbei; er wollte sichergehen, daß er keinen Fehler gemacht
hatte. In der darauffolgenden Woche hatte er mit zunehmend
verwirrterer Zuneigung und unzulässigem Lustgestöhn an Alex

gedacht, insbesondere an seine Unschuld und – was war das noch? – seine Ich-Schwäche.

Er döste und erwachte von dem Geräusch von Pferdehufen auf dem Weg, was ihn an einen Kerl erinnerte, mit dem er einmal etwas gehabt und der in Gloucester Place gewohnt hatte, und an das Geklapper des Pferdetrupps, der jeden Sonntagmorgen um sechs vorbeikam, um im Park auszureiten. Robin war den ganzen Tag in London, und Justin war neidisch darauf, obwohl er sich geweigert hatte mitzufahren. Er zog eine schmutzige Unterhose von Robin an und taperte hinab, um den Wasserkessel zu füllen. In der Küche stand sein Frühstück schon bereit, und auf dem Rayburn köchelte bereits träge eine unbestimmbare Suppe und würzte die Luft mit dem Geruch nach Lunch. Auf dem Tisch lag ein brauner Umschlag mit dem Freistempel des Börsenmaklers seines verstorbenen Vaters – das war noch etwas zuviel für ihn; und der *Independent,* der den *West Dorset Herald* bis auf die Frakturschrift seines Titels bedeckte. Er öffnete die schwarze Hintertür und blickte vorwurfsvoll auf das lange Gras, den Wiesenkerbel, den Bach.

Man sollte ihn wirklich nicht so allein lassen. Das ging jetzt schon seit Jahren so, diese scheußliche Vernachlässigung durch Liebhaber, die einen Beruf hatten. Und scharf wie etwas, woran man sich das erste Mal erinnert, sah er die kleinen bleigefaßten Fensterscheiben von Alex' Schlafzimmer und den Blick auf ähnliche Fenster gegenüber vor sich – all die Tage, an denen er dort zurückgelassen wurde und er nichts zu tun hatte als mit sich zu spielen, *Nachbarn* zu schauen und sich zu betrinken. Hier hatte man die Geräusche von Kuckucken und Schafen und Traktoren; dort waren es die Bohrmaschinen von Straßenarbeitern oder eine Autoalarmanlage, die unerbittlich immer wieder von neuem losging, oder das Klackern von Hemdknöpfen an der Glastür des Trockners. Den Trockner laden, das konnte er. Alex hatte anfangs gemeint, er könne es ja mal mit Hausarbeit versuchen, doch gleich beim ersten Mal, als er waschen wollte, ging die Waschmaschine kaputt, und alles, was mit Kochen zu tun hatte, überstieg sowieso seine Kräfte, wenngleich er sich immer aufs Essen freute. Abwaschen fand er bedrückend. Einmal hatte er gesaugt, hatte das Ding hinter sich hergezogen wie einen widerborstigen Hund, der in der entgegengesetzten Richtung eine Hündin roch, und die Leine hatte sich ständig an Türen verklemmt und um Stuhlbeine gewickelt. Er erinnerte sich, daß selbst Alex ein bißchen schnippisch sein konnte, wenn er vom Staubsaugen erhitzt war.

Eine schlichte Möglichkeit heute war, Terry anzurufen, doch die verwarf er mit einem klaren Gespür für Taktik. Er durfte Robin nicht schon wieder eine Gelegenheit für seinen alten Groll geben, und Terrys Diskretion war noch unerprobt. Er ging mit einem Becher Tee ins Wohnzimmer und erinnerte sich dann, daß in der kleinen Kommode einige Photos von Danny waren. Ständig vergaß er, daß er jetzt auch auf ihn scharf war. Er hockte sich hin, um die Schublade aufzuziehen, und da auf den Alben und dem Scrabble und den Schachteln mit den kandierten Früchten lag etwas, halb eingewickelt in rotes Glanzpapier, es sah aus wie ein Buch, und erst nachdem er den Titel gelesen hatte, fiel ihm alles wieder ein. Er hatte sich bei Alex gar nicht richtig dafür bedankt, aber Alex wußte ja, daß er nicht danke sagen konnte, das war seine einzige unüberwindliche Hemmung. Und dann auch noch ein *Buch*... Schließlich hatte es damals auch triste Momente gegeben, die Abende mit den Opern-CDs, wie sie da nebeneinandergequetscht saßen, um dem kleinen Libretto zu folgen, und Alex immer verblüffend schnell umblätterte, während Justin noch immer versuchte, das, was er hörte, mit dem Text der vorigen Arie zur Deckung zu bringen, und sich nie ganz sicher war, wer jetzt Aroldo und wer Enrico war, nicht einmal unter Zuhilfenahme der wächsernen, pomadisierten Kostümporträts im Booklet. Eigentlich war Alex schrecklich vermufft. Kiri Te Kanawa singt Rodgers und Hammerstein – solche gewagten Sachen legte er manchmal nach dem Abendessen auf, wenn Besuch kam (»Wie schön, das von einer zu hören, die richtig singen kann«).

Justin zog das Photoalbum heraus, das Robin ihm einmal gezeigt hatte, ein großes, optimistisch wirkendes Ding, dazu ge-

schaffen, die sentimentale Geschichte einer ganzen Familie auf-
zunehmen, das aber nach den ersten paar heiteren Episoden zu
dreißig oder vierzig Seiten kohlschwarzer Leere zurückkehrte.
Da war der kleine Danny in der Badewanne, was nicht viel
brachte, und auf und nieder hüpfend in einer im Türrahmen aufgehängten Schlinge, in der er laufen lernen sollte. Dann Robin,
selbst noch ein milchgesichtiger Bubi, in seiner engen, ausgestellten Kordhose, wie er sich sexy über sein Söhnchen beugte;
und Dannys Mutter, üppig, erschöpft, vielleicht ein bißchen
stoned, wie sie unter einem Fünfjahreswuchs dichter dunkler
Haare hervorlächelte. Dann Robins gutaussehende Eltern in
ihrer unwandelbaren Country-Couture, wie sie das Baby be-
wunderten, aber sichtlich froh waren, daß sie es nicht lange halten mußten, und in ihrem edwardianischen Landadeldünkel
nichts ahnend von den vor ihnen liegenden Umwälzungen. Auf
einem der Bilder saßen die jungen Woodfields auf dem Rasen
zusammen mit dem knackigen kleinen Marcus, mit dem Robin
da wohl schon etwas nebenher laufen hatte. Über ihnen lag eine
Siebziger-Jahre-Atmosphäre sexueller Verschwörung, als wären
sie gerade alle miteinander im Bett gewesen; was natürlich keineswegs der Fall gewesen war – Jane war dem aufgestauten
Schwulsein ihres Mannes gegenüber blind gewesen.

Ganz hinten in dem Album, ungefähr da, wo es gewesen wäre,
wenn die Reihe nicht unterbrochen worden wäre, steckte lose
noch ein Photo von dem Jungen und seiner Mutter, das im Jahr
davor am Strand von La Jolla entstanden war, Danny schmal und
sonnengebräunt in langer weiter Hose, Jane wild und fit in
einem schwarzen einteiligen Badeanzug, die Haare kurz, etwas
Fanatisches in der Art, wie sie ihren Sohn an den Schultern fest-
hielt und ihn aus dem Gleichgewicht zog, obwohl sie beide lachten und zweifellos vor dem Photographierenden Theater machten. Danny hatte ganz schön große Brustwarzen; die hatte er
wohl von seiner Mutter, genau wie seine großen weichen Lippen. Justin fragte sich, ob es bei ihm auch so wie bei Robin aussah, als würde ihm gleich schlecht, wenn er kurz vor dem Kommen war. Auch wenn er es nicht zugab, war Justin weitsichtig, so

daß er das Bild von sich weghalten mußte, um es scharf sehen zu können. Man konnte wirklich nicht genau sagen, ob die Schattenkurve da eine Falte in den Shorts war oder ein gewaltiger Halbsteifer. Vielleicht war es ja auch etwas Schweres in der Tasche. Justin fand, daß diese Ungewißheit die Phantasie seltsamerweise sabotierte; auch die Gegenwart der Mutter wirkte dämpfend. Nach einer Minute steckte er die Photos weg.

Er badete bis zum zweiten Frühstück, und während er wiederum darauf wartete, daß der Wasserkessel zum nächsten Abschnitt seines tugendsamen Vor-Alkohol-Vormittags pfiff, blätterte er die Lokalzeitung durch. Sein Blick fiel auf eine Schlagzeile über einige Jungen aus Bridport, die mit dem Tode spielten; es stellte sich heraus, daß ihr Spiel darin bestand, daß sie neben den Fähren und Ausflugsbooten im Hafen tauchten. Offenbar war das eine Mutprobe. Ein Leitartikel meinte, die Menschen sollten immer wissen, was ihre Kinder gerade täten. Und das allein gab Justin zu denken. Es gab seitenweise Hausanzeigen, für Einheimische wie für Fremde gleichermaßen, alles von Fertighäusern für Stallknechte bis zu festungsartigen Herrenhäusern; und die immer zahlreicheren, abstrusen Anzeigenseiten, abstrus jedenfalls für einen, der die verschiedenen Kodizes aus *Boyz* und *Gay Times* gewöhnt war. Dennoch sah Justin sie mit nicht verlöschendem Hoffnungsschimmer durch und überlegte bei »Mangold zu verkaufen« vergnügt, daß das Gemüse doch eigentlich grün war; und da, in einem schwarzumrandeten Kasten, wie von seinem persönlichen Versucher geschaltet, stand die Frage: »Brauchen Sie Hilfe, jetzt?« und die empfohlene Antwort: »Für alle Gelegenheitsarbeiten − Terry« und darunter die Nummer eines, wie Justin sehr wohl wußte, Handys. Er lächelte und schob die Zeitung beiseite. Nun, er konnte ihn ja schlecht anrufen, zumal Robin jede Position auf der spezifizierten Telephonrechnung überprüfte; einmal hatte es schon wegen 30 Pfund für Anrufe bei einer schwulen Kontaktanzeige Streit gegeben.

Justin trank zu seiner Suppe ein Glas Wein und ließ diesem zwei weitere folgen: ein gehaltvoller australischer Roter, wie

Robin ihn oft für besondere Anlässe bereithielt. Er blieb bei Australien und sah sich die überlappenden Episoden dreier Soaps auf verschiedenen Kanälen an, zappte zwischen ihnen hin und her, um sicherzugehen, daß er auch keine oberkörperfreie Szene seiner Lieblingsschauspieler verpaßte. Danach nickte er ein bißchen ein und erwachte erst wieder an dem stillen, schweren Landnachmittag in einem Zustand pflichtvergessener Geilheit. Er dachte an die Zeit, gegen Ende mit Alex, als er zu dieser Tageszeit auf den Common ging; und an seine wilden Nachmittage am Anfang mit Robin, der da völlig verrückt gewesen war, und als sie es getrieben hatten, wie er heftiger es nie erlebt hatte. *»Dove sono«,* sagte er laut, was eine Arie war, die Alex immer zu singen versuchte. Er fand, daß er wenigstens zu Mrs. Badgetts Haus zotteln und sehen könnte, ob Terry vielleicht da war.

Bewundernd schlenderte er durch den Garten, blieb stehen, um an Rosen und Goldlack zu riechen, als würde er von seinem besseren Gewissen beobachtet; und auch noch auf dem hinteren Weg mit seinem bequemen Tor und der Atmosphäre eines heimlichen Zugangs sah er aus wie einer, der einen kleinen Spaziergang machte. Von Terrys »Liebesmobil«, seinem hellblauen 74er Talbot Samba Cabrio, war nichts zu sehen, aber seine Mutter arbeitete im Garten, sie band Bohnenpflanzen an Stöcke und sagte Justin, sie erwarte ihn sehr bald zurück.

»Ich möchte ihn gern bei etwas um Rat fragen«, sagte Justin. »Oh…«, sagte Mrs. B., augenscheinlich beeindruckt davon, daß ihr Sohn in beratender Eigenschaft gefragt war. »Ich schicke ihn gleich vorbei.«

»Aber nur, wenn er während der nächsten Stunde kommt«, fügte Justin vorsichtig hinzu.

»Ich sag's ihm.«

»Vielen Dank.« Er wandte sich zum Gehen und rief dann noch zurück: »Sagen Sie ihm doch, er soll einfach kommen, wie er ist…« Es hatte ihm gefallen, wie Terry letztes Mal seinen Overall abstreifte.

Und nun, da die Verabredung eigentlich so gut wie sicher war, dachte er, wie empörend es sei, daß Robin ihn hier einfach so zurückließ, eingesperrt wie ein Sklave, eine Mätresse ohne eigenes Leben. Er ging weiter, vorbei am hinteren Tor, den Weg entlang zum Vordereingang mit seinem Blick auf die Hügel, die die Sicht aufs Meer verstellten; das Land mit seinen abscheulichen Hecken und erschreckenden Tieren und stinkenden kleinen Läden, in denen es nichts als Dosenobst und Gummizüge zu kaufen gab, trieb ihn zur Verzweiflung. Niemand, mit dem er hier reden konnte, verstand etwas von dem, was er sagte. Er fragte sich allmählich, ob die alte Tunte, die als nächster Mieter von Ambages angekündigt worden war, überhaupt noch kommen würde. Er konnte ja mal an der Kirche vorbeigehen und nachsehen, aber er wollte Terry nicht verpassen.

Er überlegte, wie er angetroffen werden wollte. Es war kein Tag zum Sonnenbaden – es war bedeckt und die Luft voller träge umhersurrender Insekten –, doch immerhin warm genug, daß er lediglich in seinen alten Leinenshorts herumlaufen konnte. Er prüfte die Wirkung im Garderobenspiegel, beäugte mißbilligend seine Taille, wo sich Glattheit mühsam gegen Schlaffheit behauptete, und gewahrte, als er aufblickte, ohne den Kopf zu heben, etwas, was man nur als Hängebacken bezeichnen konnte. Normalerweise unterlag seine Spiegelarbeit einer sorgfältigeren Zensur. Wie in aller Welt würde er wohl aussehen bei – nun, sogleich kamen ihm drei, vier unvorteilhafte Sexstellungen in den Sinn. Fünfunddreißig war eher jung für Hängebacken. Seine Kopfhaut kribbelte, als er sich fragte, wozu er eigentlich so gemästet wurde. Doch das Klopfen an der Tür verscheuchte alle diese Sorgen aus seinem Kopf.

Es war Terry, und er kam reizenderweise mit seinem Werkzeugkasten; es dauerte eine runde Minute mühevoller Zweideutigkeiten, um klarzustellen, was für Gelegenheitsarbeiten hier zu erledigen waren. Dann folgte ein weniger reizendes Gefeilsche um Geld. Anscheinend hatten sich zwei Location-Scouts aus Hollywood, die im Bride Mill wohnten, über Terrys bescheidene Tarife gewundert. »Die hatten so eine Schtretz-Limo«, sagte er. »Muß schon sagen, die haben mir das eine oder andere beigebracht.«

»Man lernt eben nie aus«, sagte Justin.

»Ich hab nämlich gebracht, was ich drauf hatte«, fügte Terry kryptisch hinzu.

»Gehen wir nach oben, Schatz. Wie alt bist du übrigens?«

»Ich bin zwanzig«, sagte Terry und folgte ihm, plausibilitätshalber mit dem Werkzeugkasten. »Na ja, ehrlich gesagt, neunzehn.«

Justin schüttelte verwundert den Kopf über einen Callboy, der nicht nur ehrlich war, sondern auch noch vorgab, älter zu sein.

Im Schlafzimmer streifte er ihm Jeans und T-Shirt ab und drückte ihn dann auf das zerwühlte Bett, wobei er an seiner angenehm fleckigen Unterhose herumschnüffelte – hellblau war sie, die ideale Farbe für einen unschuldigen Landburschen. Er roch seinen Schwanz durch die gespannte Baumwolle und wußte, daß er heute schon gevögelt hatte; ein schönes Gefühl, daß der Junge unaufhörlich in Gebrauch war. »So«, sagte Terry, »und nun laß ihn raus, laß ihn an die Luft.«

Justin tat wie geheißen und fragte sich, ob Terrys Stolz verletzt würde, wenn er ihn bäte, nicht zu reden.

»Sieht ganz gut aus, was?«

»Mhmm«, pflichtete Justin bei, plötzlich mit vollem Mund.

Terry ächzte. »Das mag er.« Er sprach von seinem Penis, als wäre er ein seltenes und lebhaftes Nagetier, das er selbst großgezogen hatte und ausgewählten anderen Jungen mit berechtigtem Stolz zeigen konnte. »Unten am Sockel ist er dick«, erklärte er, »und an der Spitze noch dicker. Er hat eine große breite Schnauze.«

Justin hockte sich auf die Fersen zurück. »Ja, das hast du schon mal gesagt.«

»Na, dir gefällt er ja, Justin. Der is klasse, echt.«

Der anschließende Fick (»Jaa, zeig ihm, wo's langgeht!«) war enttäuschend kurz. Justin wollte gerade in seine unterwürfige Lieblingsposition wechseln, als er sah, daß Terry schon gekommen war. Er machte es sich rasch selber, nur um die Sache zu beenden, und fragte sich freudlos, warum er das nicht schon vor Stunden getan hatte.

Danach machte es sich Terry erst einmal gemütlich und redete einen Haufen sinnloses Zeug. Er hätte sich wirklich trollen sollen, doch Justin fiel ein, daß er ja so etwas wie ein Freund des Hauses war, und empfand es als seltsam heikel, ihn zum Gehen aufzufordern. Der Nachmittag war immer dunkler geworden, und im Zimmer war es nun doppelt trübe. Hin und wieder dröhnte von fern Donner. Er schien den Abend auf sie zuzutreiben, und auch den Zeitpunkt, der von der Drehung der Whiskyflaschenkappe angekündigt wurde, die wunderbare Wiederaufnahme des Schluckens.

»Wann kommt denn Robin wieder?« fragte Terry und sah sich mit einer gewissen Befriedigung, im großen Schlafzimmer empfangen worden zu sein, in dem Dunkel um.

»Er könnte eigentlich jetzt jeden Moment da sein...«

»Vielleicht besser, er erwischt mich nicht noch mal.«

»Hm. Stimmt.«

Terry setzte sich auf, und die blasse Unterhemdform seiner ungebräunten Brust schimmerte verletzlich. »Alles klar zwischen euch beiden?« fragte er, ein wenig zu lebensklug. Und dann, mit indirekter Hartnäckigkeit und einem weiteren stirnrunzelnden Blick durchs Zimmer: »Schönes Haus, das.«

»O ja. Das finden wir auch.«

»Ich hab gedacht, vielleicht legst du dir jetzt mal selber ein Haus zu.«

Justin lehnte sich zurück und starrte auf die Eichenbalken über ihm. »Wie kommst du denn darauf?« Er hörte, wie Terry herumrutschte und seine Füße tappten, als er seine Sachen zusammensuchte.

»Ich hab gedacht, du bist reich«, sagte Terry nach einer Weile. Das erzählte man sich also im Dorf über ihn? Oder war es nur Bettgeflüster von Danny?

»Du hast Dan doch nicht von uns erzählt, oder?« sagte Justin streng und mit einem Anflug von Scham.

Terry zog seinen Reißverschluß zu und sagte: »Ich erzähl nie keinem was«; was, wenn man es nicht allzu genau analysierte, durchaus beruhigend war.

8

Danny lud seinen Freund George zu der Party ein und rief ihn
dann an, um ihm vorzuschlagen, daß sie beide vielleicht schon
am Tag davor mit dessen BMW nach Dorset fahren könnten.
George zierte sich immer gern, tat dann manchmal aber doch,
was Danny wollte.»Arbeitest du denn nicht?« fragte er.
»Nein, ich gehe da nicht mehr hin.«
»Aha. Sie haben dich rausgeschmissen.«
Danny spürte Georges Mißbilligung und hoffte, sie mit einem
Scherz abbiegen zu können. Er machte eine Pause und sagte
dann in einem quengeligen Brooklyn-Akzent:»Ganze fünf
Minuten war ich zu spät…«
Ein Jahr zuvor, an seinem ersten Abend allein in London,
hatte Danny George in einer Bar kennengelernt und war mit zu
ihm in eine üppig übermöblierte Wohnung am Holland Park
gegangen. Es war ihm kaum bewußt geworden, daß er für den
Mann, der auf die Vierzig zuging, ein Glücksfall war, war sogar
erleichtert gewesen, daß George ihn wollte, und hatte in den
muffigen, vollgestellten Zimmern Trost gefunden. Die Wohnung
sah aus, als sei der gesamte Inhalt eines Landhauses von einem
Aristokraten, der es nicht übers Herz gebracht hatte, ihn zu
verkaufen, in ein paar Räume gezwängt worden – wobei sich
allerdings herausstellte, daß alles zu verkaufen war, da George
Antiquitätenhändler war und sich auf barocke Tapisserien, Zim-
merobelisken und stark gefirnißte Gemälde mit totem Wild spe-
zialisiert hatte. Bei ihm hatte Danny seine erste Begegnung mit
Kokain, und sie verbrachten zwei Tage in einem trägen Bettge-
lage, das von Georges wundersamer Beherrschung des hinaus-
gezögerten Katers verlängert und abgeschirmt wurde: eine dicke
neue Linie, das Knacken eines frischen Jack-Daniels-Deckels,
alles im richtigen Moment.

Danach war George für eine Woche nach Paris gefahren, und Danny mußte immerzu an sein düsteres, zynisches Gesicht denken und die Ahnung der ersten Alterswülste und -streifen auf seinem breiten, flachen Körper, der ihn so unerwartet bewegte und erregte. Einmal hatte er, nach einem kleinen silbernen Haschpfeifchen, bei Lampenschein die winzigen Fältchen seines Liebhabers um Augen und Mund berührt und gesehen, wie sie seine schwach facettierte Hübschheit in Schönheit verwandelten. Danny hatte noch nie eine solche intensive und hinausgezogene Erregung mit einem anderen Menschen erlebt und wußte sogleich, daß er es ohne die Gewißheit, mehr davon zu bekommen, nicht mehr aushalten würde. Doch George reagierte nicht auf seine Nachrichten, und als Danny schließlich zu ihm hinging, wirkte er überrascht und leicht verärgert darüber, ihn an der Sprechanlage zu hören. Die kühle Minute im Flur, im Schein eines Bronzeleuchters und unter dem provokanten Blick eines Marmorfauns, mehr brauchte es nicht. Danny wußte, daß er verliebt war.

George war ein Junggeselle, der auf sich selbst baute und echte Gefühle nicht gewöhnt war; den Verstrickungen mit einem einundzwanzigjährigen Jungen stand er folglich mißtrauisch gegenüber. Ihn bewegten die Poesie und künstlerische Vollendung der Dinge, die er verkaufte, und er hatte die niedrigen menschlichen Erwartungen des sexuellen Raubtiers. Dabei war er eitel und bildete sich einiges auf seinen weitgehend unausgereiften Instinkt für *objets de vertu* ein. Er hatte erkannt, wie verletzbar Danny schon war, weswegen er beschlossen hatte, ihn nach der Traumorgie bei seinem ersten Besuch nicht mehr wiederzusehen. Doch da war Danny nun, saß ohne Stiefel und mit einem Glas in der Hand neben George auf dem tiefen Knole-Sofa und sehnte sich nach einem Zeichen, daß es gut war, daß er ihn wieder berühren durfte und auch noch mehr. George, der eine Analyse gemacht hatte, ließ ihm eine verwirrende und schwülstige Halbstundentour durch seine Psyche angedeihen, die offenbar zwei Pole hatte: Freude an Raffinesse und manische Ehrlichkeit. Tatsächlich konnte seine Offenheit andere manchmal durchaus vor den Kopf stoßen. Danny musterte den Teppich und hörte zu; er verstand nur halb, worauf George hinauswollte, spürte den möglichen diplomatischen Frost von so viel vernünftigem Gerede und wartete nur auf den Ton in seiner Stimme, der »ja« bedeutete, egal, mit welchen Worten. Dann drückte George ihn plötzlich auf das Sofa nieder, Danny spürte, wie sein Herz durch das schwarze Rollkragenhemd hämmerte, hörte endlich die ersehnte Silbe, hervorgepreßt unter dem Druck seines harten Schwanzes. Später sagte George ihm, er sei anfällig für Dannys Verletzlichkeit gewesen.

Die danach folgende Liebschaft war von vornherein zum Scheitern verurteilt, das sah Danny jetzt, und er fragte sich manchmal, ob er sich die schwierigen vier Monate nicht auch hätte sparen können; das Ende jedenfalls war das Schlimmste, was ihm in seinem ganzen Leben widerfahren war. Doch dann hatte George, vielleicht aus einem Schuldgefühl heraus, das anzuerkennen nicht einmal er offen genug war, darauf bestanden, daß sie Freunde blieben. Das war hart für Danny, weil sie ja nie Freunde gewesen waren, sondern von Anfang an Liebhaber; doch George war auch sein Leitbild gewesen, und vielleicht machte dies weitere Begegnungen möglich, wie zwischen dem klugen Schüler und seinem Lehrer, dessen Zuneigung er gewonnen hatte. George hatte ihm reibungslosen Zugang zu dem vielräumigen Gebäude der Londoner Schwulenwelt verschafft, vom Keller bis zum Salon. Die Leute hatten ihn um seinen gutaussehenden jungen Protegé beneidet, der manchmal, wenn sie von einem Mittagessen in Mayfair oder morgens um fünf aus einem Sex-Club im East End kamen, sagte, wie freundlich alle doch seien. George hatte es ihm nur einmal erklärt: »Liebster, bei dir wäre jeder freundlich.«

Jetzt, einen Sommer später, wartete Danny auf der Stufe vor dem Gästehaus, in dem er wohnte. Er hatte zwei Kartons billigen Weißwein und eine Reisetasche mit Tapes und diversen Partysachen dabei. Als George vorfuhr, empfand er bei seinem Anblick wieder den alten Schock, und das Herz wurde ihm ein paar Sekunden schwer, als hätte es die Lektionen und Anpassungen der dazwischenliegenden Monate nicht gegeben, was sich aber, in sentimentaler Ergebenheit, gleich wieder legte. Im Kofferraum des Wagens stand eine Kiste Champagner, doch dazu sagte er nichts – er konnte nicht wissen, ob sie für ihn bestimmt war. Er setzte sich auf den Beifahrersitz und gab George erst dann einen freundschaftlichen Kuß, bei dem er sich, mit einem Summen zwischen den Beinen, vorstellte, was er, sollte er die Gelegenheit erhalten, noch immer gern mit ihm machen würde.

Sie gelangten aus der Stadt, als der Freitagsverkehr mit seiner Atmosphäre unterdrückter Panik gerade begann; und obgleich sie Städter waren, empfanden sie eine gewisse Befreiung, als sie die Vororte hinter sich gelassen hatten. Danny durchstöberte die CDs und schob Schumanns Rheinische Sinfonie in den Player, unsicher, ob er sie wiedererkennen würde, und dann in Hochstimmung versetzt von den Hörnern am Anfang, die wie gemacht dazu schienen, bei 120 Stundenkilometern auf einer langen Strecke durch die Sommerlandschaft gehört zu werden.

»Wer kommt denn alles?« fragte George in seiner leicht verzweifelnden Art. »Hoffentlich kann ich da mit jemandem reden.«

»Du kannst dich immer mit meinem knackigen Daddy unterhalten.« Und Danny lachte, wie er es in letzter Zeit immer öfter tat, über die Farce des Sex und beim Gedanken daran, wen von den Leuten, die er kannte, man wohl mit wem verbandeln könnte.

»Natürlich möchte ich ihn gern kennenlernen.«

»Dann kommen noch Jim und François, und Carlton, und Bob und Steve und Jerry und Heinrich…« Ihm fiel ein, daß er willkürlich eine ganze Reihe praktisch Fremder im Château eingeladen hatte, ohne jedoch zu wissen, ob sie eingewilligt hatten oder sich daran erinnern würden.

»Dann karrst du also eine ganze Ladung verrückter Disco-Häschen heran und läßt sie auf die schöne englische Landschaft los.«

»Ich weiß ja…«, murmelte Danny mit einem wieder aufgefrischten Sinn für das Leben als Experiment.

»Womöglich können die Landluft gar nicht einatmen. Du wirst Atemgeräte mit Poppers und CK One brauchen.«

»Ich glaube, wir können davon ausgehen, daß sie das selbst mitbringen.« Danny kniff George ins Knie. »Ich hoffe doch, du stimulierst unsere zentrale Nervensysteme, Schatz.« Worauf George nur eine Braue hob. Danny fuhr schnell fort: »Bob bringt immer jede Menge feine Sachen mit«, um bei George jedweder Vermutung, er sei nur wegen seines Koks und seines Wagens eingeladen worden, den Wind aus den Segeln zu nehmen.

»Und mit wem bringst du mich zusammen?« fuhr George in einem Ton fort, der seinen Appetit und die heiter-herzlose Bereitschaft, seinen alten Liebhaber seinerseits zu benutzen, offenbarte.

»Worauf stehst du denn?« sagte Danny. Und dann verschmitzt: »Da wäre natürlich der junge Terry...« Er tat, als wolle er die Musik dirigieren, und wackelte übertrieben mit dem Kopf, so fern von einer Droge und einem DJ allerdings ohne klaren Sinn für deren Rhythmus. »Einer aus dem Ort.«

George fixierte die Straße vor ihm mit schmalen Augen. »Du sagst jung.«

»Zweiundzwanzig, wie ich, wenigstens bis Mitternacht. Oh, sein Profialter wäre zwanzig. Wenn nicht gar neunzehn.«

»Ich bezahle nicht, Süßer.« Wobei dieser Gedanke sich offenbar in ihm festgesetzt hatte, denn George sagte etwas später: »Kommen noch andere aus dem Profibereich?«

Danny war sich ziemlich sicher, daß George sich auch während ihrer Affäre Sex hatte kommen lassen. Er hatte hinten in der *Gay Times* umkringelte Nummern gesehen; dennoch mußte er nun lachen bei der Vorstellung, wie diese Jungen mit ihrem Rucksack voller Spielzeug per Türöffner ins Haus gelassen wurden und in einem von Georges Empire-Spiegeln ihrem eigenen Treiben zusehen konnten. »Ich hab Gary eingeladen – den Schwarzen mit der gebrochenen Nase. Aber der kommt wahrscheinlich nicht, ist ja Wochenende...«

»Kommen auch Frauen?« fragte George, als habe er Danny nicht richtig verstanden und sorge sich plötzlich um die Sittsamkeit der Gesellschaft.

»Ich hoffe, Janet kommt.«

»Sie muß inzwischen ja selbst zu einer Schwuchtel geworden sein, allein schon aufgrund natürlicher Anpassung.«

»Sie war letzte Woche die einzige Frau im Colon.«

George nahm langsam nickend die andere Aussage in diesem Satz zur Kenntnis. »Na, du kommst ja offensichtlich auch ohne mich ganz gut zurecht, mein Schatz. Nicht mal ich gehe ins Colon.« Wobei seltsam war, daß Danny seit der Zeit, als sie ständig durch die Clubs zogen, George praktisch nie irgendwo begegnet war; was ihn zu der Annahme brachte, daß er entweder seine Gewohnheiten geändert hatte und in eine reifere Phase eingetreten war oder daß er, ohne Danny zum Angeben zu haben – mit ihm und vor ihm –, leichtere und ruhigere Wege gefunden hatte, das zu bekommen, was er wollte. Und selbst da war George, während Danny wie ein Irrer tanzte, meistens an der Wand herumgestanden, wo die glotzenden Jungen an ihren Speedtüten fummelten.

»Und wer weiß, vielleicht freut sich mein Dad ja über weibliche Gesellschaft.«

»Aha. Ist er noch immer daran interessiert?«

Danny wollte die Sache nicht dramatisieren. Er hatte zuweilen gesehen, wie Robin eine Frau betrachtete, und hatte das Gefühl, daß hinter seiner ostentativen Indifferenz und Höflichkeit doch mehr steckte. »Es wäre schon eine Erleichterung… Aber nein, ich glaube, er ist nur noch schwuler geworden, wie Oscar Wilde oder so einer. Früher glaubte er, er könne alles machen, aber dann hat es sich auf die eine Sache polarisiert.«

»Das ist ja ziemlich… cool, einen offen schwulen Dad zu haben«, sagte George unterstützend, aber auch launig.

»Oh, unbedingt«, sagte Danny mit einer Promptheit, daß er selbst ein bißchen hetero klang. Auch verspürte er eine gewisse Besorgnis, über die er gern hinwegwitzelte, daß eine der Gestalten am Rand der Tanzfläche durchaus sein eigener Vater sein könnte. Im Kleiderschrank seiner Londoner Wohnung hingen noch immer eine Lederhose und eine nietenbesetzte Peitsche.

Später sagte George: »Du mußt mir sagen, wo ich abbiegen soll.«

»Noch ewig nicht…« Danny fürchtete, die notwendigen drei Stunden Fahrt könnten George schon anöden. »Du mußt warten, bis die Abzweigung nach Crewkerne kommt. Dann sind es noch rund… nicht mehr so viel wie davor.«

»Übrigens nehme ich an, daß du dir schon einen für dich selber besorgt hast. Du weißt ja, völlige Offenheit«, fuhr George fort; und Danny glaubte, eine Spannung in seiner Stimme wahrzunehmen angesichts der Möglichkeit, einem Nachfolger zu begegnen.

»Völlige Offenheit. Okay«, sagte Danny, verwirrt darüber, wie gern er ihm davon erzählen würde und wie gern er zugleich die Geschichte geheimgehalten hätte. Vielleicht würde es ihm doch ganz guttun, es einem anderen zu offenbaren, wenngleich er noch von den entsetzlich gewundenen Trennungsdiskussionen zwischen ihm und George wußte, daß Offenheit an sich noch keine Lösung war. Wenn man wirklich offen war, sah man nur, in was für einem Schlamassel man steckte und wie man drei verschiedene Dinge auf einmal fühlte. Er sagte: »Also, ich habe so eine Art neuen Freund.«

»Aha. Wie alt ist er?«

»Sechsunddreißig.«

»Mhm. Heißt?«

»Alex. Alexander Nichols.«

»Nein, kenne ich nicht. Guter schottischer Name«, sagte George mit absurder Kennerschaft.

»Kann schon sein. Er klingt allerdings total englisch. Hat in Bristol studiert, sein Vater ist Anwalt in Chelmsford. Er hat mir tausend Sachen über seine Familie erzählt, aber du weißt ja, wie es ist, wenn man sich im Bett unterhält, da interessiert man sich doch viel mehr für seine Schulterblätter oder die Achselhöhle oder so.«

»Wie ist sein Schwanz?«

»Das hat aber lange gedauert.«

»Man will ja nicht neugierig sein.«

»Eigentlich ist er ein bißchen wie er selber – länger und dünner als… die Norm. Er ist einszweiundneunzig.«

Darüber dachte George eine Weile nach, als wäre er nicht ganz zufrieden damit. »Hat er eine Arbeit?«

»Er arbeitet im Außenministerium. Ist ganz gut betucht«, sagte Danny, offenbar in der aufrichtigen Annahme, dies erhöhe den Reiz von jemandem. Dann strich er sich recht schüchtern über den Hals. »Er hat mir so einen goldenen Anhänger geschenkt.« George warf einen kurzen Blick darauf, als Danny ihn aus dem Hemd zog. »Muß ich mir mal genauer ansehen«, sagte er. »Könnte wertvoll sein.«

»Er *ist* wertvoll«, sagte Danny.

Schweigend fuhren sie eine Weile dahin, bis George sagte: »Er muß ja ziemlich scharf auf dich sein« und mit einem plötzlichen und einsamen Ausbruch von Charme hinzufügte: »Nicht, daß ich das unverständlich fände.«

»Ich glaube, er ist irrsinnig verliebt in mich.«

»Und du?« fragte George.

»Nein, ich mag ihn, er ist wirklich reizend.« Danny konnte sich seine Verwirrung darüber, daß er von Alex so bedingungslos verehrt wurde, nicht erklären, ebensowenig seine Zurückhaltung tieferen Gefühlen gegenüber, die er seit George empfand. Das vergangene halbe Jahr war eine einzige Flucht vor all dem gewesen und als Folge davon zu einer Dauerorgie von Gelegenheitsvögeleien komprimiert.

»Aha. Du hast noch gar nicht gesagt, wo du ihn kennengelernt hast.«

Danny kicherte. »Das ist das Komische daran. Du mußt es übrigens für dich behalten. Er ist Justins Ex, er war der Vorgänger meines Dad. Und Justin weiß natürlich nichts, und Dad soll es auch nicht wissen, jedenfalls noch nicht. Wir haben uns da kennengelernt, wo wir jetzt hinfahren, in Hilton Gumboot, wie Justin dazu sagt, vor zwei Wochen. Alex kam, und ich sah gleich, daß er ein bißchen scharf auf mich war; und letztes Wochenende war ich dann mit ihm unterwegs – seitdem haben wir uns ein paarmal gesehen.«

»Na, das klingt ja ganz so, als würde es lustig werden«, sagte George säuerlich.

»Ich hab ihm seine erste E gegeben«, fuhr Danny mit einem trägen Lächeln fort. »Ich dachte, er bringt es nie.«

George erwies dieser Bemerkung die Ehre eines wissenden Gicksers, die jeder Drogenanekdote zustand. »Aber im Bett ist er gut?«

Danny fragte sich einen Augenblick, wie er Georges ödes Überlegenheitsgetue, was Sex anging, überhaupt ausgehalten hatte. »Da ist er gut. Er ist ganz leidenschaftlich.«

»Du meinst Leidenschaft – aber nicht Genialität. Technik? Manchmal verwechselt man Technik mit Genialität.«

»George, er ist so unschuldig, und seltsam…« Wie sollte er ihm das erklären? »Er ist sechsunddreißig, er hatte nur eine richtige Affäre in seinem ganzen Leben, mit Justin, der, wie ich finde, total ungeeignet war. Jedenfalls war das zwei Jahre lang seine große Nummer, bis Justin ihm natürlich das Herz brach. In der ersten Nacht erzählte er mir, er habe ein ganzes Jahr lang keinen anderen Mann angefaßt. Dann redete und redete er noch den ganzen nächsten Tag. Er war vom Abend davor noch ganz beduselt. Wie gesagt, ich hab's nicht alles mitgekriegt, aber… Er ist eben anders. Er ist nicht verbraucht. Das klingt ja, als wäre ich hundert Jahre alt, aber es war so nett, mit einem rumzuziehen, der alles neu und toll findet. Er ist auch ganz ernst. Ständig hat er seine ganzen Eindrücke analysiert. Du hättest ihn mal im Château erleben sollen.« Danny lächelte. »Er sagte immerzu: ›Sieh dir bloß die Männer an! Ich liebe Männer!‹ Es war, als hätte er noch mal sein Coming-out.«

»Du bist im Château doch hoffentlich auch mit ihm nach oben gegangen.«

»Also, ehrlich gesagt habe ich ihn ein bißchen allein gelassen und bin nach oben gegangen, weil Gary mich… sehen wollte. Ich finde, oben kann noch ein bißchen warten. Ich wollte ihn eben für mich allein haben.«

»Er ist wohl ganz kultiviert, oder?«

»O ja, er weiß alles über die Oper, und er hat massenhaft gelesen.«

»Ein bißchen Kultur tut dir nur gut«, sagte George. Danny

speicherte diese Bemerkung ab und redete weiter, als hätte er sie nicht gehört:»Obwohl er *Jahrmarkt der Eitelkeiten* ganz klar nicht gelesen hat – da habe ich ihn reingelegt.«

George schien sich das alles eine Zeitlang durch den Kopf gehen zu lassen und sagte dann:»Und was reizt dich an ihm am wenigsten?«

Doch Danny wollte jetzt nicht negativ sein. Nachdem sie die Abzweigung nach Crewkerne genommen hatten und bestimmte Kennzeichen – ein altes Vorfahrtsschild, ein Pub, eine Baumreihe – in ihm allmählich die leise Unruhe des Ankommens auslösten, dachte er doch noch kurz darüber nach, aber nur aus einer etwas dekadenten Neugier heraus. Vielleicht hatte ein Begleiter, der von den meisten der neuen Schwulenbars nichts gehört und auch keine Vorstellung von der zentralen Bedeutung des DJ hatte – weil der für ihn einfach nur der Typ war, der die Platten machte –, doch etwas Frustrierendes; in manchen Augenblicken in der letzten Woche, als Danny ihn in der Stadt herumführte, die ja doch auch die seine war, kam er sich ihm gegenüber vor wie gegenüber dem langsameren Schulfreund, dem man seine Aufzeichnungen leiht und den man am Ende fast noch selber unterrichtet.

9

»Studiert er?« war Hughs erste, ziemlich abwegige Frage.

Alex sagte: »Keineswegs.«

»Hast du ein Glück. Ich habe da so einen Jungen am Hals, der mir ständig in den Ohren liegt mit seinen wissenschaftlichen Bezügen und unablässig in ungefähr zehn verschiedenen Sprachen redet. Bei dem komme ich mir vor, als wäre ich das All Souls College, und er macht eine Aufnahmeprüfung, um bei mir reinzukommen. Dabei steht ihm die Tür doch offen, und auch das Teewasser dampft schon auf dem Herd.«

»Nein«, sagte Alex, der nicht hergekommen war, um über Hughs trübe Aussichten auf mögliche Amouren zu sprechen. »Danny ist äußerst klug und anpassungsfähig, aber eigentlich weiß er gar nichts. Ich meine, er hat eine Oper gesehen, von Händel, und er kann sich nicht mehr erinnern, welche es war. Bei jedem Titel, den ich nannte, glaubte er, die sei es gewesen. Er hat einen Abschluß in einem Fach namens Kulturstudien, wofür man offenbar kein einziges Buch lesen mußte. Ich weiß nicht, warum ich so gehässig bin. Und natürlich ist er schrecklich jung. Er weiß alles über Tanzmusik.«

»*Coppélia* und so.«

»Nein, Schatz.«

»Das habe ich eigentlich auch nicht geglaubt. Wie jung ist er denn?«

»Morgen wird er dreiundzwanzig.«

»Aua«, sagte Hugh, wandte sich mit einer neidischen Grimasse ab und sah sich nach der Flasche um.

Alex und Hugh hatten zusammen studiert, allerdings war Hugh dann nach Oxford gegangen, um zum Dr. phil. zu promovieren, und hatte danach eine Stelle im Britischen Museum in der Abteilung Münzen und Medaillen bekommen. Er war ein wunderbar ortsverbundener Mensch, der mittlerweile kaum noch ein flaches Straßenrechteck zwischen dem Museum, einem italienischen Restaurant in der Dyott Street und seiner dunklen, unordentlichen Wohnung über den Spiritualistischen Versammlungsräumen in High Holborn verließ. Dort schaute Alex zuweilen auf ein Glas vorbei, da es schwierig war, Hugh nach Hammersmith zu locken. Erstaunlicherweise waren sie zusammen in Griechenland gewesen, 1980 war das, allerdings auf einem altmodischen hellenistischen Pfad und nicht in einem modernen schwulen Ferienort mit seinen beunruhigenden Möglichkeiten. Hugh war ziemlich schlank und attraktiv gewesen, als er in seiner engen alten Badehose befangen am Strand entlangrannte, doch inzwischen hatte er sich einen ordentlichen Bauch zugelegt und seinen Hintern auf dem Bürostuhl plattgesessen. »Lieber nicht«, war seine übliche Antwort auf jeden Vorschlag, etwas zu unternehmen.

Seine Freundschaft mit Alex war rein intuitiver Natur und geschützt von ihrer beiderseitigen Furchtsamkeit; außerdem war sie durchdrungen von einer ganz eigenen Atmosphäre aus Kultur und Träumereien. Sie telephonierten, sie hörten sich zusammen Haydn-Quartette an, sie betranken sich und ließen sich obszön über Jungen aus, die es ihnen einmal angetan hatten, oft vor langer Zeit, und blickten aus Hughs Wohnung über die Dächer von Bloomsbury wie ein Paar alte Jungfern mit schmutziger Phantasie. Alex' gelegentliche Abenteuer wurden von Hugh mit Neugier und einer seltsam prüden Vergrätztheit aufgenommen; Hugh seinerseits hatte anscheinend keine Abenteuer, und seine Methode, sich seine Bedürfnisse zu verweigern, war die immer wiederkehrende Fiktion, daß jemand ihn mit seinen Zuwendungen bedränge und er sich nicht entscheiden könne. Die Umfunktionierung der Gärten neben dem Museum zu der lebhaftesten Cruising-Zone der Londoner Innenstadt nahm er als Anlaß zu Witzen und angedeuteten Vergehen. Für Alex waren Hugh und Justin die beiden einzigen Menschen, die ihn wirklich verstanden; als dann aber Justin daherkam – einfach so abgeschleppt, auf der Straße –, hatte Hugh sich natürlich verletzt zurückgezogen, als wäre er für seinen alten Freund nicht mehr gut genug. Als Justin ging, war er der erste, der kondolierte und freimütig analysierte. Die Bekanntgabe einer neuen Liebschaft war daher zwangsläufig ein wenig heikel.

Alex erzählte ihm, wie es dazu gekommen war. »Ich fuhr in dieses Landhaus in Dorset, verliebt in Justin, und kam zurück, verliebt in Danny. Es war die reinste Zauberei.«

»Aber in Betty Grable warst du doch wohl nicht mehr verliebt, oder?« sagte Hugh.

Das schien nun schon so lange her. »Ich glaube trotz allem, hätte ich neben irgend jemandem auf der Welt aufwachen können, es wäre eben immer noch er gewesen.«

Hugh schüttelte in bekümmerter Ungläubigkeit den Kopf, sah dann aber das Positive daran. »Jedenfalls ist es jetzt endgültig vorbei.«

Alex beschloß, ihn mit seiner Wahrhaftigkeit nicht zu überfordern. »Die letzten zwei Wochen waren unglaublich – ich fühle mich wie unter einem wunderschönen Zauber.«

»Zauber haben es so an sich«, sagte Hugh, »daß man, solange man von ihnen beherrscht wird, nicht weiß, ob sie gut oder schlecht sind. Alle bösen Zauberer lernen, daß man die bittere Pille versüßen muß.«

»Na, ich habe das Okkulte nie so beherrscht wie du.«

»Wie ist übrigens sein Schwanz?«

Alex gestikulierte wenig überzeugend mit beiden Händen. »Ach, weißt du, derlei Dinge sind mir nicht so wichtig.«

»Natürlich«, sagte Hugh und schlug sich gegen die Stirn. »Habe ich ganz vergessen.« Und dann: »Es ist wie mit dem Geld. Wenn man es hat, ist es leicht, es nicht so wichtig zu nehmen.«

»Apropos Pille versüßen«, sagte Alex und berichtete ihm von seiner Erfahrung mit Ecstasy, soweit er konnte. Der Drang, davon zu erzählen, hatte ihn die ganze Woche beschäftigt, es war fast wie eine Notwendigkeit, so wie der Zwang religiöser Fanatiker, das Wort an Bushaltestellen und Straßenecken zu verkünden. Er hatte es für das beste gehalten, es niemandem im Büro anzuvertrauen, wenngleich er aufgrund mitgehörter Telephonate vermutete, daß auch sein Sekretär mit den nüchternen Anzügen eigentlich ein Raver war; Barrys neugierigem, zweifelndem Blick jedenfalls begegnete er mit dem verbindlichsten »Guten Morgen«.

Jedes Detail seiner Initiation war von dem Zauber berührt, wenngleich es in der Natur der Nacht lag – schon beim Eintreffen angetrunken, die wild dahinrasende Zeit, als die Wirkung der Droge einsetzte –, daß er das meiste vergessen hatte. Immer wieder sagte er: »Es war sagenhaft, es war phantastisch, unbeschreiblich.«

»Hmm«, sagte Hugh und schwebte irgendwo zwischen Skepsis, Neid und Schock.

»Natürlich war es die Verbindung von Pille und Danny, das Gefühl, plötzlich mitten im Leben zu stehen und nicht mehr nur davor. Mir ist dadurch bewußt geworden, wie bedrückt ich gewesen war, ich glaube, diese Bedrückung war so heimtückisch und alles beherrschend, daß ich sie erst wahrnahm, als sie weg war.«

»Aber es ist doch nur eine Droge, oder? Es ist kein echtes High.«

»Weiß ich nicht; wenn es geschieht, ist es schon ziemlich echt. Ich bin kein Philosoph.«

»Aber was ist mit den Nachwirkungen?«

»Man fühlt sich einfach weiter toll. Die ganze Woche habe ich mich mit allen möglichen Leuten unterhalten. Danny ist dabei unglaublich – wenn er jemanden äußerlich gut findet, fängt er sofort an, mit ihm zu reden, während ich normalerweise zehn Jahre auf eine schriftliche Einladung warten würde.«

»Waren die anderen nicht alle sechzehn oder so? Sieht man immer im Fernsehen«, sagte Hugh, und Alex sah ihn an mit seiner nachlässigen Frisur, seinem beschränkten braunen Lebensraum aus Büchern und Aktendeckeln, und ihm war, als habe er plötzlich eine Generation übersprungen. Er empfand eine vage, liebevolle Bestürzung angesichts von Hughs papiernem Leben, seinen dümpelnden Recherchen für die noch immer unvollendete Dissertation, den Stapeln numismatischer Zeitschriften, auf denen ein schmutziger Becher oder ein halbtotes Fleißiges Lieschen stand, und dazwischen, tief unten, bestimmt die eine oder andere Nummer von *Big Latin Dicks*. »Das ist mir nicht aufgefallen, Schatz.« In Wahrheit bedauerte er nichts, sondern sehnte sich danach, es zu wiederholen, und war froh darüber, diese Freuden erst jetzt kennengelernt und nicht schon ausgeschöpft zu haben, als er in Dannys Alter war. Danny sprach schon von Niedergeschlagenheit unter der Woche und Verlust des Kurzzeitgedächtnisses. Alex sagte: »Irgendwie komme ich mir wie freigelassen vor.«

»Aber werde nur nicht abhängig von deinem Bedürfnis nach Freiheit, ja?« sagte Hugh mit einer Mischung aus Besorgnis und Selbstzufriedenheit. »Immerhin sterben Leute daran.«

»Ich finde, ich habe eine Menge verkrusteter alter Vorurteile überwunden«, resümierte Alex. »Bis letzte Woche hat mich der Gedanke an Drogen entsetzt, und du weißt ja, daß ich Popmusik für hirnlosen Schrott gehalten habe. Mit dem Lärm und dem Pack der Schwulenszene konnte ich überhaupt nichts anfangen, ich haßte Kaugummi und Turnschuhe und Baseballkappen, auf denen was stand, überhaupt alles zum Anziehen, auf dem außen was stand. Und jetzt finde ich das alles ganz wunderbar.«

»Dann wirst du jetzt also zu einem Wieheißtdas, hm?« sagte Hugh.

»Ich weiß nicht, zu was ich werde«, sagte Alex. »›Wir wissen wohl, was wir sind, aber nicht, was wir werden können‹: Ophelia.«

»Na, wir wissen ja, was mit ihr passiert ist«, sagte Hugh.

Hugh zog seine Jacke an, und gemeinsam bummelten sie in die Dyott Street auf einen raschen Teller Pasta, bevor Alex nach Dorset abreiste. Die Leute dort waren Sizilianer, und über der Bar hing eine handkolorierte Photographie vom Ausbruch des Ätna im Jahr 1928. Hugh kannte alle Kellner gut und redete selbstbewußt italienisch mit ihnen. Man machte viel Getue um ihn, war aber schnell und professionell und brachte ganz von selbst San Pellegrino und einen Teller Bruschetta, weil er das immer wollte. Vielleicht nur, weil er ihre Sprache sprach, löste alles, was auf beiden Seiten gesagt wurde, sogleich Heiterkeit aus und hinterließ eine Atmosphäre versonnener Entspannung. Alex plauderte und schweifte ab und wälzte insgeheim den Plan, der ihm gerade in den Sinn gekommen war, nämlich mit Danny im Spätsommer nach Sizilien zu fahren: Dieser Plan beschäftigte ihn so, daß er kaum zu mehr imstande war, als seine Tagliatelle aufzuspießen und immer wieder herumzudrehen. Er lechzte nach einem Wein, die Attraktion jedweder Stimulanzien war immens, doch er wußte, daß er eine lange Fahrt vor sich hatte, und hielt sich zurück. Er empfand eine Kontinuität zwischen den wohltuenden Ritualen des Restaurants und den größeren Bewegungen jenseits davon, Flüge, Reisen, Tage und Nächte. Das Einssein, das er auf Ecstasy empfunden hatte, kehrte immer wieder zurück wie ein Traumbild, das in der Gedankenverlorenheit eines Vormittags wieder auftaucht. Er war noch nie auf Sizilien gewesen und sagte beiläufig zu dem Kellner, der gerade den Tisch abräumte: »Bricht der Ätna eigentlich noch immer hin und wieder aus?«

Der Kellner zog das Kinn ein und sagte mit einem warmen Lächeln: »No, Signore«, als wollte er einem schädlichen Gerücht entgegentreten, und dann, als er Alex' Enttäuschung bemerkte: »Nun ja, ein bißchen, Signore. Ja, von Zeit zu Zeit.«

Hugh begleitete Alex zu seinem Mercedes, und sie standen eine Weile daneben und blickten darauf hinab in dem seltsamen Zögern des Abschiednehmens, mit seinem Schweif unnötiger Resümees und verwirrter Versuche, sich noch etwas einfallen zu lassen, was gesagt werden mußte. Hugh war nach einer Karaffe Orvieto und mit der Aussicht, die Bedeutung dessen, was Alex ihm erzählt hatte, zu verarbeiten, heiterer und liebevoller. Er küßte ihn auf beide Wangen und sagte: »Das mit diesem Club klingt ja schon phantastisch. Da mußt du mich mal mitnehmen.«

»Bestimmt, Schatz«, sagte Alex und faltete sich in den Wagen, dachte aber, als er, untypischerweise hupend, davonfuhr, daß Hugh, wenn es dann soweit war, sich bestimmt wieder für ein »Lieber nicht« entscheiden würde. Einmal waren sie im Heaven gewesen, das war zwölf oder dreizehn Jahre her, und Alex erinnerte sich noch immer daran, wie Hugh auf die Tanzfläche ging, die Hände an den Hüften und sporadisch mit den Beinen stoßend, als wähnte er sich inmitten eines griechischen Volkstanzes. Er preschte quer durch die Stadt, als die Sonne gerade unterging. Es war Mittsommer. Überall stürzten sich die Menschen ins Wochenende, drängten in Restaurants und Bars. Er gönnte es ihnen, für ihn jedoch war die Stadt nach Dannys Abreise weitgehend sinnlos geworden; er und sein Freund dürften schon seit drei oder vier Stunden in Litton Gambril sein, hatten wohl schon ihr erstes Glas mit Justin und Robin getrunken und vielleicht auch schon zu Abend gegessen, wenngleich der Freund im Bride Mill übernachtete und vielleicht auch dort aß. Alex war über das Arrangement verstimmt. Daß Justin auch da war, hatte etwas nahezu Surreales, ebenso wie die Vereinbarung mit Danny, ihre Liebschaft geheimzuhalten. Er wünschte, sie hätten gemeinsam hinfahren können, doch in seinem Zweisitzer war nicht genügend Platz für alles, und er hatte schon eine Kiste Sekt im Kofferraum. In anderer Hinsicht war der Wagen allerdings schon zu seinem Recht gekommen; Justin hatte immer die Unfähigkeit des Führerscheinlosen, ihn von anderen Autos zu unterscheiden, an den Tag gelegt, Danny hingegen hatte ihn von Anfang an bewundert, und in der vergangenen Woche waren sie auf etlichen unnötigen Umwegen mit offenem Dach durch die Old Compton Street gefahren, Danny wie ein übereifriges Filmsternchen winkend und oft auch recht laut schreiend, um sicherzugehen, eine entfernte Disco-Bekanntschaft habe ihn auch wirklich gesehen.

Alex schaltete das Radio ein, es lief gerade eines der Streichquartette aus Haydns Opus 76, das er zuweilen mit Hugh hörte. Es fesselte ihn eine Weile mit seinen vertrauten Neuheiten, und er tippte leicht aufs Lenkrad, um sich zu demonstrieren, wie versunken er darin war, doch er konnte sich des Gefühls nicht erwehren, daß es das immer geben würde, und so griff er plötzlich ins Handschuhfach und holte seine neueste Errungenschaft von Harlot Records heraus, *Monster House Party Five*, eine Dreifach-CD-Sammlung mit vierzig hämmernden Dance-Stücken, die von den DJs Sparkx, Joe Puma und Queen Marie gemixt waren.

Bei dem wummernden Baß am Anfang von Joe Pumas Set (wenn das das richtige Wort war) erschauerte er grinsend. Seine benebelte Bemerkung, er wolle in der House-Musik wohnen, hatte nur verdeutlicht, wie unaufmerksam er war: Er hatte die ganze Zeit darin gelebt. Jetzt hörte er sie überall oder etwas für sein Novizenohr sehr Ähnliches: in Cafés, Kleiderläden, natürlich in Schwulenbars mit Danny und aus einem Lieferwagen im zähfließenden Verkehr in Whitehall, so daß er, wenn er von der Arbeit kam, dem pochenden Rhythmus überall begegnete; wenn er abends allein durch die Kanäle zappte, entdeckte er sie, wie sie als offenes Geheimnis durch Sendungen über Mode, Ferien und Lokalpolitik sowie Werbespots für Getränke und Autos zischelte. Fast beneidete er die Barkeeper und Verkäufer, die die ganze Woche in ihrer Lustverheißung leben konnten. Vielleicht warteten sie gar nicht erst das Wochenende ab, um tanzen zu gehen und wieder zugedröhnt zu sein. Als er im letzten Tageslicht gen Westen fuhr, die Musik in den Ohren, sah er die elektrisierte Raserei auf der Tanzfläche, die jagende Trägheit im Chillout-Raum – buchstäblich herzerwärmend war das, er spürte, wie sein Puls beschleunigte und sein Gesicht erglühte. Und dann erinnerte er sich, wie er am Sonntag nachmittag in Dannys Zimmer aufgewacht war, die Stirn fest an Dannys, wie immer wieder dieselbe erschöpfte Lunge voll Luft zwischen ihnen hin- und hergeatmet wurde, das gedämpfte Sonnenlicht auf den ungesäumten Vorhängen ... Alex hatte sich sachte weggedreht und seine Seligkeit am Rhythmus der Tapete ausprobiert, deren rosafarbene Rosenbüschel, konturlosen Putten gleich, hypnotisch deckenwärts trieben.

Als er die Abzweigung Crewkerne erreichte, war es dunkel geworden, und er fuhr in der Stille weiter, um sich auf die Schilder und Kurven zu konzentrieren. Die Straße erkannte er von seiner ersten Fahrt nicht mehr wieder. Er kurbelte das Fenster herunter, um die Bäume, die Felder und die kühle Luft zu riechen, die den ganzen Tag warm gewesen war. In Kurven schwenkten die Scheinwerfer über Baumstümpfe, ein weißes Häuschen, dunkel in der Nacht, teilnahmslose Pferde auf einer

Koppel. Er fühlte sich auf romantische Weise allein. Auf einem höher gelegenen offenen Abschnitt der Straße sah er die Sterne, die er zunächst für die Spiegelungen seiner erleuchteten Armaturen in der Windschutzscheibe gehalten hatte; später schimmerte ein Städtchen jenseits der langen schwarzen Linie eines Hügels. Motten, die sich auf ihren Liebespfaden durch die Dunkelheit quälten, stürzten herbei, um sich auf dem Leitstern des Wagens auszulöschen.

Robin schien überrascht, sogar verärgert, daß Alex wieder da war; daß Justin ihn eingeladen hatte, war schon blöd gewesen, aber daß sich dann auch noch Danny seiner erbarmte... Alex beobachtete, wie der gesellschaftliche Reflex der Woodfields ins Spiel kam, die jähe Überkompensation mit Lächeln und Getränkeanbieten – dieses Das-Beste-daraus-Machen, das leicht schizoid wirken konnte. Justins Willkommen war zurückhaltender, dafür aber echter gewesen. Er sagte:»Ich hätte nicht gedacht, daß du noch mal wiederkommst, Schatz«, und hielt seine Hand auf eine Weise fest, die Zuneigung weniger anbot als darum bat. Es war Mitternacht, und da war er natürlich ein wenig sentimental. Was Danny betraf, so bestand eine quälende Distanz, die nur mit Berührungen und Zwinkereien, die in ihrer Flüchtigkeit fast nachlässig wirkten, überbrückt wurde. Sie hatten sich keine richtige Geschichte zurechtgelegt und benahmen sich nun, als wären sie sich kaum je begegnet. Das Ergebnis war, daß alle drei sich wunderten, warum Alex überhaupt da war. Alex fand, daß Dannys gewiß doch ziemlich kühlem und lauerndem Freund George eine lockere Gewogenheit entgegengebracht wurde, über die er sich selbst sehr gefreut hätte. Es machte ihn ganz verrückt, wie Danny mit Tapes von etwas namens Drum 'n' Bass herummachte, das, wie er sagte, diesen Sommer »voll angesagt« sei; House war offenbar zu kommerziell, man hörte es inzwischen überall, vor vier Jahren, da sei es im Underground auf seinem Höhepunkt gewesen. »Oh«, sagte Alex, außerstande zu protestieren, und fühlte sich von seinem eigenen Lehrer betrogen. Als es ans Schlafen ging, führte Robin ihn zu einem anderen Zimmer als beim letzten Mal, mit einem Aktenschrank und diversen anderen großen, mit einem Baumwolltuch abgedeckten Gegenständen darin. »Das dürfte nicht allzu ungemütlich sein«, sagte er. Alex lag wach, in ihm tobte ein schreckliches Hin und Her, ob er überhaupt hätte kommen sollen; dann schreckte er jäh hoch, jemand war im Zimmer, ein gehauchtes Gemurmel schläfriger Konzentration, eine kühle Hand tastete über das Kopfkissen, seine Schulter, seinen Ellbogen, dann das warme Gewicht eines Mannes, der sich sachte, ein bißchen ungeschickt im Dunkel neben ihm ausstreckte.

Robin war früh auf am nächsten Morgen und hatte gleich etliche geräuschvolle Arbeiten zu erledigen. Zunehmend erfüllten Backdüfte das Haus, und kaum war der Tau vom Gras verdunstet, war er mit dem Mäher unterwegs. Er nahm die Party ernst; Essen für über dreißig Leute, die Dannys Schätzung nach erscheinen würden, mußte bereitstehen. Alex kam herab, als er gerade ohne Hemd am Kühlschrank stand, in seinem Brusthaar ein Grashalm, Milch aus der Flasche trank und sich dann brüsk den weißen Schnurrbart wegwischte. Noch immer verströmte er eine herausfordernde Kompetenz, wenngleich seine Bedrohung für Alex nun gänzlich fehlgeleitet war: Aus dem Rivalen war der potentielle Schwiegervater geworden, dessen Zustimmung er eines Tages zu erhalten hoffte.

Alex bot seine Hilfe an, und man kam überein, daß er nach Bridport fuhr, um Einkäufe zu tätigen und bestellte Sachen abzuholen. Danny war mit noch abstruseren Planungen beschäftigt. Er stand im Wohnzimmer, sagte mit größter Entschiedenheit: »Also, *hier* kommen sie rein ...« und grübelte dann weiter nach. Er hatte einen großen flachen Notizblock in der Hand, ein Relikt aus seiner Studentenzeit in Amerika, auf dessen Umschlagdeckel Bilder von Rockstars geklebt waren sowie eine Schlagzeile aus dem *National Enquirer*: DAN THE BEAST; als Alex dann zum Wagen ging, saß er an einer sonnigen Stelle im Garten und schrieb darin.

Die Geheimnistuerei war doch ziemlich öde und lief Alex' Gemütslage von Expansion und Freiheit zuwider. Im Auto sagte er sich unablässig seine Neuigkeit selber vor, wobei er allerdings nicht die richtigen Worte dafür fand. »Ich bin wahnsinnig in ihn verliebt« verschaffte ihm die erste kurze Erleichterung, und das Klischee schien, wie bei der Liebe üblich, noch immer unverbraucht. Doch es genügte nicht. »Ich bin wild in ihn verliebt«, »Ich bin rasend in ihn verliebt« – er fand einfach kein Adverb, das stark und gewagt genug war.

Er verbrachte eine Stunde in der Stadt mit ihren breiten georgianischen Straßen, die »North«, »South«, »East« und »West« benannt waren, der Kompaß einer Region fern von London mit ihren ganz eigenen Abläufen. In der Konditorei wurde besorgt über einen Kunden geredet, der sich anschickte, ins verpestete London zu gehen. Als Alex an der Reihe war, sagte der Bäcker: »Und wie geht's heute?«, als wüßte er von einem anhaltenden Gesundheitsproblem.

»Sehr gut, vielen Dank«, sagte Alex. »Und Ihnen?«

»Weitgehend staubfrei«, sagte der Bäcker, woraufhin Alex nur ein »Aha« murmeln konnte, ohne am Ton zu erkennen, ob das ziemlich gut oder eher mäßig bedeutete. Er bat um eine große weiße Torte, die im Fenster stand und die der Mann voller Stolz heraushob. »Das ist eine hübsche Hochzeitstorte«, sagte er. »Sie sind wohl nicht der Glückliche?«

»Doch, ich bin sehr glücklich«, sagte Alex. Er hatte das gespenstisch friedvolle Landgefühl, daß seine Homosexualität für diese Leute völlig unsichtbar war.

Alex merkte, daß er sich ein Leiden zugezogen hatte, das Spätentwickler gelegentlich befiel: die Aversion gegen die eigene Vergangenheit. Er war in einem Landstädtchen aufgewachsen, das anders als dieses war, langweiliger vielleicht und in seinem Konformismus verbissener; doch sein Eindruck unheimlicher Vertrautheit wurde auf seinem Weg von einem Geschäft zum anderen immer tiefer. Die Ärmlichkeit des kleinen Supermarkts mit seinen eigenen Keks- und Marmeladenmarken; die hohen Preise des Bauernladens mit organischem Gemüse und Freilandeiern, die mit authentischem Dung überkrustet waren; die braunen alten Männer, die, noch immer nicht das Dezimalsystem gewohnt, ihr ganzes Kleingeld auf den Ladentisch knallten oder mit ihren Ledereinkaufstaschen keuchend am Pissoir unter der Marktuhr lehnten; die alten Bekleidungsgeschäfte, die braune und malvenfarbene Ware verkauften und von dem Gebrauchtkleiderladen der Wohlfahrt nicht zu unterscheiden waren; die geschlossenen Boutiquen mit einem Häufchen Post auf dem nackten Fußboden; die Photos von Festen, Schönheitswettbewerben und Veteranenfeiern im Schaufenster des Zeitschriftenladens, das fast das Fenster eines Museums hätte sein können; die abblätternde Front des größten Hotels am Platz mit seinen Brandschutztüren und Essensdünsten; das Wort GRABMAL auf dem sonnenbeschienenen Fenster eines Bestattungsinstituts, dessen scharf umrissener Schatten auf eine wartende Grabplatte fiel; die Scheu des Landvolks und die Lautstärke seiner Scherze und Begrüßungen. Er meinte, alles zu kennen, und war entsetzt darüber wie über ein unrettbares Scheitern seiner selbst. Allmählich verzog sich die Stimmungswolke dann, und er fuhr aus der Stadt mit dem bebenden Gefühl, wie sehr sein Geschick sich gedreht hatte, wie eine Wetterfahne.

Etwas fiel ihm zum ersten Mal wieder ein, möglicherweise hatte es auf den Augenblick gewartet, in dem es sich für ihn erklärte. Es war im Spätsommer 89 gewesen, einen Tag vor seinem dreißigsten Geburtstag. Er war am Freitag abend aus der Stadt gefahren, um ihn im Kreise der Familie bei seinen Eltern in Essex zu feiern. Wie immer war es ihm, als verlasse er die Stätte potentieller Freuden, auch wenn diese nur darin bestanden, sich mit recht biederen Freunden zu betrinken. Sein Weg führte ihn über Nebenstraßen bis zu dem Dorf, in dem seine Eltern gerade das alte Pfarrhaus mit seinem anspruchsvollen, einen halben Hektar großen Garten gekauft hatten. Dort war nie viel Verkehr, nur Leute aus dem Ort, die in ihren Austin Maxis zum Pub strebten; diesmal jedoch traf er auf eine Autoschlange, rote Heckleuchten reihten sich in der Dämmerung auf, so weit er sehen konnte. Nach einer Weile wurden die Motoren abgestellt, und Alex sah, wie die jungen Männer in dem Wohnmobil vor ihm ausstiegen, die Beine streckten und sich mit anderen Fahrern unterhielten. Er beugte sich ebenfalls hinaus und fragte einen Jungen, der am

Straßenrand stand, was denn los sei. »Die sperren uns ab«, sagte er. »Wir warten auf neue Anweisungen.« Ein Mädchen in Lederhose mit einem Handy kam die Straße entlanggelaufen, und die Fahrer, die alle jung und aufgeregt waren, riefen ihr Fragen entgegen. Das Ganze ähnelte der chaotischen Übung einer eigenartig hochgestimmten Rebellenarmee. Popmusik von verschiedenen Sendern mischte sich in der stillen Luft. Es stellte sich heraus, daß sie zu einem Rave unterwegs waren.

Alex sah nicht ein, warum er so tun sollte, als gehe er zu einem Rave, vielleicht war er sogar in eine leichte Panik geraten, wenngleich die Stimmung nicht aggressiv war, nur redselig und kollektiv. Ihm war nicht so recht klar, was auf einem Rave geschah. Er wußte allerdings, daß es für die Leute, die in der Umgebung wohnten, eine scheußlich lästige Geschichte war. Er ließ den Wagen wieder an, scherte aus der Schlange aus und fuhr die so gerade noch passierbare andere Straßenseite entlang, während junge Leute gestikulierten und ihm alles mögliche nachschrien. Einige dachten offenkundig, er sei einer der Ganoven, die das Ganze organisiert hatten. Hin und wieder mußte er auf das niedrige Bankett fahren. Es dauerte nicht lange, als er sich einem Polizisten auf einem Motorrad gegenübersah. Er sah ein, daß er im Unrecht war, erklärte aber, wohin er wollte, deutete vage an, daß er gerade aus dem Außenministerium komme, und nachdem der Beamte mit Kollegen weiter vorn gesprochen hatte, sagte er ihm, er solle ihm folgen, er werde durchgeleitet.

Alex sah es jetzt alles wieder vor sich, seine stockende Fahrt durch die Sträßchen, immer zwischen dem zweiten und dritten Gang wechselnd, die Stange mit dem blinkenden Blaulicht vor ihm auf dem Motorrad. Sie fuhren vorbei an zweieinhalb Kilometern stehender Fahrzeuge, in den offenen Fenstern fröhliche Gesichter, in dem duftenden Abend das Stampfen der Musik und das Flimmern der Benzindämpfe. Allmählich kam er sich vor wie ein Idiot, der gar nicht mitbekommen hatte, was um ihn herum ablief, und darum bat, die letzte Nacht seiner Zwanziger in einsamem, sicherem Geleit hinter sich zu bringen.

10

Robin und George fuhren beide zum Bahnhof Crewkerne, um auf den Zug um neunzehn Uhr zehn zu warten. Acht Gäste sollten darin sein, allesamt Robin unbekannt, George allerdings meinte, er werde einige erkennen. Robin wurde mit George nicht warm; er mochte seine sarkastische Vertraulichkeit mit Danny nicht und hoffte, daß er nicht dessen neuer Freund war. Tagsüber hatte sich George von den Vorbereitungen für die Party absentiert, indem er Antiquitätenläden in Beaminster und Lyme abklapperte. Während sie auf dem Parkplatz vor dem Bahnhof warteten, lobte er ein Möbelstück im Haus, aber nur eines.

Als es soweit war, bestand kein Zweifel, wer zu der Partygesellschaft gehörte. Neben den wenigen samstäglichen Pendlern und einigen graubraun gekleideten Wanderern entstieg dem Zug eine todschicke kleine Schar von metropolitaner Kraft und schillernder Eleganz. Dem Äußeren nach reichten die Männer von erotisch interessant über sehr hübsch bis verstörend perfekt. Robin musterte sie einige vergnügliche Sekunden lang, während sie sich unter dem gotischen Bogen sammelten. Sie wirkten gleichgültig, aber auch verlegen in dieser fremden Umgebung, ein paar von ihnen kauten Kaugummi und beäugten unverhohlen Robin und George. Als George »He, Jungs!« rief und auf sie zuging, lag in ihrem Lächeln eine Art verschmitztes Erkennen. Robin hatte, nahezu unbewußt, seine schärfste alte Jeans angezogen, während George eine Lederhose trug, die Robin mit ihrem strengen, attraktiven Geruch ziemlich verwirrte. Er konnte sich des Gedankens nicht erwehren, daß sie wie zwei wohlhabende Tunten aussahen, die sich fürs Wochenende eine ganze Chorus-line Stricher gemietet hatten. Vielleicht hatte es für die Einheimischen vierzig Jahre zuvor so ausgesehen, als es die Skandale um Sodomie in aristokratischen Kreisen gab.

Robin wollte die Freunde seines Sohnes kennenlernen und war ob der Aussicht, sie willkommen zu heißen, den ganzen Tag gut gelaunt und ganz versunken in seine Vorbereitungen gewesen. George nahm auf seine zwielichtige Art gleich drei von den Gästen in Beschlag, die dann auch mit ihm in seinem BMW mitfuhren; Robin mußte vier in seinen Saab quetschen. Sie grummelten ein bißchen und rissen verluderte Witze über die Enge.»Ooh, was ist das denn?« sagten sie ständig.»Zu wem gehört das denn?« Robin wurde das Gefühl nicht los, daß sie allesamt ziemlich gewöhnlich waren; vielleicht steckte auch nur die Sorge um seinen Sohn dahinter und die Überzeugung, daß niemand gut genug für ihn war. Das Niveau ihrer Manieren jedenfalls war doch recht schwankend.»Könn' wir mal anhalten, ich brauch Lullen!« rief einer von ihnen, als wäre Robin lediglich der Taxifahrer. Vorn bei sich hatte er einen reizenden Norweger namens Lars, der ihn an einen schmuckeren, muskulöseren Justin erinnerte und wegen der bedächtigen Höflichkeit seiner Redeweise an manche Schulfreunde, die Danny immer bei Wochenendbesuchen mitgebracht hatte. Obwohl er vermutlich, ebenso wie die anderen, aus der neuen Clubszene stammte, in der Danny offenkundig sehr beliebt war und von der Robin so wenig wußte. Seit das Subway 1984 geschlossen wurde, war er eigentlich nicht mehr richtig ausgegangen.

Als sie beim Haus ankamen, standen mehrere Autos auf der Straße davor, und ein weiteres halbes Dutzend junge Männer vertraten sich die Beine auf dem Seitenstreifen neben einem gemieteten Kleinbus. Bunt aufgemachte Grüppchen schlenderten mit, wie es schien, Gläsern Sekt durch den Garten. Durch ein offenes Fenster drang überraschend schöne Musik. Seit der behutsamen Feier von Simons letztem Geburtstag vor nahezu zwei Jahren hatte es hier keine Party mehr gegeben. Robin verspürte angesichts dieser Übernahme durch Fremde einen leisen Besitzerschock.

Als er ums Haus kam, sah er die Halls beisammenstehen und gereizt auf ein paar Sträucher starren. Sie waren nur »auf ein Glas vorbeigekommen«, wie Robin vorgeschlagen hatte, wenngleich die Wendung aus ihrem Mund eine beunruhigende Laxheit hatte und keineswegs die Verheißung implizierte, daß sie auch wieder gingen. Wie alle Gäste, die nicht so recht dazugehören, waren sie früh eingetroffen und mußten nun völlig unvorbereitet allen möglichen Fremden vorgestellt werden. Sie hatten Danny ein kleines Geschenk mitgebracht – »Leider nur eine Flasche« –, und Robin war froh, daß sie da waren: Sie gehörten zu den wenigen im Dorf, die nach Simons Tod noch freundlich geblieben waren und ihn eingeladen hatten. Nicht daß man von ihnen behaupten konnte, sie hätten an den verbreiteten Details schwulen Lebens ihre helle Freude gehabt. Gelegentlich konnten sie ganz schön bissig werden. Es war Mike Hall gewesen, der, als man ihm einen Band mit dem Titel *Die Hinterlader Englands* zeigte, gesagt hatte: »Meine Güte, ein Buch über Woodfield und seine Kameraden.« Jedenfalls bildeten die Halls einen wunderbar ungeplanten Kontrast zu den anderen Gästen, die den Garten erkundeten, als wären sie noch nie in einem gewesen – vom Holzschuppen und vom Gewächshaus her ertönten kreischendes Gelächter und besorgte Ächzer. Margery hatte gerötete Augen und war erschöpft; von dem Raps, der in großen grellen Blöcken um das Dorf herum in Blüte stand, bekam sie Ausschläge und Heuschnupfen. »Wenn ich diese Pillen nehme, soll ich eigentlich nichts trinken«, sagte sie, als sie den riesigen Gin Tonic entgegennahm, den Justin ihr gemacht hatte. Justin, der den Halls eine geradezu ehrfürchtige Zuneigung entgegenbrachte, geleitete sie hinein, erleichtert vielleicht, daß er nicht mit den, wie er sie nannte, Orchidaceae reden mußte. Das hatte etwas Ausweichendes wie auch Feindseliges. Robin stand einen Moment schwankend im Sog seiner Schönheit und trat dann seinen Kampf mit dem Grill an, eine Art Ersatzkampf gegen die unheilvollen Mechanismen der Situation, die aufgezwungene Gleichgültigkeit. Er hatte den kleinen geschützten Gitterrost eigenhändig gebaut und ärgerte sich darüber, daß er so oft schlecht zog.

Als er wieder in die Küche kam, war Danny gerade dabei, hektisch mehrere Flaschen Champagner zu öffnen: Es war jener verblüffende Augenblick, da man merkt, daß die Party angesprungen ist und Treibstoff verbraucht. Er trug eine schwarze Hose, ein frisches, weißes kragenloses Hemd und sah so aus, als wäre er dabei unterbrochen worden, sich für einen formelleren Anlaß anzukleiden.

»Hi, Dad!« sagte er. Dann: »Hast du was zu trinken?«

Robin fiel auf, daß dem nicht so war und daß es gar nicht so schlecht wäre, einen Schluck zu sich zu nehmen. »Wo kommt denn dieses ganze Brausezeug her?« fragte er.

Danny machte ein verwirrtes Gesicht – so hatte er auch schon als Kind geschaut, an sehr weit zurückliegenden Wochenenden, als Robin ihn beim Spielen mit teurem Spielzeug antraf, das er von Janes neuen Verehrern geschenkt bekommen hatte. Nun, er kam noch immer an den Wochenenden, und er hatte sich auch entschieden, seinen Geburtstag hier zu feiern – das war schon etwas, wenn auch nicht annähernd genug. »George hat einen ganzen Karton mitgebracht«, sagte er.

Robin brummelte: »Das ist aber sehr großzügig von ihm.« Vielleicht hatte George noch nicht bei Danny landen können und fuhr ihn nun überallhin und kaufte ihm teure Getränke, um sich auf diesem altmodischen Weg in sein Herz zu schleichen; aber das schien eigentlich nicht sein Stil zu sein.

Robin hatte wohl die Stirn gerunzelt, denn Danny sagte: »Keine Sorge. Da läuft nichts. Ach, übrigens, Mam hat angerufen und mir zum Geburtstag gratuliert. Ich soll hi zu dir sagen.«

»So, hat sie das gesagt …«, sagte Robin.

Die Hände voller Gläser, gingen sie zusammen hinaus. Ein dunkler, arabisch wirkender Junge mit rasiertem Kopf und einem Ziegenbart sprang auf Danny los, wobei er die Gläser anstieß, und küßte ihn auf den Mund. »Siehste, ich hab's gebracht!« sagte er. Er hatte ein lose eingewickeltes Geschenk in der Hand und schob es Danny unter den Arm. Als Danny die Hände frei hatte, öffnete er es und schüttelte ein weißes T-Shirt auf, auf dessen Vorderseite die beunruhigende Aufschrift M$_A$DMA$_N$ stand. »Zieh es an«, sagte der Junge. Ein paar Pfiffe ertönten, als Danny an seinen Manschetten nestelte, und jemand sagte:

»Schon wieder…« Das führte zu einem kleinen Klimawechsel, einer flüchtigen Spannung, als wäre mehr als nur der Oberkörper eines jungen Mannes kurz entblößt worden. Um den Hals trug er ein Kettchen mit einem kleinen Anhänger, und Robin fragte sich, ob auch das eines von Georges Geschenken war. Alex stand mit einem fürsorglichen, aber unangenehm lüsternen Blick daneben und steckte ihm das Firmenschildchen am Halsausschnitt des T-Shirts hinein, als er es angezogen hatte. Dann wurde gelacht und geklatscht, und Robin sagte:»Das kapier ich nicht«, wohingegen Alex es offenbar lustig fand oder zeigen wollte, daß er es verstand. Robin hoffte mit schroffem Wohlwollen, daß Alex mit einem dieser niedlichen Londoner Jungen abzog und sich in seinem verdammten Haus nicht mehr blicken ließ.

Erleichtert stellte er fest, daß die Kohlen ein leicht pink getöntes Orange angenommen hatten, und band sich seine Schürze um; bald gab es den erwarteten Rauch und das entsprechende Prasseln, und der Gestank von versengtem Fleisch zog durch die Fichten und über das Feld, wo die Kühe standen und kauten, ohne den Geruch ihrer Artgenossen wiederzuerkennen.

Danny benahm sich mit einer süßen Kombination aus Schüchternheit und Herrschsucht, wie sie einem Geburtstagskind zukam; und auch Robin war sich der Beschränkungen bewußt, die seine Anwesenheit ihm auferlegte. Manche der Jungen wußten noch nicht, wer er war, und sagten:»Oh, du bist also der Koch, wie? – Tolles Essen!«, oder:»Seit wann kennst du Danny schon?«, als wäre er nicht sein leiblicher, wenngleich unzulänglicher Vater, sondern ein heimlicher Sugardaddy. Bei Einbruch der Dämmerung brachte er Kerzen in Einmachgläsern heraus und hörte dann zu, wie Danny von seinem Austauschjahr an dem College in Vermont erzählte. Offenbar hatte er damals angefangen, Drogen zu nehmen, auch wenn Jane allwissend behauptete, zu der Zeit habe er dergleichen nicht angerührt.

»Da war so einer, der hatte ziemlich schlimmes Asthma«, sagte Danny.»Und der war immer ziemlich heftig drauf auf so einem Zeug, wie hieß das, Blocks Away®?« Er malte das Warenzeichen-

Zeichen mit dem Finger in die Luft. »Also haben wir es probiert, und das war Wahnsinn, man kriegte so richtig Herzrasen davon, aber gleichzeitig war man auch total konzentriert; da war Ephedrin drin.«

»Ja, genau«, sagte einer der Jungen.

»Es war toll, wenn man noch spätabends arbeiten wollte. Allerdings boten sich nach dem Ende der Examina auch … eher erholungsorientierte Anwendungen an. Wir gingen immer keuchend und ächzend in die kleine Apotheke in der Stadt, und der alte Typ da sagte: ›Im College gibt's ja doch recht viel Asthma‹, worauf wir sagten: ›O ja, Sir, ich schätze mal, das kommt von den Pestiziden, die sie da oben auf die Felder tun – das ist der einzige Nachteil an einem College in so einer schönen ländlichen Umgebung wie der hier, Sir‹, aber oft waren wir da auch schon ziemlich high und übertrieben es mit den Erklärungen dann wohl. Was mein Englischprof ›das authentifizierende Detail übertrieben, Whitfield‹ nannte. Und nie kriegte der meinen Namen richtig hin …«

Robin lächelte und stand auf, um Teller einzusammeln. Er fragte sich, wieso er sich eigentlich Sorgen darüber machen sollte, daß Danny Sachen tat, die er ebenfalls getan hatte oder gern getan hätte. Noch nie hatte er ihn so gesehen, als Erwachsenen im Mittelpunkt eines Kreises von Freunden. Es war, als hätte dieser Wandel im Nu ein ganzes Tableau von Figuren auf die Bühne gebracht, die schon am Trinken und am Lachen waren. Als er zur Hintertür ging, erlosch das Licht, und das schimmernd weiße Rechteck einer kerzenerleuchteten Torte schien in den Garten zu levitieren, und darüber, in ihrem gespenstischen, aber lebhaften Licht, schwebte Alex' blasses, verzücktes Gesicht.

Robin hatte sich immer wieder Sorgen wegen der Halls gemacht, doch jedesmal wenn er sie sah, waren sie mit irgendeiner neuen Gruppe Orchidaceae in ein ernstes Gespräch vertieft. Margery war eine stille, stoische Frau mit der hageren Gestalt und der schlechten Konzentration des ehemals starken Rauchers. Mike hatte vor seiner Pensionierung in der Finanzverwaltung einer Militärakademie gearbeitet und war stolz auf seine Intelligenz und stets begierig auf Gespräche. Seine Betrunkenheit hatte drei Phasen: zunächst eine expansive Aufgeschlossenheit und ein prinzipienfester Respekt vor Ideen, dann eine recht übellaunige Periode unterdrückter Ungeduld mit seinen Gesprächspartnern, mit denen er, wie sich herausstellte, einfach nicht übereinstimmen konnte, und schließlich ungefähr eine Stunde ungezügelter Verachtung und Obszönität, die mit jäher höhnischer Wucht begann und in einem abrupten Zusammenbruch endete. Auf seinem Weg durchs Haus hörte Robin, wie Mikes Stimme im Vorgarten in ein stetes dogmatisches Gekläff umgeschlagen war, und fand, daß es wohl an der Zeit war, die beiden sanft zum Heimgehen zu bewegen. Er fand ihn ausgerechnet in einer Gruppe junger Stiltunten, die er anscheinend zu unerwarteter Lebhaftigkeit animiert hatte. »Sie wissen doch gar nichts vom Krieg«, sagte er gerade.

Lars sagte: »Also, in Norwegen sind die Militärausgaben...«

»Hören Sie mal, wie heißen Sie, Mike«, warf ein anderer ein.

»Was ist das denn für einer«, sagte ein Dritter zu weiter niemandem.

Margery sah Robin herankommen und sagte: »Ich glaube, wir gehen jetzt mal langsam. Es war ganz reizend.« Sie blickte sich um. »Bei Mike weiß ich nicht recht.« Dann war auch noch Justin da, bot ihr noch einen Gin Tonic an und nahm verstimmt zur Kenntnis, daß sie gehen wollte.

»Oh, Margerina!« sagte er, so hatte er sie noch nie in ihrer Gegenwart genannt, und redete weiter, als wäre nichts gewesen: »Dann darf ich Sie aber wenigstens nach Hause begleiten«; und prustete dann doch.

Sie sagte matt »Mike« und schaffte es irgendwie, die Aufmerksamkeit ihres Mannes zu erregen und ihm eine wortlose, aber vertraute Mitteilung zu übermitteln. In dem Moment sprang die Musik auf eine neue Art und Lautstärke, wieder einer jener bedeutungsvollen Niveauwechsel auf dem Weg der Party zu ihrem instinktiven Ziel; für ein Paar Ende Sechzig mußte es fremdartig und grauenvoll gewesen sein.

»Ich begleite unsere Freunde nach Hause«, sagte Justin.
»Ich komme mit«, sagte Robin. »Ich kann Danny ja auch mal ein bißchen allein lassen.«

»Ist gut«, sagte Justin mit einem vielsagenden Blick.

Margery zog eine kleine leidende Grimasse und sagte: »Ich glaube, die wollen uns alte Esel nicht mehr hier haben.«

Zu viert gingen sie den dunklen Weg entlang, und Mike drehte sich noch einmal um und rief wie einer, den man von einer Prügelei weggezerrt hat, mit grimmigem Lachen: »Denkt mal drüber nach.«

»Jetzt fängt der Spaß erst richtig an«, sagte Margery ohne ein Lächeln und mit einer leisen Sehnsucht. »Obwohl ich ja nicht weiß, mit wem die tanzen wollen.« Robin wußte nicht, ob sie das schalkhaft meinte; und gerade da setzte ein äugender Taxifahrer, als sie das Tor erreichten, zwei praktisch nackte Mädchen ab, die, wenn man über ihre Stoppelhaare und Tätowierungen hinwegsah, genau ins Bild paßten.

Langsam schlenderten sie in dem letzten warmen Dämmerlicht dahin, Justin und Robin zu beiden Seiten ihrer Gäste. Robin blickte um sich, in vorhanglose Fenster hinein, wo Fernsehgeräte flackerten. Die Party war auch noch in einiger Entfernung gut zu hören, doch er versuchte, sich nicht weiter darum zu scheren. Zwischen den schönen hohen, mit Krabben ausgeschmückten Kreuzblumen des Kirchturms war die gelbe Mondsichel erschienen. Margery sagte: »Ich glaube, das ist alles eine Art Mittsommernachtstraum.«

Mike ließ das nicht gelten. »Das ist *kein* Mittsommernachtstraum«, sagte er. »Das begreifen die Leute nie. *Gestern* war der längste Tag, der 21. Das ist eine Tatsache, eine astronomische Tatsache. Der Mittsommer*tag,* der ein altes heidnisches Fest ist, ist am 24. Morgen, wenn du unbedingt willst, ist der Mittsommer*vorabend.*« Wütend schüttelte er den Kopf. »Heute ist nichts, rein gar nichts.«

»Ich glaube, ich wollte sagen ...«

»Es macht mich *rasend,* wenn die Leute das verwechseln.«

Sie trennten sich am Gartentor der Halls, wobei Robin sich noch umdrehte, um zu sehen, wie Mike grummelnd nach dem

Hausschlüssel kramte. Margery war natürlich bestimmt auch ziemlich betrunken, doch das zeigte sich nur durch ihre ausdruckslose Schwerfälligkeit und eine gelegentliche harmlose Bemerkung, die Mike aber auf die Palme brachte. Licht wurde angeknipst, dann die Tür zugeknallt.

Robin und Justin wandten sich heimwärts. Sie berührten sich beim Gehen leicht an der Schulter, und ein paar Schritte weit hielt Robin Justins Hand, bis Justin vorgab, sich die Nase putzen zu müssen. Er war ganz elend verliebt, es war eine fast teenagerhafte Qual, den die von fern pulsierende Dance-Musik in der Sommernacht auslöste, und er spürte den trostloseren Schmerz des älteren Menschen angesichts des übermütigen Gejohles der Freunde seines Sohnes. »Alles in Ordnung, Schatz?« sagte er.

»Alles bestens«, sagte Justin wie auf einen Vorwurf hin.

Ein paar Schritte weiter sagte Robin: »Was hältst du eigentlich von diesem George? Ich hoffe, er hat es nicht auf Dan abgesehen.« Er spähte in die dichten Schatten unter der Blutbuche auf dem Rasen – ihr gewaltiger Stamm war von einer Sitzbank umringt, auf der zwei der Jungen von der Party saßen; man sah zwar nichts Genaueres, erkannte aber doch deutlich, daß sie knutschten, und er fragte sich, ob es das in der dreihundertjährigen Geschichte des Baumes schon einmal gegeben hatte. Er glaubte, es sei der Baum, den Hardy in seinem Gedicht »Ein Stelldichein – Im alten Stil« im Sinn gehabt hatte.

Justin sagte: »Jetzt ist es wohl ein bißchen zu spät, um sich darüber Gedanken zu machen. Gerade vorhin hat er noch geprahlt, wie verrückt Danny nach ihm sei und wie er ihn abwimmeln müsse. Seine Worte, nicht meine. Während du und ich uns in unserem ländlichen Glück in Little Gumdrops eingerichtet haben, hat sich Klein Danny offenbar in Holland Park rumgetrieben und diesen Antiquitätenhändler bedient.«

»Das ist nicht dein Ernst.«

»Das hat er jedenfalls gesagt.«

»Du meinst also, Danny hängt noch an ihm?« Das war verstörender und unwillkommener, als Robin es sich rational erklären konnte. Er fand, er hätte irgendwie dort sein sollen, um

die Liebhaber seines Sohnes unter die Lupe zu nehmen und
für gut zu befinden, auch das ein Pflichtversäumnis, dessen
Schmerzlichkeit zu subtil war, als daß er damit gerechnet hätte.

»Ich meine, er ist so … ohne jeden Reiz, so selbstgefällig.«

»Er ist ziemlich sexy«, sagte Justin. »Langweiligsein kann schon
ganz erregend sein. Irgendwann muß ich mir mal überlegen,
warum das so ist.«

Robin antwortete mit einer diffusen Retourkutsche: »Dein
alter Freund wird hier ja allmählich zur festen Einrichtung.«

»Es war reizend von ihm, den Champagner mitzubringen«,
sagte Justin in einem Ton gelassener Anerkennung, den er Alex
selbst gegenüber niemals geäußert hätte.

»Nein, den Champagner hat George mitgebracht.«

»Ich glaube nicht.«

»Alex hat die Torte gebracht und George den Champagner.
Das hat mir Danny gesagt.«

»Schatz, ich habe selbst gesehen, wie Alex den Scheißscham-
pus aus seinem Wagen geholt, zu Mrs. Badger geschafft und in
ihren Kühlschrank gestellt hat. Du warst viel zu sehr mit deinen
Rasenkanten beschäftigt, um das zu bemerken.«

Robin blieb stehen, weniger um zu streiten, als um seiner Verblüffung Ausdruck zu verleihen. »Aber warum sollte er?«

Justin ließ sich mit der Antwort ein bißchen Zeit, aus Fein-
gefühl, wie Robin glaubte. Er blickte auf die Krone der niedrigen Mauer neben ihm hinab, wo Schnecken Spuren hinterlassen
hatten, die im Mondschein wie Kreideherzen mit Namen von
Freundinnen aussahen. »Er möchte einfach nur dazugehören,
Schatz. Er ist schrecklich einsam – er glaubt offenbar, daß du ihn
nicht leiden kannst. Alex macht immer Geschenke, und oft sind
sie derart aufwendig, daß es den Leuten manchmal richtig peinlich ist und sie nie wieder ein Wort mit ihm reden.«

»Aber *ich* veranstalte diese Party«, sagte Robin mit einer Kind-
lichkeit, die ihm selbst auffiel und über die er bekümmert lachen
mußte.

»Man kann wohl kaum etwas dagegen haben, wenn einer
einem eine Kiste Bolly schenkt.«

»Nein, vermutlich nicht. Übrigens ist es kein Bolly, sondern Clicquot, aber trotzdem.«

»Es ist ganz eindeutig Bolly.«

»Ach, ist doch egal, verdammt«, brüllte Robin leise und stampfte ein paar Schritte davon, drehte sich dann um und stürmte auf Justin los, der ein wenig verängstigt schien. Seit dem absurden und beschämenden Vorfall im Auto zeigte Justin ein körperliches Mißtrauen gegen ihn und zuckte noch immer zusammen, wenn er sein Gesicht berührte, obwohl die Schramme schon wieder weg war. Der Kuß jetzt war lang und fest, Justin wehrte sich nicht, doch es lag etwas Trostloses, Künstliches darin, als fände er schon sehr spät in der Laufzeit eines der Stücke statt, für die Justin sowieso nicht mehr vorsprach. Seine Zunge ging auf die üblichen Erkundungen, und Robin spürte die peinliche Härte, mit der Justins eingezwängter Schwanz gegen den seinen drückte, jenes knifflige homosexuelle Rätsel mit seinen verschiedenen witzigen Lösungen. Doch als es vorbei war, war es vorbei, Robin sagte mit Tränen der Frustration in den Augen: »Ich liebe dich«, und Justin brachte sich wieder in Ordnung wie eine Sekretärin, die kurz von einem zudringlichen Chef zerwühlt worden war, und murmelte: »Wir gehen mal lieber wieder zurück.«

Während ihrer Abwesenheit hatte ein weiterer neuer Gast am Ende des Weges seinen Wagen geparkt, einen ramponierten alten Escort, der die Einfahrt ihrer schmallippigen Nachbarn, der Harland-Balls (Gegenstand von Justins freizügigsten Wortspielen), halb verstellte. Robin sah Ärger im Anzug und schritt zum Garten mit dem frischen Vorsatz, nicht mehr an sich, sondern nur noch an Danny zu denken. Die Party würde noch stundenlang dauern, was ihm wechselweise als Qual und als Segen erschien.

Grüppchen standen oder lagerten im Garten, manche vertraulich um die ruhig dahinbrennenden Kerzen herum, andere lärmender und außer Rand und Band. Er sah, daß sie Schutzmauern aus ihrem Londoner Leben um sich herum errichteten, wenngleich der Zauber der ländlichen Nacht noch hier und da durchdrang. Im Wohnzimmer, dessen Terrassentüren offenstanden, hatte man begonnen zu tanzen; die unerbittliche Clubatmosphäre der Musik hatte in der Umgebung der Aquarelle und der Keramikarbeiten von Bernard Leach etwas Komisches. Die ersten Tänzer waren betrunken, aber auch befangen, lächelten viel oder starrten auf den Boden. Robin hielt es für angebracht, ein paar Sachen wegzustellen, und trug eine große Vase in die Küche, wo eine gespannte kleine Runde um den Tisch versammelt war. Danny stand mit dem Rücken zu ihm und drehte sich um mit einem trägen Kriminellenblick, den er sogleich mit einem Scherz ins Lächerliche zog. »Du hast hier eigentlich nichts verloren!«

»Der Platz eines Vaters ist in der Küche, mein Lieber«, sagte Robin und wurde sich dabei bewußt, wie selten es vorkam, daß er tuntig war.

George saß da und hackte auf der Rückseite eines dunklen, glänzenden Kochbuchs Koks. Einen Augenblick lang sorgte Robin sich mehr über die Spuren, die die Rasierklinge auf dem Umschlag hinterlassen würde, als um die Substanz, die die Klinge so fein ausfächerte und sammelte und zu Linien ausrichtete. Er selbst hatte das auch einmal in dieser Küche gemacht, allerdings natürlich nicht im Beisein Dannys; und offensichtlich handelte es sich um ein Ritual, in dem auch Danny einige Erfahrung hatte. Dennoch war es kein Ereignis, an dem Vater und Sohn jemals gemeinsam beteiligt gewesen waren, daher machte die Geschichte Robin etwas verlegen und stellte ihn in gewisser Weise auch bloß. Er sah die nahezu sexuelle Erwartung des Kreises junger Männer und erkannte die korrupte Großzügigkeit Georges, der so viel Geld ausgegeben hatte, um sie zu beeindrucken und vielleicht gefügiger zu machen. Er stellte die Vase hin, die er noch immer in der Hand hielt, und machte sich daran, mit strafendem Geklapper Teller in den Geschirrspüler zu stellen. George schnüffelte, rutschte dann mit seinem Stuhl zurück und beglückwünschte sich zu der hervorragenden Qualität des Stoffs. Robin sah aus dem Augenwinkel, wie Danny Alex zeigte, wie man eine Linie einzieht, als dann aber Danny an die Reihe kam, ging er hinaus. Er nahm ein fast volles Glas, das gefährlich knapp auf einem

Fensterbrett stand, und leerte es in einem Zug – es war der billige Wein, den Dan aus London mitgebracht hatte und der für ihn eine weitere Stufe des Niedergangs der Party bezeichnete. Einen Augenblick kam er sich vor wie einer, der für Partys nicht so recht geeignet ist, einer von denen, die man allein am Regal stehen sieht, wo sie sich Bücher herausziehen und dabei ganz zufrieden wirken. Er sah hinauf zu den Sternen über den reglosen Bäumen und fragte sich, ob er von einem charmanten Menschen gerettet und davongetragen werden wollte. Die Erbärmlichkeit der Szene mit Justin auf dem Weg nagte noch immer an ihm, und er war wütend, daß er so brüskiert worden war. Noch nie war er in einer solchen Situation gewesen, und er hatte Angst, daß das Leben sich von nun an ändern würde, seine Einflußmöglichkeiten stetig weniger würden, wie gekündigte Mitgliedschaften. Er sah nun, was mit der Veränderung des Lebens gemeint war. Gebeugt stand er da in einer entsetzlichen neuen Atmosphäre des Zweifels, den Kopf voll mit Justins sexueller Ausstrahlung, kaum fähig zu glauben, daß ihm etwas so Banales widerfuhr. Der hochgewachsene Schwarze, der in diesem Moment um die Hausecke bog, schien ganz natürlich aus dieser schmerzlichen Gedankenmasse aufzutauchen, was für Robin unerwartet und unausweichlich zugleich war. Der Schwarze plauderte unbekümmert und ausgelassen mit einem der Jungen, die Robin vom Bahnhof abgeholt hatte; er war anders gekleidet, trug ein schwarzes Rollkragenhemd und eine beige Hose mit langem Schritt wie ein amerikanischer Militärangehöriger, doch Robin kannte seinen schwankenden, muskulösen Gang genau, auch den naiv-freundlichen Effekt seiner gebrochenen Nase und das Blinken des Goldkreuzes, das an seinem Ohrring hing.

Er folgte den beiden unentschlossen durch die Hintertür und beobachtete, wie sie in das Kraftfeld der Koksschnupfer gesogen wurden, die Danny nach einem undurchschaubaren System herzurufen oder fernzuhalten schien. Dann kam Justin aus dem Wohnzimmer heraus, wobei er die Hände in einer leicht altjüngferlichen Inszenierung seiner durchaus echten Mißbilligung seitlich an die Augen hob, um die Kokser nicht sehen zu müssen, und Robin erhaschte den Augenblick ihrer unvorbereiteten Begegnung, als der Schwarze »Oh, hallo!« sagte, Justin ihm im Vorbeigehen über den Arm strich, lediglich distanziert »Hallo, Schatz« sagte und der Schwarze ihm mit einem belustigten, erinnernden Blick nachschaute.

Justin legte Robin ein paar Sekunden lang die Hand auf die Schulter, und Robin begrüßte diese Geste und das augenfällige Schuldgefühl, das sie veranlaßt hatte. »Es mußte ja so kommen«, sagte Justin, ohne sich die alptraumartige weitergehende Bedeutung bewußtzumachen, die in seine Worte gelegt werden konnte; er hatte einfach nur das Kokain gemeint. Und vielleicht fiel Robins Frage wegen seiner Besorgnis bei beiden Themen besonders scharf aus: »Wer ist der schwarze Typ, mit dem du gerade gesprochen hast?«

Justin drehte sich mit einem tiefen Seufzer um; der Alkohol hatte ihn offensichtlich dickfellig und gleichgültig gemacht. »Was, der da, Schatz? Keine Ahnung. Hab ihn noch nie im Leben gesehen.« Es war die unvorsichtigste Lüge, die Robin je von ihm gehört zu haben glaubte, und er erkannte, daß seine kleinen Sarkasmen und Rügen, mit denen er auf Justins geringfügigere Ausflüchte reagierte – ein Mysterium bei der Telephonrechnung oder eine verschwundene Flasche Wein –, hier nicht mehr genügten. »Frag doch Alex«, fuhr Justin fort. »Der scheint ein alter Freund von ihm zu sein.« Und es stimmte, Alex hatte einen Arm um die Schultern des Mannes gelegt und drückte ihm mitten im Gespräch plötzlich einen Kuß auf die Wange. Robin dachte: Du armer Irrer.

Er schlenderte hin und stellte sich ihm in den Weg, bevor der Schwarze den aufgerollten Geldschein nehmen konnte. »Hi, ich bin Robin. Ich bin Dannys Vater.«

»Oh, hi. Gary«, sagte der Mann, hielt ihm zögernd eine lange, schöne Hand hin, die Robin ignorierte, und setzte eine Miene voller unaufrichtigem Respekt auf. Robin fragte sich, ob der andere wußte, daß er schwul war, ob Danny von ihm erzählt hatte, und zum ersten Mal an dem Abend hoffte er, daß dem nicht so war.

»Ist das Ihr Wagen, der gelbe Escort?« Wütend stellte er sich vor, wie das Auto all die Monate, seit er es das erste Mal gesehen hatte, umhergetuckert war und endlich, durch irgendeinen mechanischen Instinkt, zielsicher dieses Haus, zweihundert Kilometer entfernt, angesteuert hatte. Er malte sich aus, wie es morgens um zwei auf der A 303 am Randstreifen stand, die Motorhaube oben, und wie Gary, die eleganten Finger wedelnd, davon zurücksprang.

»Er blockiert leider die Einfahrt unserer Nachbarn. Könnten Sie ihn wegfahren?«

Justin war dazugekommen und sagte mit einer Nervosität, die nur Robin erspüren konnte: »Die heißen Hairy Bollocks, Schatz. Denen darf man nicht in die Quere kommen.«

Verwirrt und einigermaßen gutmütig lächelnd, folgte Gary Robin aus dem Zimmer, den Rand der inzwischen nahezu unbeleuchteten Tanzfläche entlang, zum Haus hinaus und durch den Garten. Robin hämmerte das Herz, doch er fühlte sich hoch konzentriert; er wußte, daß er sein ungewolltes prüdes Lächeln verhüllter Anspannung zeigte. Als sie ans Tor kamen, sagte er: »Entschuldigen Sie, aber ich möchte Sie nicht hier haben, Sie müssen jetzt gehen.«

Sein Ton ließ keinen Zweifel zu, doch Gary kicherte und blieb in dem Fastdunkel stehen, um Robins Gesicht zu erforschen. »Hä?«

»Bitte gehen Sie.«

Gary schüttelte den Kopf, und das Kreuz funkelte kurz auf. »Wo liegt das Problem?«

»Es ist nicht Ihre Schuld«, sagte Robin widerstrebend. »Ich will Sie einfach nicht in meinem Haus haben.« Seine Starrheit machte seinen Ton noch bitterer, so als müßte er sich dafür rechtfertigen. Er wünschte, der Junge wäre nicht schwarz und eigentlich auch ganz nett. Robin fand, er hatte die charakterlose Nettigkeit, die man von einem erwartet, der sich seinen Lebensunterhalt damit verdient, Fremde zu beglücken.

Gary sagte: »Ich bin doch grade erst angekommen, Mann. Ich bin dreieinhalb Stunden gefahren, um meinen Kumpel Danny zu sehen. Es ist doch sein Geburtstag.«

»Das weiß ich«, sagte Robin ruhig. Er wußte, daß er sich wie ein Schwein benahm, und erkannte mitten in dieser stillosen kleinen Episode eine Sekunde lang objektiv, daß er gerade genau das war. »Sie werden anderswo unterkommen müssen«, sagte er als lahmes Zugeständnis, zog die zerknüllten Geldscheine aus seiner Gesäßtasche und hielt sie dem beleidigten Gast hin, ohne sie zu zählen. Er schätzte, es waren rund vierzig Pfund.

»Ich rühr doch nicht Ihr Scheißgeld an«, sagte Gary, wenngleich das Angebot deutlich machte, daß es nun kein Zurück mehr gab. Er wich zurück, und Robin war froh, daß er seinen Gesichtsausdruck nicht sehen konnte. Die Jungen, die unter der Blutbuche geknutscht hatten, kamen gerade zurück, und einer von ihnen grüßte Gary, der zu wütend und verletzt war, um mehr zu sagen als: »Nehmt euch vor dem da in acht, ein Wichser ist das.« Er stieg in sein Auto. Alle sahen sie zu, wie er mit quietschenden Reifen und in Schlangenlinien die Straße rückwärts fuhr. Dann drückten sich die Jungen mit einem ausweichenden Gemurmel an Robin vorbei. Er wartete ein paar Minuten und überlegte, was er wohl Danny sagen würde; dann ging er langsam den Weg zurück in dem Gefühl, daß das, was er gerade getan hatte, eines Tages vielleicht vergeben, aber nie erklärt werden könnte. Er betrat die Küche in der Gewißheit, daß ein Bericht des Vorfalls ihm schon vorausgegangen war; aufgeräumt nahm er eine Flasche und bot sie an, doch er wußte, daß mit ihm eine Atmosphäre erstickter Krise und der allzu offensichtliche Wunsch im Raum standen, daß seine Gäste nichts davon erfahren sollten. Alex kam, legte ihm mit lächerlicher neuer Freundlichkeit einen Arm um die Schulter und fragte ihn vertraulich, was denn mit Gary geschehen sei.

»Er mußte weg«, sagte Robin und erklärte in Erinnerung an das halbe Dutzend Male, das er ihn zur Frühstückszeit in Hammersmith gesehen hatte: »Er hat einen Anruf auf seinem Handy gekriegt.«

»Ach«, sagte Alex sentimental. »Er war ja ziemlich nett.«

Robin dachte: Du blödes Arschloch, Tag um Tag, keine Minute nachdem du zur Arbeit gefahren warst, ist dieser ziemlich nette Mann in dein Haus gekommen und hat deinen Freund gefickt, in dem Bett, aus dem du gerade gestiegen bist, oder vielleicht auf dem Küchentisch oder sogar auf dem Flurboden, und du hast nichts davon gewußt. Aber wenn er ihm das erzählt hätte, hätte er gleichzeitig zugeben müssen, daß er vor demselben Haus im Auto gesessen hatte. Erneut packten ihn Angst und das Gefühl der Erniedrigung. Er ging zum Schrank und goß sich zur Betäubung einen Scotch ein.

Irgendwie wurde der Vorfall Danny vorenthalten, und als er merkte, daß Gary weg war, war er von dem Koks zu übermütig, um sich auf die Geschichte zu konzentrieren. Robin war sich unschlüssig, ob er ihn im Auge behalten sollte und ob das überhaupt einen Sinn hatte. Die Party wurde allmählich schweißtreibend. Manche der größeren Jungen hatten das Hemd ausgezogen, und obwohl Robin selbst oft ohne Hemd im Haus herumlief und schwere und trainierte Muskeln liebte, verstörte ihn der Effekt doch etwas, so als wären Gäste zum Abendessen gekommen und hätten danach noch Strip-Poker gespielt. Er sah Terry Badgett hereinkommen, in seinen Partysachen, der korrekt gebügelten marineblauen Hose und dem weiten weißen Hemd, was ihn in Robins verländlichtem Blick viel schärfer machte als die Stadtjungen, die Mode und Spaß so gewöhnt waren. Nach dem Krach vor zwei Wochen hielt Terry Abstand zu Robin, doch Robin nickte ihm liebenswürdig zu; und sah ein, daß er rechtmäßig Danny gehörte. Er selbst wollte nie wieder jemanden so Junges haben; ein Fünfunddreißigjähriger brachte Ärger genug. Und wenn er einmal einer kindischen Sehnsucht nach dem Glanz und der Ausdauer eines Zweiundzwanzigjährigen verfallen sollte, konnte er immer noch Gary oder einen seiner Kollegen anrufen; vielleicht erwarteten ihn in diesem unwillkommenen neuen Lebensabschnitt ja solche Sachen. »Hallo, Terry«, sagte er, und sie gaben sich die Hand.

»Ich mache bald ein paar Arbeiten für einen Freund von Ihnen«, sagte Terry; was Robin zu der Überlegung veranlaßte, welche Freunde er wohl haben sollte. »In Tytherbury drüben, im Herrenhaus. Mr. Bowerchalke hat mir den Auftrag gegeben, seine neuen Räume zu streichen.«

»Na, prima«, sagte Robin, wenngleich er nicht recht wußte, ob Terry den Dingen, die er für das »Übrige Zimmer« plante, gewachsen war. Offensichtlich sparte Tony wieder einmal Geld. Bei seinem letzten Besuch hatte Robin sich zu einem zweiten Campari überreden lassen, »wirklich nur einen Tropfen« gesagt und zugesehen, wie Tony ohne erkennbare Absicht, ihn zu beleidigen, so sorgfältig wie ein Chemiker im Labor genau diese Menge dekantiert hatte. »Wie hat sich das denn ergeben?«

»Ach, meine Mam ist eine alte Freundin von Mrs. Bunce«, sagte Terry mit einem schmaläugigen Lächeln, das andeutete, daß ihm noch größere Netzwerke der Verbindlichkeit zu Gebote standen. Er hatte auch noch etwas entfernt Italienisches, dazu die dunklen, zurückgekämmten Haare und der breithüftige, unklassische Körper, der Robin an einen Jungen auf einer Vespa erinnerte, der ihn früher einmal auf einer Kunstreise mit Jane vor Lust verrückt gemacht hatte. Dann trat Dan dazu, umarmte sie beide und entführte Terry zum Tanzen wie ein altmodischer Gastgeber auf einer andersgearteten Party.

Robin blickte sich mit der Erleichterung und Duldsamkeit des frisch Betrunkenen um, als Lars neben ihm auftauchte. Er war offensichtlich ein bißchen high von dem Koks, wirkte aber noch immer so, als wollte er nichts weiter, als mit jedem zu reden, mit dem er gerade zusammenstand. Das war an sich schon reizend, aber auch, weil es so selten war; er hatte nicht den fiebrigen, entfremdeten Blick der meisten anderen. Und er sagte auch: »Ich hab schon gedacht, das ist hier ja wie in einem Schwulenclub, das stört Sie doch nicht?«

Robin lächelte achselzuckend und sagte, ohne sich etwas dabei zu denken: »Ich bin schon in Schwulenclubs gegangen, da waren Sie noch gar nicht auf der Welt.«

»Oh…«, sagte Lars mit amüsierter Verblüffung, und Robin wußte nicht, worauf genau sie sich bezog.

Er sagte: »Tja, es ist wohl ein bißchen anders bei Ihnen zu Hause« und leerte seinen Scotch. »Eigentlich ist es genau das, was das Dorf braucht.« Sie lachten, und Robin sagte: »Möchten Sie ein bißchen Hasch rauchen?«

»Gern«, sagte Lars, ohne es zu wollen in einem Ton, als erklärte er sich bereit, eine leichte Hausarbeit zu übernehmen; dann zögerte er aber, als Robin losging, unsicher vielleicht, wo sie es machen sollten. Robin drehte sich nach ihm um, und Lars schloß auf, wobei er ihn am Ellbogen berührte, und folgte ihm hinaus in den Garten zu der dunklen Masse des Arbeitsraums. Beide blickten sie zum Mond hinauf, und selbst vor dem Hintergrund der pulsierenden Dance-Musik und der halbnackten Männer haftete ihnen etwas Verwerfliches an. Der Junge mit dem arabischen Aussehen kam dahergelaufen, wer weiß, was der unter den Bäumen getrieben hatte, und ein Weilchen machten sie belanglose Konversation. Robin war froh, daß Lars nichts von ihrem kleinen Plan erwähnte; sein Schweigen war eine Bestätigung.

Er tastete in dem Spalt über der Tür nach dem Schlüssel und ließ Lars ein, griff in dem tiefen Dunkel um ihn herum, um die Messingschreibtischlampe anzuschalten. »Das also ist Ihre Bude, stimmt's?« sagte Lars, während er die Bücher betrachtete, die an die Wand gepinnten Zeichnungen, die weiße Schräge des Zeichenbretts, sich schweigend die Photos von Justin, Danny bei der Graduierung und Simon ansah, von dem Lars gar nichts wußte. Auf dem Schreibtisch lag das Stück Porzellan-Email, auf dem SEMPE stand; das fand er offenbar lustig und wog es in der Hand, während Robin eine Schublade aufzog und eine alte Tabaksdose sowie sein kleines Haschpfeifchen herausholte. In der Dose war, eingewickelt in Alufolie, der feste Würfel Stoff, den er Anfang der Woche aus London mitgebracht und dort mit dem seltenen und trivialen Gefühl, vor Justin ein Geheimnis zu haben, versteckt hatte; wenngleich er jetzt, da Lars sich lächelnd und summend umdrehte, um sich mit einer großen, hübschen Arschbacke auf die Schreibtischkante zu pflanzen, als Teil eines größeren Betrugs erschien. Es fiel ihm schwer, die amüsierte Erwartung aus Gesicht und Stimme fernzuhalten. Er sagte: »Dan scheint ja seinen Spaß zu haben.«

Lars lächelte nachsichtig. »Na, den hat er immer.«

Robin nahm das Feuerzeug. »Dann kennen Sie ihn wohl ganz gut?« Einen Augenblick lang hörte er das verzerrte Echo einer

ganz anderen Unterhaltung, die des pfeiferauchenden Internats-
lehrers und des Aufsichtsschülers, dem er vertrauen will; wobei
Lars offenbar begriff und eine milde Befragung sogar zu erwarten schien.

»Ich kenne ihn schon lange«, sagte er.»Fünf, sechs Monate.«
»Na, so was«, sagte Robin, sog die Flamme in den Pfeifenkopf
und behielt den Rauch in der Mundhöhle. Für kurze Zeit wurden die gewöhnlichen Umgangsformen außer Kraft gesetzt,
während er und Lars einander mit unpersönlicher Konzentration fixierten, als warteten sie darauf, ein Experiment zu doku-
mentieren. Dann atmete er langsam aus und reichte ihm die
Pfeife. Sie war wie ein kleiner silbriger Schraubenschlüssel, mit
dem man ein Fahrrad repariert; Lars hatte Schwierigkeiten,
etwas durchzubekommen, worauf Robin das Feuerzeug daran-
hielt und seine Hand mit der eigenen bedeckte. Erneut starrten
sie einander an; wobei er wußte, daß es ein Weilchen dauern
würde, bis die Wirkung einsetzte. Der Junge blickte leise lachend
zu Boden und betastete beiläufig das Porzellanfragment.

»Da hängt sicher eine Geschichte dran, hab ich recht?«

Robin sagte:»Mein Freund Justin meint, es ist bloß ein Stück
von einem alten Abort.« Er hatte das Gefühl, es sei nur anständig, Justin auf diese Weise zu erwähnen.

»Ah, ja…«, sagte Lars, der dieses alte Wort möglicherweise
nicht ganz verstanden hatte.»Ja, er ist ja so komisch.«

»Er ist zum Schießen, nicht?« Robin stand auf, ging um den
Schreibtisch herum und ließ sich quer auf einen alten Sessel fallen.»Jedenfalls hat es eine besondere Bedeutung für mich«, sagte
er. Natürlich fiel ihm das Porzellanstück kaum mehr auf, es war
eine Art Briefbeschwerer; doch zuweilen erinnerte er sich noch
an seine flüchtige Zufallsgeschichte und an das flimmernde Licht
des Tages, an dem er es aufgehoben – gestohlen – hatte; es war
der Tag gewesen, an dem er erfuhr, daß er Vater werden würde.
Zu Lars sagte er nur:»Es ist ein Stück von einem alten Abort aus
einem Haus in Arizona, wo ich mal war, als ich noch studierte.
Als ich so alt war wie Dan jetzt.«

»Und was bedeutet SEMPE?«

»Das soll wohl SEMPER heißen, das ist das lateinische Wort für ›immer‹.«

»Ach«, sagte Lars sehnsüchtig. »Dann ist es *fast* immer…« Er blickte mit einer Scheu zu Robin hinab, die sich langsam in etwas Heftigeres und weniger Freiwilliges verwandelte. »Kennen Sie jeden hier?« fragte Robin, dem der fehlende Zusammenhang bewußt war. Vielleicht hatte er aus Verlegenheit gefragt, vielleicht war es auch die einsetzende benebelnde Wirkung des Haschs. Er rauchte nicht oft und war jedesmal wieder überrascht von der verstohlenen Wirkung, die die Droge auf seine Gedanken und Sinneswahrnehmungen hatte.

»Ach, die meisten«, sagte Lars achselzuckend, als sei die von fern dröhnende Party eine zu vernachlässigende Einleitung zu dieser Szene in dem Schuppen. Der Raum hielt noch die altmodische Wärme, die sich den Tag über darin aufgestaut hatte, und duftete nach Holzbeize und Teer, wie in dem Schuppen zu Hause, wo sie das Tennisnetz und die Krocketkiste aufbewahrten. Robin war empfänglich für diesen Geruch und das, was er in ihm auslöste. Mit Justin teilte er eine wache Offenheit gegenüber Gerüchen, weswegen sie auch beide gern gleich morgens an einem Sommertag nach einem schweißtreibenden Schlaf vögelten, der seinerseits, auf wundersame Weise kurz und tief, auf die abrupte Erschöpfung nach einer schweißtreibenden Vögelei davor eingetreten war. Er merkte, wie seine Gedanken in einem verschwommenen Rhythmus von erinnertem und erwartetem Sex gefangen waren, und blickte benommen an sich herab, um zu sehen, ob seine Erektion zu sehen war; und erinnerte sich dann weiter, daß er und Justin einander zwei Wochen lang so gut wie nicht berührt hatten. Natürlich schwebte im Zimmer nun auch der verbotene Geruch von Hasch, wenngleich er darin noch immer Lars' vieldeutiges Eau de toilette wahrnahm, schließlich war er unmittelbar neben ihm, eine wunderschöne, limonenduftende Gestalt, die im Damensitz auf der Kante seines Schreibtischs saß. Das machte ihn im Augenblick hinsichtlich Justin unbekümmert und distanziert. »Geben Sie mir die Pfeife«, sagte er.

Als sie beide noch einen tiefen Zug getan hatten, sah Robin

zu, wie Lars aufstand und vor ihm durchs Zimmer ging, einige Papiere vom anderen Sessel räumte und sich hinsetzte. Seine Bewegungen waren bestimmt, aber ungenau, und Robin sah darin einen beruhigenden Beweis, daß sie zusammen high werden würden. Bei diesem jungen Mann hatte er den Eindruck, daß er ihm nichts vorzuspielen brauchte, daß er ihm sehr gut Dinge aus seinem Leben erzählen konnte, einem Leben, das er so nie geplant hatte, lauter Dinge, die er noch nie jemandem erzählt hatte. Es war das Gefühl einer unerwarteten Ankunft, was manche Freundschaften während ihrer ersten Stunden auszeichnete und andere zufällige Begegnungen als Erinnerungen an unerkundetes Potential zurückließ. Dennoch – er war siebenundvierzig und stoned und geil, und er wußte, was er im Begriff stand, geschehen zu lassen.

»Wow«, sagte Lars, »das ist ja toll«, schüttelte den Kopf und fuhr sich mit beiden Händen durch die schimmernden hellblonden Haare. Er saß auf einem dreibeinigen Sessel von Frank Lloyd Wright, die Schenkel gespreizt, damit der Vorgabe des dreieckigen Sitzes folgend. Robin war sich dessen bewußt, daß sie nicht viel redeten, war aber nicht sicher, ob der Junge dies ebenfalls wußte und ob sie die lächelnde Stille auf dieselbe Art genossen – wie viele Teile davon Lust, wie viele lediglich die betäubte Kapitulation vor der Droge waren.

»Vermutlich hatten Sie vorher schon einiges gekokst«, sagte Robin, und beide fanden sie seine Worte ein bißchen komisch; manchmal war alles, was man sagte, lustig, und man wartete mit aufgestautem Lachen darauf, als wäre allein schon die Tatsache der Formulierung grotesk – so wie es häufig in der kicherigen Ödnis der Pubertät gewesen war.

»Der Sowieso«, sagte Lars, »Dannys Liebhaber, der ist ziemlich zugedröhnt, glaub ich.«

Die Worte hingen eine Weile in Robins Kopf, bevor er klare Denotate dafür in der Außenwelt fand. Er sah, wie Lars einen, zwei, drei Hemdknöpfe löste und eine Hand hineinschob, um sich zu streicheln und zu beruhigen. Die Wendung »Dannys Liebhaber«, die Robin noch nie gehört hatte, war cool und un-

170

zweideutig, doch er konnte sie keiner bestimmten Person zuordnen. Er sah, daß »Liebhaber« ein Schwulenbegriff geworden war; Heten hörte man nicht von ihrem Liebhaber reden, in dem bukolischen alten Wort steckte eine neue Widerspenstigkeit. Er glaubte, Lars meine vielleicht George, und sagte: »Na, der hat den Stoff ja mitgebracht, oder? Wahrscheinlich hatte er viel mehr als alle anderen.«

Lars lächelte ihm von weit weg zu, als habe er ihn nicht gehört. Dann sagte er: »Nein, Sie meinen George. Ich habe aber seinen neuen Liebhaber gemeint.« Er senkte den Blick, das Thema schien erledigt, doch dann setzte er hinzu: »Ich hasse George.«

»Ja, er ist der letzte Arsch«, sagte Robin, was sie beide ungeheuer lustig fanden.

»Ich war mal mit George zusammen«, fuhr Lars fort, »und das kann ich Ihnen sagen – und zwar ganz unkategorisch –, wie der mich behandelt hat, also … der hat mich wie den letzten Arsch behandelt.«

»Er hat dich sitzenlassen!« sagte Robin mit einem neuen Hang zu Kalauern. »Baby, da hast du aber Glück gehabt.« Er schwang sich grinsend herum und saß nun gerade auf dem Sessel, die kräftigen Rudererbeine in ihrem ausgebleichten alten Denim vor sich ausgestreckt. Die Sache mit Dannys neuem Liebhaber ließ er in den fernen Kontext der Party und der Nacht draußen versickern. Er wollte mit Lars nichts anfangen, aber es war erregend, mit ihm zusammenzusein. Die Spiegelung der Lampe im Fenster verwehrte den Blick auf das mondbeschienene Feld, den sie sonst vielleicht gehabt hätten. Robin verspürte ein stetes Summen zwischen den Beinen und ein Klingeln in den Ohren und stellte sich vor, wie beides surrealerweise verbunden war, wie eine ungeduldig gedrückte Türglocke. Er legte eine Hand locker über den Schoß, womit er verbarg und gleichzeitig betonte. Es war eine schöne Atmosphäre, er spürte wieder seine unabweisbare sexuelle Kraft und die Gewißheit, daß sie es war, die sein Leben lebenswert machte. Allein schon das Gewicht seiner Hand war elektrisierend. Er sah die Photos an der Wand und dachte an Simon, als er ihn kennengelernt hatte, und an Marcus, der immer nachmittags kam, während Jane in der Bibliothek war; an Justin auf dem stinkenden Klo im Clapham Common – er riskierte es, an ihn zu denken, und merkte, daß es ihm mit neuer Selbstzufriedenheit gelang.

Lars kauerte neben Robins Sessel, einen Arm über seinen Knien, um sich im Gleichgewicht zu halten. Sein Finger malte unablässig ein kleines Muster auf Robins rechten Schenkel, doch er blickte ihm dabei ins Gesicht, ohne sich dabei bewußt zu sein, was er da tat. Robin hörte sich leise ächzen, so als vergäße er immer wieder zu atmen. Lars' Züge hatten eine wundervolle Intensität angenommen, als wären sie in einer Lösung des Begehrens zu ihrer essentiellen Schönheit geläutert worden. Robin hatte nie Ecstasy genommen, aber er glaubte, daß dessen Wirkung etwas ähnlich unaussprechlich Lebhaftes sein könnte. Lars war ihm vertraut, aber auch bezwingend fremd – Robin runzelte spöttisch lächelnd die Stirn, als er mit den Fingern über Wangen, Nase und offene Lippen des jungen Mannes strich. Lars stieß wiederholt das Gesicht gegen seine Hände, leckte und biß sie und murmelte, was auch Robin hätte sagen können: »Du bist so schön.«

Er rutschte Robins ausgestreckten Körper hinauf, und sein warmes, lastendes Gewicht war fast eine Folter der Erregung. Sie sahen einander in die Augen, als jemand versuchte, die Tür zu öffnen, gleich darauf eine laute Stimme langsam sagte: »Weiß auch nicht, ist verschlossen, aber da brennt Licht«, und wieder am Griff gerüttelt wurde. »Da wird schon drin gevögelt« – gefolgt von einem grämlichen Lachen. Dann entfernten sich die Stimmen, wobei noch ein »Gib ihm einen von mir« gebrüllt wurde. Die beiden verharrten lautlos, die ausgedörrten Münder Zentimeter voneinander entfernt, die Gesichter gerötet und verschwommen. Robin roch den schalen Koksatem, der die süßliche Würze des Haschrauchs überdeckte; er testete ihn auf seine eigene perverse Süße, da es ja Lars' Atem war. Und dann kam der Kuß, erst langsam und sinnlich, dann würgend und wild, als versuchte jeder, dem anderen den Kopf in den Mund zu rammen.

In diesem Moment geschah etwas bei Robin, vielleicht war es die geisterhafte Kälte des Kusses seines Liebhabers, die den leidenschaftlichen Kuß dieses praktisch Fremden unterlegte, eine dunkle und schmerzhafte Erinnerung – überraschende Verbindungen, die die Droge herstellte. Er spürte, wie es heftiger wurde und ihn erschauern ließ, wie die Unruhe, die einen Traum durchdringt, bevor man davon aufwacht. Er hielt den schweren Kopf des Jungen von sich weg – immer wieder stieß er gegen Robins Ohr und flüsterte dabei zischend: »Ich will, daß du mich fickst…« Robin sagte fest, bedauernd »Nein… nein…« und machte sich sperrig für ihn, wenngleich er wußte, daß Lars ihn in seinem Zustand nicht verstehen würde. Mit schuldbewußter Bestürzung sah er, wie Lars sich hochrappelte, sich in einer Art sexuellem Wahn Hose und Unterhose herunterriß. Robin schloß die Augen, hörte den Schrei und spürte, wie ihm die warmen, vorwurfsvollen Spritzer leicht aufs Gesicht fielen.

»Schatz, hast du schon gehört, wir fahren alle nach Sizilien«, sagte Justin, wobei das letzte Wort nicht ganz richtig herauskam. Er lehnte an der Spüle, die Arme um zwei junge Männer gelegt, die kauten und immer wieder losgrinsten, je nachdem, wie sie sich erinnerten und wieder vergaßen, wer sie waren; der eine war halb nackt und hatte feine Stoppeln auf der rasierten Brust. Jeder der drei schien die anderen mittels eines raffiniert ausgeklügelten Gegengewichts zu stützen. Es war klar, daß Justin, der lediglich stark betrunken war, sich mit ihrer andersartigen Wirrnis trefflich arrangiert hatte. » Wir fahrn nach Sissy, mit Marge und Türkis«, sagte er und schüttelte nacheinander die beiden anderen, um sich dieses wunderbare neue Faktum bestätigen zu lassen.

»Mark und Curtis«, sagte einer der Jungen mit eigentlich nicht allzu großer Toleranz und hob eine leere Champagnerflasche an den Mund.

Robin sah aus seiner zugedröhnten Ferne zu ihnen hin. Nachdem er fünf, zehn Minuten mit schwirrendem Kopf allein am Bach gestanden hatte, den flackernden Blick aufs Sternenfeld gerichtet, war er von einem grauenhaften pubertären Gefühl der

Hilflosigkeit ergriffen worden – obwohl er wußte, daß er seine Sinne mit dem Hasch vorsätzlich versaut oder befreit hatte. Er war noch immer so geil, daß er zitterte und schluckte, als er in Gedanken Justin befummelte und auch den einen oder anderen auf der Party, und natürlich Lars, zu dem er am Ende nur matt gesagt hatte:»Es tut mir sehr leid, bitte sag keinem was davon«; während er ihm nachgeblickt hatte, wie er in das Dunkel verschwand, hatte er sich vorgestellt, was er wahrscheinlich mit ihm gemacht hätte, wenn sie sich fünfzehn Jahre früher in einem Club begegnet wären – wenngleich Lars da vermutlich erst neun oder so gewesen wäre. Robin merkte, wie er düster auflachte bei dem Gedanken, daß er ihn auf seiner Hochzeitsreise mit Simon nach Skandinavien als Schuljungen hätte sehen können; ihr Besuch des hölzernen Palasts in Trondheim tauchte mit außerordentlicher Klarheit vor ihm auf. Das war auch eine Wirkung der Droge, die Lebendigkeit der Erinnerung, beinahe wie unter Hypnose; er konnte ein Haus, in dem er zwanzig Jahre nicht gewesen war, von Zimmer zu Zimmer durchwandern oder die Gegenwart eines längst vergessenen Mannes mit der erstickenden Nähe einer Gestalt spüren, die von einem Medium herbeigerufen worden war.

»Wo warst du denn, Schatz?« sagte Justin, und die Jungen giggelten, weil er so eine lustige Art zu sprechen hatte.

»Hast du mich vermißt?« fragte Robin, während er sich in dem jähen Entsetzen durch die Haare strich, daß sie noch immer mit Lars' getrocknetem Samen durchzogen sein könnten.

Justin machte eine Pause, um diese Gelegenheit für eheliche Freundlichkeiten zu bedenken. Vielleicht spürte er Robins ungewöhnlichen Schuldgeruch, vielleicht hatte Lars tatsächlich ausgeplaudert, daß er von Dannys Daddy im Gartenhäuschen verführt worden sei. Justin sagte:»Ich unterhalte die Gäste, Schatz. Ich kann nicht an jeden denken«, worauf Robin ein gequältes Lächeln zuwege brachte und sich auf die Suche nach etwas Trinkbarem machte. Zunehmend verspürte er die übliche Einsamkeit des Gastgebers, die Erinnerung an etwas, wovon er nicht wußte, daß es ihm widerfahren war, die Zeit, da alle Gäste gegangen waren und man allein ins Bett ging.

Ein falkenartig hübscher junger Mann stand am Kühlschrank und beobachtete mit einem kühlen Lächeln die torkelnden Versammlungen in der Küche. Vielleicht weil er sowohl Hemd als auch Jackett trug, erweckte er den Eindruck, unbeliebt zu sein. Robin machte sich ein Bier auf und nickte ihm zu, worauf der Junge sagte: »Hallo, Sie kennen mich nicht, ich heiße Gordon«, als versuchte er, ihm am Telephon einen Staubsauger anzudrehen.

»Ich bin Robin… Dannys Vater.«

»Ah, ja!« Sie gaben sich die Hand, Gordon senkte den Kopf und schielte auf eine pseudobescheidene Art zu ihm hoch, die einen Tadel zu enthalten schien. »Sie haben ja offenbar auch Ihren Spaß an der Party«, sagte er.

»Ach ja?« sagte Robin und überlegte, wie abgekämpft und verschwitzt er wohl aussah.

»Ich meine, ich hoffe es.« Gordon lachte, und natürlich war es die feine schottische Färbung in seiner Stimme, die ihm seine kritische Wirkung verlieh. Er nickte seitwärts, zu den Jungen, der Musik, dem Chaos hin. »Es könnte ja auch ein ziemlicher Schock sein, dieses ganze Jungvolk da im Haus zu haben.«

»Ich war ja auch mal jung, bis vor… nun ja, noch nicht so lange her«, sagte Robin mit einem strahlenden Lächeln.

»Ich wollte damit nicht sagen, daß Sie *alt* sind.« Gordon deutete dabei auf seine eigene Physiognomie und wand sich in seinem Irrtum: »Meine Güte, ich bin ja selber schon vierunddreißig. Erst letzte Woche hatte ich Geburtstag. Geboren am 16. Juni 1962 im Krankenhaus von Perth.« Robin nickte und hob grüßend seine Dose. »Ah, da sind ja zwei Plätze frei«, sagte Gordon und geleitete ihn hin, als sei er, was immer er auch von sich behauptete, ehrwürdig genug, um sich einmal setzen zu müssen.

»Ähm…«

»Vielleicht fragen Sie sich, woher ich Danny kenne«, sagte Gordon. »Wir haben zweimal miteinander geschlafen, nicht weit auseinander, im Februar. Einmal bei ihm, einmal bei mir.«

»Aha«, sagte Robin, während er überlegte, ob er das Inkrafttreten eines neuen Gesetzes zur Informationsfreiheit verpaßt hatte. »Und *wie* weit auseinander haben Sie geschlafen?«

»Haha«, machte Gordon trocken. »Nein, wir sind in Verbindung geblieben. Und ich habe mich sehr geehrt gefühlt, auf die Party eingeladen worden zu sein.« Robin meinte zu sehen, was Danny an dem jungen Mann gesehen hatte; allein das humorlose Zwinkern war schon eine vage Provokation. »Eigentlich mache ich solche Sachen nicht mehr.«

Robin verbarg seine Sympathie für diese Bemerkung. »Sie machen welche Sachen zum Beispiel nicht mehr?« – wobei er zu einem Paar hinnickte, das um die Wette auf die geschäftige Rasierklinge geierte.

»Na, den Charley, den Schnee, das Lachpulver!« sagte Gordon mit dem müden Sarkasmus eines Zollbeamten. »Nein, das mache ich nicht mehr. Trinken auch nicht«, fügte er hinzu, womit er noch etwas anderes, was Robin seltsam an ihm fand, aufhellte, nämlich die beängstigende Verfügbarkeit seiner Hände für übertriebene Gesten; auch das hatte etwas Verkäuferartiges. »Nein, nein. Ich ziehe das High des Lebens vor.«

»Ah, wirklich«, sagte Robin.

Gordon beugte sich vor; sie saßen Knie an Knie. »Ich glaube, die wahre Erregung erhält man, wenn man das Leben so annimmt, wie es ist, ohne sich dabei in nicht aufrechtzuerhaltende Phantasien zu flüchten.«

Er lächelte, doch Robin glaubte, in seinem nicht eben legeren Gesprächston etwas Herausforderndes zu erkennen, und sagte leichthin und höflich: »Finden Sie nicht, daß Flucht manchmal ein Teil des Annehmens sein kann? Ich meine, veränderte Bewußtseinszustände oder dergleichen, das können doch alles wertvolle Erfahrungen sein.«

Gordon betrachtete ihn intensiv, und Robin erkannte darin die Haltung eines Menschen, der mit scheinbarem Respekt auf eine Aussage wartet, an die er sein Argument anknüpfen kann. »Wie stellen Sie es an, das Leben so anzunehmen, wie es ist?« fragte Robin. »Zu einer beliebigen Zeit?«

Gordon antwortete nicht direkt; er lächelte dünn, um anzudeuten, daß er eine knifflige Frage ausgemacht hatte. Dann sagte er sehr ruhig und vertraulich:»Wir müssen bereit für die Veränderung sein, wenn sie eintritt.«

Robin sagte:»Ja, durchaus. Wobei ich als Architekt allerdings auch eine gewisse Vorliebe für Dauer habe…«

»Ich glaube, wir haben keinerlei Vorstellung von den Veränderungen, die sehr bald eintreten werden, wenn Gottes Plan für das neue Universum realisiert wird.«

Robin kicherte; es machte ihn gereizt und verlegen, daß… *Sein* Name genannt worden war, und auch wegen des Kontrasts zwischen dieser Begegnung und der vorherigen im Schuppen, die er bedauernd in einer lebhaften Rückblende sah. Klar, der Junge war ein Evangelist, und zwar einer der Veränderung, was ihn um so unflexibler machen würde. Er erwiderte:»Dazu kann ich nichts sagen« und sah sich um. Gordon hatte sie schlauerweise bei den Stühlen hinter der Tür eingeschlossen, abseits des rettenden Stroms der Party. Robin sah seine eigene Reise durch den Abend, eine Schlangenlinie an den Rändern des Festes seines Sohns entlang, eine Abfolge flüchtiger Begegnungen im Halbdunkel.

Doch Gordons nächste Frage schien ihm ein Schlupfloch zu bieten:»Lesen Sie viel?«

»Nicht so viel, wie es mir lieb wäre«, sagte Robin.»Ich habe in letzter Zeit ein bißchen Hardy gelesen; aus regionalen Gründen.«

»Hm?«

»Thomas Hardy? Berühmter Romancier aus Dorset. Und Dichter.«

»Stimmt… Arthur Conan Doyle haben Sie nicht gelesen.«

»Oh. Tja, seit meiner Jugendzeit nicht mehr. Ich glaube, den liest jeder, wenn er jung ist, oder? Früher war das jedenfalls so.«

Gordon nickte – das schien etwas, was er gehört hatte, zu bestätigen.»Gefallen Ihnen nur die Holmes-Geschichten, oder mögen Sie auch Oberst Gerard?«

Eine Pause entstand, in der die Frage auf ihre Relevanz überprüft wurde.»Ich habe mit ihm gesprochen«, sagte Gordon.

»Sie meinen, mit Oberst Gerard, oder –?«

»Ich habe mit Arthur gesprochen.«

»In letzter Zeit?«

»Ein Freund von mir steht in engem und häufigem Kontakt mit ihm.«

»Verstehe«, sagte Robin. »Sie meinen, ihr Freund ist ein Medium« – wobei ihm bewußt war, daß er eben erst selbst an Medien gedacht hatte, was allein schon etwas gruselig war.

»Arthur ist einer der höheren Geister, die für die Veränderung der Welt arbeiten. Ein wahrhaft großer Geist.«

Robins Augen schweiften in gehetzter Panik durch die Küche. Danny ging gerade in den Garten. Er fragte sich, ob sein Sohn das alles von Gordon gehört hatte oder ob sie dafür zu sehr mit Vögeln beschäftigt gewesen waren. Vermutlich hatte er einfach jeden in seinem Adreßbuch eingeladen, vielleicht aus Angst, daß nur wenige so weit kommen würden – und die Langweiler natürlich als erste.

»Er hat eine sehr schöne Stimme«, sagte Gordon gerade. »Ich darf wohl sagen, eine wahrhaft schöne Stimme.«

Robin wußte nicht so recht, wie er ihm bedeuten sollte, daß für ihn das Gespräch zu Ende war. »Was hat er gesagt?« fragte er und nahm grollend einen Schluck aus seiner Bierdose.

»Ich muß warten. Er hat mir gesagt, ich muß warten; und wenn die Zeit da ist, Schritte zu unternehmen, läßt er es mich wissen. Mit der Jahrtausendwende wird es natürlich viele und große Veränderungen geben. Er sagte: ›Du bist am rechten Ort zur rechten Zeit‹, was wirklich wunderbar war. Das war mir schon eine große Hilfe bei Verkehrsproblemen, immer hatte ich Grün, konnte größere Schlangen bei Straßenarbeiten und so weiter umfahren.«

»Das ist bestimmt ganz nützlich.«

»Ach, das ist nur ein kleines Beispiel. Arthur hat mir auch gesagt, ich sei zur Zeit Jesu ein sechzehnjähriger Fischverkäufer im Heiligen Land gewesen.«

»Das hätten Sie wohl nicht gedacht?« Robin sah sich wie selten als einen Born unbemerkter Ironie.

»Er hat mir auch gesagt, daß ich eigentlich nicht schwul bin. Ich werde eben nur von bestimmten Männern angezogen. Und das ist eine spirituelle Sache, ein spiritueller Magnetismus; meistens haben wir einander schon in einem anderen Leben gekannt. Arthur sagte, im Grunde müßte ich mir eine Frau suchen, darin war er ganz klar.« An der Stelle blickte sich auch Gordon ein wenig besorgt in der Küche um. »Es ist die Bestimmung der Frau, den Mann zu unterstützen«, sagte er; was vielleicht auch ein gewisses Bild von der Art der neuen Weltordnung vermittelte, wenn sie nach vier Jahren denn eintreten würde.

»Dazu kann ich nichts sagen«, meinte Robin, schüttelte seine fast leere Bierdose und nickte ihm zum Abschied zu.

Gordon hatte einen fast verschlagenen Blick. »Wie ich höre, leben Sie nun als schwuler Mann«, sagte er.

»Nun, ich bin ein schwuler Mann«, sagte Robin. Er stand auf und sah dabei, wie Justin vorsichtig in den Garten hinaustrat. »Ah, da geht das Leben«, sagte er. »Und wenn Sie mich jetzt entschuldigen wollen, ich muß es ergreifen.«

11

Anfang Juli bekam Danny eine neue Stelle, als Wachmann nachts in einem Bürogebäude in der City. Er wußte, daß Alex davon nicht begeistert sein würde, und erwähnte die Arbeitszeiten – acht bis sechs – eher beiläufig wie ein Kind, das vergeblich hofft, eine neue Freiheit an seinen Eltern vorbeizuschmuggeln. Alex blickte, jäh errötend, beiseite, als wäre er geschlagen worden, und zog die Mundwinkel herab. Danny erkannte, daß er den Augenblick nicht besonders gut gewählt hatte; es war die frühabendliche Plauderstunde an Alex' Küchentisch. Die edle Flasche Wein, zu der er ihn überredet hatte, war ein tolpatschiges Palliativ – natürlich würde Alex das nicht feiern wollen. »Samstags arbeite ich nicht«, sagte Danny.

Alex sagte nur: »Ach, Schatz.«

Danny spürte den Vorwurf und sagte: »Ich brauche halt das Geld, Alex.« Und dann: »Ich weiß, die Arbeitszeit ist nicht toll für uns, aber die Bezahlung ist echt gut.«

Alex war zögerlich und ungeduldig zugleich, als er sein altes Thema wieder aufnahm: »Ich habe doch jede Menge Geld ...«

Danny seufzte bestätigend und sagte: »Das weiß ich. Aber ich kann doch nicht von dir leben.« Er überlegte, ob er den kleinen Seitenhieb anbringen sollte, daß er keine männliche Mätresse sei, sah aber die Verwirrung auf Alex' Gesicht und nahm statt dessen einen verstohlenen Schluck aus seinem Glas.

»Warum eigentlich nicht?«

Danny sagte ruhig: »Ich bin nicht Justin« und lachte dann leise auf bei dem Gedanken an ihn hier im Haus. Es war die beiläufige Verspottung eines Vorgängers, in der der Hauch eines Verdachts mitschwang, der Vorgänger könnte noch immer Rivale sein. »Du weißt doch, wie schrecklich ich es finde, nichts zu tun.«

»Ich weiß ja, mein Herz, aber *nachts.*« Er konnte sehen, daß

Alex die Berechnungen anstellte, die er schon gemacht hatte, nämlich wie sie sich sehen konnten und wie lange; und daß er sie für sich behielt für den Fall, daß die korrekte Antwort noch schlimmer ausfiel, als es den Anschein hatte. Es war herrlich, von jemandem so sehr geliebt zu werden, und Danny sprang mit einer Woge ausgelassener Zuneigung zu Alex auf, trat hinter seinen Stuhl und umarmte ihn locker.

»Wir werden phantastische Wochenenden haben«, sagte er.

»Mm.«

Er steckte Alex die Zunge ins Ohr, und als er ihn zum Erschauern und Schlucken gebracht hatte, sagte er ihm das, von dem er wußte, daß er es hören wollte, allerdings eher wie ein keckes Kind als ein Verführer: »Ich führ dich aus und pump dich mit Drogen voll.«

Die Wirkung trat nicht unmittelbar ein. Was Danny aber auch ziemlich verletzt hätte. Alex mußte sich langsam und geziemend mit diesem Gedanken anfreunden, ohne dabei anzudeuten, daß er seine ursprünglichen Zweifel auslöschte. »Aber das könntest du doch auch so tun«, sagte er. Danny sah den Nutzen dessen, daß er ihn so kurzgehalten hatte − er hatte ihm noch immer nicht sein zweites E gegeben, obwohl Alex darum gebettelt und sogar schmollend darauf verwiesen hatte, daß schließlich er es bezahlt hatte. »Na ja, das wäre schon toll«, sagte er.

Danny ging herum und setzte sich auf seinen Schoß, um ihn kurz abzuknutschen. »Und überhaupt«, sagte er, »du kennst mich ja: Wahrscheinlich kündige ich nach einer Woche wieder.«

Ein paar Tage später fing er an und tat Alex gegenüber so, als sei es ziemlich öde; nie versuchte er ihm zu sagen, wie sehr ihm die Arbeit eigentlich gefiel. Er war schon immer ein Nachtmensch gewesen, ging manchmal in Clubs, die erst morgens um drei oder vier aufmachten, und befand sich in einem Zustand ungläubiger Wachheit, wenn Alex um halb zwölf vom Sofa aufstand, sich die Zähne putzte und ins Bett fiel; abgesehen von der Stille und dem Zustand der Nüchternheit war es für ihn also nicht unnormal, bis zum frühen Morgen in St. Mary Axe wach zu bleiben. Die Zeitspanne, die er für die lange Reise eines

LSD-Trips oder zweier E's zu veranschlagen gelernt hatte, wurde nun damit verbracht, flüchtige Blicke auf die blaue Ereignislosigkeit einer Wand aus Videomonitoren zu werfen oder stündliche Gänge durch die Korridore in den fünfzehn Stockwerken darüber zu machen. Zu jeder Zeit waren drei Wachleute im Dienst, einer von ihnen war immer ein Vorgesetzter. Sie wechselten sich bei ihren Rundgängen ab, und um ein Uhr morgens bekam Danny eine Pause; er ging dann in den Personalraum, machte sich eine frische Thermoskanne Tee und las eine Stunde oder schrieb in seinem Notizbuch. Die Mechanismen des Gebäudes waren nicht einfach, verschiedene Firmen hatten darin ihren Sitz, manche hörten um sechs auf zu arbeiten, andere blieben noch bis spät, zwei Stimmen in einem Büro, eine einsame Schreibtischlampe oder ein Computerbildschirm, der sich in einem Fenster spiegelte. Die Aufzüge waren alle abgeschaltet und warteten mit offenen Türen und schimmernden Spiegeln, doch er hatte einen Spezialschlüssel, mit dem er sie für die Planer und Makler, die ganz früh morgens kamen, bedienen konnte. Es war Hochsommer, also begann die Schicht im gefilterten späten Tageslicht und ging zu Ende, wenn das Licht hinter den getönten Glasscheiben der Eingangshalle wieder an Kraft gewann. Gegen fünf lösten sich ihre Spiegelungen allmählich auf, und die schmale alte Straße draußen zeigte langsam wieder ihre Umrisse, schwach, als ließe ein tranceartiges Stimulans langsam nach. Wenn er seine Uniform aufhängte, kam die Putzkolonne, und er konnte mit dem schönen Gefühl, etwas zu Ende gebracht zu haben, was ein banaler, sichtbarer Tagesjob einem nie gab, auf eine frühe U-Bahn gehen. Dann folgte Frühstück mit Alex, und wenn Danny nicht nach Vögeln war, konnte er ihn auflaufen lassen und mit tauben Ohren eine zweite oder dritte Portion verlangen, seine Kochkunst mit Lob überschütten, bis Alex einfach keine Zeit mehr hatte und zur Arbeit gehen mußte; danach ein langer, ungestörter Vormittagsschlaf, aus dem er gegen drei mit einem bizarren Ausbleiben von Katersymptomen oder anderen toxischen Nachwirkungen erwachte. Die erfolgreiche Disziplin all dessen tat seiner Selbstachtung äußerst gut.

Während seiner ersten Woche arbeitete er immer mit denselben Leuten; der Chef der Schicht, Martin, war ein schnurrbärtiger Fitneß-Freak um die Fünfzig mit gewölbter Brust und Oberarmen, die die gespannten Nähte seines kurzärmeligen Hemds noch weiter dehnten. Danny hielt ihn für schwul, wenngleich diverse diskrete, auf dieser Vermutung basierende Bemerkungen auf einen distanzierenden Sarkasmus gestoßen waren. Der andere Mann war ein mürrischer Hetero mit einer Kochtopffrisur und einem *Mayfair* im Spind. Während dieser langen Stunden lag eine Atmosphäre erstickter Sexualität in der Luft, und Danny vermutete, daß auch die beiden anderen in ihrer privaten Welt steckten und sich ganz andere Szenen ausmalten, wenn sie auf die stark verzogenen Abbildungen der Eingangshallen, des Lieferanteneingangs und des unterirdischen Parkgeschosses starrten.

Eines Nachts, am Beginn seiner Pause, ging Danny in den fünften Stock, um sich auf der Herrentoilette einen runterzuholen; dazu auf die Personaltoilette zu gehen, erschien ihm zu auffällig, und den fünften Stock hatte er unbewußt wegen des attraktiven jungen Bankers gewählt, der dort oft Überstunden machte und womöglich zu sehen oder anzulächeln oder gar in der verspiegelten Abgeschlossenheit der Herrentoilette anzutreffen war. Nach fünf Tagen weichsohliger Patrouillengänge registrierte Danny wie ein Indianerscout das leiseste Sexbeben. Eine oberflächliche Durchsuchung von Schreibtischschubladen hatte seinen Verdacht bezüglich zweier oder dreier der Makler und Rückversicherer bestätigt. Er grinste über ihr geteiltes Geheimnis und betrachtete lächelnd sein Spiegelbild in den Fenstern, hinter denen er über der dunklen City wie ein einsamer Freiwilliger bei einem Entzugsexperiment gefangen war. Er merkte, wie er aus sexueller Frustration mit den Zähnen knirschte; immerhin masturbierte er mittlerweile bis zu dreimal pro Schicht.

Bewundernd ließ er seinen Schwanz aus seiner Uniform schnellen und wollte gerade beginnen, als er hörte, wie die Tür der Herrentoilette aufging und wieder zuschwang und dann eine

Stimme zögernd »Hallo« rief. Er sagte nichts, und nach einer kleinen Weile ging der Neuankömmling in eine andere Kabine und verriegelte die Tür. Danny konnte nicht nach ihm sehen, da die Trennwände prüderweise bis auf den Boden reichten; es gab keine Öffnungen für die schnellen, kühnen Kontakte, wie sie auf amerikanischen Toiletten möglich waren. Immerhin hörte er, wie der Sitzdeckel herabgeklappt wurde, und vernahm auch so gerade noch das Rascheln von Papier und das hastige Hackgeräusch einer Plastikkarte auf dem Porzellanspülkasten; dann eine Pause und zwei Schniefer; dann wieder das Hacken und das Schniefen. Danny lächelte – aus Belustigung und einem undeutlichen Machtgefühl heraus, da er ja quasi Polizist war, während er sein Glied lautlos in seinem Marinedrillich verstaute; und auch aus einem dreisten Zusammengehörigkeitsgefühl, dem jähen Hunger nach ein, zwei Linien Kokain – nein, einer ganzen Nacht damit.

Dann folgte ein Spülgeräusch, der Echtheit wegen, sogleich gefolgt von Dannys – er malte sich die Bestürzung des Verdächtigen aus und sah sie dann auch, als der Mann schuldbewußt den Spiegel absuchte, während er sich energisch die Hände wusch. Danny trat hinter ihm heraus und empfand eine eigenartig sexuelle Mischung aus Stärke und Verlangen, wenngleich es nicht der hübsche Banker war, der da stand, sondern ein ganz untypischer User mit Brille und einem Ehering, der durch den Seifenschaum, den er unbewußt aufwalkte, blinkte. Danny sah ihn vor sich, den Streß von Job und Ehe, und wie die eigenartige Selbstsicherheit des Koks dagegen eingesetzt wurde. Er drehte ebenfalls einen Hahn auf und lächelte dem Mann im Spiegel zu, wobei er in seinem eigenen Auftreten, den Epauletten auf seinem weißen Hemd – aber ohne Krawatte, die beiden oberen Knöpfe offen –, eine gewisse freundliche Bedrohung zu entdecken glaubte. Dem Scherz, den er machte, wohnte ein ekliger, schmieriger Euphemismus inne: »Wer hätte in so einer Nacht Schnee erwartet?«

Der Mann kaschierte seine Unsicherheit mit einem mißbilligenden Stirnrunzeln – ein großer Kämpfer war er nicht, wie er sich da nach Mitternacht in seinem Büro versteckte, unter dem Vorwand, einen wichtigen Anruf tätigen oder einen Bericht schreiben zu müssen; offenbar hoffte er, sich zur Tür hinausdrücken zu können, ohne ein Wort zu sagen. Doch als er am Papiertuchspender stand, fügte Danny unschuldig hinzu: »Wo ich selber ja auch so gern Schnee mag. Manchmal habe ich das Gefühl, ich kriege nie genug davon.«

Worauf der Mann sagte: »Ah, verstehe. Also…« und sie ihre ungewöhnliche Transaktion begannen. Danny glaubte, der Mann werde ihm etwas geben, erkannte aber sogleich, daß seine freundliche Idee auch eine Art Erpressung darstellte. Er hatte den schmalen Umschlag mit seinem ersten Wochenlohn in der Gesäßtasche und war plötzlich bereit, sechzig oder siebzig Pfund davon auszugeben; mit fahriger Zuneigung dachte er an Alex' Sehnsucht, für ihn zu bezahlen, seine Bereitwilligkeit, jeglichen Fehlbetrag auszugleichen. Er legte sein Geld auf die geflieste Umrandung. Der kleine Banker hatte seine Brieftasche herausgezogen und fummelte nun ein winziges rechteckiges Päckchen aus einem Innenfach. Danny faltete es auseinander, tippte einen Finger hinein, um es zu probieren, und zerrieb ein paar Körnchen auf dem Zahnfleisch. Er blickte in den Spiegel, als könnte das seine Kennerschaft noch steigern – und sah seine eigene weißbehemdete Gestalt wie von einem anderen Spiegel im Dunkel hinter ihm schockierend reproduziert; reproduziert und verzerrt. Martin war noch lautloser hereingekommen als er selbst.

Hochrot wie selten und den Eindruck erweckend, als wären sie ohnehin alle der Meinung, daß es eine blöde Idee war, räumte Danny alles weg. Er verstaute wieder sein Geld in der Tasche und schloß einen seiner Hemdknöpfe. Martin ging zur Tür und hielt sie auf. Er sagte: »Sie haben fünf Minuten, dann sind Sie umgezogen und haben das Gebäude verlassen.« Die Muskeln seines erhobenen Arms leisteten ihren eindrucksvollen Beitrag zu seiner Polizeiarbeit. Danny schwieg; er wollte vor dem anderen Mann nicht betteln oder verhandeln. »Und Ihnen, Sir, würde ich raten, sehr vorsichtig zu sein.« Dann war Martin weg.

»Ich war doch vorsichtig«, sagte der Mann zu der sich schließenden Tür, während Ärger rasch seine Furcht verdrängte. Danny lächelte ihn schief an, was vielleicht unpassend war. »Es war meine Schuld«, sagte er. Er kam sich sehr blöd vor und erinnerte sich nur sehr widerstrebend an seine rüpeligen kleinen »Schnee«-Scherze. »Tja, dann geh ich jetzt wohl mal.«

Der kleine Banker in seinem Anzug, mit seinem riesigen entbehrlichen Einkommen und seinen Befürchtungen, die jedoch rasch verflogen, sagte: »Hören Sie, es tut mir leid.« Danny zuckte die Achseln, halb verärgert über dessen freundlichen Ton. Dem Typen muß es ja echt gutgehen bei den zwei dicken Linien, die nun wohl ziemlich reinknallten.

»Meine Schuld«, sagte er noch einmal, doch als er sich abwandte, faßte der Mann ihn am Arm und sagte: »Wenn Sie wollen, nehmen Sie das doch. Könnte Ihnen helfen, wenigstens heute nacht. Wirklich, ich will sowieso damit aufhören – das war wohl jetzt eine Art Zeichen. Und außerdem habe ich jede Menge davon«, fügte er zusammenhanglos hinzu. Er lachte und hielt Danny das Puppenstubenbriefchen erneut hin. »Das Zeug ist klasse.«

Und so schnappte sich Danny das Ding mit zögerndem Eifer, so als könne ein solches Angebot nur ein Trick sein.

»Alles Gute«, sagte der Mann ziemlich sentimental, als sie im Korridor waren. Er verschwand in Richtung seines Büros, wobei er kurz eine Hand vor den Mund hielt, um das Lächeln zu verbergen, das sich auf sein Gesicht stahl.

Es war halb zwei, als Danny auf die verlassene Straße trat. Er ging ein paar Meter, drehte sich dann um und schrie seine Niederlage höhnisch gegen das dunkle Glasgebäude mit seinen verstreuten Lichtquadraten hoch oben hinaus. Es war überraschend kühl. In der Leadenhall Street kam wie durch Zauberei ein freies Taxi auf ihn zu; er stieg ein und erkannte, daß er sich etwas einfallen lassen mußte. Es war zu spät oder zu früh, um zu Alex zu gehen, und überhaupt war er nicht in der Stimmung für Erklärungen. Wenn er zu sich nach Hause ginge, würde er bloß verdrießlich herumzappeln und sich selber leid tun. Die Entscheidung fällte sich fast von selbst: Er sagte dem Fahrer, er solle in die Charing Cross Road fahren. Als sie durch die Plastikschikanen rasten, die den »Ring of Steel« um die City herum bildeten, wünschte er, er könnte dem allem eine symbolische Beleidigung zukommen lassen, wie Becky Sharp, die ihr Wörterbuch aus dem Kutschenfenster schmiß. Es war eine Vertreibung gewesen, doch seine Gedanken würden die Schmach bald in einen Triumph verkehren oder wenigstens in einen schicksalhaften Augenblick der Veränderung. Das hatte Gordon einmal zu ihm gesagt, zwischen oder gar während ihrer exzessiv gesprächigen Vögeleien: Man mußte die Veränderung ergreifen. Er sah Gordon, wie er auf und nieder wippte, als wäre Danny eine Übungsmaschine, während er über Gottes Plan für das Universum laberte, um ihm zu zeigen, daß er nicht außer Atem war. Der arme Gordon! Das war eine Affäre gewesen, die niemals funktioniert hätte, selbst wenn sie Liebhaber in Galiläa im ersten Jahrhundert nach Christus gewesen wären. Bei dem Gedanken an ein wirkliches Leben mit seinen vielfältigen Wahlmöglichkeiten und der allgemeinen Freiheit von Zensur kicherte er in sich hinein und merkte, daß es ihm schon wieder besserging. Nun eine Nacht voller Ausschweifungen, dann konnte er diese Episode abhaken.

Das Drop war gerammelt voll, als er eintraf. Er drängte sich zur Bar durch und bestellte sich einen großen Cognac mit Cola. Es war wichtig, von Heinrich bedient zu werden, mit dem er einmal etwas Kurzes, aber Intensives gehabt hatte und der ihm als Wechselgeld immer denselben Betrag zurückgab, den er ihm als Bezahlung gegeben hatte. Als die Münzen den Besitzer wechselten, war klar, daß keiner von beiden noch wußte, warum sie nicht noch immer zusammen waren. Sein Glas in der Hand wiegte sich Danny ein bißchen am Rand der Tanzfläche und beugte sich dann in die kleine Luke am Pult des DJ hinein, um ihm einen Kuß zwischen die Kabel seines Kopfhörers zu geben. Nickend lächelte er ein paar Stammkunden zu, den älteren Männern, zu denen er sich zuweilen so sehr hingezogen fühlte, und ließ den Blick über die, wie er sie nannte, üblichen Fremden schweifen, junge Touristen, die diese niedrigen Backsteinkeller den ganzen Sommer über verstopften und so eine dichte Atmosphäre vorübergehender Kaputtheit verströmten. Dann ging er auf die Herrentoilette, hackte sich mit der Telephonkarte grob etwas Koks zurecht und schniefte die größte Linie, die er je gehabt hatte, denn sie war ja gratis, und er fand, daß er sich das verdient hatte. Er wartete noch einen Augenblick und überlegte ungeduldig, wie Martin ihm wohl auf die Schliche gekommen war, was er nicht bemerkt hatte. Womöglich war er ihm ja aus sexuellem Interesse gefolgt; vielleicht hätte er sich Martin anbieten sollen. Er stellte sich die Szene vor und griff sich zwischen die Beine, während der Koks ihm den Kopf frei machte und ihm seinen amüsanten Energiestrom durch die Glieder jagte. Das Zeug war klasse. Vielleicht ein bißchen schnell. Er ging schärfer ab als erwartet, fühlte sich gottgleich und stand gleichzeitig in Flammen. War er jemals geiler gewesen? Halb lachend, halb knurrend hetzte er zurück in den Club.

Dennoch tanzte er eine Weile, einfach wegen der Kraft in seinen Beinen und der sich ausbreitenden Heiterkeit in ihm. Einer, den er entfernt kannte, kam heran und umarmte ihn; er sagte ihm, er sei gefeuert worden, hob beim Tanzen die Hände hoch und schüttelte alles ab, den Schleier aus Scham und Selbstvorwürfen. Der Junge lachte ebenfalls, weil Danny glücklich war, und sagte:»Gratuliere!« Danny war so erleichtert darüber, daß alles gut war.

Er fand den Kerl nicht scharf genug, um mit ihm zu vögeln. Statt dessen schaute er in die Damentoilette, wo Freitag- oder Samstagabend, wenn Frauen keinen Zutritt hatten, immer sehr viel los war. Im Hauptraum drängte sich manchmal eine langsam sich verändernde Gruppe Männer, wobei vielleicht zwei davon es in der Mitte trieben und sich zehn oder zwölf um sie herumscharten, zusahen,»Yeah« und »Fick ihn« sagten, während sie sich wichsten und reihum miteinander zusammengerieten. Momentan war aber nicht viel los, wenngleich schnelle Rüttelgeräusche aus einer der Kabinen andeuteten, daß da jemand auf die richtige Idee gekommen war.

Es gab dort einen mysteriösen, trüben Durchgang, der vor den

Klos begann, um zwei Ecken ging und neben der Eingangstür und dem kalten Zug, der von der Straße die Treppe herabkam, endete; Danny war manchmal aus dem Gang gekommen und hatte verwundert geblinzelt, als wäre er aus einem unwahrscheinlichen erotischen Traum erwacht. Dort stolzierte er nun entlang, vorbei an heftig grabbelnden Paaren, und stieß an der ersten Ecke auf Luis, einen mächtigen Brasilianer in Boots, tiefhängenden Jeans und Lederweste, muskulös, aber auch ein bißchen pummelig; sein Rücken war im Verhältnis zu den Beinen lang, und er hatte einen großen Kopf mit dunklen Lockenhaaren. Er sah aus wie ein riesenhafter Zwerg, fand Danny, als Luis stirnrunzelnd zu ihm hinsah, ihm dann ein Lächeln mit etwas Gold darin zuwarf, ihm die Arme um den Hals schlang und die Zunge in den Mund steckte. Danny drückte ihn gegen die Wand, eine Hand in dem kalten Schweiß oberhalb seines Hinterns, während sich die andere nach einem Augenblick höflichen Zögerns grob zwischen seinen Beinen zu schaffen machte.

Sie beschlossen, zu Danny zu gehen – es war zu gut, um es in fünf Minuten auf der Toilette zu vergeuden. Wie sich herausstellte, hatte Luis einen Freund im Club, ebenfalls ein Carioca, von dem sie sich verabschiedeten, ein dünner, poetisch aussehender Junge ganz in Schwarz. Nach einer Minute undurchdringlichen Gemurmels, vielleicht ein Streit über Schlüssel und Pläne für den Vormittag, legte Danny ihnen beiden aus den utopischen Höhen seiner Stimmung herab je eine Hand ins Genick und sagte zu Luis: »Könnte Edgar nicht einfach mitkommen?«

Um halb acht Uhr morgens rief er Alex an. »Hi, Alex«, sagte er in einem nonchalanten, aber auch etwas kläglichen Ton.

»Hallo, mein Süßer. Ich hoffe, du hast Hunger!«

Danny stöhnte leise auf. »Nicht besonders. Ich bin übrigens zu Hause.«

»Oh, Schatz. Ist alles in Ordnung?«

Angesichts Alex' unschuldiger Warmherzigkeit, der mütterlich prompten Besorgnis in der Stimme, machte Danny eine

Pause.»Ja, geht schon. Mir war heute nacht nur ein bißchen komisch. Ich weiß auch nicht…«

»Ich komme zu dir. Ich habe zwar Pfannkuchenteig gemacht, aber das ist jetzt egal. Hör mal, kann ich dir was mitbringen? Hast du Disprin?«

»Nein, lieber nicht. Das bringt nichts«, sagte Danny mit plötzlich nervös erhobener Stimme, was er sogleich bedauerte. »Wirklich, Alex, ich brauche einfach nur ein paar Stunden Schlaf. Schließlich war ich die ganze Nacht auf… Okay… Ich ruf dich später an, Schatz… okay… tschau.« Mit dem anschaulichen, wenn auch nicht ganz ernsthaften Bild im Kopf, wie er einem die Finger von einem Rettungsfloß wegriß, drückte er die Off-Taste.

Er zog seine Boxershorts an und ging in die Küche, um sich eine Tasse Tee zu machen. Am Tisch saß Dobbin mit abgespanntem, aber rührseligem Gesicht.»Mann, Dan«, sagte er.»Das war vielleicht eine wilde Scheiße letzte Nacht.«

»Siehst aus, als hätt's dir Spaß gebracht«, sagte Danny.

Dobbin blickte sich im Zimmer um nach etwas, womit er verdeutlichen könnte, was er durchgemacht hatte.»Ich hab in so einem beschissenen K-Loch gesteckt, als wär's für immer«, sagte er.»Und alle sagen sie: ›Komm, Alter, bloß weg hier‹, und ich so: ›Ich kann mich nicht bewegen, Leute! Verlaßt mich nicht, Leute!‹«

»Ständig steckst du in einem K-Loch fest«, sagte Danny.»Ich weiß nicht, warum du das andauernd machst.«

»Ehrlich…? Ja…« Dobbin spitzte die Lippen und nickte langsam, um anzudeuten, daß Danny recht hatte, wenn er sagte, er müsse die Sache mal in den Griff bekommen.»Und du, Mann, was ist mit dir?« fragte er.

Doch Danny war nicht danach, ihm über seine Nacht mit Luis und Edgar Rechenschaft abzulegen. Als das Wasser kochte, sagte er gähnend:»Ich glaub, ich steck diesen Job. Das ist einfach langweilig, die ganze Nacht da festzusitzen, und nichts läuft.« Er hatte noch nie Ketamin mit seinen berüchtigten stundenlangen Abkoppelungs»löchern« genommen, dennoch sagte er:»Da könnte ich auch gleich in einem K-Loch sein.«

»Stimmt«, sagte Dobbin und lachte langsam. »Nur daß du eben dafür bezahlt wirst.«

Danny ging mit seinem Becher Tee in sein Zimmer, schloß die Tür und machte sich daran, das Bett abzuziehen. Das zerknitterte Laken war feucht von Schweiß und voller trocknender Samenflecken. Dunkle Schamhaare hüpften davon auf, als er es straffzog. Er suchte das Deckbett und die Tagesdecke ab, die sie vorher beiseite geworfen hatten, zog die Kissenbezüge ab, fuhr mit der Hand über die Rauheit des Teppichs unter der Bettkante. Ein zweites und drittes Mal schaute er in alle möglichen Taschen. Doch die Wahrheit war unausweichlich: Er hatte das Kettchen verloren.

Wie oder wann konnte es geschehen sein? Seine Erinnerung an die Nacht war ziemlich nebelhaft. Im Taxi hatten sie die Hände gegenseitig in ihren Hosen gehabt, und kaum waren sie dann im Haus gewesen, war es – ja, wild geworden. Danny konnte auch nicht besser als Dobbin erklären, wo er gewesen war. Sie hatten den ganzen klasse Schnee, von dem selbst die Latinos beeindruckt waren, in sich hineingezogen und die ganze Flasche Cognac, die er von den Halls zum Geburtstag bekommen hatte, leergetrunken. Sie hatten sämtliche erdenklichen sexuellen Permutationen, die drei Männer nur vollführen konnten, durchexerziert und bei der einen oder anderen mit verblüfftem Lachen aufgegeben. Sie waren einfach nicht zu bremsen gewesen. Edgar war das, als was Alex kurioserweise Danny bezeichnete: ein Dämon. Aber was dann Luis war ... Die Zeit flog dahin. Und dann zogen sich die Jungen wieder an, redeten dabei leise miteinander auf portugiesisch, wobei sie seltsam aufgeregt zu ihm hin gestikulierten. Das hatte alles etwas Komisches, eine jähe professionelle Distanz, als wäre die Zeit nun um. Es gab ja auch nichts mehr zu trinken oder zu koksen. Sie verbargen sich hinter ihrer Sprache, konnten nicht erklären, warum sie so plötzlich gingen. Luis legte ihm eine Nummer auf den Kaminsims und sagte »Ruf an«; er und sein Freund, beide in Jeans und Boots und Sweatshirt, umarmten Danny freundlich, aber auch förmlich. Dann gingen sie. Und Danny war verwirrt durchs Zimmer gestolpert, unschlüssig, ob es ihm Vorwürfe machte oder ihm gratulierte, und fuhr sich mit der Hand an den Hals, als ihn der Schauer des plötzlich entdeckten Verlusts durchfuhr. Er wählte sogleich die Nummer, die Luis ihm gegeben hatte, und erfuhr von der angenehmen, unbeantwortbaren Frauenstimme auf dem Band, daß kein Anschluß unter dieser Nummer sei.

Das Kettchen konnte nicht abgegangen sein, egal, was sie getrieben hatten, es war zu fest, und der blasse Stein, der in dem Anhänger eingesetzt war, hing ganz oben auf seiner Brust. Das Rotgold konnte wohl einfach gebrochen sein, doch das war unwahrscheinlich, auch wenn es alt und dünn war. Als er auf die Nacht zurückblickte, in der er sowohl seinen Job als auch das antike Geschenk seines Liebhabers verloren hatte, empfand er sich wie ein Mensch in einer Fabel, der in eine Abfolge symbolischer Handlungen verwickelt war. Vage erinnerte er sich an eine Geschichte, in der ein Fisch einen Ehering verschluckte, und wußte im selben Moment, daß genau das geschehen war. Luis hatte das Kettchen durchgebissen und verschluckt. All die Küsse und Bisse an Dannys Hals hatten den Diebstahl vorbereitet; Luis hatte Dutzende unverdächtiger Versuche unternehmen können. Danny sah das kleine Goldgefunkel in seinem Speichel, wenn er lächelte, und erinnerte sich an einen seltsam verkniffenen Blick, als er es wohl gerade im Mund hatte und nicht wußte, ob das, was er gerade getan hatte, aufgefallen war. Erneut durchlief Danny ein Schaudern, und er fragte sich, ob das wohl wahr sein konnte.

12

Das Telephon klingelte. »Alex, hier ist Robin.«

Alex war bei der Arbeit und glaubte einen Augenblick lang, es müsse jemand aus dem Gebäude sein. »Oh…«

»Robin Woodfield…«

»Ach, *Robin*. Bitte, entschuldige. Ja?« Und er hörte, wie er sich stimmlich zusammenriß, um sich für ein Gespräch mit Robin zu rüsten und den richtigen Ton gespielter Freundlichkeit zu treffen.

»Ich hoffe, es ist in Ordnung, wenn ich dich im Büro anrufe. Ich erreiche Danny auf seinem Handy nicht.«

»Aber natürlich. Ich kann wahrscheinlich nur nicht lange reden«, sagte Alex, stolz und verlegen zugleich, weil Dannys Vater ihn und Danny offenbar als Paar betrachtete.

»Ich fasse mich kurz. Es ist einfach so, daß wir ungefähr die nächsten zwei Wochen in der Stadt verbringen müssen, und wir haben überlegt, ob du und Dan vielleicht so lange hier im Haus sein möchtet – gern auch die ganze Zeit. Ich weiß nicht, wie eure Ferienplanungen sind.«

»Ach!« Alex hatte dieses glatte, einmütige »wir« zuvor noch nicht gehört und empfand dessen Wucht wie den Windstoß einer vorbeirauschenden Limousine. Mit kritischer Bescheidenheit sagte er: »Also, ich kann nicht für Danny sprechen. Aber ich finde die Idee ganz wunderbar.« Er warf einen Blick auf seine Sekretärin – es war das erste Mal, daß er seinen neuen Freund im Büro erwähnt hatte –, doch die schien wenig beeindruckt davon, wenngleich ihr bestimmt, jedenfalls hoffte er es, seine allgemeine Verjüngung und sein hipper neuer Geschmack am Leben aufgefallen waren. »Ich frage ihn später. Und einer von uns ruft dich dann an.«

»Schön.« Eine Pause entstand, in der Alex verschiedene,

ebenso mögliche wie sinnlose Gesprächsthemen durchspielte. Dann sagte er nur: »Das ist aber sehr freundlich von dir«, mit einer gewissen Betonung, daß er gar keine Freundlichkeit erwartete.

Doch Robin sagte: »Noch mal, es tut mir sehr leid, was ich auf der Party gesagt habe. Ich war wohl nicht mehr ganz bei Verstand.«

»Na, das waren wir ja alle nicht.«

»Nein … Du hast mich bestimmt für verrückt gehalten. Ich glaube, ich werde wirklich ein bißchen verrückt«, sagte Robin mit solcher Offenheit, daß Alex das Gefühl hatte, es könne alles nur gespielt sein.

»Nein, ganz bestimmt nicht«, sagte er nachdrücklich; tatsächlich fand er Robins Verhalten auf besorgniserregende Weise unberechenbar, jedesmal, wenn er ihn sah, tat er etwas, was man als verrückt bezeichnen konnte, doch diese Entschuldigung wollte er so nicht gelten lassen. »Keine Sorge, hab's schon fast wieder vergessen.«

Robin hatte sie damals miteinander im Bett erwischt und gesagt: »Herrgott, Dan, das ist doch wohl nicht dein Ernst.«

Als Alex nach Hause kam, grübelte er wieder über Robins »wir« nach. Lange Zeit war die Vorstellung, daß Justin die Hälfte eines anderen Paars war, für ihn so schmerzhaft gewesen, daß er sie mit einem schweren schwarzen Vorhang ausschloß, ähnlich dem im Theater, der in der Pause heruntergeht und auf dem »Zu Ihrer besonderen Sicherheit« steht. Mit der Zeit war es ein wenig besser geworden, wenngleich der Moment, wenn er am Abend die Bettdecke zurückschlug, noch immer mit einem unzulässigen Elend befrachtet war; er hatte es sich angewöhnt, diagonal im Bett zu schlafen, um beide Seiten zu belegen. An jenem ersten Wochenende in Dorset jedenfalls hatte er sein loyales, rückwärtsgewandtes Wesen fast gehaßt. Doch seit der Nacht im Château hatte sich so viel verändert, hatte er die Veränderung selbst als schön empfunden, und er betrachtete Justins neues Leben nun mit beiläufiger Anteilnahme und Skepsis.

Dennoch war ihm bei dem »wir« ein wenig die Luft weggeblieben. Er zog seinen Anzug aus und streifte Shorts und T-Shirt über, ließ eine Waschmaschine laufen, fand, daß Danny das gut auch schon vorher hätte tun können, öffnete eine Flasche Sauvignon und setzte sich in den Garten. Das farbskalasprengende Stachelbeerrot des Weins war phänomenal, und er machte eine Bemerkung dazu in der bewußten Träumerei, daß Danny auch da war. Und das, so fand er, war überhaupt der springende Punkt: Wie häufig Danny *nicht* da war und wie weit er selbst von dem legitimen Gebrauch eines »wir« entfernt war. Danny brauchte Raum und Zerstreuung. Alex stöhnte auf bei der wunderbaren Vorstellung, eine Woche mit ihm auf dem Land zu verbringen, doch er wagte es kaum, ihm den Plan zu unterbreiten.

An diesem Abend traf Danny sich mit seinem Freund Bob, einem hübschen Jamaikaner, der Alex auf der Party mit der Bemerkung schockiert hatte, daß er mit seinen einunddreißig Jahren noch nie verliebt gewesen sei. Alex hatte ihn mit einer kokserhitzten Tirade ins Kreuzverhör genommen und dabei seinen Arm umklammert, bis Bob offensichtlich glaubte, er habe sich nun in ihn verliebt. »Wir Jungen verlieben uns nicht«, sagte er mit einem breiten, emotionslosen Lächeln. »O doch«, sagte Alex lahm. Bobs Tante war Stewardeß und schluckte vor dem Rückflug aus Kingston oft fünfzig, sechzig kleine Päckchen Kokain. Danny sollte heute abend eigentlich etwas mitbringen, und Alex war von dem Gedanken daran und der beiläufigen Kriminalität, mit der Danny ihn in Berührung gebracht hatte, so aufgeregt, daß er sich einredete, es werde nicht geschehen.

Natürlich war es schwierig für junge Leute – richtig junge. Niemand konnte es so recht erklären, aber es schien Danny unmöglich zu sein, einer ordentlichen Arbeit nachzugehen. Robin half ihm nicht besonders – das Familienvermögen war verblüffend gering. Alex dachte, Dannys Erziehung war so zerrissen gewesen – ein ewiges Hin und Her zwischen Schulen und Colleges in England und Amerika –, daß es wohl irgendwie seine Konzentrationsfähigkeit in Mitleidenschaft gezogen hatte; vielleicht war auch ein früher Genuß von harten Drogen dafür verantwortlich. Die Jobs, die er annahm, hatten sämtlich etwas geradezu Kasteiendes, und seit Alex ihn kannte, hatte er schon zwei wieder aufgegeben und verspürte wenig Neigung, ihm die Gründe zu erklären. Das Telephon klingelte, und Alex eilte hinein.

»Schatz, hier ist dein einstmaliger Liebhaber«, sagte Justin.

»Ähm... wer könnte das wohl sein?« sagte Alex vage.

»Sehr witzig, Schatz. Also, hast du von Robin gehört?«

»Ja.«

»Und kommt ihr nach Hinton Gumboil und mäht den Rasen?«

»Weiß ich noch nicht. Gehört Rasenmähen dazu?«

»Es ist die Hauptsache, Schatz. Ich bin erstaunt, daß er nichts davon gesagt hat. Auf dem Abtropfbrett liegt eine Liste – Hecken schneiden und Gräben graben, Stutzen und Putzen, Wischen und Mähen...«

Alex lachte duldsam. »Das macht mir alles nichts.«

»Weil wir, wie du ja wohl schon weißt, zwei Wochen weg sind, und ganz ehrlich, ohne meine *unablässige* Zuwendung wird der Garten völlig verwildern.«

»Ja, natürlich. Das verstehe ich. Ihr seid dann in Clapham, oder?«

»Na, er. Ich bin im Musgrove.«

»Wie meinst du das?«

Justin machte eine Pause. »Ah. Das hat er dir also nicht gesagt.«

»Wir haben nur kurz gesprochen.«

»Wir trennen uns auf Probe, Darling.«

»Großer Gott... Geht's dir gut?«

»In letzter Zeit war es mit ihm unmöglich, wie dir ja sicher nicht entgangen sein dürfte.« Ein dickes Schluckgeräusch folgte – nicht Gefühle, wie Alex erkannte, sondern Gin. »Ehrlich gesagt, ich glaube, es ist aus. Aber ich habe mich bereit erklärt, die Sache noch einmal zu überdenken. Und das tue ich im Musgrove, was wunderbar ist. Er weiß übrigens nicht, wo ich bin. Ich genehmige mir gerade einen vor dem Essen.«

»Wo ist das Musgrove?«

»Weißt du das nicht? Gleich neben Harrods. Ich bin hier

ungefähr vierzig Jahre jünger als alle anderen. Hier wohnen die ganzen Damen von der Universität. Sie tragen im Speisesaal alle einen braunen Filzhut. Ich glaube, viele von denen sind Lesben. Ich meine, richtige Lesben – du weißt schon, weibliche.«

»Also, ich weiß gar nicht, was ich sagen soll.« Alex war überrascht, daß seine Skepsis sich so schnell bewahrheitet hatte, und auch darüber, wie er mit seinem alten Freund mitfühlte, wo er sich doch mit Robin hätte identifizieren müssen. Justin war eindeutig betrunken; Alex stellte ihn sich in diesem komischen Hotel vor, wo er offenbar etwas vorfand, was der ältlichen Seite seines Charakters entsprach. Oder er brauchte einfach Gesellschaft.

Justin sagte: »Ich kaufe womöglich ein Haus.«

»Tatsächlich ...«

»Sie haben Daddys Bau endlich abgestoßen, ich schwimme also in Geld. Die Sache hat natürlich keine Eile. Ich werd mich mal umsehen, solange ich hier bin.«

Alex konnte sich nicht vorstellen, daß er etwas so Praktisches tat. Die Erwähnung von Justins Vater legte, ohne daß er es wollte, eine Spur zu der dumpfen Explosion ein Jahr zuvor, der schrecklichen Woche seines Todes und des Begräbnisses. »An welche Gegend dachtest du denn?«

»Wie ist denn Hammersmith jetzt so?«

Alex sagte recht schnell und frostig: »Ich glaube, du brauchst was Zentraleres.«

»Na ja, wir werden sehen.« Justin wechselte souverän zu einer anderen Frage: »Wie steht's mit Miss Daisy?«

»Gut.« Alex fand, daß es trotz seiner Offenheit bezüglich Robin etwas Unhöfliches und sogar Verräterisches hatte, seine neue Affäre mit dem Ex zu erörtern.

»Hmm?«

»Doch, gut. Ich hoffe, er findet das mit Dorset gut.«

»Ich sollte dich warnen; wir sind da nämlich scheußlich unbeliebt.«

»Seit der Party?«

»Die waren auch vorher schon nicht auf uns versessen, aber

jetzt hassen sie uns. Leute haben sich beschwert. PC Bertram Burglar kam vorbei und hielt uns eine Standpauke.«

»Ach, wirklich, Schatz?« Alex fand es schade, daß er das verpaßt hatte. »Aber nur wegen des Lärms, oder?«

»Wegen homosexuellen Lärms. Das mögen sie nicht.«

»Dabei haben wir doch ganz brav aufgeräumt.« Alex erinnerte sich, wie sie gegen vier Uhr morgens, der Himmel wurde schon fahl, allesamt wie besessen saubergemacht hatten; es hatte wohl am Kokain gelegen. Gläser wurden eingesammelt und gespült, Flaschen aufgelesen, Disco-Tunten flitzten mit Staubwedel und feuchtem Tuch umher, Möbel wurden flink an ihren Platz zurückgestellt; Danny hatte er auf der Toilette entdeckt, wie er alle *Architectural Reviews* wieder in chronologischer Reihenfolge ordnete.

Justin sagte: »Dich kennen sie ja eigentlich gar nicht, also dürftest du von den schlimmsten Schmähungen verschont bleiben.«

»Das will ich doch hoffen«, meinte Alex belustigt und leicht gequält, als er dieses Wort wieder hörte, das Justin in einem Vorsprechtext gelernt hatte und immer wieder in den verschiedensten Zusammenhängen anbrachte.

»Mrs. Doggett hält natürlich noch zu uns, auch die Halls. Die Halls sind ebenfalls praktisch Ausgestoßene, aber die spielen nur Gregorianische Gesänge.« An der Stelle hing Justin offenbar einer Erinnerung nach und machte eine Pause, um sein Glas aufzufüllen – Alex hörte das Klirren von Eis und das klackernde Geräusch, als es in dem sprudelnden Tonic aufstieg. »Dann bist du also verliebt, wie?«

»Ja, ich glaube schon. Das heißt, ich bin es. Er scheint auch ziemlich angetan davon.«

»Leg ihn aber nur nicht an die Leine«, sagte Justin ungeduldig, als hätte er das schon vor einem Jahr oder noch länger loswerden wollen.

»Ja, Schatz.«

»Hat Robin was dazu gesagt?«

»Er hat sich noch mal dafür entschuldigt, was er da gesagt hat.«

Justin schien befriedigt. »Das hat uns denn doch etwas schokkiert«, sagte er in ironisch-elterlichem Ton. Dann: »Ist es eine offene Ehe?«

»Selbstverständlich nicht. Nein, wir leben zusammen. Du weißt ja, für eine offene Ehe bin ich nicht geeignet. Er hat alle Möglichkeiten, aber er würde sich bestimmt nicht rumtreiben.«

»Dann hat er sich also so richtig in der Brassica Road niedergelassen.«

Alex ärgerte sich darüber ein wenig. »Na ja, er hat seine eigene kleine Wohnung, aber meistens ist er hier.«

»Ich versuche nur, es mir auszumalen, Schatz. Ich bin schon ziemlich eifersüchtig.«

»Du brauchst es dir nicht auszumalen, das hat nichts mit dir zu tun. Eifersüchtig auf wen?«

Doch Justin lachte nur lauthals.

Hinterher erkannte Alex, daß ihm dieses indirekte Interesse eigentlich hätte schmeicheln sollen. Er hatte das recht angenehme Gefühl, daß es mit ihm aufwärtsging und mit Justin abwärts und daß er durch seinen Erfolg bei Danny in Justins Augen wieder einen neuen Reiz bekommen hatte. Andererseits würde Justin, wenn er Robin verließe, wieder frei herumlaufen, und er merkte, wie sich in ihm wieder ein leiser Besitzerinstinkt regte. Auch dachte er sehnsüchtig, wie schön es doch wäre, wenn Danny ihn – zusätzlich zu all seinen anderen Vollkommenheiten, seiner schmollenden Schönheit und manischen Energie, seinen atemberaubenden Ausbrüchen und seinem tranceartigen Phlegma – einmal zum Lachen bringen würde, wie Justin das früher oft getan hatte.

Sie reisten nicht zusammen. Danny, dem dies unbenommen war, fuhr einen Tag vorher mit der Bahn hin. Er hatte mit Terry vereinbart, daß dieser ihn in Crewkerne abholte; Alex war sich nicht sicher, ob er ihn dafür bezahlte. Deprimiert ging er zu einem Heten-Essen in Wandsworth bei Altersgenossen, die ihm mittlerweile ziemlich verspießt erschienen; ihm war, als hätte er zehn Jahre übersprungen. Er hätte ihnen so gern von seinem neuen improvisierten Leben erzählt, das so anders war als diese netten, vorhersehbaren Abende, und bemerkte ihre Wehmut und ihre Sorgen, wenn das Gespräch auf ihre halbwüchsigen Kinder kam, doch das behielt er für sich. Er ergriff immer Partei für die Jungen, was komisch war bei einem, der bei der Rentenkasse arbeitete. Bei seiner letzten Einladung bei Dannys Freund Carlton hatte man sich um die Ecke etwas zu essen geholt und dann auf dem Fußboden gesessen und Techno gehört. Techno war wie House, nur »härter«, wie Danny sagte, und es hatte weder Text noch Melodie; man konnte es nur sehr laut hören. Es war nicht gerade die ideale Tafelmusik, doch Alex fand es toll, dort zu hocken und sich die Lunge aus dem Leib zu brüllen.

Danny rief früh am nächsten Morgen an, aufgeregt wie ein Kind.»Schnell, schnell, schnell!« sagte er.»Es ist ganz phantastisch hier. Ich bin seit sechs auf. Ein phantastischer Tag!«

»Bin schon unterwegs, Schatz.«

»Gut. Ich kann es nicht erwarten, bis du kommst.«

»Ich sehne mich so nach dir.« Alex lachte.»Ich liebe dich über alles, Danny.«

»Ach, und ich erst dich«, sagte Danny und legte auf, als wäre er zu aufgewühlt, um noch mehr zu sagen. Alex starrte auf den Hörer, Tränen liefen ihm über die Wangen, und er hatte eine quälende Erektion.

Die drei Stunden Fahrt merkte er kaum, so voll war er von Gedanken und Gefühlen. Es war ein dunstiger Morgen, der dann zu einer lähmenden Hitze aufklarte, und er düste dahin mit versenktem Dach in seinem eigenen Wirbel aus Wind und Sonne. Er spürte, daß zwischen dieser Fahrt nach Dorset und den beiden ersten Vergleiche angestellt werden mußten, doch er gönnte sich den Luxus, sie ungeprüft zu lassen. Die Auffälligkeiten unterwegs – Abzweigungen, jähe Aussichten, eine häßliche Autowerkstatt – tauchten mit der stockenden Geläufigkeit von etwas fast Gelerntem auf, waren erwartet, kaum daß er sie sah. Als er an die Kreuzung kam, an der ein alter weißer Wegweiser erstmals nach Litton Gambril zeigte, raste sein Herz vor Besitzgefühlen. Er mußte sich in Erinnerung rufen, daß die Dorfbewohner alle gegen ihn waren; aber als er an der Kirche und den

Hausgärten mit ihren rosa Rosenbögen und an den ersten Mittagsgästen vor dem Crooked Billet vorbeifuhr, wußte er, daß der Ort ihm nichts anderes als gleichgültig war.

Das Tor stand offen, und er fuhr den Wagen schwungvoll auf die Ziegelsteine. Jeden Moment würde er nun Danny sehen, vielleicht, wie er durch den Garten auf ihn zurannte, um ihn zu begrüßen. Mit einem unterdrückten Lächeln, als würde er schon beobachtet, riß er seine Tasche aus dem Kofferraum. Doch noch war keine Spur von ihm zu sehen, es würde wohl eine winzige Verzögerung geben, was Alex nun, da er hier war, schlimmer erschien als all die einsamen Stunden davor. Dannys ausgebleichtes rosa Trikot hing über einem Liegestuhl, ein lässiges Zeichen, daß er sich hier eingerichtet hatte.

Die Haustür war verschlossen, und Alex ging ums Haus nach hinten; er hörte Dannys Stimme, bevor er ihn sah, und die Erkenntnis, daß er nicht allein war, war wie die kleine schwarze Wolke, die dem Sonnenanbeter ein kurzes Schnippchen schlägt. Finster dachte er, irgendein gräßlicher Langweiler sei vorbeigekommen, vielleicht, um sich zu beschweren. Oder Danny hatte gar jemanden eingeladen, eine abstruse Idee, und er war erschrocken darüber, wie er darauf gekommen war. Doch es war nur Mrs. Badgett. Sie stand mit dem Rücken zu Alex, doch Danny sah ihn und verlor den Gesprächsfaden, als er an ihr vorbeiblickte und anfing zu lächeln. »Sie kennen sicher noch Alex …«

»Hallo, Mrs. Badgett.« Vorläufig nickte er Danny nur liebenswürdig zu, als wisse er alles über ihn, sei ihm aber noch nicht vorgestellt worden.

»Ah, da ist er ja! Ich sagte gerade zu Danny, daß es Sie ja immer wieder herzieht.«

»Und ob«, sagte Alex ziemlich schalkhaft.

»Also, uns interessiert natürlich, ob Sie diesmal auch wieder Schampus mitgebracht haben.« Alex grinste nur. »Ach, jedenfalls hattet ihr es schön hier.«

»Wenn doch nur jeder so nett wäre wie Sie«, sagte Danny und strich mit einem nackten Fuß durchs Gras. Anscheinend trug er nur alte abgerissene Shorts. Alex sah, daß er noch immer nicht das Goldkettchen trug – noch eine winzige Wolke, doch die löste sich im Leuchten seines Blicks auf. Er war verblüfft darüber, daß Danny, der als atemberaubendes Wesen in seiner Vorstellung lebte, tatsächlich jetzt vor ihm stand, die perfekte und einzige Verkörperung seiner selbst, in jeder erinnerten und nicht erinnerten Einzelheit nachgebildet – Alex mußte den Blick abwenden. Daß Mrs. Badgett da war, fügte noch ein halluzinatorisches Spannungselement hinzu.

»Ich sag Ihnen was«, sagte sie gerade, »die im Dorf, das ist doch ein Haufen verstaubter alter Knacker. Wann die wohl das letzte Mal tanzen gewesen sind, möchte ich wissen. Die haben doch keine Ahnung, wie man sich amüsiert, die meisten jedenfalls.« Und sie schwang ihre Hüften, als hätte sie nichts dagegen, auf der Stelle ein bißchen zu tanzen. Alex versuchte, seine Aufmerksamkeit wieder auf sie zu richten. Er fand, daß die gärtnerische, mütterliche Seite ihres Charakters mit etwas Zigeunerhaftem koexistierte, das man auch bei Terry sah. Vielleicht erklärte das ihre Beziehung zum Wohnwagengewerbe. Terry hatte ihm auf der Party etwas über Mrs. Badgett erzählt, doch er brachte die Einzelheiten aus seiner verschwommenen Erinnerung an diese seltsame Episode, während der er deutlich den Eindruck gehabt hatte, daß Terry ihm Sex gegen Geld anbot, nicht mehr zusammen. Das hatte ihn, zusätzlich zu seiner geringfügigen Eifersucht auf Terry als früherem Bettgenossen Dannys, etwas vor den Kopf gestoßen.

Danny sagte, nicht ganz ernst: »Gehen Sie zu der Disco in Broad Down?«

»Schon möglich«, sagte sie. »Schon möglich. Ich weiß nicht so recht, ob ich mit der heutigen Musik was anfangen kann. Wenn ich Terry dazu bringen kann, ein paar von den alten, langsameren Liedern aufzulegen, aber ob der die überhaupt noch hat?«

Alex dachte, die Unterhaltung würde nie aufhören. Er ging zurück, um seine Tasche vom Rasen zu holen, und warf Danny ein gierendes, hungriges Lächeln über ihre Schulter zu. Sie hatten hier nur vier Tage zusammen, da konnten sie die Zeit nicht so vergeuden.

»Also, als ich in Ihrem Alter war«, sagte Mrs. Badgett, wobei sie sich halb umwandte, um auch Alex mit einzubeziehen, was bewies, um wieviel jünger er geworden war, »da gingen wir jede Woche nach Weymouth zum Rock-'n'-Roll-Abend. Ich sag Ihnen, wer da eine große Tänzerin war – Rita Bunce nämlich. Sie kennen doch Rita, nicht, aus Tytherbury? Natürlich ist die ein ganzes Stück älter als ich; sie hat einen Yankee von der Airforce geheiratet, der während des Krieges hier war. Von denen war eine ganze Menge drüben in Henstridge stationiert...«

»Ich bring mal meine Sachen rein«, sagte Alex.

Er ging durch die Küche, wo eine Wespe gereizt gegen die Fensterscheibe stieß, ins Wohnzimmer. Alles war aufgeräumt, und im ganzen Haus herrschte eine muffige Stille, die die Atmosphäre sexueller Erwartung noch verstärkte. Er kam sich wie ein Einbrecher vor, oder als schwänzte er die Schule – ein traumartiges Gefühl, das er sich nicht erklären konnte; vermutlich hing es damit zusammen, daß Robin nicht da war, der mit seiner männlich bestimmten Art bei allem wußte, wie man es machte, als läge in jedem gebackenen Brotlaib, jedem gehackten Holzklotz der Vorwurf, daß man nicht selbst gebacken oder gehackt hatte. Und dann erinnerte sich Alex auch noch an seinen ersten Besuch, als Justin so unglaublich nackt in der Küche gestanden hatte, während das Brot aufging, eine Zeit, bevor Alex überhaupt von Dannys Existenz wußte; und er dachte daran zurück, wie er den Zustand seiner Gefühle getestet hatte, deren zweifelhafte Mischung aus Verzweiflung und Beharren.

Danny lachte und rief »Alex!« aus der Küche. Alex sagte nichts, sondern blieb stehen, wo er war, fast hilflos angesichts dieser Glücksgewißheit. Danny kam hereinmarschiert und rannte mit einem komischen Juchzer auf ihn zu, sprang an ihm hoch, schlang ihm die Arme um den Hals und die Beine um die Taille und lächelte so sehr, daß es schwer war, ihn zu küssen.

Sie schliefen in Robins – und Justins – Bett; und erneut hatte Alex ein Gefühl der Übertretung, das nachließ, als er, Danny in den Armen, darin lag, das aber wiederkehrte, um ihn zu quälen und zu erfreuen, als er im frühen Licht aufwachte, ein Arm taub von Dannys Gewicht, und die Balken, der Nachttisch und all die Möbel jener anderen Beziehung sich nach und nach aus dem Dunkel schälten. Das nahezu geräuschlose Ticken von Justins kleinem Wecker und seine sichtbar zitternde Hemmung verliehen allem eine gruselige Kontinuität. Dann schlief er wieder ein, wachte auf, schlief wieder, stets mit der Beruhigung, daß Danny tiefer schlief, während er selbst schubweise wach lag, ob aus Nervosität oder Beschützerinstinkt. Später erinnerte er sich, wie ihm das Haus in jenen Tagen als ein Ort des Schlafes und der Garten als verschlafene Mulde erschienen war, und er hörte noch das Gurren der Hohltauben in den Bäumen, und wie der Bach sich in der Hitze plätschernd verlor, als wäre er selbst fast eingeschlafen.

Danny schien wie er das abwesende Paar zu spüren. Für ihn waren die beiden für gewöhnlich eine ziemlich witzige Angelegenheit, obwohl er sich jetzt doch auch ein wenig verwirrt und besorgt bezüglich seines Vaters zeigte. Wenn sie zeitunglesend im Gras lagen oder einander in einem lauwarmen Sommerbad abseiften, stellte er Alex gern müßige Fragen. »Meinst du, Justin und Dad kommen wieder zusammen?«, oder: »Was Justin wohl heute abend macht?« Alex wußte die Antworten ebensowenig wie er, und Danny lachte auf seine eigene, verstörende Art wie über einen Hang zu romantischer Torheit, gegen den er selbst immun war. Alex' Scheu vor diesem Thema schien ihm dabei durchaus bewußt zu sein.

Am ersten Abend sagte er im Badezimmer, als sie sich bettfertig machten: »Du weißt ja gar nicht, wie es ist, einen schwulen Vater zu haben.« Alex dachte an Murray Nichols, seinen eigenen Vater, an sein distanziert gütiges Wesen, wie er ständig in seine Arbeit vergraben war. Als er versuchte sich vorzustellen, wie sein Vater einen seiner Juniorpartner verführte, kam er nicht einmal bis zur Hand auf dessen Knie. Er sagte: »Wahrscheinlich hat das damit zu tun, daß man sich nicht vorstellen kann, wie die eigenen Eltern miteinander schlafen, allerdings noch um einen Tick verschärft.«

Doch Danny sagte:»Ich kann es mir bei ihm und Justin nur zu gut vorstellen.«

»Ja, ich auch«, sagte Alex und wechselte abrupt das Thema. »Trägst du denn dein Kettchen gar nicht mehr, Schatz?«

Danny hatte begonnen sich die Zähne zu putzen und machte, die Bürste im Mund, ein grummelndes Geräusch.»Tfuldige, Fatz, baf habif imong gelaffm«, erklärte er.

»Was hast du gesagt?«

Danny beugte sich vor, spuckte aus und begegnete im Spiegel Alex' Blick.»Ich sagte: ›Entschuldige, Schatz, das hab ich in London gelassen.‹«

»Ist doch in Ordnung – du mußt es ja nicht die ganze Zeit tragen... Du mußt es überhaupt nicht tragen.«

Doch für Danny war die Sache ernst.»Nein, ich möchte aber. Ich habe es zu George gebracht, zum Schätzen, weil ich es versichern will. Ich wollte es eigentlich vor der Abfahrt abholen.«

»Ach... so kostbar ist das nicht«, sagte Alex.

»Für mich schon«, sagte Danny in verletzter Promptheit.

Alex drängte sich neben ihm ans Waschbecken; die feine Klebrigkeit von Haut, die gegen Haut gedrückt wird.»Du hast gar nicht gesagt, daß du bei George warst.«

Danny bleckte die Zähne und spähte dabei in den Spiegel. »Stimmt.«

Alex hätte in diesem Moment fast lieber gehört, daß er das Kettchen verloren habe. Sein Instinkt hatte ihn von Anfang an gegen George eingenommen, und daß Danny nie über seine Freundschaft mit ihm redete, selbst wenn er ihn diskret danach fragte, war eigenartig, da er über jeden anderen, den er kannte, ausgiebig klatschte. Alex war sicher, daß er sich die Geschichte mit der Schätzung nur als Vorwand ausgedacht hatte, um sich mit George zu treffen.»Wie geht's denn dem alten George?« sagte er, als fürchtete er sich nicht im geringsten vor ihm.

»Hm? Gut...«

»Na, dann grüß ihn mal von mir«, sagte Alex, unsicher, welchen Grad von Ironie er anstreben sollte.

Danny warf ihm im Spiegel einen altmodischen Blick zu, und

als Alex »Was…« sagte, lachte er schrill auf und drückte ihm einen Kuß auf die Wange. Alex hoffte einen Moment lang, Danny habe ihn mit alldem nur aufgezogen, doch der sagte:»Wo du ihn doch offensichtlich nicht ausstehen kannst!«

Nun, es war gut, daß die Wahrheit jetzt so plötzlich auf den Tisch gekommen war. Alex errötete und murmelte einen halbherzigen Einwand, doch da schlang Danny schon die Arme um ihn. Er machte sich steif und entspannte sich gleich wieder, als eine zielstrebige Hand sich unter seinen Hosenbund schob.

Jeden Morgen, wenn Alex aufwachte, dachte er an Danny; seine Gedanken stiegen aus Worttümpeln auf oder traten hinter dem davonbrausenden Eisenbahnwaggon der Träume hervor, stolperten fahl und richtungslos ein paar vergeßliche Momente weiter und flohen dann in einem dankbaren Leuchten erinnerter Absicht auf Danny zu. Es war Liebe, und der Tag würde ihre Farbe tragen. Oder vielleicht war die Liebe ja das Primäre, auf das die Ereignisse des Tages vorübergehend projiziert wurden – wie es ihm später erschien, als seine Erinnerung ihm nur noch ziemlich wenig von diesen Monaten preisgab. Nie konnte Alex sich Danny als Ganzes vorstellen – er war ein Lichteffekt, ein großspuriger Gang, ein glatter Innenschenkel, eine geschmeidige, verschwitzte Last, ein geheimnisvolles Kichern, ein vor dem Orgasmus herabgebogener Mund, als würde er sich gleich übergeben. Alex erwachte, dachte an Danny und spürte an diesen glücklichen Tagen seinen Atem im Nacken oder den Schwung seiner Hüfte unter der Hand.

Am ersten Morgen im Haus lag Alex noch eine Weile da und erforschte seine Stimmung. Wie es schien, hatten sie sich nun doch als Paar gezeigt, indem sie zusammen weggefahren waren; es war anders, als wenn einer beim andern übernachtete. Er konnte jetzt »wir« sagen, empfand jedoch ein abergläubisches Widerstreben, es auch zu tun, nachdem er es bei einem imaginären Telephongespräch ausprobiert hatte. Richtig war auch, daß er in Dannys ausufernden Quasselstunden an seinem Handy, wenn Freunde aus London anriefen, weitgehend unerwähnt blieb und auch jedesmal zu untätigem Herumsitzen verdammt war, während am anderen Ende der Leitung die Witze in schnellem Stakkato abgefeuert wurden und die von dem Gespräch unterbrochene Stimmung im Haus dünner wurde und schließlich verwehte... Er stützte sich auf einen Ellbogen und betrachtete Danny, der mit abgewandtem Kopf auf dem Bauch ausgestreckt lag; fuhr ihm dann ganz leicht mit den Fingerspitzen über die Schultern, über den bloßen Nacken, wo sich sonst das Kettchen unter der Berührung geringelt hätte, strich über die tiefblaue, unauslöschliche Tätowierung und den langen, glatten Hang des Rückens hinab zu den weichen Hinterbacken, zwischen denen die in der Sommernacht weggestrampelte leichte Decke steckte und das übrige von ihm verbarg. Ein, zwei blasse Haare waren zu sehen und auch ein verwischter Schmierer Gel. Er wußte nicht, ob Danny wach war, und auch nicht, ob seine hauchzarten Liebkosungen ihnen beiden Freude bereiteten oder nur ihm selbst.

In der Abendkühle machten sie einen Spaziergang den Berg hinauf. Alex fand es unnatürlich, auf dem Land zu sein und nicht täglich einen Spaziergang zu machen, doch Danny meinte, das tue man nur, wenn man einen Hund habe. Sie gingen den hinteren Weg entlang, vorbei an Mrs. Badgetts Haus und auf die Felder hinaus – auf dem Weg, den er an jenem ersten Spätnachmittag mit Justin gegangen war. Danny protestierte nicht wie er damals, schien aber dafür noch weniger zu wissen, was man auf einem Spaziergang überhaupt machte; in einem plötzlichen Energieausbruch hüpfte er umher, nachdem er den Tag mit Sonnenbaden und Dösen verbracht hatte, während Alex um ihn herum den Rasen mähte. Einmal kletterte er sogar auf einen Baum, und nachdem Alex sich eine Weile zutiefst gelangweilt hatte, sagte er schließlich: »Wirklich schön, Schatz, jetzt komm aber wieder runter.« Danach verlegte sich Danny darauf, unbeteiligt dreinschauenden Schafgruppen großspurige Vorträge zu halten, und als sie an den Bach gelangten, der jetzt mehr Stein als Wasser und von hohem, dickem Gras gesäumt war, stellte er sich auf den Brettersteg und führte einen kleinen Shuffle-Tanz auf, wobei er Alex angrinste, als könnten sie beide die Musik hören. Alex erklärte, dies sei derselbe Bach, der weiter unten ums Haus herum- und daran vorbeifließe, und erinnerte sich kurz daran, wie einige der Jungs während der Party hineingepinkelt hatten und daß er die Sterne als einen schwachen Abklatsch von Clublichtern empfunden hatte. Er machte sich über Danny lustig, weil der sich in Landdingen so wenig auskannte – er konnte Weizen nicht von Hopfen und eine Eiche nicht von einer Buche unterscheiden.

Alex blickte sich nach dem Riesen-Sofa um, wo er sechs Wochen zuvor mit Justin gesessen hatte, doch der flache Hang war mit dichtem grünem Farn überwuchert, und so stapften sie daran vorbei und ließen es zurück wie eine jener unausgesprochenen Traurigkeiten oder nie erahnten Peinlichkeiten, die ein Partner dem anderen für immer vorenthält. Ein Stück höher traten an einer kleinen Stelle flache graue Steine zutage, und Danny sprang darauf. Alex folgte ihm, und eine Weile standen sie da, einander umarmend und mit dem unspezifischen Gefühl, etwas geleistet zu haben. Danny roch nach Sonnenöl und Schweiß, süßlich und scharf. Sie setzten sich hin, und er streckte sich aus und legte glücklich seufzend den Kopf auf Alex' Schoß. Es war, als überließe er es seinem älteren Freund mit dessen besonderer Kenntnis der Bäume und wahrscheinlich harmloser Begeisterung für Feldfrüchte, die Landschaft zu rühmen, während er sich ausruhte, plauderte und unter seiner Hand schnurrte.

Am Ende des Tages war es ungewöhnlich still. Nicht einmal die große, zottige Masse einer Graupappel regte sich, bis dann eine Brise, zu leicht, um wahrgenommen zu werden, eine kleine Fläche darauf zu einem schimmernden Flüstern bewegte. Ihr Schatten glitt über den Hang auf sie zu, und überall dazwischen wurde das Licht nach den Unbilden des Tages sanft und besorgt. Alex' helle Haut fühlte sich gespannt und warm an – kindischerweise hatte er versucht, mit Danny, der schnell braun wurde, Schritt zu halten. »Du wirst mich mit Aloe vera bepflastern müssen«, sagte er.

»Das mach ich, Schatz«, sagte Danny süßlich. »Das mach ich.« Alex blickte zu ihm hinab, auf seine Nase, die von der Sonne rosig war, auf die Kuhle vorn am Hals, auf die Shorts, die auf einer Seite zeltartig hochstanden, was jeder freundliche Körperkontakt zu bewirken schien, auf die nackten, von Grashalmen zerkratzten Knöchel. Es wäre unvernünftig gewesen, mehr vom Leben zu erwarten. Er nahm Dannys Hand und küßte sie.

Danny fragte unvermittelt: »Ist Justin reich?«

Es war Alex schon öfter aufgefallen, daß er und Danny nicht immer den gleichen Gedanken nachhingen, und wenn es doch einmal geschah, war es entweder von explosiver Komik oder hatte einen seltsam sinnlichen, mysteriösen Touch, so wie das zögernde Staunen, wenn man erkennt, daß man liebt. In diesem Augenblick aber war es eine andere Form von Telepathie. Zum ersten Mal kam es Alex in den Sinn, daß Danny eifersüchtig auf Justin sein könnte. Er sagte: »Komisch, daran habe ich auch gerade gedacht, gewissermaßen.«

»Echt?«

»Gewissermaßen. Ja, er ist ziemlich reich.«

»Das zeigt er aber nicht. Also, er hat ja gar nichts.«

»Er hat gesagt, er will ein Haus kaufen – aber sag das Robin lieber nicht. Justin ist eigentlich nicht geizig, aber es fällt ihm schwer, Geld auszugeben. Manchmal gönnt er sich etwas. Er spielt immer Lotto, und manchmal gewinnt er auch einen kleineren Betrag, na ja, ein paar hundert Pfund.«

»Ich gewinne natürlich nie was«, sagte Danny.

»Dann ist er ziemlich zu Geld gekommen, als sein Vater starb. Ich weiß nicht, ob ich dir das erzählt habe. Sein Vater hatte eine Fabrik. Er stellte einen reichlich lächerlichen Gegenstand des täglichen Gebrauchs her.«

»Hm…?«

»Irgendwann in den achtziger Jahren verkaufte er dann alles, da Justin seine Zukunft eher nicht in der Spritzgußbranche sah. Der Vater war um die Sechzig, als Justin geboren wurde, was ja ziemlich ungewöhnlich ist. Er vergötterte ihn und glaubte, Justin werde einmal ein großer Schauspieler; seine mangelnden

Fortschritte nahm er gar nicht zur Kenntnis. Bei ihnen zu Haus stand eine grauenhafte Bronzebüste von Justin, die ihn mit etwa zwölf zeigt. Er war sehr verletzt, als ich mal darüber lachte. Das Ding war fürchterlich idealisiert und zeigte ihn schmollend – das Schmollen schlechthin –, aber das kann ich dir sagen, verglichen mit den Launen, die er später hatte, war das gar nichts.«

»Wirklich?« fragte Danny erwartungsvoll wie ein Kind, das einen bestimmten Teil einer Geschichte hören will, doch bei dieser zögerte Alex, weil er sie noch niemandem erzählt hatte und befürchtete, das bloße Erzählen könnte ihre Bedeutung nicht vermitteln. Er blickte auf das Dorf hinab und auf die bewaldeten Hügel dahinter, die sich in dem grellen Licht erhoben, und dachte daran, wie er fast genau an dieser Stelle mit Justin gesessen und den Blick genossen hatte, als wäre er ein weiterer unerwarteter Teil seines Erbes. Jetzt fragte er sich, ob Justin jemals wieder hierherkommen würde, außer um seine Sachen und seinen Wecker abzuholen. Die untergehende Sonne schien genau zwischen den Bäumen hindurch, und er sah, wie eine Frau mit einem Hund daraus hervorkam und an dem Feld entlangging; sie war so deutlich zu erkennen wie durch ein Fernglas, obwohl sie wohl einen Kilometer entfernt war. Auf dem Feld hatten Traktoren Schnörkel in das silbrig-goldene Getreide gezogen.

»Wir waren weggefahren«, sagte er. »Es war wohl so etwas wie eine Trennung auf Probe, nur daß wir versuchten zusammenzubleiben. Das war vor etwas über einem Jahr – letzten Juni.« Alex wußte nicht, wieviel er sagen sollte; er befürchtete, sich für Danny unattraktiv zu machen, indem er ihm ein wahres Bild seines damaligen Scheiterns zeichnete und der Sinnlosigkeit, aus der er erst vor kurzem errettet worden war. Rasch fuhr er fort: »Wir hatten immer weniger miteinander geschlafen – manchmal lagen wir wochenlang nur nebeneinander oder umarmten uns kurz und sagten ›Gute Nacht‹. Manchmal weckten mich die Vibrationen, dann holte er sich gerade einen runter.«

»Oje …«

»Tja, Schatz.« Alex hatte den Verdacht, Danny würde es ihm

nicht glauben, wenn er ihm sagte, wie lange er es einmal ohne Sex ausgehalten hatte.»Durch ihn kam ich mir vor wie ein Fremder im eigenen Bett.« Er merkte, daß auch das ein fremdartiger Gedanke für Danny war, der tröstend den Kopf gegen Alex' Hüfte stieß.»Na, egal, ich beschloß, mit ihm mit der Bahn nach Paris zu fahren, und er sagte, er wolle nicht mit, er sei es vollauf zufrieden, zu Hause zu bleiben und in den Schnapsladen zu gehen. Aber ich besorgte ein Pauschalangebot im George V., und das fand er dann doch zu gut, um es abzulehnen.«

»Hoffentlich habt ihr dann auch anständig gevögelt«, sagte Danny, stirnrunzelnd Alex' Interessen vertretend.

»Klar…« Alex schluckte noch einmal, als er an die bittere Lektion jenes Nachmittags zurückdachte; Justin hatte ihn geküßt, als sei er dafür bezahlt worden und Sex zwar möglich, aber nicht garantiert.»Aber es dauerte ohnehin nicht mehr lange. Am Abend bekamen wir einen Anruf, sein Vater habe einen Schlaganfall gehabt. Justin war aus irgendeinem Grund gerade nicht im Zimmer, ich nahm ab und mußte es ihm dann sagen. Es hat ihn ziemlich fertiggemacht.«

»Das ist ja nicht verwunderlich.«

»Ich meine, er war stinksauer auf mich: weil ich mit ihm zu einer Zeit weggefahren war, als sein Vater sterben konnte. Er sagte, er habe sich die ganze Zeit schon Sorgen gemacht, obwohl das einzige Symptom seines Vaters war, vierundneunzig zu sein, oder wie alt er eben war.«

»Und die Mutter?«

»Sie starb, ich glaube, am Alkohol, als Justin noch zur Schule ging. Das hat sein panisches Schuldbewußtsein sicher noch gesteigert – er war der einzige, der noch übrig war. Schuld ist übrigens ein großes Problem bei ihm, aber das ist eine andere Geschichte. Ich weiß nicht, ob du je mal einen seiner Wutanfälle miterlebt hast, meiner Ansicht nach sind sie immer heftige Zurückweisungen von Schuld. Wir sind dann mit dem ersten Zug zurückgerast, wir waren fast die einzigen Fahrgäste, und dann umgestiegen in einen anderen Zug nach Coventry, aber als wir zum Krankenhaus kamen, war sein Vater schon tot.«

»Hm.«

»Und danach war alles nur noch schrecklich. Ich begriff nicht, was da geschah, aber wenn ich versuchte, ihm klarzumachen, daß er alles auf mich projizierte, glaubte er, ich würde ihn angreifen. Ihm war nicht zu helfen. Und dann war die Beerdigung, und mit Justin schien etwas ganz Seltsames vorzugehen, wie er da herumlief, es war ein brütend heißer Tag, und ihm bewußt wurde, daß er nun der Besitzer dieses großen häßlichen Hauses voller Maples-Möbel war. Ich habe ein Bild davon im Kopf, ich kann's nicht recht erklären, ich bin ihm irgendwie die ganze Zeit hinterhergelaufen in der Hoffnung, er würde sich vielleicht von mir helfen lassen; doch da war er schon dabei, es in Besitz zu nehmen, lief von Zimmer zu Zimmer und rechnete alles zusammen. Wir gingen hinaus auf den Rasen, um von den anderen wegzukommen – das waren meistens alte Rentner von der Fabrik, mit denen Justin einfach nicht zurechtkam und die offensichtlich nichts von *uns* wußten. Ich sagte: ›Ist alles in Ordnung, Schatz?‹ oder so was Einfaches, und er sah mich einfach an, es ging mir durch und durch, und sagte: ›Das verzeihe ich dir nie‹, worauf er kehrtmachte und zum Haus zurückging. Wahrscheinlich hatte er den ganzen Vormittag getrunken. Na ja, danach haben wir nie wieder… miteinander geschlafen. Das war unser Ende. Da lief es wohl auch schon mit deinem Vater.« Alex blickte zu Danny hinab, der sich die letzten Worte durch den Kopf gehen zu lassen schien. »Wobei ich allerdings glaube, daß das gar nicht das Entscheidende war. Es war das Geld. Endlich hatte er es, und er konnte den Gedanken nicht ertragen, es teilen zu müssen.«

Danny sagte: »Hm, du hast ja auch gesagt, er ist ein Nehmer, nicht ein Geber.« Es war immer interessant zu sehen, was er sich alles merkte.

Das Licht veränderte sich nun schneller, jetzt lag nur noch die Spitze des Hangs gegenüber in der Sonne. Durch die Stille hörte Alex von dem Hof unten mit seinen grasbewachsenen Schobern und den leeren Schafhürden fernes Hundegebell und Stimmen, ein Zeichen dafür, daß dort doch noch Leben war. Er liebte diese

Tageszeit mit ihrer feinen Atmosphäre von Belohnung, und besonders an diesem Abend war ihm, als habe sich eine Art Entwurf oder Fügung erfüllt. Er sagte:»Es ist so ein Wunder, daß wir uns begegnet sind.«

»Ja, Schatz«, pflichtete Danny ihm bei und schickte ein freudiges Comiclächeln zu Alex hinauf, das verstohlen zu einem Gähnen zerfiel.

Als sie wieder ins Haus kamen, legte Danny Dance auf – es wurde nicht darüber diskutiert, und Alex, der eigentlich eher auf Vaughan Williams gestimmt war, unterdrückte seine Enttäuschung. Er hatte eine Doppel-CD mit der *London Symphony* und der *Pastoral Symphony* in einer Aufnahme mit Barbirolli mitgebracht, wenngleich diese seine rein private Befriedigung bleiben sollte. Er breitete die Sonntagszeitungen auf dem Sofa aus, setzte sich schräg hin und las, während Danny, eine Flasche Bier in der ausgestreckten Hand, locker umhertanzte. Alex hatte festgestellt, daß er bei seiner Zeitungslektüre neuerdings ungeduldig wurde und bei den meisten Artikeln nur den ersten Absatz überflog, wonach sein Blick dann schon zum nächsten irrte; am wenigsten mochte er die ganzseitigen Berichte aus Krisengebieten mit ihrer überkommenen Annahme, daß er nichts Dringenderes zu tun hatte, als sie zu lesen. Manchmal sah er sich Opernkritiken an, doch die einzigen Geschichten, die er wirklich mochte, waren welche über Drogen. In der vergangenen Woche war erneut eine Jugendliche nach dem Genuß von Ecstasy gestorben, und glücklicherweise gab es mehrere Artikel über sie, die allerdings die immer gleichen Lügen und Meinungen recycelten. Alex, der die Droge einmal genommen und eine Menge anderer Artikel darüber gelesen hatte, fand, daß er darüber Bescheid wußte, und seufzte empört über das, was er da las, während bei der Erinnerung an dieses Erlebnis sein Herz raste und sein Magen sich verkrampfte. Er war schockiert und ziemlich aufgeregt, als er merkte, daß er wütend auf das Mädchen war, weil sie es verbockt hatte. In diesem Augenblick erreichte ihn die Musik wie die kodierten Worte eines Hypnotiseurs und erzeugte in ihm einen quälenden Hunger nach einem schönen Stimulans. Er lehnte sich zurück und starrte mit seinem Hunger Danny an, der sich durchs Zimmer auf ihn zubewegte wie ein aufgedrehter Stripper, schließlich einen Fuß auf die Armlehne des Sofas stellte, ganz langsam seinen Reißverschluß aufzog und ein unterdrücktes Lachen herausprustete. Das Telephon klingelte. Beide blickten sie es grämlich an, bis Danny Alex drangehen ließ.

»Oh, bin ich falsch verbunden?«

»Hier ist Bridport, ähm, 794 –«

»Schatz!«

»Ach, Justin ...«

»Ich dachte, ich rufe mal an, um zu hören, wie es so geht. Das klingt ja wie in einer Disco bei euch.«

»Wir hören nur ein bißchen Musik.«

»Da hat sich ja einiges verändert, Schatz. Frescobaldi ist das ja nicht gerade, oder? Zwölfter Akt, Leonoras Delirium.«

Alex verzog über den Hörer hin bedauernd das Gesicht zu Danny und sah ihm nach, wie er in die Küche ging. »Hast du schon gegessen?«

»Ich hatte keinen großen Hunger.« Es war besorgniserregend, zumal Alex ja nüchtern war, den raschen Verfall seiner Sprache, die kaum bewußten Pausen und gehaspelten Laute zu hören. »Wie läuft's denn so mit Daniella Bosco-Campo?«

»Ganz hervorragend.«

»Wußtest du, daß das das italienische Wort für Woodfield ist?«

»Wir wollten gerade vögeln, als du anriefst.«

»Momentchen, wo hatten wir's ... Pettirosso Bosco-Campo ist der Name des Vaters«, fuhr Justin fort.

»Du gehst offensichtlich in ein Sprachlabor, seit du in der Stadt bist.«

Justin wurde bei diesem sarkastischen Hieb neckisch. »Sagen wir einfach, ich habe mich mit einem Italiener mit einem sehr großen Vokabular unterhalten.«

Alex wollte das eigentlich gar nicht wissen. »Es scheint dir ja ganz gutzugehen. Hast du mit Robin gesprochen?«

»Nein, Schatz man spricht nicht miteinander, wenn man sich

auf Probe getrennt hat. Man bleibt in seinem Zimmer und meditiert natürlich die meiste Zeit des Tages. Es ist eine Zeit, in der man Tiefen auslotet, Schatz.«Justin verstummte, und Alex hatte plötzlich den Eindruck, daß er nicht allein war: eine unmotivierte Bewegung, eine taktvoll geschlossene Tür; Justin war sich dieser Geräusche und der peinlichen Komplizenschaft, die sie von Alex verlangten, wahrscheinlich gar nicht bewußt.»Er hat dich vermutlich nicht angerufen?« fragte Justin.

»Mich nicht. Danny hat ihn heute morgen, glaube ich, angerufen, nur um zu hören, wie es ihm geht. Dan macht sich wegen der ganzen Sache ziemliche Sorgen.«

Zuerst hatte Alex den Eindruck, Justin nehme sich das zu Herzen und bekomme – was für ihn ungewöhnlich gewesen wäre – ein Gespür dafür, welche Auswirkungen sein Verhalten auf andere hatte, doch nach einer kleinen Weile sagte er nur:»Es ist wunderbar, nicht auf dem Land zu sein, das muß ich schon sagen.«

Alex sagte beherzt:»Also, wir finden es wunderbar, auf dem Land zu sein.«

Justin stieß ein trockenes Lachen aus.»Ah ja. So was nennt man ›Trautes Heim, Glück allein‹, Schatz. Mach das Beste daraus, weil es nicht lange hält.« Er sann seinen eigenen Worten nach und sagte dann wieder:»Na ja, ich wollte nur mal hören, wie's dir geht.«

»Danke. Es ist himmlisch«, sagte Alex. Und als er auflegte und dastand, während die Musik an ihm vorbei durch das leere Zimmer hämmerte, dachte er, daß sich ja vielleicht so alles lösen könnte, daß all die Zweifel und leisen Enttäuschungen irgendwann vergessen sein würden und es doch noch himmlisch werden könnte.

Auf dem Weg zur Küche blieb er auf einen zögerlichen Impuls hin an der kleinen Kommode stehen und zog die oberste Schublade auf. Einen Augenblick dachte er, er sei Justin gegenüber ungerecht gewesen: Darin lag ein großes Album, das er nicht anschauen wollte, und darunter die Scrabble-Schachtel, doch da hatte er schon den Streifen rotes Papier gesehen und, darin lose eingewickelt, das sogleich weggelegte Buch, an das Justin offenbar nie mehr gedacht hatte. Vermutlich würde es da noch Jahre liegen, lange nachdem er sich verabschiedet hatte, und niemand würde wissen, was es war.

Danny saß am Tisch und drehte sorgfältig einen Joint. Alex lehnte sich gegen den kalten Rayburn und sah ihm mit einer Mischung aus heimlichem Interesse und Erleichterung aus den Augenwinkeln zu. Wie sehr doch Dannys kleine Seufzer und diese vor Konzentration verzögerten Atemzüge seiner Atmung im Bett ähnelten, dachte er. »Wir rauchen jetzt erst mal das da«, sagte Danny, »und dann können wir ein E werfen.« Er fuhr mit der Zunge über den Papierrand. »Die Musik hat mich echt angetörnt.«

Die Erfüllung seiner ganzen Wünsche plötzlich vor Augen, ließ sich Alex nachlässig ködern. »Du willst wahrscheinlich nichts essen.« Er wußte nicht, was es geben könnte; er kochte ganz ordentlich, war aber von Robins Küche mit ihren aufgehängten Kräuterbüscheln und den Sabatier-Messern an der Magnetleiste entmutigt. Einer der Schränke enthielt ein kunterbuntes Arsenal von zerlegten Fleischwölfen und anderen Spezialgeräten aus narbigem Aluminium und abgestoßenem Email, wie man sie in der Speisekammer einer älteren Verwandten antreffen könnte. In einem anderen lagerten beschriftete Flaschen mit selbstgemachtem Wein, bei denen sich teilweise schon der Korken hob. »Es wäre so schön, einfach ein Essen zu finden«, sagte Alex, »das schon auf dem Tablett dampft.«

Danny grinste und sagte: »Dann nimm doch lieber davon.«

Fünf Minuten später sagte er: »Bist du locker?«, woraufhin Alex nickte und ihn auf die Wange küßte. Es hatte etwas Lockeres, dem selbstgefälligen alten Hippiewort »locker« zuzustimmen; so wie es etwas Erregendes hatte, sein Hochgefühl bei Ecstasy dem autistischen Jargon der Droge – gespult, verpeilt, zugedröhnt – zu unterwerfen. Sie lagen auf dem Sofa, die CD, die eine lange sämige Reise durch ein Dutzend miteinander verbundener Tracks war, hatte ihr Normaltempo erreicht, aus den schimmernden Rhythmen heraus sang eine Frau »Oh-oh yeah!«, und die drei Töne gleißten und hallten, als würden sie von einer Kuppel herabgerufen. Das sei nur ein Sample, sagte Danny, die Worte wiederholten sich vielleicht ein Dutzend Mal – der einzige Text des Lieds. Doch Alex war sogleich darauf fixiert und schloß die Augen, um sie in ihrer imaginierten Höhe und Tiefe zu sehen. Sie klangen wie ein Willkommensgruß und eine absolute Verheißung, das Ja von Sex und etwas Körperloses und Ideales dahinter – wie es sein könnte, über eine Schwelle in das totale Angenommensein durch einen anderen Mann zu schweben. Danny wippte sanft mit dem Kopf zum Rhythmus gegen Alex' Brust – »Saugut ist das«, sagte er.

»Mhm«, murmelte Alex und begann dann beim Gedanken an die Pille zu lächeln. Er hatte nicht gewußt, daß man das auch konnte, wenn man nicht in einem Club mit seiner religiösen Aura des Dazugehörens war. Er sagte:»Wenn wir die Pillen nehmen, Schatz, was hoffentlich bald geschieht, was machen wir dann? Vier Stunden lang irgendwie hier rumtanzen?« Dagegen hatte er nichts, fürchtete aber, er würde ständig mit dem Kopf gegen die Decke stoßen.

Danny sagte:»Wirst schon sehen«, woraus Alex schloß, daß er all das für ihn geplant hatte, oder er hatte es vielleicht auch improvisiert und gab es jetzt als Plan aus. Die Musik hörte auf, und Danny rannte geschäftig umher und bereitete das Tablett mit ihrem alternativen Mahl vor – Wasser, Kaugummi, zwei Flaschen Bier, Garibaldi-Kekse, ein namenloses Videoband und eine tiefblaue Untertasse mit den cremeweißen Pillen darauf. Alex fielen die Betablocker ein, die seine Mutter seinem Vater auf den Dessertlöffel gelegt hatte, damit er sie auch nicht vergaß; und hatte plötzlich ein nagendes Schuldgefühl, daß er an dem Wochenende nicht zu Hause angerufen hatte. Es war zur Gewohnheit geworden, daß er sonntags immer zur Sherryzeit vor dem Lunch anrief: Das bedeutete, daß sie nicht verärgert aus dem Garten hereinrennen mußten, und außerdem verlieh die unverrückbare Lunchzeit dem Gespräch etwas Natürliches. Jetzt war es zu spät – zweiundzwanzig Uhr dreißig war nur für Notfälle –, er müßte also am nächsten Tag anrufen und zur Erklärung andeuten, was er ihnen gegenüber bislang nicht erwähnt hatte, nämlich den neuen Mann in seinem Leben. Auch Danny war offensichtlich vorübergehend anderswo. Er sagte:»Heute abend legt Ricky Nice im BDX auf.«

Sie gingen nach oben ins Schlafzimmer, wo es noch immer warm wie in einem Trockenschrank war, obwohl die Fenster unter dem Dachgesims offenstanden, zogen sich aus und nahmen ihre Pillen. In einer lockeren Umarmung lagen sie auf dem Bett und sahen den Motten zu, die hereinflogen – tolpatschigen, die im Lampenschirm umhertorkelten, und anderen mit langen, transparenten Flügeln, die sich geräuschlos an der Decke sammelten und oben die Wände entlang einen willkürlichen Fries bildeten. Alex mochte diese dekorative Invasion der Natur; die Droge zeigte Wirkung, Danny massierte ihm die rasch sensibilisierten Schultern und den Rücken, und Alex erschauerte, als er sich vergegenwärtigte, wie nahe die Bäume und Felder waren und auch die Tiere, die wachsam umhertrotteten.

Es war ganz anders als beim ersten Mal, und hinterher sah er, wie klug es von Danny gewesen war, einen unmittelbaren Vergleich unmöglich zu machen und somit ein eventuell aufkommendes Gefühl der Desillusionierung hinauszuschieben. Die Zeit beschleunigte sich, ging ihnen aber nicht verloren; die Thrills waren maßvoller; ohne Musik und Tanz als Auslöser seiner Hingabe war Alex in einer zitternden Umarmung mit Danny verklammert. Sie sahen sich ein Video an, das Dave vom Pornoladen zusammengestellt hatte; Alex hatte befürchtet, es würden drei Stunden Analverkehr in Großaufnahmen werden, doch es erwies sich als eine wundersame Sequenz aus Kurzcomics und Naturfilmen: Überwältigt bestaunten sie eine gewaltige Farborgie, in der Blumen in Windeseile vom Samen zur Blüte wuchsen, einen Schwarm Flamingos, der von einem See aufstieg, und die untergehende Sonne über dem Grand Canyon. Alex war es sehr heiß, er trank viel Wasser, konnte aber nicht pinkeln; er kaute unablässig und packte Danny mit einer unwahrscheinlichen, schneckenartigen Sehnsucht, ihn überall gleichzeitig zu berühren. Sie waren fast wie Kranke, wie sie da glühend und fast reglos auf dem Bett lagen.

Er schlief unruhig, hatte rasende Träume von unablässig mutierenden Formen, bunt und künstlich wie Modeschmuck. Er fand, daß sie ihm eigentlich Angst einjagen müßten, doch das taten sie nicht. Sie waren wie die beschleunigten Orchideen und ephemeren Wüstenblüten, jedoch zu Plastik alchimiert. Ein scharrendes Nachttier weckte ihn, vielleicht eine Eule auf Beutejagd, und obwohl er wieder die Augen schloß, blieb er doch wach. Von der Schwelle zum totalen Glück schrie die helle Stimme der Frau immerzu »Oh-oh yeah!«, die Laute hatten sich in seinem Gehirn festgesetzt, verspotteten ihn mit ihren Wiederholungen und wurden zu Müll. Jedesmal, wenn sie kamen, versuchte er ihnen etwas entgegenzusetzen, was er für ihr Gegenstück hielt – Chopins Mazurka in a-Moll mit ihrer Aura ätherischen Bedauerns, und nach einer Weile stellte er fest, daß beide sich zu einem abstrusen Genre verschmolzen hatten; fast hätte er Danny aufgeweckt, um ihm davon zu erzählen, von der House-Mazurka. Vielleicht würde Ricky Nice ja ein Remix davon machen. Der zuckende Tanzrhythmus lief ewig weiter, wie ein Nachtzug über Weichen.

Schon wurde die Dunkelheit da, wo ein Glas Wasser stand, körnig und schwach durchsichtig; der Schrankspiegel antwortete mit einem grauen Schimmer auf die erste Andeutung der Morgendämmerung am Fenster. Bald würden die Vögel anfangen zu singen. Er dachte daran, wie er nach dem Château Hand in Hand mit Danny durch die Londoner Straßen gegangen war, an die verblüffenden Mengen auf dem Gehsteig morgens um fünf, die Busse, die sich herandrängten, um zu nie zuvor gehörten altertümlichen Zielen zu fahren, Whipps Cross, Chingford Hatch, an die völlig erschöpften umherlaufenden Jungen, die nach Schweiß und Rauch rochen, die Pupillen groß, verwirrt vom Tageslicht, an den Kanten ihrer Schuhe in Kaugummi gebettete Kippen – so erregend neu war alles gewesen. Auch wenn es absurd war, wo derselbe junge Mann doch nackt neben ihm schnarchte, er sehnte sich danach, wieder dort zu sein und Ausschau zu halten nach dem utopischen Taxi, das sie in der wundersam hinausgezogenen Stunde, als er wußte, daß ihm sein Leben zurückgegeben war, zum ersten Mal zusammen nach Hause bringen würde.

13

Tony Bowerchalke sagte:»Ich weiß nicht mehr, was ich gesagt habe.«

Robin lächelte taktvoll.»Sie sagten nur, Sie hätten eine Idee.«

Tonys Nachricht auf seinem Anrufbeantworter in Clapham hatte eine gewisse Bestürzung über das Gerät selbst verraten; er hatte es wie ein Diktaphon behandelt und sich mit »Alle guten Wünsche, Tony Bowerchalke« verabschiedet.

»Na, ich hoffe, Ihnen gefällt meine Idee.« Sie standen auf dem runden Kiesbett, auf dem Tony, womöglich den ganzen Vormittag, auf ihn gewartet hatte.»Dieser äußerst elegante Wagen da gehört den Leuten in Wohnung eins«, sagte er und nickte zu einem silbernen BMW-Kabriolett hin, das neben seinem pfefferminzfarbenen Nissan Cherry stand.

»Sie sind schon eingezogen ...«

»Sie haben sie sofort genommen. Ich weiß nicht recht, ob ich überhaupt genug verlange. Es ist ein junger Banker und seine Verlobte.«

»Sind sie in Ordnung?«

»Sie sind ganz reizend«, sagte Tony auf eine Art, die einen gewaltigen Vorbehalt andeuten mochte; doch er fuhr fort:»Ich finde es sehr angenehm, andere Leute im Haus zu haben. Ich glaube, sie bleiben.« Er musterte Robin mit einem unsicheren Lächeln, und es entstand der Eindruck einer halb auswendig gelernten Rede, auf die er kurz blickte und die er dann wegwarf. »Das also war und ist meine Idee: mehr Wohnungen. Das ganze Haus in Wohnungen umwandeln. Und sollte ich hierbleiben, dann, glaube ich, ist das die einzige Möglichkeit.«

Robin nickte langsam. Das würde sicher dazu beitragen, die unerfreuliche Leere des kommenden Jahres zu füllen; bislang war die einzige Arbeit, die er hatte, der Auftrag für einen neogeorgianischen Toilettenblock in Lyme Regis. Und natürlich der Dauerärger der Pyramide.»Ich würde es gern machen«, sagte er. »Wenn Sie sich dessen sicher sind.«Tony schien zur Abwechslung einmal Mut gefaßt zu haben, aber angesichts seiner leicht nervösen Fröhlichkeit dachte Robin, er konnte zu seiner Entscheidung eigentlich nur dadurch gelangt sein, daß er ihre möglichen Konsequenzen ignorierte.

Sie traten in die niedrige, gewölbte Eingangshalle, und Robin spürte, wie die halbverfallene Düsternis ihn tröstend umfing. Wenigstens war das Arbeit, technische und auf ihre moderne Weise phantasievolle; in der Mappe hatte er seinen Skizzenblock, am Gürtel steckte sein Maßband, und er verspürte ein verborgenes, aber hungriges Gefühl von Nützlichkeit. Nach einer Woche in London, wo er künstlich an letzten dekorativen Ergänzungen der Sache in Kew herumgebastelt hatte, um dann nach Hause zu eilen und lange, halbbesoffene Abende neben dem stummen Telephon zu verbringen, war der Ruf nach Dorset wie der feste Wink eines Freundes gewesen.

In der Bibliothek mit ihrem Geruch nach bröckelndem Leder und der dumpfen Rauheit papierner Feuchtigkeit hatte Tony das gepunzte schwarze Album mit den Originalplänen des Hauses aufgeschlagen. Robin blickte darauf mit professioneller Vertrautheit, der flüssigen Bewegung des Auges zwischen den alten, mit Tusche ausgezogenen Linien und den langatmigen Anmerkungen zu jedem Kabinett, Korridor und Treppenhaus. Viktorianische Landhauspläne hatten noch immer ihren besonderen Reiz; sie waren wie Brettspiele, die das soziale Labyrinth nachstellten, welches einmal eine recht ernste Angelegenheit gewesen war. Wer das umbaute, sah sich einem fast übermäßigen Reichtum an neuartigen hinterlistigen Möglichkeiten gegenüber. Er blätterte die Seiten um und merkte, daß die Freude, die ihn noch vor wenigen Augenblicken erfüllt hatte, übertrieben gewesen war und schon deutlich nachließ. Dieser Umschwung war typisch für seine momentane Verfassung, seine Gedanken waren fahrig und schwer zu beherrschen, und Anfälle von Begeisterung wurden schnell von einer düsteren Stimmung erstickt.

Er sagte: »Zeigen Sie mir doch einfach mal das ganze Haus. Da gibt es einiges, was ich noch nicht gesehen habe.« Er mußte herausfinden, ob es einen Widerspruch gab zwischen Tonys zäher Liebe für den Bau und seinem neuen Bedürfnis, ihn loszulassen. Diese Gefühle erschienen ihm doch ein bißchen elterlich.

Sie verbrachten wenigstens eine Stunde damit, systematisch von Zimmer zu Zimmer zu gehen, wobei Tony erneut berichtete, wie das Haus immer verunglimpft worden sei, wie es in den dreißiger und vierziger Jahren der Inbegriff des schlechten Geschmacks gewesen sei, wie seine Mutter es dennoch geliebt habe und daß es, bei Lichte besehen, zwar nicht unbedingt schön, aber doch immerhin auffallend und gewiß einzigartig sei, weil es, so Robins Worte, von den anderen Landhäusern mit ihrer diskreten Eleganz abwich. Robin war froh, daß Tony die Abweichlerthese akzeptiert hatte; er konnte nicht bestreiten, daß die Mischung des Hauses aus Tudor-, Hotelrokoko- und frühen französischen Gotik-Elementen erstaunlich ordinär war, sie zeigte aber auch die erfrischende Gleichgültigkeit gegenüber der öffentlichen Meinung eines Mannes, der genau das tat, was er wollte.

Sie gelangten durch eine Reihe großer Schlafzimmer, von denen die nach Süden ausgerichteten schon mit einer staubigen Hitze erfüllt waren. Robin schritt jedes Zimmer ab, um es grob zu vermessen, worin auch ein Hauch professioneller Hochstapelei steckte, ein Verweis auf eher mysteriöse Berechnungen. Ein Schlafzimmer stieß an ein Boudoir, auf dessen Decke Blumen an einem Spalier gemalt waren – es war das Zimmer von Tonys Mutter, und auf der Frisierkommode standen noch immer ihre Bürsten mit den Silberrücken und der Parfümzerstäuber mit Quaste. Im vorderen Teil des Hauses lag ein Zimmer, das Tony das Seezimmer nannte, offenbar, weil seine Tante, die es immer bekam und die ihre Träume aufzeichnete, eines Morgens beim Frühstück gesagt hatte: »Ich habe geträumt, in meinem Zimmer seien zwei Seen.« – »Die Leute waren immer angenehm überrascht, wenn man ihnen sagte, sie seien im Seezimmer«, sagte

Tony, der am Fenster stand und auf das wasserlose Rund der Einfahrt blickte.

Am Ende des Hauptkorridors lag sein eigenes Zimmer, dessen Tür er mit befangener Forschheit öffnete. Mit seinem hohen Einzelbett, dem Tisch mit Resopalplatte und der matt rosafarbenen, satinbezogenen Daunendecke hatte es etwas von einem alten Sanatorium. Der quadratische Teppich lag auf beigem Linoleum. Auf dem Tisch waren ein Kofferradio und ein älteres Buch über Kriegsspionage. Ein weiterer Gang führte in einen hohen, schmalen Raum, der die polierte Teakbank und die mit einem Bogenrand versehene Porzellanschüssel des »Clifford«, eines majestätischen viktorianischen Wasserklosetts, bewahrte. Robin mochte das Schlafzimmer nicht allzu genau untersuchen. Er wußte wenig über Tonys Intimleben, doch daß der Raum so stark auf eine Person ausgerichtet war, wühlte ihn auf, als wäre er unvermittelt auf den Beweis von etwas gestoßen, was er lieber nicht wissen wollte. An der Wand hingen gerahmte Photographien von Frauen mittleren Alters mit Dauerwelle, einigen Vorkriegskindern, einem Bullterrier, alle in einer kunstlosen, aber zweckmäßigen Weise angenagelt, die Tonys Version von Familienblindheit sein mochte. Er dachte an sein eigenes Leben, das im Rückblick gepackt und geprägt von sexueller Liebe schien, von der beständigen, unverzichtbaren Anwesenheit eines anderen Menschen, nacheinander und auch sich überschneidend – er dachte daran, wie schlimm er sich während Simons letzter Tage verhalten hatte, und konnte eine gewisse schockierte Bewunderung für seinen instinktgesteuerten Elan nicht unterdrücken. Später wurde Robin bewußt, daß dieses Zimmer auch ein gedämpftes Echo des Altenheims in Wiltshire enthielt, in dem seine Mutter, die »respektheischende« Lady Astrid, ihr letztes unversöhntes Jahr verbracht hatte.

Das Obergeschoß des Hauses konnte über drei verschiedene Treppen erreicht werden, was, wie Robin meinte, günstig sei. Tony sagte: »An die muß man sich ein bißchen gewöhnen. Gehen wir mal hier hoch. Meine Tante sagte immer, daß sie diese Treppe hinabgehe, aber niemals hinauf, weil sie nicht wisse, wohin sie führe.«

Nach einer kleinen Weile sagte Robin, der normalerweise über einen feinen Orientierungssinn verfügte:»Ich verstehe, was Ihre Tante gemeint hat.« Oben unter den Dächern war ein Gewirr von unregelmäßig geformten stickigen Zimmern mit winzigen Fenstern, Wäscheschränken mit Oberlichtern und leeren Regalbrettern und auch überraschenden Niveauwechseln. In mehreren Zimmern waren Nachttöpfe oder alte Zinngefäße auf die abgewetzten Teppiche und kahlen eisernen Bettgestelle gestellt worden, um tropfendes Regenwasser aufzufangen, wenngleich sie jetzt nur Kalkflecken enthielten. Tony öffnete zahlreiche Schränke, als wollte er damit reinen Tisch machen, enthüllte damit aber nur Leere. Robin hatte das Gefühl, daß die Außenwelt weit weg war.»Sie kommen wohl nicht sehr oft hierher«, sagte er.

»Seit wir hier Verstecken gespielt haben, nicht mehr«, sagte Tony mit einer seiner nervösen schuljungenhaften Bewegungen, mit denen er an sich herumzupfte und zurechtrückte.»Die niedrigen Schränke unter dem Dachgesims waren herrliche Verstecke.« Robin konnte sich vorstellen, wie er in einen hineinkroch und die Tür zuzog.»Aber natürlich gehe ich auch ins ›Oberste Zimmer‹.«

»O ja, das möchte ich gern sehen.«

Zuerst wirkte es nur wie ein weiteres Kabinett mit einer schiefsitzenden Tür, doch dahinter war eine schmale Treppe, auf den Seiten der Stufen lag flaumiger Staub, und von oben fiel helles Tageslicht. Das »Oberste Zimmer« war Tytherburys Versuch eines Turms, ein kleiner Ausguck zwischen den Schornsteinen mit eigenem kleinen Sommerhauskamin und klappernden, bleigefaßten Fensterflügeln an drei Seiten. Früher hatten die Besucher immer hierher gewollt, und solche mit besonderen Verbindungen wurden gebeten, ihren Namen mit einem Diamanten in eine Fensterscheibe zu ritzen. Florence Hardy, Hallam Tennyson, Muriel Trollope: eine interessante, wenngleich absolut zweitklassige Sammlung. Es gab auch einen R. Swinburne, dessen Unterschrift die Leute, so Tony, gern als ein »A. Swinburne«, der bloß Schwierigkeiten mit seinem Griffel hatte, ansahen; und einen

Wm Shakspere, den Tonys Großvater, als er Junge war, aus Jux hingeschrieben hatte.»Im Winter ist es eiskalt hier«, sagte Tony, »und im Sommer, wie Sie merken, glühend heiß.« Robin betrachtete die nach Süden liegenden Fensterbretter, die von der Sonne verzogen und vom Regenwasser verrottet waren. Der Blick durch die Scheiben war nicht ungetrübt: hier der Schornstein des Industriebetriebs, die neuen Scheunen und Silos der Home Farm, ein Teil der verschwundenen Gartenanlage, die bei trockenem Wetter sichtbar wurde wie auf einer Luftbildaufnahme; dort nicht etwa das Meer, sondern die struppigen Kiefern darüber und die Spitze der Pyramide. Besonders dieses Gebäude hatte eine weitere symbolische Bürde zu tragen – die der Aufgabe, die nie verschwand, ein Problem, das ein Jüngerer wohl schon gelöst hätte, das Robin jedoch mit einem lähmenden Verantwortungsgefühl erfüllte.

Tony bat ihn, zum Lunch zu bleiben, und sie nahmen die Mahlzeit in der Küche ein. Robin wußte, daß das Leben hier schon auf ein paar der kleineren Räume beschränkt war und daß der Campari, den er gelegentlich in dem spärlich möblierten Wohnzimmer getrunken hatte, einen besonderen gesellschaftlichen Kraftakt darstellte. Es war schwer, das Mahl zu loben, das aus Dosenzunge, einer Tomate, einer Frühlingszwiebel und einem Salatblatt bestand; doch Tony sagte:»Diese Frühlingszwiebeln sind ganz köstlich.«

Rita Bunce sagte:»Dann teilen Sie den alten Bau also auf.«

»Nun, ich habe erst angefangen, darüber nachzudenken.«

Ihr Lächeln war ernst und schien auf ihre Sorge bezüglich Tonys zu verweisen.»Dann stellen wir uns alle viel besser«, sagte sie, was sie dann alle zu bedenken und für wahr zu befinden schienen.»Keine Hausarbeiten mehr. Dann weiß ich gar nicht mehr, was ich den ganzen Tag machen soll.«

»Ach, ich halte Sie schon auf Trab«, sagte Tony, vielleicht verwegener, als er es beabsichtigt hatte.

Es war ganz wie Justins öder Witz, als er ihm gesagt hatte, er habe vor, in einem Hotel zu wohnen:»Ohne Hausarbeit habe ich dann zur Abwechslung mal ein bißchen Zeit für mich.« Die

Trübnis jener anderen Geschichte hielt Robin auf einmal so sehr gefangen, daß er für das Glück, über das die drei gerade eben noch nachgesonnen hatten, nicht mehr viel Sinn hatte. Seine Arbeit, die sonst durchaus Erlösung von quälender Leere bot, erschien in diesem Licht nun als der schwache Trost des Verlierers, und die heimliche technische Freude, die ihm Gebäude und die Kunst des Bauens immer bereitet hatten, schied dahin wie vergiftet. Er legte Messer und Gabel beiseite und bat um ein weiteres Glas Wasser.

»Ich hoffe, Sie waren mit der Arbeit des jungen Terry an den Wohnungen zufrieden«, sagte Mrs. Bunce.

»Er hat seine Sache ordentlich gemacht«, sagte Robin. »Ich war angenehm überrascht.«

»Nach einem schlechten Anfang hat er sich doch als guter Bursche erwiesen«, sagte Mrs. Bunce. »Er ist sehr sauber.«

»Ein toller Bursche, nicht?« sagte Tony.

»Jetzt wird er natürlich mit den Discos zu tun haben«, sagte Mrs. Bunce.

»Da sollten Sie mal an einem Abend hingehen«, sagte Tony. »Rita ist nämlich eine tolle Tänzerin.«

»Das war einmal!« erwiderte Mrs. Bunce, während eine Röte durch ihre Creme- und Puderschicht drang. Robin blickte sie mit höflichem Interesse an, worauf sie fortfuhr: »Nein, damals haben wir Jitterbug getanzt. Heute gibt's den nicht mehr, oder ich müßte mich schon sehr irren.«

»Leider nicht. Ich weiß nicht einmal ganz genau, was das ist.«

»Und ich führ ihn Ihnen auch nicht vor!« Robin sah, daß sie einen feinen Hauch von sexuellem Geplänkel in das Gespräch gebracht hatte, wenngleich sie ihm einen Korb gab. »Dabei habe ich auch meine bessere Hälfte kennengelernt«, sagte sie, »Billy Bunce aus Clifton, New Jersey. Der hat sie alle von der Tanzfläche gefegt. Das war der helle Wahnsinn. Seither habe ich nichts gesehen, was dem gleichkommt. Die modernen Tänze, oje, die sieht man ja im Fernsehen.«

»Ja«, sagte Robin mit dem verlorenen Gefühl, daß er nie wieder tanzen gehen würde und daß sein Stil des Mick-Jaggerhaften Gefuchtels und Gewackels bereits dem Jitterbug in die Rumpelkammer der Tänze gefolgt war, zusammen mit dem Twist und dem Charleston, der Quadrille und der Gavotte. Diese Stimmung bedrückte ihn auch noch, als er nach Litton Gambril weiterfuhr. Er war ganz scheußlich aufgewühlt von der Vorstellung, wie Justin seine Freiheit in London auslebte, die totale Freiheit, für die er sich nach dem verpfuschten Lebensexperiment hier entschieden hatte. Robin stellte ihn sich in dem gräßlichen kleinen Zeitungsladen vor, wo er ihn erstmals gesehen hatte, oder zwischen den Passanten auf dem Long Acre und war entsetzt von dem Gedanken, daß der pure Zufall sie an diesen beiden Orten zusammengeführt hatte. Zum ersten Mal fand er es absurd, Treue von einem zu erwarten, den er auf einer Toilette kennengelernt hatte.

Wenn er sonst bei seinem Haus ankam, fühlte er sich auf beglückende Weise gespalten: Nach kompetenter Erwachsenenart schloß er es auf, aber schon am Tor schweiften seine Augen und Gedanken wie imaginäre Kinder durch Haus und Garten und stellten Kontakt mit ihren Lieblingsorten her. Heute dagegen, in der sonnenlosen Hitze, konnte er nur daran denken, wie sehr er Justin vermißte, und das Haus sah in seiner abgeschotteten Mulde aus wie ein kunstvolles Emblem des Scheiterns. Er mußte immer jemanden um sich haben. Allein verbrachte Nächte verstörten ihn zunehmend. Es war klar, daß Dan und sein Freund im großen Bett geschlafen hatten, und darin schien etwas Unerbittliches zu liegen. Die Küche ließ Anzeichen der deplazierten Sauberkeit von Gästen erkennen, alles war irgendwie falsch. Es war wie an den endlosen Sommerwochenenden, die er hier verbracht hatte, als Justin noch bei Alex wohnte, nun aber verdüstert durch einen Hauch von Entfremdung.

Er tat, was er konnte, um dieser Stimmung entgegenzuwirken. In Shorts streifte er rastlos durchs Haus, als gelte es, die Unangefochtenheit seiner körperlichen Energie zur Schau zu stellen. Der Rasen brauchte bei diesem trockenen Wetter noch nicht wieder gemäht zu werden, auch die verblühten Rosen waren genau nach seinen Anweisungen entfernt worden; es blieb ihm also nur noch ein wenig perfektionistisches Jäten. Anschließend trug er das schwere schwarze Buch mit den Tytherbury-Plänen in die Arbeitshütte, doch die Luft darin war stickig, und das Buch lag auf dem Schreibtisch wie eine Strafe: Er blickte hinaus auf das lange Feld und den Waldhang, die beständigen Gegenbilder zu seinen Arbeitsgedanken, und fragte sich, ob er je wieder eine Zeichnung machen konnte. Alles hatte einen schalen oder auch bitteren Geschmack.

Als es kühler geworden war, ging er um die Felder laufen. Der Weizen wuchs mit seiner üblichen gleichmäßigen Zielstrebigkeit, doch es war eine elende Jahreszeit, der Weg zwischen verdorrtem Wiesenkerbel und hohem braunem Gras war trocken und rissig. Ein Rapsfeld war gemäht und in seinem unenglischen Chaos aus riesigen Büscheln zurückgelassen worden. Während der halben Stunde, die er unterwegs war, sah er niemanden, und ihm war, als sei er der einzige, der sich der drückenden Hitze des Tages widersetzt hatte. Er wischte sich den Schweiß von den Augen.

Als er zurückkam, duschte er lange und betrachtete sich beim Abtrocknen im Spiegel, wobei er das besondere Augenmerk des Sportlers auf bestimmte Muskelpartien richtete und die deutliche Erkenntnis gewann, daß etwas an seiner Haltung sich veränderte, daß ihm Konturen und Schwung seines Körpers allmählich fremd wurden. Natürlich sah man es im Fitneßclub auch bei anderen – die kleine Hautfalte an der Achselhöhle, die welke Haut am Hals, der flacher werdende Hintern, die hängende Brust. Ein drahtiger junger Mann, den er dort manchmal sah, hatte erkennbar einen Buckel, bei einem anderen, der sicher immer ein Herzensbrecher gewesen war, erstarrte das Lächeln langsam zur sorgenvollen Maske. Bei manchen von ihnen waren die Spuren der Zeit durchaus sexy, wie offenbar Robins Glatze. Er dachte an Justin mit seinem plumpen Doppelkinn, an seine straffe Geschmeidigkeit, die rätselhafterweise nachgab, an das Muster seines Haarausfalls, das sich nun zeigte – all das fand er reizvoll und real. Werde alt mit mir, das Beste kommt erst noch. Er lächelte streng über seine sonnengebräunte Schönheit und erinnerte sich an die absurde Bemerkung, die Tony einmal von sich gegeben hatte, daß sein Vater der schönste Mann in Wessex gewesen sei. Sie war so komisch, weil sie so aufgeblasen und zugleich so tuntig war; was nicht bedeutete, daß sie nicht der Wahrheit entsprach. Tonys Vater hätte bei diesem Satz wahrscheinlich die Stirn gerunzelt und gemeint, daß etwas Schwules daran sei; doch in der Abgeschiedenheit seines Ankleidezimmers hätte er nach einigem Grübeln wohl zugegeben, daß sie den Nagel durchaus auf den Kopf traf.

Es war bedrückend still im Haus, obwohl alle Fenster offenstanden, und als Robin an der Hintertür stand, sah er, daß der Himmel im Westen verheißungsvoll schwarz-violett war; er lehnte sich gegen den Türrahmen, eine Flasche kaltes Bier gegen die Brust gepreßt, und wartete auf die ersten wundersamen Regentropfen auf dem Gartenweg. Ein Blitz zuckte herab; er zählte die Sekunden und errechnete, daß das Gewitter sich gerade über Lyme und Charmouth entlud, stellte sich vor, wie das staubige Wasser die steilen Straßen hinab zum Meer lief. Er merkte, wie sich sein Gemütszustand veränderte, wie seine Sauberkeit von frischem Schweiß durchbrochen wurde, und selbst die Aussicht auf einen langen Sommer ohne Liebe hatte durch das Gewitter etwas Elektrisierendes bekommen. Er spürte, daß er auf eine Krise zuging – und einer ordentlichen Krise hatten die Woodfields aus Wessex schon immer gern die Stirn geboten. Die Unentschiedenheit der letzten Wochen hatte ihn dagegen eher entmutigt: Er war um eine Auseinandersetzung betrogen und in einer privaten Wüste ausgesetzt worden, die für alle anderen noch immer wie eine hochkultivierte Landschaft aussah.

Fast sieben Wochen hatte er keinen Orgasmus mehr gehabt: die bei weitem längste Abstinenz in seinen fünfunddreißig reifen Jahren. (Zu Justin hatte er einmal gesagt, daß er zum ersten Mal wahrscheinlich schon am Tag seiner Geburt ejakuliert habe, doch Justin meinte in dieser Veranlagung etwas Ungehöriges zu entdecken.) Aber noch mehr als die Tatsache selbst überraschte ihn, wie es dazu gekommen war – wie der quälende Sexdrang, der sich nach drei, vier Tagen der Zurückweisung aufgebaut hatte, am Ende der Woche rasch zurückgegangen war und sich bis auf den Abend von Dans Geburtstag, als er abnorm provoziert worden war, in einen mönchischen Sommerschlaf verzogen zu haben schien. Es war ein Mysterium, das zu erleben er nie gehofft hatte, denn er war stolz auf sein Sexleben gewesen und ungeduldig bei jeder Form von Sex»problem«; doch jetzt fand er, daß dem ein symbolischer Zauber innewohnte, ähnlich der persönlichen Disziplin eines Gefangenen, die ihm die Kraft gibt, den Augenblick der Entlassung abzuwarten.

Er würde sich wohl betrinken müssen. Er überlegte, ob er Mike Hall anrufen sollte, fand sich aber momentan zu dünnhäutig für die Sarkasmen und das Geschimpfe von Mikes »später« Phase. Statt dessen brach er sich etwas Eis auf und machte sich erst einmal ein Justinsches Glas Gin Tonic. Den Gedanken, mehr von dem tollen Hasch zu rauchen, das noch im Arbeitsschuppen versteckt sein mußte, verwarf er schnell wieder, denn es war wohl sinnlos, der Einsamkeit in einen Zustand zu entfliehen, der die Sehnsucht nach einem anderen Menschen nur noch verstärkte. Es wurde dunkler im Haus, und ein befriedigendes Donnergrollen war zu hören, als hätte jemand im ersten Stock einen Safe fallen lassen. Als der Regen anfing, abrupt und schnurgerade, ließ Robin die Fenster offenstehen und genoß die feuchte Luft, die von draußen über seine Brust und Schultern hereinströmte. Er stellte sich vor, wie plötzlich Justin hinter ihm stand, in einer ausnahmsweise nicht ironischen Kapitulation vor dem Prasseln des Regens und dem netzhautbelichtenden Blitz; Gewitter machten ihn nämlich ausgesprochen nervös, und er tigerte während eines Unwetters ständig schmollend umher, um seine etwas peinliche Besorgnis zu kaschieren. Robin nahm einen Schluck Gin Tonic und kaute ihn wie ein Weinverkoster, bis die gekühlten Bläschen über seinen Gaumen sprudelten.

Er überlegte, ob er Musik auflegen sollte, und betrachtete das Regal mit einer Unentschlossenheit, die dem Elend schlagartig wieder Tür und Tor zu öffnen drohte. Das kleine Kribbeln eines Hochgefühls, das von der Kraft seines Körpers herrühren mochte oder von der Farbe des Gewitters, verflüchtigte sich nach oben wie die Bläschen, die in dem Glas plingten und wisperten, und machte seine Einsamkeit noch düsterer. Seine alten LPs in ihren abgestoßenen, kaffeeberingten Hüllen waren alle da, die Beatles und die Stones, die Doors, die Incredible String Band. Sie anzusehen bedeutete das Risiko, in eine pittoreske Vergangenheit abzustürzen, vorbei an Krisen wegen Seminararbeiten, an Ärger mit dem Auto, an Liebesnächten mit Mädchen. Er schielte auf die Kinks in ihren schwanzquetschenden Bellbottoms und erinnerte sich, wie er sich bei *Revolver* einen Joint gedreht hatte. Robins kleine CD-Sammlung war so willkürlich wie bei einem, der an Musik kein Interesse hatte, der noch immer gelegentlich eine erstand und manchmal eben das Falsche, weil er vergessen hatte, was man ihm empfohlen hatte. Er hatte nicht einmal mehr gewußt, daß er Vaughan Williams' *London Symphony* besaß, und angehört hatte er sie sich schon gar nicht. Egal, er wollte nicht an London denken. Da war auch etwas, das sicher Dan gehörte, *Dance Forever,* da wollte er nun einfach mal reinhören, doch nach einer Minute primitiver Wiederholung fand er, daß man dafür wohl in der entsprechenden Stimmung sein mußte. Mahler war auf andere Weise auch laut, doch der ging ihm auf die Nerven. Schließlich beließ er es bei einem Beethoven-Quartett, das er, wie er feststellte, doch ganz gut kannte, und summte ohne Umschweife mit. Er goß sich noch einen Gin ein, und als er in das tiefe Dunkel des Wohnzimmers zurückkehrte, wo das einzige Licht von der oszillierenden Anzeige der Anlage kam, glaubte er Kerzen zu sehen. Das Gewitter, wieder nah, grollte, eine erregende Sabotage der Musik; auf dem Fensterbrett stand ein alter silberner Leuchter, und Robin dachte, wie schön flackernde Flammen vor der Kulisse des Platzregens wären. Irgendwo in der kleinen Kommode waren Streichhölzer, und er durchwühlte ungeduldig die oberste Schublade. Unter allem anderen lag die Schachtel Swans und seltsamerweise auch ein in eingerissenes Glanzpapier gewickeltes Buch. Stirnrunzelnd nahm er es heraus, konnte sich nicht erklären, was es war, und ließ es obendrauf liegen, um es sich später genauer anzusehen. Er überlegte, ob wohl Justin vorgehabt hatte, es ihm zu schenken, und erkannte dann, wie lächerlich sentimental er war.

Die Kerzen schufen eine romantische Atmosphäre, vielleicht auch die eines Begräbnisses, einer Toten- oder Nachtwache, er wußte es nicht. Der Regen rauschte, das Quartett spielte eifrig, und als am Rand des mürrisch sich zurückziehenden Donners eine Stimme ertönte, erschauerte Robin und wirbelte herum in der blitzartigen Gewißheit, daß er gleich angegriffen würde – und tat gleich darauf so, als habe er es für einen Scherz gehalten. Terry Badgett stand in der Küchentür, sein Anorak hing ihm an der Kapuze vom Kopf, weil er durch den Regen gerannt war.

»Tut mir leid, daß ich Sie erschreckt habe«, sagte er.

Robin nahm an, Terry müsse geklopft haben, er wußte, daß er ein bißchen taub wurde, und überlegte, ob er dem Jungen erklären sollte, warum er ohne Hemd bei Kerzenschein Kammermusik hörte. Dann dachte er, es könnte ein Notfall sein, der mit Terrys Mutter zusammenhing. Er sagte: »Hallo, Terry?«

Terry musterte ihn einen Augenblick lang, so schien es Robin, mit der amourösen Verblüffung einer Unterschichtgestalt. »Ich hab gesehen, daß alle Fenster an Ihrem Wagen offen sind«, sagte er.

»O Gott...«

»Ich bin nicht drangegangen, falls er eine Alarmanlage hat.«

»Nein. Ganz herzlichen Dank.«

Robin rannte barfuß durch den schwächer werdenden Regen und mußte erst den Wagen anlassen, um die Fenster zu aktivieren. Es war wohl böiger gewesen, als er geglaubt hatte – der ausgefallene schwedische Tweed des Beifahrersitzes war durchweicht, und Handschuhfach und Radio waren von der hereingewehten Nässe besprenkelt. Er wischte darüber und beschloß dann, es bis morgen so zu lassen; während er den Wagen abschloß, hörte der Regen auf, dann kam noch ein Schwall, als würde der letzte Rest aus einem Eimer gekippt, und er hörte schließlich ganz auf. Am Tor war Terrys Talbot Samba geparkt. Darüber türmte sich der Himmel dunkel auf, wo das Gewitter nach Osten abzog, während es hinter dem Haus zu einem

232

graubraunen Dunst ausgefasert war, der die Felder fast wie eine Schicht Holzlack überzog. Irgendwo dahinter, erkennbar nur in eigenartigen Lichtpressungen und -brechungen, ging die Sonne unter. Robin ließ diesen ungewöhnlichen Effekt, das Glitzern auf den Bäumen und Hecken und den erstaunlichen Gestank des Landes nach einem solch kräftigen Sommerregen auf sich einwirken.

Terry saß auf dem Sofa, wo er sich erwartungsvoll vorbeugte, um das Ausmaß des Schadens zu erfahren. Er schien enttäuscht, daß er kein ernsteres Problem entdeckt hatte.»Ich hab's grade so gesehen...«, sagte er.

»Du hast dir ein Glas verdient«, sagte Robin.»Falls du Zeit hast.« Er ging in die Küche und rief heraus, so daß Terry ihm folgte:»Ich habe heute Gutes über dich gehört.«

»Ach ja...?«

»Ich war heute vormittag in Tytherbury. Mr. Bowerchalke schien sehr zufrieden mit deiner Arbeit.« Robin hatte noch immer den Eindruck, daß Terry nach seinen rabaukenhaften Teenagerzeiten sozusagen auf Bewährung war und Ermutigung brauchte, um sich weiter zu stabilisieren. In der verstimmten Erinnerung des Dorfes blieb er der Jugendliche, der das Hausmädchen des Bischofs geschwängert und aus dem Swimmingpool der Horensteins das Wasser abgelassen hatte.»Ein Bier?«

»Vielen Dank.« Terry hängte seinen Anorak über einen Stuhl und sah sich mit dem ehrgeizigen Interesse eines Menschen, der auf Förderung aus ist, in der Küche um. Er hatte sich die Haare schneiden lassen, hinten kantig wie bei Kleinstadtfriseuren üblich, so daß über dem sonnengebräunten Nacken ein neuer blasser Streifen war. Robin bemerkte die Salzflecken auf seinem schwarzen T-Shirt, wo der Schweiß getrocknet war.

»Und was hast du heute Schönes gemacht?«

Terry nahm die Flasche.»Ach, rumgerannt«, sagte er mit einem reservierten Lächeln.»Ich krieg jetzt ziemlich Arbeit.« Robin gestikulierte sie zurück ins Wohnzimmer.»Ich komm grade vom Bride Mill.«

»Du kommst gut zurecht mit Roger und John«, sagte Robin,

womit er die beiden stets in Kord gehüllten Herren des Hauses meinte.

Terry lächelte. »Ja, ich kann ganz gut mit denen.«

Sie saßen an den beiden Enden des Sofas, in Terrys dunklen Augen glommen die Kerzen. Robin saß breitbeinig da, das Glas locker auf Schritthöhe. Er bedauerte es nicht, in Gesellschaft von jemand Frischem und Hübschem zu sein, dem jegliches Gespür für seinen Trübsinn abging. Terrys Gesicht hatte seine pubertäre Dicklichkeit ebenso verloren wie den geschmerzten, mißtrauischen Ausdruck eines Jungen, der immer unrecht hat. Robin gefiel es, wie er seine Neugier zeigte, mal unverhohlen, mal verschlagen. Er glaubte, für Terry eine Gestalt von einiger gesellschaftlicher Faszination zu sein, und war über seine entspannte Art mit ihm erfreut. Er sagte eitel: »Entschuldige, ich sollte vielleicht ein Hemd anziehen.«

Terry trank einen schnellen Schluck aus seiner schimmernden braunen Flasche. »Wegen mir nicht«, sagte er; und erneut verharrte sein Blick einen Augenblick auf Robin. »Dann sind Sie also allein heut abend?« – und blickte dabei durch den irgendwie ritualisierten Raum.

»Leider«, sagte Robin leichthin.

»Wo ist Justin denn?«

»Noch in London.«

»Ah ja? Der hat mich auf der Party zum Lachen gebracht.«

Robin lächelte mißtrauisch. »Er kann sehr amüsant sein. Aber wir dürfen nicht hinter seinem Rücken über ihn reden.« Er war sich seines Bedürfnisses, Justin zu kritisieren, wohl bewußt, zumal nach zwei Gin Tonic, aber auch auf der Hut vor jedweder verfehlten Vertraulichkeit seitens Terrys.

»Ich freu mich schon, ihn wiederzusehen«, sagte Terry nachsichtig, aber auch so, als hätte er ein bestimmtes Datum im Sinn. »Wo fahren wir noch mal alle hin, Italien oder so?«

»Das war doch Sizilien, oder? Warum auch immer«, sagte Robin in gezwungen amüsierter Erinnerung.

»Genau, Sizilien. Um seinen sogenannten neu entdeckten Reichtum zu feiern. Irgendwann hab ich mal zusammengerech-

net, da waren es zwanzig, die er mitnehmen wollte.«Robin sagte
nichts und bedauerte schon fast, Terry hereingebeten zu haben,
nur damit er wie ein Junge mit einer Rute in dem trüben Teich
seines Unglücks stocherte.»Aber wahrscheinlich fährt er ja doch
bloß mit Ihnen hin, oder?« fügte Terry leise hinzu.

Robin dachte, daß Justin niemals etwas für ihn ausgeben
würde, und begriff allmählich, daß zwischen dem Geld, das
durch die Erbschaft hereinkam, und Justins Entscheidung, auszuziehen, eine tiefere Verbindung bestand, so als wäre Robins
Haus lediglich eine Annehmlichkeit gewesen. Was ein Landhaus,
wie Justin oft grob witzelte, ja schließlich auch war. Seltsamerweise brach das Quartett an dieser Stelle ab, und er stand auf, um
die CD herauszunehmen; erst als er sie in die Hülle zurück-
steckte, sah er, daß das Stück aus fünf Sätzen bestand.»Hm«,
machte er.»Aber du kennst Justin doch gar nicht« – Worte, die
mit einem bestürzenden Mal das ganze Jahr schwelgerischer sexueller Zurückgezogenheit vor seinem geistigen Auge herauf-
beschworen.

»Ich kenne ihn nicht wie Sie«, sagte Terry sehr diplomatisch.

Robin sah das CD-Bord durch – da waren sie wieder, Van
Morrison, Abba, etwas Mozart, natürlich Vaughan Williams'
London Symphony. Er hielt einen Arm zu dem höheren Bord
hoch; der Bizeps war gewölbt und mit Adern überzogen. Er war
überrascht von seinem Wunsch, von dem Jungen bewundert zu
werden. Und die Wirkung kam schnell, beinahe zu einfach.

»Sie sehen gut aus«, sagte Terry.

»Och, ich hab schon mal besser ausgesehen.«

»Waren Sie schon mal in dem neuen Fitneßclub in Bridport?«

»Äh... nein, noch nicht. Gut da?«

»O ja. Die haben sämtliche Maschinen. Einer der Trainer ist
ein Freund von mir. Ich hab Dan gesagt, er soll mal da hin, ich
könnte ihn umsonst reinbringen.«

»Nein, an so etwas hat er kein Interesse«, sagte Robin und
schien damit eine etwas peinliche Ausnahme für sich zu bean-
spruchen.

»Nein. Aber er hat schon einen hübschen kleinen Körper«,

sagte Terry, womit er schüchtern darauf beharrte, daß er eben doch in einer privaten Beziehung zu diesen dekadenten Londonern stand. Robin beschloß, sich wegen dieses Jungen, der mit seinem Sohn geschlafen hatte, nicht aufzuregen, doch als er wieder an jene Begegnung frühmorgens im Badezimmer dachte, Terry mit wirren Haaren und noch immer knabenhaft steif nach dem Vögeln, überlief ihn ein unterdrückter Sehnsuchtsschauer, als hätte ihm jemand ins Ohr gehaucht, und er fragte sich düster, ob sein ganzes romantisches gutes Benehmen denn überhaupt einen Sinn hatte.

»Lassen wir die Musik mal«, sagte er und setzte sich wieder. Es wurde allmählich kühl bei den offenen Fenstern, bald müßte er sich tatsächlich ein Hemd überziehen. Er sagte: »Hast du Dan gesehen, als er hier war?«

Terry erwiderte: »Meine Mam hat gesagt, er war mit Alex da«, was eigentlich keine Antwort war. Robin fragte sich, wie innig seine Gefühle für Dan waren, denn eigentlich hielt er Terry trotz verschiedener Dinge, die geschehen waren, nicht für homosexuell. Aber vielleicht hatte Terry ja auch ähnliche Zweifel bei ihm.

Wenn ja, dann war es aus seinem nächsten Schritt nicht zu schließen. »Ihnen ist bestimmt kalt«, sagte er mit einem breiten, angespannten Lächeln und rutschte ein Stück auf dem Sofa heran, um Robin den Oberarm zu reiben. Er beugte sich über ihn, um die Bierflasche auf den Teppich zu stellen, und schob ihm dann die andere Hand zwischen die Beine. Das geschah völlig ansatzlos, was entweder mit Ignoranz oder Genie erklärt werden konnte. »Gehen wir nach oben«, sagte er.

Robin zog mit einem leisen überraschten Schnauben den Kopf zurück, blickte dann in einer kleinen Inszenierung seines Dilemmas von dem Jungen weg und wieder auf sein erwartungsvolles Gesicht. Wenn er es tat, würde er Justin damit zum ersten Mal betrügen, noch beklemmender aber war der angedeutete Betrug Dans, der verstohlene Schatten, der damit auf ihn fiel. Er lächelte über die ungewöhnliche Brisanz der Situation. »Du weißt doch, daß ich ein Vierteljahrhundert älter bin als du, oder?« Eine seltsame Argumentation, wie er selbst fand.

Terry nahm die Hand von Robins Schenkel und rückte ein wenig ab. »Wenn Sie nicht wollen«, sagte er.

»Tja, hm, ich will ja eigentlich«, sagte Robin, obwohl er fand, daß das eine gute Frage war; zum ersten Mal seit Jahren errötete er über seine Unentschlossenheit. »Ich denke nur an... an andere.«

»Aber die erfahren doch nichts, oder?« sagte Terry. »Ich hatte sowieso schon seit einiger Zeit ein Auge auf Sie geworfen.«

»Tatsächlich...«

Terry atmete Robin ins Gesicht: »Schon seit Sie hierher gezogen sind, als Sie das Haus gekauft haben.«

Er hatte etwas leicht Bedrohliches. Robin hatte einen Augenblick das Bild eines jener Teenie-Gangster vor sich mit zwei Kindern in verschiedenen Haushalten und einer vierzigjährigen Frau, die er nachmittags besucht. Er wollte nicht sagen, wie er Terry aus jener Zeit in Erinnerung hatte. Simon hatte sich immer lustvoll über den kleinen Kerl hinten auf dem Weg beklagt, der auf dem Mäuerchen saß, um die Arbeiter zu beobachten, und dessen Schwanz sich wie ein gefangenes Tier in der Hosentasche regte. Robin küßte Terry auf die Nase, aus Höflichkeit oder als Zeichen für die unterlassene Verführung. Oder vielleicht dachte er, die letzten sieben Jahre seien die Verführung gewesen, die planlose, unbemerkte Annäherung. »Dann komm«, sagte er; und hörte andere unausgesprochene Worte, die hätten folgen können: »Es ist spät«, »Du müßtest schon im Bett sein.«

Nachdem es ganz dunkel geworden war, erhob sich der Wind recht schnell, und Robin lag da mit dem Rücken zur Lampe und horchte auf das Rauschen in den Bäumen. Es war ein Zischen und Prasseln, wie ein cleverer trockener Geräuscheffekt für Regen. Terry lag eingerollt bei ihm, sagte ab und zu etwas und tat ansonsten so, als döse er nicht. Robin dachte an den Tag in jedem Frühjahr zu anderen Zeiten, an dem man zum ersten Mal den Wind in den Blättern hörte, nicht das leere Stöhnen des Winters, sondern eine Art gewaltigen, nahezu substanzlosen Widerstand. Es war schwierig, das in der Stadt zu hören, wo der Geist des Ortes oftmals stumm war. Das war einer der

Gründe, warum er gern in der Nähe von Bäumen und Feldern schlief.

Es war klug von ihm gewesen, Terry gegenüber zu zögern, wenngleich vielleicht nicht töricht, nachgegeben zu haben. Im Bett war Terry lebhaft, aber selbstbezogen, als wollte er diesem älteren Mann zeigen, daß er wußte, wie das geht; er war schnell und eitel; schön, doch er berührte Robin nur auf die mechanischste Weise. Er küßte nur flüchtig, wohingegen Robin immer heftig knutschen wollte, besonders mit Fremden. Terry fand das offenbar zu intim oder zu kompromittierend. Er war sehr stolz auf seinen massigen Schwanz, der schräg abstand, als wäre er seit langem schon von den obsessiven Aufmerksamkeiten seiner rechten Hand seitlich weggebogen. Blöderweise quasselte er unablässig, doch Robin brachte ihn auf die einfachste Weise, die er kannte, zum Schweigen; dennoch drangen gelegentlich Geräusche aus seinem Mund, wie die gewissenhaften Erwiderungen eines Zahnarztpatienten. Irgendwie schien er von dem dichten, aber fontänenartigen Volumen von Robins Ejakulation nicht erbaut; und Robin selbst betrachtete sie wie ein Naturphänomen, nahezu ohne jede Empfindung. Jedenfalls war es nicht das Ende seiner gespenstischen Wochen der Enthaltsamkeit, das er sich erhofft hatte.

Dennoch war er danach, als er schon wegdämmerte, froh, daß Terry da war. Seine Hände strichen über die Haut und die Gelenke und weichen Übergänge seines Körpers, der an Veränderungen, wie Robin sie zuvor im Spiegel betrachtet hatte, noch nicht einmal im Traum dachte. Das war interessant – wie ein unheimlicher, privilegierter Besuch bei seinem jüngeren Ich oder einem Aspekt davon. Aber oft wollte er diese Reise nicht machen. Wie konnten all die alternden Liebhaber von Jungen das ertragen, diese Distanz, die mit jedem Jahr größer und einsamer wurde? Robin mochte die Eigenheiten Terrys, die stark behaarten Waden und die glatten Schenkel, die wundgeriebenen verschwitzten Stellen zwischen den Beinen, die kleine Narbe auf der falschen Seite für den Blinddarm, die feuchten talkigen Knoten in den Achselhöhlen. War er tatsächlich mit fünfzehn scharf auf Robin gewesen? Das Dach des Hauses war damals rechtzeitig für die Party zu seinem vierzigsten Geburtstag über den unverputzten Wänden fertig geworden, man hatte Baulampen an langen Verlängerungskabeln an die Balken geklemmt, und auf dem zerfurchten, schlammigen Hang des Gartens war ein Bagger abgestellt gewesen. Auf der offenen Feuerstelle hatte Robin lange Spieße mit Meeresfrüchten gegrillt. Er wußte damals nicht recht, was er davon halten sollte, daß er vierzig wurde, doch in dem neuen Haus, mit Simon, war ihm dann klargeworden, daß vierzig erst der Anfang war. Natürlich hatte er geglaubt, daß Simon für den Rest seines Lebens hier bei ihm sein würde; er hatte damit sein eigenes Leben gemeint.

Es war nicht klar, ob Terry blieb; er schien sich richtig häuslich niedergelassen zu haben. Robin dachte, es müsse ihm seltsam vorkommen, in diesem Zimmer zu sein, nachdem er unlängst zwei Türen weiter eine Nacht in Dans Bett verbracht hatte. Jetzt schlief er, sein Kiefer war herabgefallen, er atmete durch den Mund. Robin wälzte sich herum und knipste die Lampe aus, und schon diese kleine häusliche Verrichtung erschreckte ihn mit dem Bild Justins oder vielmehr mit dessen Negativ, dem jäh hereinbrechenden Dunkel, in dem Justin jede Nacht verschwand, wenn sie sich umdrehten und sich in den Armen des anderen einrichteten. Die großen Lieben seines Lebens – und da lag er nun mit einem bedeutungslosen Kerl und all den ungewissen gesellschaftlichen Nachteilen, die dem folgen würden.

Terry schluckte und murmelte: »Alles klar?«, als Robin ihn umarmte.

»Mmm.« Er fragte sich, ob Justin jetzt wohl allein war, ob er tatsächlich in einem Hotel wohnte; halb bewunderte er die Härte, mit der er sich an seinen Entschluß gehalten und nicht zu Hause angerufen hatte – wie andere süchtigmachende Persönlichkeiten hatte er einen mystischen Respekt vor dem totalen Verbot als der einzigen Alternative zum Chaos. Dennoch, die Auswirkungen waren hart. Robin horchte auf den Wind und dachte an jenen anderen Tag, ganz am Ende des Sommers, als eine kleine Wetteränderung eintrat, die nichts Besonderes hätte sein müssen, eine morgendliche Kühle nach Wochen sengender Hitze, tatsächlich aber ein Luftspalt gewesen war, durch den der Herbst mit seinem kräftigen, schon vergessenen Licht, seinem Schmerz ungenauer Erinnerung und seinem überraschenden Gefühl der Erleichterung hereingeströmt kam.

»Ich sollte dann mal los«, erklärte Terry kategorisch. »Ich hab noch nicht zu Abend gegessen.« Robin zog ihn mit einem gefühligen Knurren näher zu sich heran.

Er mußte geschlafen haben, vielleicht nur ein paar Sekunden, und als er aufwachte, beschlich ihn sogleich eine leicht verwirrte Besorgnis, wo er wohl war. Terry streckte sich seufzend und schien ihn auf den Arm zu küssen, doch in dem Dunkel trieb Robin in der ungeprüften Gewißheit dahin, mit einem anderen zusammenzusein. Er murmelte einen halbwachen Satz, schlicht, aber besorgt, mit dem routinierten Humor und der trockenen Wehmut eingespielter Vertrautheit. Zuweilen geschah das in Augenblicken kicheriger Nähe, wenn man merkte, daß man einen Freund wie einen anderen, älteren, besseren behandelte – ein plötzlicher Zugang mittels einer ähnlichen Geste oder einfach wegen der Vergleichbarkeit von Freundschaften. Robin nannte Justin ganz oft Simon und mußte sich dann entschuldigen. Im Dunkeln, wenn die Atmung langsamer wurde und die Hände nicht mehr wußten, wo sie lagen, schien es, als könnte ein Liebhaber zu einem anderen werden, wie die übergangslos sich verwandelnden Gestalten im Traum. In Robins Traum brüllte ein Fremder; er erwachte, und es dauerte mehrere angstvolle Sekunden, bis er begriffen hatte, daß Terry dreißig Pfund von ihm verlangte.

14

»Nein, Sie haben recht, Sir. In dem Zimmer muß noch ein bißchen was gemacht werden.«
»Wenn sieben Jungfern mit sieben Besen…« Justins Stimme verlor sich.
»Wie bitte, Sir?«
»Nichts.«
»Es erfreut sich aber eines Südwestblicks.«
»Wenn es sich *dieses* Blicks erfreut«, sagte Justin und trat vom Fenster zurück, »dann muß es ein Masochist sein.«
Charles, der Makler, gab ein verlegenes Kichern von sich.
»Eins zu null für Sie, Justin«, sagte er. »Eins zu null für Sie.«
Justin wünschte, er würde sich entscheiden, wie er ihn nennen wollte, und dann dabei bleiben. Charles war ein großer, nicht unhübscher Mann Ende Zwanzig mit der roten Gesichtsfarbe und dem kamelartigen Gang einer gewissen Spezies Privatschüler. Es war brütend heiß, und er war in Hemdsärmeln; er trug eine bunt-witzige Krawatte, die nach Justins Vorstellung ein Geschenk von einer Freundin war, die nicht wollte, daß er zu einem verkalkten Spießer wurde. Ständig strich er sie glatt, als wollte er sie wegstreichen. »Ich kann Ihnen noch eine zeigen«, sagte er. Sie gingen nach unten und stiegen in Charles' weißen Rover – oder »Rover-Wagen«, wie er ihn nannte. Wie zuvor gab es kleine Startprobleme. »Bei so einem Job kommen schon ein paar Kilometer zusammen«, sagte Charles.
Es war unbeschreiblich seltsam, wieder in diesem Viertel zu sein, wobei der Schock nicht davon kam, was sich verändert hatte, sondern was exakt wie früher war. Da war das Eckhaus mit der verrückten »Steinmetzarbeit« über den Backsteinen, da waren diese eigenartigen Kinder, die vor der chemischen Reinigung spielten, da war der verblüffenderweise »Garbo's« benannte

Schnapsladen, der alles dafür tat, den Glamour des Alleintrinkens zu erhöhen; sie fuhren gerade am Ende der Cressida Road vorbei, und er reckte den Hals, um einen schnellen Blick auf Alex' Haus, das etwa auf der Mitte stand, zu erhaschen. »Ganz angenehme Gegend hier«, sagte Charles. Unterm Strich, dachte Justin, war ihm der Cockney Derek von dem anderen Maklerbüro lieber. Das Blöde an Jungen wie Charles waren all die kleinen Hinweise darauf, daß sie selber und erst recht ihre Eltern irgendwo viel großartiger wohnten als in den Immobilien, die sie zu verkaufen versuchten. Daher der Mitleidston, die wechselnden Formen der Anrede und das ironische Festhalten an den Euphemismen des Gewerbes. »Das nächste Haus ist sehr individuell gestaltet«, sagte Charles.

Die Dame des Hauses war dageblieben, um ihnen für Fragen zur Verfügung zu stehen, und saß mit übergeschlagenen Beinen auf dem Sofa, trank einen Milchkaffee und löste das Kreuzworträtsel der *Daily Mail*. Als sie eine Weile oben gewesen waren, kam sie herauf, um nachzusehen, was da geschah, und zeigte ihnen, wie die Leiter zum Dachboden funktionierte. Justin sah, daß sie als die Verkaufende die Maklerlyrik verinnerlicht hatte und von nahezu allem, was er über das Haus sagte, beleidigt sein würde. Eigentlich konnte er es kaum erwarten, bis er wieder draußen war, doch dann stellte er plötzlich in einem Anfall parodistischer Höflichkeit weitere Fragen zur Zentralheizung und wollte noch mal eben ganz schnell einen Blick in das kleine Schlafzimmer werfen. Als die Haustür sich endlich hinter ihnen schloß, fand er, daß er ziemlich gut gewesen war.

»Also, was halten Sie davon?« fragte Charles, als sie wieder im Auto saßen.

Justin machte ein Gesicht, als müßte er sich gleich übergeben, worauf Charles lachend sagte: »Sie hätten Schauspieler werden sollen.« Er blickte sich um und fuhr fröhlich fort: »Tja, das wär's jetzt. Kann ich Sie irgendwo absetzen? Oder haben Sie den Rest des Tages frei?«

»Ich muß zurück nach Knightsbridge«, sagte Justin und sah stirnrunzelnd auf die Uhr.

Die Tage in London vergingen wunderbar schnell. Wenn er nicht gerade etwas tat, plante er es genüßlich. Der Prospektkram der Makler kam jeden Morgen in mehreren Umschlägen, und er schaute sie in einer trancehaften Mischung aus Entsetzen und Belustigung durch. Einmal sah er sich ein Haus einzig wegen der hemmungslosen Gewöhnlichkeit seines Dekors an. Wenn nur ein Photo vom Blick aus dem Haus beilag, fühlte er sich betrogen. Er mußte etwas finden und hatte eine Vorstellung von Licht und Raum, in denen er leben wollte, doch nichts, was er sich ansah, besaß die richtigen Verbindungsräume, wie Robin das nannte, den richtigen Raumfluß und – wie hieß das noch? – die richtige Anordnung der Wirtschaftsräume. Justins neuer Lebensabschnitt, in dem er die tragende Rolle des jugendlichen Erben spielte, der sich zugleich auf mysteriöse Weise vom Leben zurückgezogen hatte, würde von der diskreten Anwesenheit von Personal abhängen. Der Gedanke, Menschen um sich zu haben, die Dinge gegen Geld taten, übte eine immer größere Faszination auf ihn aus.

Während der ersten Tage war er sehr artig gewesen. Er hatte nur Gianni gesehen, dessen Nummer er noch von ganz früher hatte und der immer seine lustigen Übersetzungen aller möglichen Namen ins Italienische beigesteuert hatte. Gianni war in Ordnung, fiel aber unter das allgemeine Phänomen, in der Erinnerung gewachsen zu sein. Am folgenden Montag schaute Justin bei Mr. Hutchinson vorbei, dem Börsenmakler seines Vaters, und verließ dessen Büro in Marylebone fast schwindelig vor finanzieller Sicherheit. Die Einzelheiten dessen, was Hutchinson gesagt hatte, verflüchtigten sich fast binnen Sekunden, übrig blieb aber ein anhaltendes Gefühl von Macht. Weil er mußte, ging er auf das Herrenklo am Oxford Circus, wo derselbe dürre Schwarze, den er vor Jahren dort abgelutscht hatte, genau an derselben Stelle stand und ihn genauso verstohlen anglotzte; doch Justin wollte nicht. Er bummelte in der spätvormittäglichen Sonne weiter nach Soho, entzückt von dem Getriebe um ihn herum, den Jungen, die umherflitzten, den artistischen Radfahrern. Wie jemand lieber auf dem Land mit seinen Kühen und

Schafen, im wörtlichen wie im übertragenen Sinn, leben konnte, überstieg seinen Verstand. Er ging in eine Schwulenbar, die gerade aufgemacht hatte, trank ein Bier, plauderte mit dem Barmann und ging wieder, sämtliche kostenlosen Schwulenzeitungen unterm Arm.

Im Musgrove breitete er sie auf dem Bett aus und lag da wie ein Kind, die Fersen in der Luft und das Kinn in den Händen. Die Seiten mit den Treffpunkten schienen seit dem Jahr, in dem er sie zuletzt konsultiert hatte, an Zahl und Freizügigkeit zugenommen zu haben, und viele der Anzeigen hatten jetzt Nacktphotos, wenngleich manchmal die Gesichter unkenntlich gemacht waren. Auf anderen war nur ein Photo des Gesichts, was ihm lieber war. Noch besser aber waren die rein verbalen. Er mochte maximale Anspielung in Verbindung mit Überraschung, eben das optimale Blind date. Wenn ein Typ es brachte, konnte man ihn eventuell wiedersehen, doch beim ersten Treffen war es entscheidend, daß ein wirklich Fremder kam. Justin war natürlich ein hinreißender Fünfunddreißigjähriger, daher reagierten die Fremden selbst zumeist erleichtert und erregt. Manchmal fragten sie ihn, warum er nicht einfach in eine Bar oder eine Klappe ging.

Vielleicht gab es mittlerweile zu viele Strichjungen. Justin mußte sich einen Stift holen, um sich die möglichen Kandidaten zu markieren. Er fand, es müsse eine strengere Kalibrierung der Superlative von »gut bestückt« geben. Keiner bekannte sich zu weniger als SGB, viele waren SSGB oder Gigantisch SGB, was natürlich nicht korrekt war, es hätte S Gigantisch GB heißen müssen. Er umkringelte Mark (das vergessene »l« bei »pral« wirkte unerklärlich erregend), ebenso den tollen Carlo, italienischer Kerl, größter in ganz London, und den Deutschen Karlheinz, der Wasserspiele anbot (»ich will deinen Durst löschen«). Er sah, daß der Schwarze Gary alias Denzel noch immer dieselbe Anzeige hatte (»Mach dich auf eine große Überraschung gefaßt«), und überlegte, wo er am Abend von Dannys Geburtstagsparty abgeblieben war; es war wahrhaftig eine große Überraschung gewesen, ihn da in der Küche zu sehen, und Robins Eifersucht war geradezu unheimlich gewesen. Er hätte ihn gern wiedergesehen. Sein Blick fiel auf den unauffälligen Einzeiler »Phil. Zentral. Rein/Raus«, den er im Verdacht hatte, womöglich der Allerbeste zu sein.

Mark, groß wie ein Wolkenkratzer, antwortete nicht, doch Carlo ging sofort dran und war auch noch ziemlich fetzig. Er habe jetzt zu tun, könne aber um sieben da sein; Justin stellte klar, daß er nicht bloß auf eine halbe Stunde aus war, und Carlo sprach mit schmollendem Eifer von großen Summen Geld, die Justin ohne zuzuhören akzeptierte.

»Okay, wo ist also?«

»Im Musgrove Hotel.«

»Oh. Da war ich noch nie.«

»Nein, ich kann mir nicht vorstellen, daß du hier groß verlangt würdest«, sagte Justin und malte sich sein federnd männliches Eintreffen in der kitschigen Eingangshalle aus. »Übrigens, Carlo, wie groß bist du?«

»Ja, ist fünfundzwanzig.«

»Meine Güte...«

»Das ist natürlich in *centimetri,* muß ich sagen.«

»Aha.«

»Das ist Umfang... Nein, kleine Scherz!«

»Ha-ha.« Justin fand manchmal, er sollte wie Robin bei der Arbeit ein Maßband am Gürtel tragen. »Schön, also dann bis heute abend.«

Somit lag ein ganzer heißer Sommernachmittag des Wartens vor ihm. Er wußte nicht, was er tun sollte. Er ging nach unten auf einen späten Lunch in der antiken Stille des Speisesaals des Musgrove und setzte sich dann mit einem Kaffee und dem *Daily Telegraph* in den Aufenthaltsraum. Offensichtlich hielt man ihn für den Neffen oder Enkel eines Hotelgasts. Und ein Teil seines Vergnügens an dem Hotel war die Erinnerung an Ferien, die er mit seinem Vater in Etablissements verbracht hatte, die wegen ihres verdaulichen Essens und ihres Kinderverbots gewählt worden waren; Hotels, deren Aufenthaltsraum um neun Uhr abends leer war, wenngleich Gesprächsgemurmel und Tonfetzen von aufgedrehten Fernsehern aus den Zimmern zu hören waren, wenn er sich wieder zu einem Bummel die Geschäfte entlang zu der unglaublicherweise empfohlenen hinteren Bar eines anderen Hotels aufmachte. Von seinem Sessel aus konnte er durch den Aufenthaltsraum auf die helle, sonnenbeschienene Straße blicken. Der füllige alte Portier in seinem kastanienbraunen Cut redete draußen gerade mit ein paar Arbeitern und trat zurück, um ein älteres Paar zu begrüßen, Gäste, die ihn offensichtlich gut kannten. Das rauhe Ticken eines wartenden Taxis war durch das schwächere Dröhnen und das ferne Quietschen des Verkehrs in der einen Block entfernten Brompton Road zu hören. Die Londoner Alltäglichkeiten waren so schön, beruhigend und erregend zugleich, als wäre man verliebt. Mit den Worten mancher Masseure: stimulierend *und* entspannend. Er dachte an den armen Robin drüben in Clapham, an Alex hoch oben in seinem Büro in Whitehall, wie er durch ergrauende Stores auf den Tag hinausblickte, und war leicht erregt und träge belustigt von der Liebe und Lust, die sie für ihn empfanden. Er sah sie nebeneinander stehen, ihre sehr unterschiedlichen Penisse in verwirrtem Flehen aufragen, während er vorbeischritt. Sie waren Durchgangsstationen gewesen, Haltepunkte in jenem peinlichen frühen Teil des Lebens, bevor man genügend Geld hat oder weiß, was man tun soll. Dann kam ein Augenblick, mit dem sich alles änderte, alles klar wurde. Geld machte alles klar.

Er ging die Straße entlang zu dem selten vollen Designeruntergeschoß von Harvey Nichols und sah nachlässig die Stangen mit den besseren Namen durch; ab und an löste sich ein junger Verkäufer von seinem anspruchsvollen Nachmittag aus Clubklatsch und Hemdenfalten, um ihn zu beraten. Er probierte zwei Anzüge an, lockeres Sommerleinen, doch er sah darin dick und geil aus, wie ein altmodischer Sextourist. »Das ist nicht das Richtige«, sagte er in einem Ton eher allgemeinen Protests. Auch die Preise waren ziemlich geschmacklos. Er fuhr mit dem Taxi zu Issey Miyake, wo er wie ein Ankömmling in einem entlegenen Zen-Tempel mit ritualisierter Überraschung begrüßt wurde. Während der vierzig Minuten, die er dort verbrachte, kam kein weiterer Kunde herein, doch als er dann mit einem Anzug und einem Hemd wieder ging, hatte er knapp über 3000 Pfund ausgeben, und er winkte sich ein Taxi heran in einer Stimmung, die sich am besten mit einer seiner frühesten Verballhornungen zusammenfassen ließ: Er war in einem Zustand der Glückschönigkeit.

Als er wieder im Hotel war, setzte eine drängendere Erregung ein. Er konnte nicht umhin zu überlegen, wie Carlo wohl aussah, und bei dem Gedanken, daß er ihn hier stundenlang zu seiner Verfügung haben würde, überfiel ihn ein Lustschauer. Er überlegte, was er wohl gerade tat: vielleicht im Fitneßstudio an Geräten schwitzen; oder, was wahrscheinlicher war, einfach nur arbeiten. Ein Nachmittagstermin mit einem schuppenübersäten Ehemann. Justin fand Gefallen an der Vorstellung von Carlo als Sexmaschine, hoffte aber, daß er bis neunzehn Uhr nicht schon ermüdet sein würde. Doch Carlo war ein starker Name, wie eine angereicherte Version von *caro,* was das italienische Wort für teuer war. Das englische Pendant zu Carlo war natürlich Charles, was der Name seines Freundes, des Immobilienmaklers, war. Das war ein Zufall. Vielleicht war auch Charles Gigantisch SGB. Was schwer zu sagen war bei den teuren Nadelstreifen. Wie würde er das formulieren – »erfreut sich einer beträchtlichen Erektion«? Nun, wer tat das nicht? Und vielleicht hatte es ja doch auch ein bißchen was Erotisches gehabt, mit Charles von Haus zu Haus umherzutuckern. Carlo dagegen würde mehr als nur ein bißchen erotisch sein. Aber man mußte dabei bedenken, daß Carlo mit ziemlicher Sicherheit nicht sein richtiger Name war. Noch eineinhalb Stunden. Justin war so erhitzt, daß er sich überlegte, ob er sich noch einen Strichjungen holen sollte, nur um die Zeit auszufüllen.

In den letzten Minuten davor ging sein Interesse ziemlich zurück – es war ja nur Sex und würde wahrscheinlich enttäuschend werden. Um fünf vor sieben klingelte das Telephon, und das angenehme schottische Mädchen, bei dem Justin an nackte Knie in kaltem Wind denken mußte, sagte: »Hier ist ein Mr..... ein Mr. Carlo, der zu Ihnen möchte.« Justin war schon in dem

hoteleigenen Frotteemorgenmantel, gepudert und gesprayt aus
kokettem Respekt vor seinem Besucher, der Mr. Robins Vorliebe für Körperdüfte ja nicht teilen könnte. Er drapierte sich in
einem Sessel, mußte dann aber doch aufstehen, um die Tür zu
öffnen.

Als Carlo hereinkam, ging das Paar von nebenan gerade auf
ein frühes Abendessen hinunter, und Justin hörte, wie das Wort
»Jugendherberge« in einem vergnügten, aber beunruhigten Ton
zwischen ihnen fiel. Rein äußerlich hatte Carlo mit seinen
homosexuellen Stiefeln und Socken etwas Unternehmungslu-
stiges; die gepolsterten Riemen seines Rucksacks betonten den
Schwung seiner Brust und Schultern wie ein Geschirr, und seine
schwarzen Shorts waren zwar weit geschnitten, dehnten und
spannten sich aber dennoch beim Gehen um seine Schenkel und
Gesäßbacken. Er war die städtische Parodie des Wanderers, wie
man ihn in jeder Schwulenbar sah. Dabei war er keineswegs so
groß wie erwartet, aber er war zum Schmachten schön; er hatte
die maskenartige orangige Bräune, die man bekommt, wenn
man den falschen Selbstbräuner benutzt. Er schüttelte Justin die
Hand und sah sich mit einem anerkennenden, prüfenden Blick
im Zimmer um, während er den Rucksack abstreifte. Justin
wußte, daß er wieder eine gute Wahl getroffen hatte. Der Junge
war ein wandelnder Pauschalurlaub.

Die nächsten Augenblicke hatten ihre übliche Faszination –
das Aushändigen des Geldes, der kleine Knick, den dies in das
Szenario des romantischen Besuchs machte, und seine sofortige
Wiederaufnahme, nachdem Carlo das Notenbündel gezählt
hatte; das Zögern darüber, was gewünscht war – die Inszenierung einer Liebesszene oder Sex ohne Vorspiel oder irgendeine
scharfe persönliche Variante. Justin löste seinen Bademantel, um
die natürliche Bräune zu entblößen, die sein Lohn für so viel
Langeweile auf dem Land war, worauf Carlo zu ihm trat und anfing, ihn in der automatisch inständigen Weise eines kleineren
Menschen zu küssen. Sein warmes Geschnaufe hatte etwas ziemlich Leidenschaftliches, fand Justin, während er hinablangte, um
nach dem, was sich da in der Hose des Jungen heftig regte, zu

greifen. Doch da trat Carlo mit einem albernen, entschuldigenden Gesichtsausdruck zurück. »Sekunde«, sagte er. »Ich muß mal auf deine Toilette.«

Justin bedachte ihn mit einem nachsichtigen Blick. »Aber Schatz«, sagte er, »*ich* bin meine Toilette.«

Was ein paar Tage später geschah, konnte er sich nicht erklären. Eines Morgens zog er wieder mit Charles los und sah sich ein eher kleines Haus abseits der Fulham Road an, das vollständig renoviert worden war. Er erwartete nicht, daß es ihm gefiel, allein schon den Namen Fulham fand er bedrückend, und vielleicht ging er nur hin wegen seiner skurrilen neuen Fixierung auf Charles, den heimlichen Hengst. Charles holte ihn vor dem Hotel ab, und seine neue Masche bestand aus der abergläubischen Weigerung, überhaupt über das Haus zu sprechen, so als könnte alles, was er sagen würde, die schöne kleine Chance, daß sich Justin in es verliebte, zunichte machen. »Es interessiert mich ja schon sehr, was Sie davon halten«, mehr sagte Charles nicht. Er hatte die wenig nachhaltige Aura eines Menschen, mit dem man überraschenderweise und wunderbar in einem Traum geschlafen hatte; doch schien er Justins fragende Blicke nicht zu bemerken. An seiner Hand steckte ein alter Siegelring, sein Ehefinger dagegen war beruhigend unbesetzt.

Außen war das Haus unauffällig weiß verputzt, davor war ein kahles Gärtchen, in dem eine Betonmischmaschine gestanden hatte; innen jedoch hatte es ein kühl-avantgardistisches Gepräge erhalten und damit jeglichen Bezug zu den Tröstungen des gewöhnlichen Zuhauses eingebüßt. Die beiden Männer marschierten melancholisch über die knarrenden Weiten des hellen Fußbodens, und Charles führte unbeholfen diverse verborgene Ausstattungen vor. Justin glaubte, daß es sein erster Besuch in diesem Objekt sein müsse, und argwöhnte, daß er einen ordentlichen Kater hatte; er beobachtete, wie sein Jackett auszog und es auf die graphitfarbene Arbeitsfläche in der Küche legte, und sog die angedeutete Beschaffenheit von Brust und Hintern mit revisionierendem Genuß und voller Faszination ein. Dann dü delte ein Handy, und Charles schlenderte davon, um einen guten Empfang zu bekommen.»Ja, ich bin jetzt da«, sagte er, und andere lakonische, abgeschirmte Bemerkungen, als könnte er nicht offen sprechen. Justin war einen Augenblick allein in der Küche und tastete in der horizontalen Brusttasche eilig nach Charles' Geldbörse – sie kam mit einem Ruck heraus, eine dicke, alte Brieftasche mit Druckknopf, aus der Kreditkartenquittungen und Benzingutscheine quollen. Hinter dem kleinen Pergaminfenster steckte der Schnappschuß eines außergewöhnlich schönen schwarzen Mädchens.

Tja, mehr brauchte er nicht zu wissen. Er wollte die Brieftasche gerade wieder zurückstecken, als Charles mit gereiztem Tempo zur Haustür hereinkam.»Entschuldige, Pete, dieses blöde Telephon spinnt immer noch«, sagte er.»Ich ruf dich später an.« Justin blieb nichts anderes übrig, als loszulaufen und hektisch:»Dieses Zimmer ist also gleichzeitig auch das Eßzimmer« zu sagen, während er sich das Ding in die eigene Tasche stopfte.

Der Rest der Besichtigung war pure Schauspielerei. Justin streifte umher und stellte Fragen wie aus einem klar erinnerten Drehbuch, und dabei konnte er nur noch an die Brieftasche denken und wie er sie loswerden konnte. Charles wirkte erleichtert von seiner plötzlichen Lebhaftigkeit und glaubte womöglich, er habe einen unverdienten Erfolg gelandet. In jedem Stadium des folgenden Geschehens – Charles nimmt sein Jackett, sie verlassen das Haus, steigen in den Wagen, die zehnminütige Fahrt, Justin steigt aus – erschienen mehrere Kniffe vorübergehend möglich, um sich jedoch gleich wieder als undurchführbar zu erweisen. Eine freimütige Erklärung wäre demütigend gewesen. Einmal hatte er das Ding – ganz und gar nicht das Ding von Charles, das er gewollt hatte – in der Hand und wollte es schon nach hinten ins Auto schieben oder werfen, doch dann ließen ihn seine Nerven im Stich.

Nachdem er ausgestiegen war, ging er kurz ins Hotel, trat dann mit einer gewissen unvermeidlichen Verstohlenheit wieder heraus und bummelte die Straße entlang. Zurückgeben konnte er die Brieftasche nicht, weil er keinesfalls damit in Verbindung gebracht werden konnte. Sie irgendwo liegenlassen ging auch nicht, weil dann jemand anderes die Kreditkarten benutzen und Charles noch mehr Unannehmlichkeiten bereiten konnte. Er selbst fühlte sich zu schuldig, um in die Brieftasche zu sehen. Es gehörte zu den lächerlicheren Dingen, die er getan hatte, war aber nicht zu vergleichen mit dem Ärger, den er immer mal wieder an der Schule bekommen hatte, wenn er anderen Jungen Sachen weggenommen hatte. Der Gedanke, daß seine kurze Kaprice bei einem anderen eine scheußliche kleine Krise auslösen würde, bedurfte rascher und stirnrunzelnder Zensur. Ein großer Müllwagen bewegte sich am Beauchamp Place voran, Männer in Overalls und reflektierenden Westen wuchteten Säcke und Kisten in die ächzende und knackende Ladeklappe. Justin blieb stehen und sah ihn vorbeifahren, und als die Männer nach vorn rannten, trat er auf die Straße, um sie zu überqueren, und schleuderte die Brieftasche in den klaffenden Rachen des Fahrzeugs.

Er beschloß, den Lunch ausfallen zu lassen, und fuhr mit einem Taxi nach Soho. Sein Ziel war eine Bar, in der er sich in der frühen Phase seiner Liebschaft·mit Alex, als sie noch öfter weggegangen waren, manchmal mit ihm nach dessen Arbeit getroffen hatte; doch auch sie war individuell umgestaltet worden, und ihre neuen Flächen aus poliertem Stahl und Industriegummi ließen Wehmut gar nicht erst aufkommen. Er bestellte eine nahrhafte Bloody Mary. Eigentlich war er nicht ziellos, sondern haltlos. Was er in puncto Haus machen sollte, wußte er nicht. Er müßte Charles wiedersehen, um jeden Verdacht von sich zu lenken, doch bei dem Gedanken, sich noch einmal ein Objekt anzusehen, regte sich in ihm schon eine leise Abscheu. Er stellte sich vor, wie er das Büro anrief und erfuhr, daß Charles ihn nicht mehr betreute. Und dann konnte er die Suche auch gleich abblasen, er würde sich wunderbar befreit fühlen; er könnte sich einen braunen Filzhut kaufen und in der rücksichtsvollen Stille des Musgrove Hotel dahinleben. Immer wieder bildete er sich ein – und das erschien ihm nun wirklich kriminell –, noch den Hochsommergestank aus Müllwagen, verschüttetem Bier, verfaulten Äpfeln und Lebertran zu riechen.

Der Nachmittag war erst halb um, als er schon in drei Bars gewesen war, auf der letzten Etappe in Begleitung eines geschwätzigen jungen Mannes namens Ivor, der ihm und Robin auf einer Party letztes Weihnachten begegnet war. Justin hatte nur noch eine gefilterte Erinnerung an jenes frühere Mal – daß Robin sich mit ihm gebrüstet hatte, daß er sehr schön und amüsant gewesen war und vielleicht auch, daß Ivor zu denen gehörte, die er beeindruckt hatte. »Den Witz von dir erzähle ich immer wieder«, sagte Ivor.

»Oh...«, sagte Justin.

»Als ich sagte, was du Robin für eine Stütze seist und er darauf sagte: ›Oh, mehr als das‹, und du sagtest: ›Was denn, ein Gerüst?‹« Justin kicherte verlegen und fand es ganz lustig, jedenfalls war es das gewesen, als er es sagte. Ivor schien von ihm gefesselt, sein Geplapper war teils Nervosität, und als Justin anfing zu sprechen, saß er mit offenem Mund da, als wollte er sich genau einprägen, was er sagte. Er war ein recht gutaussehender Bursche mit kurzen schwarzen Haaren und sportlichem Club-Outfit, das er offenbar auch tagsüber passend fand. Die Gelegenheit, ihm zu sagen, daß er Robin verlassen hatte, ergab sich für Justin nicht so recht, und er verschanzte sich hinter Ivors verständlicher Unwissenheit, was er ganz angenehm fand, dann aber auch unangenehm. »Ich würde euch beide zu gern bei mir zum Essen einladen«, sagte Ivor, »wenn ihr mal beide in London seid. Oder vielleicht würdet ihr euch ja gern meine neue Show ansehen.«

»Klar...«, sagte Justin und drehte sich um, um dem Barmann ein Zeichen zu geben.

»Du erinnerst dich gar nicht mehr, was ich mache, oder?« sagte Ivor, deutlich erregt von seiner eigenen Bedeutungslosigkeit.

Justin mochte nicht sagen, daß er sich, genaugenommen, überhaupt nicht mehr an Ivor erinnerte. Er sagte: »Wir sind nur noch zwei Tage hier.« Und dann: »Möchtest du noch was trinken?«

252

Die Bar, in der sie saßen, war klein und spärlich beleuchtet und hatte Spiegel an der Wand, um bei den Gästen das Gefühl zu vertreiben, in der Falle zu sitzen. Es war klar, daß Ivor öfter hierherkam, und bald gesellte sich eine lockere Gruppe seiner Freunde zu ihnen. Justin bestellte mit einer bemühten Herzlichkeit, die gar nicht seiner Art entsprach, eine Runde für alle. Einer der Jungen sagte leise zu ihm: »Ist alles in Ordnung?« Es war ein untersetzter Rugby-Blonder, den Justin sogleich zu beeindrucken hoffte – es war verwirrend, daß man ihm diese vorsichtige Besorgtheit entgegenbrachte. Er hatte schon vier Bloody Mary und danach zwei sommerliche Screwdriver getrunken. So viel war das doch nicht. Aber vielleicht hatte er den Jungen, der noch nüchtern-schüchtern und vernünftig war, unwillentlich intensiv angeblickt. Er sagte: »Mir geht's gut«, worauf der Junge achselzuckend seine Flasche hob und »Cheers« murmelte.

Später lud Justin einen anderen Mann ein und erzählte ihm, er suche ein Haus, vier oder fünf Zimmer, in West- oder Südwest-London, allerdings nördlich des Flusses. Er hatte wohl ziemlich mit seinen Wunschvorstellungen geprahlt, denn der Mann sagte: »Dann gib mal Bescheid, wenn du was hast. Du brauchst dann wohl keinen Untermieter, oder?«

Justin sagte: »Vielleicht habe ich dann ja eine Art bezahlenden Sexgast.«

Das schien der Vorstellung des Mannes nicht zu entsprechen, aber er lachte und sagte: »Aber du hast doch sicher einen Freund.«

»Ja, sicher«, sagte Justin.

Ivor, der dazu neigte, jede Unterhaltung der anderen mit Justin zu prüfen und zu durchleuchten, sagte aufgeregt: »Der hat einen wahnsinnig tollen Freund. Stimmt's? Das ist so ein toller Architekt.« Er nahm einen Schluck aus seinem salzumrandeten Glas und fügte mit übertriebenem Bedauern hinzu: »Die sind wie geschaffen füreinander.«

Justin sah in den Spiegel an der gegenüberliegenden Wand. Darin spiegelten sich die Bar und ihre Gruppe, sieben, acht Personen, und sein Blick glitt darüber hinweg, um sich selbst zu finden. Seine Gesichtshaut war gespannt, kribbelte trocken von der nachmittäglichen Betrunkenheit, der leichten Duseligkeit und dem Gefühl, irgendwie nicht dazuzugehören… Er wußte, daß er gehen müßte, zuckte aber bei dem Gedanken an die helle Sonne draußen zusammen und sah das Zucken im Spiegel als häßliche kleine Konvulsion in der unbestimmbar fremdartigen Steifheit und Schlaffheit seines Gesichts. Allen anderen schien es gutzugehen, er sah, daß der Mann, der vielleicht sein Untermieter würde, bemerkt hatte, daß er sich selbst anschaute, und ihn ironisch anlächelte. Die Bar war wirklich schrecklich klein. Mit verzögertem Mißvergnügen nahm er wahr, daß der kühle leise Jazz von vorher sich, als der Nachmittag über eine unsichtbare Schwelle vorangeschritten war, in eine lautere Dance-Musik mit ihrem bedrohlichen, chemischen Eifer verwandelt hatte. Ivor sagte noch etwas anderes zu ihm, nun weniger zurückhaltend, weil er ebenfalls betrunkener geworden war. Justin drehte sich um und starrte bedächtig auf die polierte Fläche der Theke. Sein Atem ging schnell und flach.

Kaum auf der Straße, war ihm wohler, und er ging in kurzen Beschleunigungen und Pausen wie blind ein paar Straßen weiter. Jedesmal wenn er an die Bar zurückdachte, kehrte die Panik mit einem jähen falschen Herzschlag wieder; doch jedesmal wurde der Effekt ein bißchen weniger. Obwohl er es wahrscheinlich gekonnt hätte, vermied er es, in Schaufenster oder Autofenster zu blicken. Er ging zum Soho Square, der, wie er meinte, frei von Reflexionen sein würde, und setzte sich fest aufs Gras mitten auf den Rasen unter dem luftigen Dach der Platanen. Einer der schwulen Jungen in der Nähe kam heran und bat ihn um Feuer, doch er schüttelte nur den Kopf. Nach einer Weile stand er rasch auf und ging zu einer Telephonzelle. Er stach auf die Nummern ein und horchte auf den Wählton, ohne den leisesten Schimmer, was er sagen würde. Ihm war, als hätte er keine Macht darüber, und daß das, was er dann sagen würde, ihm in dem Moment, in dem er es sagte, schon einfiele. Er hatte ein vages Bild von der Wohnung in Clapham, der Sexkiste, wie er sie immer genannt hatte, und wie Robin ans Telephon schoß. Eine beschäftigte Stimme, die er fast nicht erkannte, sagte:»Alex Nichols.« Justin verzog das Gesicht und dachte eine paranoide Sekunde lang, Alex sei bei Robin; dann begann er sich zu wundern, daß er diese Nummer gewählt hatte, in seiner Hektik wohl rein instinktiv – seit über einem Jahr hatte er Alex nicht mehr bei der Arbeit angerufen.»Alex Nichols«, sagte die Stimme wieder mißmutig. Justin stand schnaufend da, wie ein Perverser, und hörte Alex auflegen. Dann tippte Justin, nun bewußter, als versuchte er herauszubekommen, wo es beim ersten Mal schiefgelaufen war, die Nummer der Sexkiste. Binnen einer Sekunde hörte er das gedämpfte Rappeln des Anrufbeantworters und Robins Stimme, ganz unecht, geschäftsmäßig, die ihm das Unerträgliche verkündete, daß er weggegangen war.

Als er Crewkerne erreichte, war es dunkel, und gerade als er mit seinen Taschen aus dem Bahnhof trat, sah er das letzte Taxi vom Vorplatz fahren. In der Luft lag eine leichte Kühle und ein stechender Grasgeruch. Er ging zu der Telephonzelle, um die Zentrale anzurufen, und stellte sich dann unter die Lampe an der Bahnhofstür. Der Fahrkartenschalter war geschlossen, die beleuchteten Bahnsteige und Warteräume unbesetzt, wie heute üblich. Gelegentlich fuhr ein Wagen, der nicht sein Taxi war, langsam vorbei und beschleunigte dann. Der Rand einer Kleinstadt auf dem Land nachts um halb elf, verschwindende Rücklichter: Es war eine Definition von Einsamkeit.

Auf einem Schild im Taxi stand, daß der Fahrer keine Kreditkarten annahm, aber er beschloß, ihm nicht zu sagen, daß er kein Bargeld hatte. Er saß hinten, seine Reisetasche auf den Knien, und sah zu, wie die Scheinwerfer des Wagens Kurve um Kurve der mit hohen Hecken gesäumten Sträßchen bestrichen. Der Fahrer nahm sie schnell, so daß mehrmals die Reifen quietschten. Wahrscheinlich wollte er endlich Schluß machen, die Strecke bedeutete für ihn eine große Verzögerung – Justin war das gleichgültig, aber er war froh über die Notfallatmosphäre. Er schwang von rechts nach links, gepackt von dem Gefühlsdurcheinander, nach Hause zu kommen und ins Exil zu gehen. Er hatte einen Fehler begangen, aber er wußte nicht, welchen.

Als der Wagen vor der Gartentür hielt, mimte er flüchtig Bestürzung über seine Geldbörse. »Schon gut, ich wohne hier«, sagte er; doch der Fahrer behielt sein Gepäck ein. Er eilte durch den dunklen Garten und hoffte mehr denn je, daß Robin zu Hause war. Zwischen den Apfelbäumen schimmerte ein Licht – es war wie ein Haus am Ende der Welt, und er hatte das Gefühl, daß er es vor dreißig Jahren verlassen hatte und nicht erst vor zehn unseligen Tagen.

Eine kleine Förmlichkeit oder vielleicht auch ein Hang zum Drama veranlaßte ihn zu klingeln, obwohl der Schlüssel in seiner Tasche steckte. Er hörte Robins federnde Schritte und wußte, daß er barfuß sein würde, und er stellte sich seine Verblüffung über seinen nächtlichen Besuch vor. Die Tür wurde aufgerissen, und da stand er, schockartig er selbst, völlig lebensecht. Justin sah seinen Seufzer der Überraschung und dann das zweifelnde, aber unaufhaltsame Lächeln. »Hast du mal zwölf Pfund, Schatz?« sagte er. »Ich muß das Taxi bezahlen.«

Robin kam mit, um sein Gepäck zu tragen, und Justin dankte ihm leise, wie für einen erwarteten, aber dennoch angenehmen Tribut. In der Küche umarmten sie sich kurz, setzten sich dann aber einander gegenüber an den Tisch. Justin spürte das Nahen trockener Kopfschmerzen. Als er aufblickte, sah er, daß Robin weinte.

In Gegenwart des Kummers anderer wurde er immer ziemlich starr. Er hatte Robin erst einmal weinen sehen, nicht lange, nachdem sie sich kennengelernt hatten, als er ihm von Simon erzählte, allerdings hatte er es bei diesem Anlaß schrecklich sexy gefunden. Jetzt sagte er: »Wann bist du denn zurückgekommen?«

Robin fuhr sich mit der Hand übers Gesicht und räusperte sich. »Ähm... vor etwa drei Tagen. Ich hab's nicht mehr ausgehalten, nichts von dir zu hören – und zu wissen, daß du irgendwo in der Nähe warst.« Justin spürte bei ihm das Verlangen, Dutzende Fragen zu stellen, davon einige wichtige. »Erzählst du mir, wo du warst?«

»Das ist unwichtig.«

Robin schniefte und stand auf. »Was trinken?«

»Ja. Scotch.«

Er holte Gläser und eine halbleere Flasche. »Hast du dich amüsiert?«

»Ja, ein bißchen. Ich brauchte Zeit. Du darfst nicht vergessen, daß ich im Grunde ein Stadtmädchen bin, Schatz. Ich bin in Solihull aufgewachsen.« Er nahm das Glas, das Robin ihm hinschob, und blickte abwesend hinein. »Dann habe ich jedenfalls beschlossen, daß es Zeit ist, in das liebe Luton Gasbag zurückzukommen.« Er lächelte kurz und trank dann, jedoch ohne jede Zeremonie. Er war darauf bedacht, daß keine Bekenntnisse abgelegt wurden. »Hast du denn ein bißchen Unfug getrieben, während ich weg war?«

Robin zögerte einen Augenblick, als versuchte er, etwas Dummes zu erfinden, und sagte dann: »Ich habe mit Terry Badgett geschlafen.«

»Hm… verstehe.« Justin rutschte auf seinem Stuhl zurück. »Das war aber ein bißchen erbärmlich, oder?«

»Total erbärmlich. Ich war einsam, er hat mich angemacht. Reine Zeitverschwendung. Und rausgeschmissenes Geld.«

»Willst du damit sagen, du hast dafür bezahlt?«

»Der Fick war das Letzte, und dann hat er mich aufgeweckt und Geld dafür verlangt. Anscheinend sieht er sich als eine Art Stricher.«

Justin versuchte zu zeigen, daß er über derlei Dinge erhaben war, doch er war zutiefst verletzt; und verblüfft über Robins Motive, es ihm zu sagen. »Ich weiß nicht, ob ich das unbedingt erfahren mußte«, sagte er.

»Na ja, du hast gefragt. Ich hatte noch nie Geheimnisse vor dir, und ich fange jetzt nicht damit an. Ich dachte, du hättest mich verlassen, verdammt. Ich habe kein Keuschheitsgelübde abgelegt.«

»Vielleicht *habe* ich dich ja verlassen«, sagte Justin. Er merkte, wie seine Wut erwachte und mit ihr auch ihr belebendes Potential, ihn weit weg von zu Hause zu bringen, und er knallte ihr den Deckel auf den Kopf und schob den Riegel vor. »Ich hoffe doch, er ist nicht über Nacht geblieben.«

»Nein«, sagte Robin ungeduldig. »Er war nur etwa eine Stunde da. Das war gar nichts.«

Eine Stunde, dachte Justin. Eine Stunde Betrug. Er sagte: »Ich will nicht, daß das ganze Dorf davon erfährt«; und dann lachte er los und lachte weiter, länger, als es angenehm war.

Als sie im Bett waren, schmiegte er sich in Robins Arme und spürte, wie sein harter Schwanz entschuldigend hinten gegen seine Schenkel stieß – er fand, daß es eher wie Alex' scheue Lust war als Robins üblicherweise herrisches Drängen. Er sagte: »Macht's dir was aus, wenn wir's jetzt lassen? Ich habe Kopfschmerzen, ganz ehrlich.« Er rückte von ihm ab, faßte aber nach hinten, um seine kräftige Hand zu nehmen.

Am Morgen blieb Robin länger als üblich liegen und drehte sich immer wieder, scheinschläfrig ächzend und tastend, zu Justin hin. Doch Justin konnte länger als jeder andere schlafen. Schließlich schwang Robin die Beine aus dem Bett und ging ins Bad, wobei er die Tür offenstehen ließ. Justin horchte auf die jungenhaft laute Art seines Pinkelns, immer voll ins Wasser, und wie er spülte, kurz bevor er fertig war. Wenig später hörte er in der Küche Geklapper. Er lag da und wartete darauf, daß sich die Terry-Geschichte wieder regte; doch es tat sich nichts weiter, und er fragte sich, ob es ihm womöglich egal sei. Vielleicht ging es bei dieser Sache ja auch um Rache, was sie in gewisser Weise amüsant machte, und er erkannte, daß er damit etwas hatte, auf das er immer wieder zurückkommen konnte. Er stieß die Bettdecke zurück und robbte auf dem Laken umher wie ein Hund in einem Korb. Er brauchte nicht lange, bis er ein halbes Dutzend schwarze Haare gefunden hatte, die er peinlich genau aufzupfte und zwischen Daumen und Zeigefinger mit in die Küche nahm. Robin deckte gerade den Frühstückstisch, und Justin legte sie mit einem gewissenhaften Stirnrunzeln auf seinen kleinen Teller. »Wieviel hast du dafür bezahlt?« fragte er.

Robins Gesicht verdüsterte sich sofort. »Ich sagte doch, ich wußte nicht, daß du kamst.« Er wandte sich kopfschüttelnd ab, als könne er ihm nie etwas recht machen.

Es war erstaunlich, eine solche Macht über jemanden zu haben, dem man sich doch eigentlich nur unterwerfen wollte. Da saßen sie nun halb nackt in der Küche, die Hintertür stand offen, der Lärm des Vogelgesangs schwand unter dem anschwellenden Pfeifen des Wasserkessels. Justin sagte:»Sollen wir die Hausfrau, die beim Frühstück vom Gasmann überrascht wird, spielen? Oder sind das die kostbaren Lucy-Rie-Teller?«

Robin sagte:»Mike Hall hat angerufen, ob wir vorbeikommen wollen. Sie haben den Neuen vom Ambages zu Besuch. Ich könnte mir denken, er braucht etwas moralische Unterstützung.« »Ich weiß nicht, ob ich ihm die geben kann«, sagte Justin. »Wie heißt er?« Er war sehr beglückt über die Aussicht auf einen geselligen Abend mit alten Leuten.

Robin ging zum Telephon, wo er es aufgeschrieben hatte.»Er heißt Adrian Ringrose.«

Justin hob eine Braue.»Das klingt wie der Ballettkritiker einer Provinzzeitung.«

»Das war er womöglich sogar mal. Ich glaube, er hat sich hierher zurückgezogen.«

»Er wird sich bestimmt schrecklich freuen, uns kennengelernt zu haben«, sagte Justin mit einem leutseligen Gähnen und war sich der Bedeutung der ersten Person Plural durchaus bewußt. »Aber bis dahin ist ja noch jede Menge Zeit.«

»Massenhaft«, pflichtete Robin bei. Er hatte sich den Tag freigenommen, um bei Justin zu sein, was tröstlich und bedrückend zugleich war. Er setzte sich neben ihn aufs Sofa und legte ihm eine Hand auf den Oberschenkel.

Justin sagte in einem besonders trübseligen Ton:»Sollen wir Scrabble spielen, Schatz?«

Robin schien einen Augenblick zu überlegen, ob das ein Kode für etwas noch Erfreulicheres war, und modifizierte sein Streicheln dann zu einem aufmunternden Reiben.»Gern, wenn du das wirklich möchtest.«

»Ja, Schatz.«

»Okay.« Mit einer leicht übertriebenen Pose des Eifers und der Selbstverleugnung, wie bei einem Krankenbesuch, sprang Robin auf, um die Sachen zu holen. Ihre letzten beiden Spiele waren wegen Justins kindischer Verweigerung der Regeln zur Absurdität verkommen oder gleich ganz abgebrochen worden. Besonders hoch war dieses Risiko, wenn sie eine der Woodfieldschen Varianten spielten, bei denen die Regeln von Robin selbst festgelegt waren. »Wie sollen wir es spielen?«

»Ist mir gleich, Schatz. Entscheide du.« Justin war entzückt von seiner eigenen Traulichkeit und Fügsamkeit und hätte gar nicht sagen können, wie ironisch er nun dabei war oder wo das alles hinführen würde. »Mal ein bißchen anders?« Er wußte, daß Robin und seine Mutter in ihren letzten Jahren wie besessen Scrabble gespielt hatten und daß Lady Astrid eine Liste aller zweibuchstabigen Wörter der Sprache erstellt und auswendig gelernt hatte.

»Okay.« Robin hielt ihm den Buchstabenbeutel hin. »Dann nehmen wir also neun Buchstaben; und fünfundsiebzig zusätzlich, wenn du alle hinlegst.«

»Schön.« Justin lächelte rätselhaft, zog ein A heraus und fügte hinzu: »Oh, aber keine zweibuchstabigen Wörter.«

Robin holte Luft, um zu protestieren, überlegte es sich dann aber anders.

Justin hielt seine Buchstaben von sich weg und musterte sie zwei Minuten lang liebevoll. »Weißt du, was mein erstes Wort sein wird, Schatz?« fragte er.

»Nein.«

»Also, es fängt mit einem S an und endet mit einem E, und der mittlere Buchstabe ist wieder ein S.«

Robin spitzte in einem kurz aufflackernden Anschein von Freude die Lippen und trug seine Punktzahl schon auf dem Blatt ein, als Justin SOSSE hinlegte. »Ah. Sehr gut, sechs«, sagte er, um dann die Buchstaben auf seinem Bänkchen kurz umzuordnen und mit gelassener Schonungslosigkeit das Wort PERSIFLAGE auf das Brett zu legen. »Äh... mal sehen... dreißig, und dazu der Bonus... hundertfünf.«

»Hervorragend«, sagte Justin, ordnete seine neuen Buchstaben ein und schickte seine Gedanken auf eine vorsätzlich ungehörige Reise durch seine sexuellen Aktivitäten der vergangenen zehn Tage. Gianni, und Carlo; und dann Mark, der einiges weniger prall als versprochen gewesen war. Nein, Carlo war eindeutig der Beste. Als er sich wieder auf sein Bänkchen konzentrierte, sah er nur eine Konsonantenkette, wie ein walisisches Dorf. Er dachte, wie absurd es sei, das aus Spaß und freiwillig zu machen; wo der Sinn dessen, daß man ein klein wenig älter wurde und Geld hatte, doch darin bestand, daß man nie etwas tun mußte, was man nicht wollte. Er legte HERREN hin, was ein lahmer Witz sein sollte, aber in ihrem Fall auch ein romantischer, und erzielte damit selbstmörderische elf Punkte – er spürte Robins Mißbilligung, daß er den Plural gebildet hatte. »Sollen wir etwas trinken, Schatz?« schlug er vor.

Während Robin draußen war, sprang Justin auf und spähte auf sein Bänkchen, auf dem PAUSCHALE darauf wartete, hingelegt zu werden. Er sah, daß Robin, wenn er es über das H von HERREN legte, einen vierfachen Wortwert und dazu noch den Bonus bekommen würde; was er nach einem Augenblick Kopfrechnen auf zweifellos mehrere tausend Punkte schätzte. Er war wieder ins Studium seiner Buchstaben vertieft, nahm seinen Gin Tonic geistesabwesend entgegen und blickte erst auf, als Robin seine Steine abgelegt hatte. Das Wort, das er gelegt hatte, war LASCHE; womit er zaghafte sechsundzwanzig bekam. »Ziemlich gutes Wort, finde ich«, sagte Robin.

Für Justin war das Spiel in diesem Moment vorbei. Wenn sie beide nun bewußt schlecht spielten, wenn auch aus gänzlich unterschiedlichen Beweggründen, welchen Sinn hatte es dann noch, weiterzumachen? Er hätte sich Robins Buchstaben vielleicht nicht ansehen sollen; er erinnerte sich, daß Wissen zwar Macht war, aber auch eine ganze Menge Enttäuschungen mit sich bringen konnte. Wie auch immer, er konnte nicht zugeben, daß er gespickt hatte, was als eine Art Schummeln betrachtet werden konnte. Es dauerte ungefähr fünf Minuten, bis er sein nächstes Wort setzte. »Entschuldige…«, sagte er zwischendurch.

»Das macht doch nichts«, sagte Robin und mußte seine wachsende Ungeduld unterdrücken, als spielte er mit einem Kind.

Justin dachte daran, daß sie später noch weggehen würden und was für einen herrlich unkonventionellen Führer durch das Dorfleben er für den Neuankömmling abgeben könnte. Alles, was er über ihn wußte, hatte er von Margery Halls vager Bemerkung, er sei Junggeselle und ziemlich musikalisch, woraus er sich das ergötzliche Porträt einer versoffenen alten Operntunte zusammengebastelt hatte, die ihn natürlich sehr attraktiv und amüsant finden würde. Dann tat er etwas höchst Ärgerliches: Er legte sein halbes Wort hin, um es sogleich wieder hastig wegzunehmen. Er sagte:»Ich glaube, es wäre ganz nett, wenn wir einfach so Wörter hinlegen würden.«

Robin runzelte gleichmütig die Stirn.»Tun wir das denn nicht schon?«

»Ich meine, wohin wir wollen.«

»Oh, aha«, sagte Robin.»Tja, das könnte eine interessante Variante sein. Ich finde, es ist das beste, wenn du mit den Wörtern deines Gegenspielers…«

Justin nahm einen Schluck und legte dann rasch RECKDUN hin.»Siebzehn, Schatz.«

»Was in aller Welt soll das denn heißen?«

Justin blinzelte beleidigt wegen dieser Sabotage.»Na, RECKDUN eben«, sagte er.

»Und warum machst du nicht DRUCKEN?«

»Ach, das hier mag ich viel lieber.«

»Ja, Schatz«, sagte Robin, überzeugt, daß er auf den Arm genommen wurde, aber auch darauf bedacht, Justin seinen Willen zu lassen, als wäre er senil oder verrückt.»Aber was bedeutet es denn?«

»Ach…« Justin schüttelte den Kopf, während er nach der Definition suchte.»Es bedeutet so etwas wie… *dünkelhaft.*«

Eine lange Pause entstand, bis Robin schließlich sagte:»Das kann ich leider nicht gelten lassen.«

Justin drehte sich zur Seite, um sein Glas zu nehmen, wobei

er mit dem Knie das Scrabble-Brett von dem niedrigen Tischchen stieß und die Buchstaben über den Fußboden verstreute. »Du weißt ja, wie abergläubisch ich bin«, sagte er. »Das ist jetzt bestimmt ein Zeichen.«

15

Danny fuhr für ein paar Tage nach Dorset, um etwas Abstand von Alex zu bekommen; als Grund gab er allerdings an, er wolle einmal nach seinem Vater und Justin sehen. Er wußte, daß Alex gegen diesen gutherzigen Plan nichts einwenden konnte, und versuchte, sich einzureden, daß auch Alex möglicherweise gewillt sei, die Sache etwas zu entzerren. Wie immer nahm er sein großes Notizbuch mit, wobei er insgeheim plante, ein Stück über einige Leute aus der Clubszene zu schreiben, die er kannte, Heinrich und Lars und noch ein paar andere, dazu sollte von einem rätselhaften älteren Mann die Rede sein, was seine Hommage für George wie auch eine Art Rache an ihm sein würde. Er sah keinerlei technische Hindernisse, die dagegen sprachen, daß er etwas Aufführbares und sensationell Zeitkritisches schrieb; einen Vormittag hatte er damit verbracht, die Gästeliste für die Premierenparty zu planen und sich bestimmte Punkte für das Interview zu überlegen, das er dann geben würde.

Ende der Woche kam Alex nach. Danny hatte die leise Hoffnung, daß Robin deswegen einen Aufstand machen würde, doch sein Vater behandelte Alex neuerdings mit liebenswürdiger Gleichgültigkeit, vielleicht aus Respekt gegenüber Dannys Freund, vielleicht, weil er vermutete, er werde es nicht mehr allzu lange sein. Am Samstag morgen kurz nach zehn traf er ein, was, wie so vieles, was er tat, Anlaß zu Berechnungen des genauen Grades an Unannehmlichkeiten und Eifer gab, die dahintersteckten; er mußte spätestens um sechs aufgestanden sein. Erwartungsvoll stand er in der Küche, während die anderen schleppend und verkatert frühstückten. Er hatte ein paar Photos von ihrem verlängerten Wochenende dabei, die er begeistert wie ein aufgeregter Voyeur seines eigenen Glücks herumzeigte. Justin studierte recht ostentativ die Börsennotierungen in der

Times; Robin fuhr immer noch mehr gebratenes Essen auf. Danny hatte den Eindruck, daß die beiden viel miteinander schliefen und auch viel stritten, was wahrscheinlich besser war als keines von beiden, wie es zuvor gewesen war. Robin tat, was er konnte, um ihn, verantwortungsbewußt wie er war, mit beidem nicht zu behelligen, und Danny fragte sich, ob er selbst am Wochenende diesen beiden Dingen aus dem Weg gehen konnte.

Es war ein böiger blauer Tag, und Danny fand, sie sollten rausgehen. »Sollen wir zum Strand?« fragte er, wobei er Alex mit dem unangenehmen Gefühl, ihm einen Kosenamen verweigert zu haben, am Ärmel zupfte. Er stopfte ein paar Handtücher und das Buch, das er gerade las, in einen Rucksack, ließ aber das Notizbuch da, da er nicht wollte, daß Alex sich für sein Stück interessierte oder gar für manch andere Dinge, die es enthielt. Sie gingen zum Wagen, und Danny sprang auf den Beifahrersitz, ohne die Tür zu öffnen. Schließlich bedeutete das Auto Spaß und Freiheit. Er stellte den CD-Player an, der surrte und selbsttätig mitten in ein knallhartes House-Stück platzte, das Alex offenbar unterwegs gehört hatte. Manchmal fragte er sich wirklich, was er aus diesem netten, Donizetti liebenden Beamten gemacht hatte. Als sie das Sträßchen entlangfuhren, stand Mr. Harland-Ball in seiner Gartentür, und Danny rief ihm in hilfsbereitem Ton zu: »Wir sind schwul!«

Auf der Straße nach Bridport schaltete Alex hoch und ließ seine Hand vom Schaltknüppel zu Dannys Schenkel gleiten. Nach dem vergangenen Abend mit Rotwein und irischem Whiskey und dem dumpfen Gefühl, überflüssig zu sein, so allein in dem Haus mit diesem miteinander beschäftigten Paar – was eine gewisse taktvolle Blind- und Taubheit erfordert hatte –, kribbelte es Danny durchaus zwischen den Beinen. Er lehnte sich einen Augenblick zurück, so daß Alex seinen Schwanz befühlen konnte, sagte dann aber: »Konzentrier dich mal lieber auf die Straße.«

Alex sagte: »Komisch, daß die andern beiden jetzt wieder im Haus sind, nachdem wir es ganz für uns hatten.«

Danny wartete kurz und sagte dann: »Aber es ist doch ihres.«

»Ich weiß, Schatz. Ich hatte ein bißchen was anderes gemeint.«

»Du sollst nicht so besitzgierig sein«, sagte Danny und versetzte Alex einen leichten Klaps aufs Knie, um einen kleinen Scherz daraus zu machen; als er gleich darauf auf sein Gesicht sah, war es gerötet, und er wußte, daß Alex diesen Angriff stumm zur Kenntnis nahm und zurückwies. Danny stellte die Musik ab, die für elf Uhr vormittags doch etwas deftig war, und fing an, im Radio herumzusuchen.

Alex sagte: »Habe ich dir gesagt, daß ich neulich Dave getroffen habe?«

»Welchen Dave?«

»Deinen Freund, der in dem Pornoladen arbeitet.«

»Ja, richtig.« Danny fand seinen Lieblings-Dance-Sender, doch der blendete ständig in ein Programm mit fröhlicher französischer Werbung über. »Du brauchst wirklich mal eine bessere Anlage«, sagte er, nicht zum ersten Mal.

»Wie heißt der überhaupt mit Nachnamen?«

»Wer?«

»Dave … «

»Das weiß ich nicht. So intim bin ich nicht mit ihm.«

Am Strand herrschte schon reges Treiben, und sie mußten ein ganzes Stück von den Erfrischungsbuden und dem Rand des Kieselstrandes entfernt parken. Dannys Augen zuckten hinter den undurchsichtigen schwarzen Scheiben seiner Sonnenbrille lauernd hin und her. Er entdeckte Terrys Liebesmobil, das neben dem Hope and Anchor gemäß einer besonderen Vereinbarung, die er mit dem Wirt getroffen hatte, geparkt war; und zwischen den piefigeren Urlaubern gab es auch noch ein paar kräftige Teenager und sexy junge Papis. Danny schielte zu Alex hin, ob er sie ebenfalls bemerkt hatte, doch der schien von den praktischen Einzelheiten ihres Ausflugs absorbiert. Er ging ein paar Meter voraus, vorbei an der Fo'c'sle Fish Bar und der Kiss-Me-Hardy-Souvenirbude, die den letzten Buchstaben ihres Namens eingebüßt hatte. Selbst dieses Detail schien den Sexualpegel dieses Tages zu erhöhen.

Der Strand begann mit einer flachen Kieselrampe, doch weiter unten gab es Flecken und Streifen groben grauen Sands. Zur Rechten weitete sich das tiefe Bett des Flusses zwischen seinen Holzspundwänden. Alex wußte offenbar nichts vom Tod eines einheimischen Jungen dort, der unter ein Ausflugsboot getaucht war und sich den Hals gebrochen hatte; Danny hatte davon im *West Dorset Herald* gelesen und zog es vor, nicht auf die verdorrten Blumen und fleckigen Botschaften zu blicken, die noch immer am Kai aufgeschichtet waren. Er schlenderte zum anderen Ende des Strands hin, wo die Steilküste wieder aufragte und es nicht so viele Kinder gab. Er wollte sich in die Nähe einiger Burschen setzen, mit denen er ins Gespräch kommen konnte. Alex schloß auf, bestürzt und voller Fragen über den Tod und darüber, daß Danny nicht auf ihn gewartet hatte. »Ich finde, wir sollten da hingehen«, rief er und zeigte auf das letzte freie Stück Sand; und Danny fügte sich mit Leidensmiene und machte kehrt.

Seine Gefühle waren widersprüchlicher Natur. Einerseits wünschte er, Alex würde ihn nicht ständig in aller Öffentlichkeit Schatz nennen; andererseits war er so sehr auf eine Welt geeicht, in der jeder schwul war, daß ihm die Erkenntnis schwerfiel, daß hier, hundertfünfzig Kilometer von London entfernt, fast jeder es nicht war. Mit cruisiger Beharrlichkeit und einem rätselhaften, wissenden Lächeln, als müsse er sich nur entscheiden, suchte er den Strand ab. Alex legte die Taschen und Badetücher aus wie Hindernisse für Eskapaden, die es, wie Danny kurz einräumte, wahrscheinlich gar nicht geben werde. Aber dennoch bestand rational, statistisch, magnetisch die reelle Chance, daß er jemanden abschleppen konnte.

Sie setzten sich und wandten ihre Aufmerksamkeit dem Meer zu, das Alex in gezwungenen, würdigenden Tönen kommentierte. Auf den kleinen, geräuschvollen Brechern und dem schaumigen Wasserfilm, der den Strand wieder hinabrutschte, lag ein Glanz, der sogar durch die Sonnenbrille erkennbar war. Ein kleines Stück ins Wasser hinein befand sich ein nahezu bedeckter Felsbrocken, auf dem sich in regelmäßigen Abständen eine leuchtende Schaumhaube aufbäumte und dann wieder davon herabfiel. Nach den Sommern an den langen Surfstränden von San Diego mit ihren Prozessionen göttlicher Männer, nach denen man sich den Hals verrenkte, fand Danny die englische Küste heruntergekommen und spartanisch. Selbst an einem warmen Tag wie heute wehte eine steife kleine Brise, die über die Steine in der Nähe summte und sirrte. Er ließ sein T-Shirt an und legte sich zurück, den Blick zum Himmel; wo es bis auf ganz hohe, dünne Federwölkchen nichts zu sehen gab. Alex meinte, die Wolken hätten etwas besonders Ätherisches, sie seien so hoch, daß es schwerfalle, sie noch als fest zur Erde gehörig zu betrachten; vielmehr seien sie wie die Rauchfäden eines Kriegs im Himmel oder so etwas. Danny, der ein lehrreiches Wochenende mit einem Schotten vom Wetteramt verbracht hatte, hatte eine wissenschaftliche Erklärung parat: Sie seien elf, zwölf Kilometer hoch und bestünden in dieser Höhe ausschließlich aus Eiskristallen.

Als er sich wieder aufsetzte, merkte er, daß Alex ihn ansah, und sagte: »Was ...?«

»Nichts, Schatz. Hast du übrigens von George etwas wegen der Kette gehört?«

Danny klang sauer. »Nein. Ich habe George nicht gesehen und seit Wochen schon keinen Ton von ihm gehört.« Erst nachdem er den Satz gesagt hatte, entschied er sich, auf wen er sauer war. »Ich glaube, der hat mich abgeschafft, das Schwein.« Er runzelte heftig die Stirn, um ein Lächeln zu unterdrücken. Es war lustig, diesen gänzlich fiktiven Vorwand zu haben, um über George zu sprechen. Alex schaute erfreut und besorgt.

»Hoffentlich bekommst du sie bald wieder.«

Danny nickte und blickte aufs Meer. »Du hast mir gar nicht gesagt, wo du sie herhattest«, sagte er mit halbherziger Verschlagenheit.

»Wenn du magst, kann ich's dir sagen. Ich habe sie von meiner Großmutter geerbt.«

»Echt ...?«

»Ich glaube, sie dachte, ich könnte sie meiner Frau schenken.« Danny lachte angespannt. Die nächste Stufe seines Plans würde das Eingeständnis sein, daß George die Kette verloren oder aufgrund eines Mißverständnisses verkauft hatte. Er wünschte, er könnte einfach sagen, ein satyromanischer brasilianischer Gnom habe sie ihm gestohlen – und sehr wahrscheinlich verschluckt. Aber es war nie einfach, Alex gegenüber brutal zu sein. Tatsächlich schien die Notwendigkeit, ihn mit Samthandschuhen anzufassen, ihn zu schützen, so wie man die Eltern mit kleinen Lügen und Auslassungen schützt, ein ausgeprägter Teil von Dannys Liebe zu ihm zu sein. Es war eine Art Respekt, und selbst die Lügen waren von Fürsorglichkeit gefärbt. Zuweilen verlieh ihm der Erfolg seiner Betrügereien ein schwindeliges Gefühl von Kompetenz, weil er ein Doppelleben aufrechterhalten konnte; und das wiederum machte ihn stolz auf seine Liebschaft mit Alex im Sinne einer Leistung, die anders war als die unverstellte Welt mit ihren wahllosen Ficks, mit ihren verderblichen Gefühlen und minimalen Verpflichtungen. Doch der Schmuck der Großmutter, die abwegigen Überzeugungen, die Alex dazu gebracht haben mußten, ihn ihm zu schenken... Es war wie eine Art gruseliger Privatzauber, wie ein geheimer Verlobungsring. Danny sagte: »Ich wollte George eigentlich dieses Wochenende danach fragen. Ich finde, ihr beiden solltet euch mal besser kennenlernen.«

Alex sagte: »So, wolltest du?«, worauf Danny lachte. Es war so einfach, Alex' Eifersucht auszulösen, und komisch, daß er nicht merkte, daß George praktisch der einzige Mensch in diesem Universum war, den Danny nicht haben konnte. Dieses Verbot machte die Erinnerungen an ihn grausam erregend, und er beugte sich vor, um seine Erektion zu verbergen.

Alex zog umständlichst seine Badehose unter einem Handtuch an, wie ein Heterosexueller, den die Atmosphäre in einem Umkleideraum mißtrauisch gemacht hat. »Zieh dich einfach um«, sagte Danny. »Das interessiert doch keinen.«

»Vielen Dank«, sagte Alex. »Wie ich sehe, machst du dich nicht fertig.«

»Ich habe meine Hose schon unter meiner Jeans an«, sagte Danny. »Und überhaupt, da geh ich doch nicht rein.«

»Die heutige Jugend hat einfach keinen Mumm mehr«, sagte Alex, zog das Hemd über den Kopf und stand einen Augenblick breitschultrig, den Kopf zurückgeneigt da, um seine Befangenheit ins Lächerliche zu ziehen. Danny blickte zu seinem hohen, flachen Körper hinauf und erinnerte sich, wie faszinierend und elegant er ihn in seiner schlaksigen Art gefunden hatte nach all den überflüssigen Muskeln, von denen gepackt zu werden er gewohnt war. Und Alex war überraschend kräftig, auch wenn der Schatten einer alten Rückenverletzung ihm einige der anspruchsvolleren Sexgriffe verwehrte. Neben Danny nahm sich seine Blässe geradezu unheimlich aus, hätte man ihm allerdings die Badehose heruntergezogen, dann hätte man auf seinem übrigen Körper die dünne Grundierung einer Bräune gesehen. »Also, ich gehe jetzt rein«, sagte Alex und schritt los, noch immer in seiner komisch-heroischen Art, wohl wissend, daß er bis zum Wasser hin beobachtet würde. »Und ich möchte nicht, daß du mit diesen rohen Kerlen da sprichst«, sagte er, wobei er streng zu einer Gruppe ungefähr zwanzig Meter hinter ihnen nickte.

Als Alex einigermaßen tief drin war und sein Kopf sich mit geglätteter, stoischer, einsamer Miene auf den Wogen hob und senkte, winkte Danny ihm zu und dachte, daß er doch eher wie ein Kind als wie ein Vater war. Wenn er erst einmal glücklich und mit etwas beschäftigt war, konnte man ungehindert den eigenen gefährdeten Interessen nachgehen. Alex winkte mit einem japsenden Grinsen zurück und schien ermutigt, eine weitere Runde anzugehen. Hin und wieder sah Danny das Aufwärtszucken seiner Ellbogen.

Er hörte Kiesel prasseln und blickte sich lässig um. Sein Blick fiel auf zwei der rohen Kerle, die von ihrem Lager aus Luftmatratzen und Sechserpacks herangestakst kamen. Der eine war blond und muskulös, der andere drahtig und zierlich, dazu dunkler Pferdeschwanz und Heavy-Metal-Tätowierungen; unter dem Arm hatte er ein Boogy-Board. Beide trugen sie lange, weite Shorts, wie Danny sie selbst gern anhatte, wenngleich er wußte, daß der Grund bei ihnen die jungenhafte Furcht war, sich bloßzustellen. Er nickte ihnen grüßend zu, worauf der Dunkelhaarige sagte: »Alles klar?«, was in dem tiefen Dorset-Akzent eine Nettigkeit, gar eine Art Ritterlichkeit hatte, die ihm in London abgegangen wäre.

»Alles klar?« sagte Danny. Und dann: »Ist das euer Board?« Der schimmernde Dietrich gedankenloser Wendungen, der jeden neuen Kontakt aufschloß, die gewitzte Bündelung des Tons: Ständig sagte er Alex, daß es niemanden gebe, mit dem man nicht reden könne, wenn man wolle, es sei egal, was man sage; doch Alex machte sich immer über den Inhalt Gedanken.

Es stellte sich heraus, daß sie Carl (blond) und Les hießen und aus der Gegend waren. Carl gab sich errötend als verlobt zu erkennen, Les hingegen hatte eine Enttäuschung hinter sich und wollte dringend eine aufreißen. »Ich weiß, was du meinst«, sagte Danny und stimmte mit zögernden Halbsätzen in ihre Taxierung der Mädchen in der Nähe mit ein. Les war eher nicht sein Typ, doch hatte er ein unerwartet süßes Lächeln. Er sagte: »Das Meer hier ist Scheiße.«

Danny erwiderte: »Da muß man eher nach Nord-Cornwall, wegen der Brandung, hm?« Taktvollerweise hielt er sich mit seinen kalifornischen Referenzen zurück, die, wie er glaubte, die Jungen fertigmachen würden; er konnte es sich nicht vorstellen, auf diesen steifen nördlichen Brechern zu surfen, nachdem er es dort erlebt hatte, und erinnerte sich an den rüttelnden, sausenden Ritt auf einem hundert Meter breiten Gischtfeld zum Strand.

Carl sagte mit einer Mischung aus Heimatstolz und diffuser Provinzunzufriedenheit: »Meistens ist es besser als heute. Wo kommst'n her?«

»London, ja...«, sagte Danny, blickte hinab und wischte Sand von dem Badetuch, auf dem er saß. »Mein Vater lebt hier – na ja, in Litton Gambril.«

»Ah, schön«, sagte Les; aber weiter fragte er nicht.

Carl sagte: »Bei der da weiß ich nicht, Les. Ich schätz mal, die würd dir doch reichen« – er folgte mit dem Blick einem drallen halbwüchsigen Mädchen bei ihrem zaghaften, aber schwerfüßigen Gang zum Wasser. Danny wieherte, doch anscheinend war der Vorschlag ernst gemeint: Die beiden gingen ein paar Schritte weiter, und er las das totenschädelgekrönte Motörhead-Tattoo auf Les' linker Schulter, als er meerwärts spähte. Also wirklich, das Hetenleben war so archaisch und verrückt – Danny lachte, erleichtert über sein Glück, lautlos in sich hinein. Und vielleicht hatte ja auch Les seine Zweifel: »Nein. Die würd mich zerquetschen«, sagte er. »Die würd mich doch total zu Brei drücken.«

Dann entstieg Alex dem Meer, und sie starrten zu ihm hin: Man sah deutlich, daß er sich fragte, was da vor sich ging.

»Da kommt ja dein Alter«, sagte Carl. »Also, wir gehn dann jetzt mal ins Wasser, sonst wird das heute nichts mehr.« Und sie trotteten davon, so männlich wie möglich, dabei aber trotzdem gebückt und mit den Armen rudernd, wenn ihr Weg sie über kieselige Stellen führte. An der Art, wie sie Alex aus dem Weg gingen, bemerkte Danny eine Art soziales Katzbuckeln. Er beobachtete ihn, wie er herankam, heftig atmend, den Kopf seitlich geneigt, um Wasser aus den Ohren zu schütteln, und natürlich spürte er, wie romantisch es war, als sein Liebhaber aus den Wellen kam, gerötet und zitternd von der Anstrengung, und sich aus dem Mittagshimmel herabbeugte, um sein Handtuch aufzuheben. Im nächsten Moment war das Gefühl weg.

Zur Mittagszeit stapften sie zum Hope and Anchor, nachdem sie Carls und Les' andere Freunde gebeten hatten, ein Auge auf ihre Sachen zu haben, wenngleich Alex dabei Bedenken hatte. Im Restaurantteil im hinteren Raum entdeckte Danny Terry, der in seinem blau-weiß gestreiften Sweatshirt sehr gut aussah, wie ein kleiner Filmstar aus den sechziger Jahren; ein Mann mit Brille und in Leinenjackett, der wie ein Oxford-Professor wirkte, hatte ihm einen riesigen Hummer spendiert. Es war erstaunlich, wie gut er hier offenbar im Geschäft war, vermutlich mit ein wenig Unterstützung von Roger und John vom Mill. Er blickte auf und zwinkerte Danny über die Schultern seines Kunden zu.

Nach zwei Pints starkem Lager war Danny schon viel fröhlicher und richtete seine erwachte Energie eine Weile wahllos auf andere Dinge. Alex trank nur Apfelschorle, weil er fahren mußte oder keine Kopfschmerzen bekommen wollte. Mit einem ver-

272

kniffenen schmalen Lächeln sah er zu, wie Danny sich von ihm abwandte, um mit Fremden zu plaudern, deren Kinder mit Kartoffelchips zu füttern und eine schnelle Runde Darts zu spielen. Danny stand wie unter einem Zwang, er vernachlässigte ihn nicht bewußt, sondern stellte Alex sogar einem gutaussehenden Mann vor, mit dem er sich kurz zuvor selbst bekannt gemacht hatte, doch Alex war so steif, daß das Gespräch, kaum daß er sie allein gelassen hatte, versiegte. Als sie wieder draußen waren, redete Alex in einer hoffnungslos grotesken Weise über jemanden, der in seinem Büro arbeitete. Danny ließ beim Gehen den Blick über den Parkplatz und dann über den Strand schweifen und sagte mit hinreichender Regelmäßigkeit: »Ja.« Ein athletisch wirkendes blondes Paar ging vor ihnen her, beide vermutlich im Badekostüm, aber mit langen T-Shirts darüber, so daß es von hinten aussah, als trügen sie nur die T-Shirts. Der Mann hatte schöne muskulöse Beine, und hinten auf den Waden schimmerte feiner Flaum; sein Hinterkopf war kantig und germanisch, kurzgeschoren bis hoch zu einem dicken Schopf, der da, wo Salzwasser darin getrocknet war, steif und unordentlich war. Die Frau lachte und legte ihm einen Arm um die Taille, worauf sich der Saum ein Stück hob und den Rand seiner engen blauen Badehose zeigte. Danny stellte sich vor, wie er ihm den Nacken leckte, während er ihn fickte. »Also, ich fand das jedenfalls komisch«, sagte Alex.

Danny sah ihn mit unbewegter Miene an, lachte dann und sagte: »Das ist komisch, Schatz. Sehr komisch.« Er fragte sich, wie lange es wohl her war, seit die Deutschen das letzte Mal miteinander geschlafen hatten, und wie lange die Frau das nächste Mal wohl noch hinauszögern konnte. Er ließ sich, wie er es zuweilen tat, ein wenig hinter Alex zurückfallen, ganz in dem zärtlichen Griff seiner Gedanken und auch in der traurigen, aber befreienden Erkenntnis von etwas Naheliegendem: Sie hatten nichts gemein. Ihre Lebenspfade hatten sie für eine Weile zusammengeführt, Danny hatte eine ganze Menge für ihn getan, hatte irgendwie dazu beigetragen, daß er wieder Boden unter den Füßen bekam, und nun war es ganz natürlich und richtig, daß er ihn sanft seiner eigenen Wege gehen ließ. Der Prozeß war so logisch, daß er fand, Alex müßte nach der ersten Aufregung selbst einsehen, daß es richtig so war.

Als sie wieder an ihrem Platz waren, sagte Danny: »Okay, Zeit für ein Schläfchen«, und streckte sich lang auf seinem Badetuch aus. Alex hüpfte zwischen ihm und der Sonne umher; wiederum entledigte er sich seiner Sachen. Er sagte: »Ziehst du dich denn nicht aus?«

»Ja, schon gut«, sagte Danny, setzte sich und streifte seine Leinenschuhe einen nach dem anderen ab. »Man will ja keinen Hautkrebs kriegen.« Tatsächlich war es sehr heiß, doch er genoß die kleine Provokation, Jeans und T-Shirt anzubehalten. Alex sah ihn unablässig an, zum Beispiel starrte er ihn ständig an, wenn er aufwachte, als könnte er sein Glück nicht fassen. »Hast du doch alles schon mal gesehen«, sagte er.

»Hm«, sagte Alex und fand offenbar, daß das weit unter seiner Würde war. Und Danny erkannte, daß er, da er so viel jünger war, der Versuchung widerstehen mußte, kindisch zu sein. Er beschloß zu lesen und zog das absonderliche Buch hervor, das er im Haus auf dem Klo entdeckt hatte. Wenn man damit von vorn anfing, hieß es *Memoiren eines Dreißigjährigen,* doch man konnte es auch umdrehen und hinten anfangen, wo der Text, der sonst verkehrt herum stand, lautete: *Die Liebschaften eines jungen Achtzigjährigen.* Es schien sich um eine ausgefallene Sauerei aus den 1890er Jahren zu handeln; der junge Achtzigjährige bezeichnete seinen Schwanz als seinen Zoll, wobei Danny eine Weile brauchte, bis der Groschen fiel. Alex sagte: »Was liest du denn da?«, und als er das Buch hochhielt, wirkte er seltsam ungehalten darüber. »Gefällt es dir?« fragte er.

»Ja, glaub schon.«

Und dann, ziemlich besorgt: »Macht es dich an?«

Danny verzog unsicher das Gesicht. »Wahrscheinlich könnte man sich darauf so gerade noch einen abzupfen, wenn es sehr dringend ist.«

Alex untersuchte das Buch mit spitzen Fingern und verzog beim Anblick der überlappenden Weinringe auf dem weißen

Pergamenteinband das Gesicht. »Das ist ja halb aus der Bindung gerissen«, sagte er und ließ es wieder auf das Badetuch fallen. »Aber was soll's? Ist ja nur ein seltenes Buch. Könntest du mir mal was auf den Rücken tun?«

»Klar.« Danny kniete sich hin, spritzte Alex einen Kringel Aloecreme zwischen die Schulterblätter und verrieb ihn schnell bis hinab zu dem schwarzen Saum seiner Speedo. Wie unbeständig ein Sexzauber war; er schlug zu, dann flirrte die Luft um einen Mann herum, und wenn man ihn anfaßte, umschwebte er auch einen selbst. Bei manchen blieb das über Jahre hinweg so, und wenn man sie dann wiedersah, traf einen derselbe verläßliche Schock, das zitternde Wissen, daß es richtig war, das kühle Brennen tief zwischen den Beinen, der leichte Schlag gegen die Brust, die vertrauliche Preisgabe eines Lächelns. Und bei anderen schwand der Zauber dahin wie die Energie einer angelassenen Taschenlampe oder mit der raschen Desillusionierung, die auf ein Koks-High folgte. Noch vor zwei Monaten hatte er Alex' Rücken geliebt, hatte er ihn heftig bearbeitet und mit den Fersen darübergekratzt, verblüfft über Alex' Heftigkeit über ihm; oder hatte sich, in der wunderbar abschätzigen Lust eines Ficks von hinten, darübergebeugt und war zu der Melodie von Alex' Schreien immer grausamer und rasender geworden. Doch seltsamerweise konnte er nun, da am Strand, daran denken, ohne daß sich etwas in ihm regte. Vermutlich bereiteten die leichten Schläge und Sondierungen seiner Finger Alex Lust, für ihn dagegen war es eine sportliche Angelegenheit. Er versetzte ihm zwei Klapse und sagte: »Fertig.«

Dann legte er sich wieder hin und schlief, mal mehr, mal weniger tief, in einem Tumult lebhafter Träume, die sich zurückzogen, wenn ein Kind kreischte oder die Kiesel rasselten, ihn aber gleich wieder mit ihren abstrusen Aussagen und dem Geplapper von Neuankömmlingen überfluteten. Er registrierte, daß Alex mit jemandem redete, und empfand sich selbst als Witz, wie er so dalag, während sie über ihn sprachen und sagten: »Nein, ich glaube nicht, daß er richtig schläft.« Er lächelte, um zu zeigen, daß er tatsächlich nicht schlief, und sagte nach der nötigen kurzen Überlegung, ohne die Augen zu öffnen:»Hallo, Terry. Komm, setz dich zu uns.«

Terry hatte sich offenbar von seinem Lunch-Begleiter verabschiedet und noch ein bißchen Zeit, bevor er sich nach Broad Down aufmachte, um die Disco vorzubereiten. Danny machte ihm Platz, und auch Alex rückte beiseite, allerdings ohne große Begeisterung, und sagte:»Du machst doch etwas drüben im Bride Mill, oder, Terry?«

»So sagt man«, sagte Terry.

»Und wie ist es da? Ich könnte mir denken, das ist eher teuer dort.«

»Boa, die Preise da! Aber ziemlich nett da, sehr schön.«

»Ich hab gedacht, vielleicht gehe ich morgen mal mit Danny zum Lunch hin.«

»Na, sehr schön«, sagte Terry.»Das ist, na ja, schnieke eben. Hauptsächlich für Leute von der älteren Sorte.«

»Das mußt du doch nicht«, sagte Danny ruhig; doch was wie ein geschmeichelter Einwand klang, überdeckte für ihn einen Augenblick der Entscheidung. Er konnte mit Alex nicht zum Mill gehen. Er konnte nicht mit ihm in dem Speisesaal mit den Eichenbalken sitzen und mit ihm über die frisch geschnittenen Rosen und der ledergebundenen Weinkarte plauschen und mit ihm über die Chorus-line der jungen Kellner mit ihrer Tolle grienen, als wäre nichts faul, was durch ein wenig gutes Leben nicht wieder geregelt werden könnte. Er spürte die Besorgnis in Alex' Extravaganzen und sah das klaustrophobische Paarsein beim Sonntagslunch unter dem samtenen Patronat von John und Roger schon voraus. Was also geschehen würde, müßte davor geschehen. Er sah, daß er nun eine Frist hatte, und das bedeutete, daß er sich ein paar Worte zurechtlegen mußte.

Terry sagte:»Ich hab diese Billy-Nice-CD, so heißt er doch.«

»Oh, Ricky Nice«, sagte Alex, bevor Danny etwas sagen konnte.

»Ja. Toll, wenn man ein paar intus hat.«

»Ein paar was…?« sagte Alex.

»Den mußt du mal live hören«, sagte Danny und stieß Terry

ungeduldig ans Knie. »Mußt mich mal in London besuchen, Mensch. Dann geh ich mit dir ins BDX.« Die erste Person Singular hatte er nicht geplant, doch sie entsprach seiner Stimmung und seiner sofortigen Vision von Terry nackt auf dem Bauch in seinem Zimmer in Notting Hill.

»Ja, wir machen dir einen schönen Abend«, sagte Alex.

Nach einer kleinen Weile sagte Danny: »Mann, jetzt ein Eis oder was Kaltes zu trinken.«

»Ja«, sagte Terry langsam nickend und mit einem Blick startbereiter, aber noch nicht zielgerichteter Schläue.

Alex sagte: »Ich bin auch ein bißchen ausgetrocknet...«

»Schatz«, sagte Danny, »vielleicht könntest du der ganz große Held werden und uns etwas holen? Ich glaube, bis ganz nach dort hinten zu laufen, das würde ich nicht schaffen. Was möchtest du, Terry, eine Cola? Ich glaube, ich nehme ein Eis. Oh, bitte...« Er machte eine schwächlich flehende Geste und ließ sich auf sein Tuch zurückfallen.

Alex zog die Schuhe an und machte sich auf seinen langen Gang über die Kiesel, das Geld in der Tasche. Als er dreißig Meter weg war, zogen Danny und Terry sich in dem gedankenlosen Tempo von etwas oft Geprobtem aus. Unter den Jeans trug Terry eine sehr enge gelbe, über den Schenkeln gerade geschnittene Badehose, auf deren Bund eine Goldmedaille wie eine Gürtelschnalle genäht war; entweder war sie Sechziger-Jahre-Retro-Camp, oder eines der langsameren Bridporter Bekleidungsgeschäfte hatte sie seitdem am Lager gehabt. Danny trug seine üblichen jungenhaften steingrauen, aber, wenn sie naß waren, halb durchsichtigen Shorts. Er reichte Terry die Sonnenmilch und ließ sich von ihm damit den Rücken einmassieren, während er, das Kinn auf die Faust gestützt, dalag und sein anschwellender Schwanz in den Sand drückte. Terry selbst hatte eine wundervolle Farbe – die sonnenverbrannten Stellen von diversen Jobs im Freien waren inzwischen zu einer gleichmäßigen griechischen oder spanischen Bräune verschmolzen. Als er fertig war, streckte er sich neben Danny auf Alex' Badetuch aus und sagte: »Mehr geht jetzt wohl nicht.«

»Ähm … weiß nicht so recht«, sagte Danny. Er hatte ein komisches kleines Verantwortungsgefühl.

»Mit euch läuft's wohl nicht mehr so gut jetzt, oder?« sagte Terry auf seine tolpatschig intuitive Art. Danny blickte in die Richtung, wo Alex, dessen lange Schritte von den rutschenden Kieseln erschwert wurden, noch zu sehen war. »Schätze mal, er zieht noch immer den Hut vor dir«, sagte Terry.

»Eigentlich ist er ja ein ganz Süßer«, sagte Danny. »Ich liebe ihn schon sehr. Aber du weißt ja, wie das geht. Erst bin ich ihm hinterhergelaufen, jetzt läuft er mir nach.«

»Tja. Dann liebst du ihn also nicht mehr.«

Danny fragte sich, ob Terry wußte, was er da sagte. »Ich habe nur einmal jemanden geliebt«, sagte er; und beschloß sogleich, die Sache nicht weiter zu vertiefen. Er hatte gesehen, wie George Terry auf der Party angequatscht hatte, und sorgfältig vermieden herauszufinden, was danach geschehen war – mit diesem Wurf der Sexwürfel wollte er sich nicht befassen. Er sagte: »Du kennst mich doch, Terry. Ich bin für was Festes noch nicht bereit. Ständig muß ich ihm Sachen verheimlichen. Wir sind einfach nicht füreinander geschaffen.«

»Dann hab ich also noch Chancen«, sagte Terry ganz anrührend. Danny musterte ihn, dann spielte sein Blick wieder zwischen seinen Beinen, wo schon ein heimlicher Aufstand stattgefunden hatte.

»Für dich gibt es immer einen Platz in meinem, ähm …«, sagte er, zog an dem Gummibund seiner Hose und ließ ihn schnellen. Er überlegte, ob es wohl eine futuristische Art gab, wie sie es hier, mitten auf dem Strand, miteinander treiben konnten, ohne daß es jemand merkte. Dann sagte er: »Oder meinst du Chancen bei Alex?«

Terry dachte darüber nach. »Na, er sieht ja schon ganz gut aus. Und er ist wohl auch ganz gut bestückt.«

»Aber bitte – das ist doch alles kein Problem.« Danny erinnerte sich an die Tage seiner rasend schnellen Initiation in die Szene, und wie alle nach ihren Trennungen gesagt hatten: »Im Bett war's nie so toll«, so daß er sich nach einer Weile gefragt

278

hatte, warum man überhaupt mit einem zusammen war, und nach einer weiteren Weile, warum die Paare überhaupt vögelten – jedenfalls miteinander. Und nun gingen ihm dieselben Worte im Kopf herum, als einfache Alternative zu der eher besonderen Wahrheit.

»Wie seid ihr denn überhaupt zusammengekommen?« fragte Terry. »Ich hätte nicht gedacht, daß er dein Typ ist.«

»Ich habe keinen Typ, Schatz«, sagte Danny, dessen utopische Richtschnur es war, jeden nur einmal zu haben. »Ich dachte, du wußtest es, er war mal mit Justin zusammen.«

Das hatte Terry nicht erwartet. »Na, ich hätte auch nicht gedacht, daß er dem sein Typ war.«

»Ach, weißt du«, sagte Danny, »oben schüchtern, unten herrisch, das kommt doch ständig vor«, und beobachtete, wie Terry diese krude, aber weltläufige Einsicht aufnahm.

»Stimmt«, sagte er. »Und wie hat das mit Justin und deinem Dad angefangen?«

Justin selbst hielt mit der Geschichte vom Männerklo auf dem Clapham Common überhaupt nicht hinterm Berg, aber eine Art Familienstolz oder vielleicht auch nur Snobismus hinderte Danny daran, sie Terry weiterzuerzählen. »Ach, die haben sich irgendwo in London kennengelernt.« Tatsächlich aber hatte sein Lachen, als Justin ihm davon erzählt hatte, ein paar verlorene Sekunden des ungläubigen Schocks überdeckt.

»Ich glaube, wenn ich Justin wäre, dann wäre mir... Mr. Woodfield wohl lieber als Alex«, sagte Terry, der die neue Offenheit genoß. »Deinen Dad hab ich schon immer ziemlich klasse gefunden.«

»He, mal langsam! Hände weg von meinem Dad!« sagte Danny, als spräche er in Untertiteln; und bemerkte die nunmehr unkontrollierte Meuterei in Terrys Badehose. »Justin geht ja noch...«

Terry errötete und drehte sich auf den Bauch. »Und Simon auch«, sagte er, »glaube ich«, womit er eilig eine Missetat mit einer anderen kaschierte.

Danny dachte hinter seiner schwarz glänzenden Sonnenbrille

darüber nach. Justins Indiskretionen waren ihm nicht ganz gleichgültig; sie verärgerten ihn, weil es schlechte Scherze auf Kosten seines Vaters waren, der ihm stets als immun gegen Angriffe und von einer skandalösen persönlichen Autorität beseelt erschienen war. »Los, sag schon«, sagte Danny.

Terry spürte seine Zurückhaltung und sagte: »Nö, ist doch egal.«

»Na, komm schon«, sagte Danny, »wenn's doch egal ist« – und dachte an die jüdische Beisetzung und den irren Gleichmut seines Vaters, fast eine Gleichgültigkeit, als dürfte sein homosexueller Verlust nicht mit dem Schmerz und der Beschämung seiner Familie vermischt werden.

»Das ist schon Jahre her«, sagte Terry und zeigte Danny, den Kopf auf den Armen, ein reizendes Pornolächeln. »Der hat mich immer angefaßt und, na ja... sich an mich rangemacht.«

»Ehrlich«, sagte Danny und erwiderte das Lächeln, weil es so einfach und so idyllisch klang.

»Er hat immer gesagt: ›Hast du da ein Frettchen in der Hose, Terry, oder freust du dich nur, mich zu sehen?‹«

Danny versuchte gerade, seine Stimmung zu analysieren – es war destillierte Geilheit, mit Anspannung versetzt, was die Geilheit noch verstärkte –, als er Alex in einem strauchelnden Trab auf sie zukommen sah. Das geschmolzene Orange von einem Eis tropfte ihm durch die Hände und wurde vom Wind auf seine langen blassen Beine geweht. Er sagte sehr leise, als Parodie Terrys, ohne dabei das Gesicht zu verziehen: »Ich würd mich gern an euch alle ranmachen«, und überlegte dann, ob es einen ebenso wirksamen Bann gab, daß der Schwanz kleiner wurde.

Alex' schlechte Laune wurde von dem unterdrückten Gekicher der Jungen nicht besser. Er stakste zu einer Ecke des Handtuchs, setzte sich und sog züchtig an dem abgeknickten Strohhalm eines Fruchtsaftkartons. »Ich hatte nicht gewußt, daß heute Tag des Knutschens ist«, sagte er und warf einen finsteren Blick über die Schulter. »Jedes Paar, an dem ich vorbeikam, war am Kehlkopf zusammengewachsen.«

»Muß am Wetter liegen«, sagte Terry.

Danny drehte sein Eis herum, um die Tropfen aufzufangen und die matschigen Teile abzumümmeln, die beim kleinsten Bissen von dem Stöckchen herabrutschten. Er wußte, daß Alex ihn beobachtete und intensive Tagträume von den Küssen hatte, die sie, wie er glaubte, bald wieder tauschen würden.

»Die Sache mit Ada Ringroad ist die«, sagte Justin, »daß Mike ihn nicht ausstehen kann, aber Marge eisern darauf beharrt, nett zu ihm zu sein. Fast täglich lädt sie ihn zu sich ein, die alte Tuntenmutter. Als wir das letzte Mal da waren, nannte Mike ihn einen Devianten der schlimmsten Sorte.«

»Wie hat er das aufgenommen?« fragte Alex.

»Na, er war sauer, und wir haben alle gelacht wie die Blöden, und da ist er wohl auf den Trichter gekommen.«

Danny war gerade vom Duschen gekommen und knöpfte sich vor dem Wohnzimmerspiegel das Hemd zu, wobei er sich betrachtete, als machte er sich für eine Testpremiere zurecht. »Was macht er denn?« fragte er. Er sah, wie Justin hinter ihn trat, und spürte ihn auch, als er ihn auf eine sexy Art, die irgendwie von Alex' Anwesenheit ermöglicht wurde, mit einer Hand umfaßte, als könnte sich gar nichts daraus ergeben.

»Ich glaube, er war mal Lehrer, Schatz.« Justin spähte in den Spiegel. »Man sieht fast noch den Stock in seiner Hand. Er trägt eine Fliege, ein wohlbekanntes Zeichen für penile Unzulänglichkeit.«

»Ich hatte ihn mir eher nicht als Bettgefährten vorgestellt«, sagte Danny und löste sich sachte.

»Er trägt so Schulmeisterschuhe, wie vulkanisierte Fleischpasteten.«

Robin kam herein und legte seinerseits einen Arm um Justin. Justin blickte auf seine Hose und sagte: »Schon besser«, und da wußte Danny, daß er ihn gebeten haben mußte, sich umzuziehen. Als Preis für das neue Zusammensein hatte eine kleine Machtverschiebung stattgefunden: Sein Vater hatte ein wenig unter seiner Fuchtel gestanden, und jetzt klammerten und begrabbelten die beiden einander wieder. In einer Anwandlung von Fairneß überlegte er kurz, ob so etwas wie ein neuer Vertrag seine Liebschaft mit Alex retten könnte, erkannte aber gleich, wie unterschiedlich die Situationen waren. Er brauchte Alex nicht.

Justin sagte: »Ich sollte dich warnen, er steht ziemlich auf die Kirche; er spielt Orgel, und wie du ja weißt, steht Mike mit der Kirche in Blutfehde. Adrian ist schon sehr dick mit den Bishops befreundet.«

Danny sagte: »Du bist ja richtig ein bißchen besessen von diesem Kerl.«

Justin wandte sich schmollend wieder dem Spiegel zu. »Im Dorfleben, mein Schatz, stürzt man sich auf alles, was nur irgendwie interessant ist.«

»Ja, genau«, sagte Danny.

Alex stand auf und ging durchs Zimmer, um Danny eine Hand auf die Schulter zu legen – es war eine freundliche Geste, die durch ihren Vorsatz jedoch steif geworden war: Sie wirkte, als versuchte er, ihn zu zügeln.

Zu viert machten sie sich auf den Weg durchs Dorf, mal wie eine Gang quer auf der Straße, dann wieder in unterschiedlichen Paaren, wenn ein Auto kam oder ein hoppelnder abgeschirrter Traktor. Danny fiel auf, wie befangen die anderen waren. Er betrachtete sich als freien Menschen, den die verworrenen Verpflichtungen dieser Gruppe älterer Männer bedrohten. Als sein Handy bimmelte, ging er mit einem lauten Ausruf dran und schlenderte schräg über die Straße, um allein zu sein.

Es dauerte einen Moment, bis er begriffen hatte, daß es Heinrich, der Barmann, war, der im Frühjahr gut zehn Tage lang sein Freund gewesen war; er war eindeutig zugedröhnt und hielt sich nicht mit seinen üblichen höflichen Vorreden und Bezügen auf. »Also, ich will, daß du herkommst«, sagte er.

»Ich kann aber nicht, Schatz. Ich bin in Dorset.«

Nach einer Weile sagte Heinrich: »O Gott!«, als sei er der letzte, der von etwas so Unerhörtem erfuhr. »Ich denke nämlich ganz intensiv an dich.«

»Bist du allein?«

»Ja, und ich habe aus Versehen ein Ecstasy genommen, weil ich Kopfweh habe, kannst dir also vorstellen, wie toll ich mich jetzt fühle, aber niemand ist da. Und ich habe immer noch Kopfweh. Und gleich gehe ich zur Arbeit.«

»Arbeitest du heute abend im Drop?«

»Na klar!«

»Ach, wäre ich nur da!« sagte Danny und stöhnte kindisch frustriert auf. Er stellte sich Heinrichs behaarte Beine und sein großes, freundliches Hinterteil vor.

»Vielleicht können wir ja Telephonsex machen«, schlug Heinrich vor.

»Aber das geht nicht, Schatz«, sagte Danny und steckte die andere Hand in die Tasche. »Wir sind gerade unterwegs in die Kneipe. Wir sind auf der Straße« – er konnte es ja als Mutprobe machen, aber er wußte, daß er dabei zu sehr lachen würde.

»Bei wem bist du denn da?«

Danny schaute zu den anderen hinüber und hatte vorübergehend die entfremdete Vision von ihnen als eines anderen Kreises von Menschen, mit denen er nichts gemein hatte; Robin mit seinem Sportlergang, Alex, der seine Riesenschritte ängstlich zügelte, und Justin, der mit seinen kleinen Füßen irgendwie zwischen ihnen umherwuselte. »Ach, bei meinem Dad und noch ein paar Freunden.« Er erhob die Stimme und lächelte ihnen zu, um ihren Verdacht zu bestätigen, daß er über sie redete.

»Das sagst du doch bloß, weil ich verpeilt bin«, sagte Heinrich und zeigte nichtsdestoweniger einen deutschen Hang zur Beschönigung: »Aber du weißt doch, was ich von dir halte. Für mich bist du, na ja, der Beste.«

Danny sah seinen Freund mit exakter sexueller Erinnerung wieder in dem verspiegelten Gleißen und Schwarz der Londoner Bars und Clubs und empfand ein verschärftes Bedauern darüber, daß sie die Nacht dort nicht zusammen verbringen konnten. Es war das habituelle Bedauern des Vergnügungssüchtigen, das aber überschattet war von einer dunkleren Unzufriedenheit darüber, etwas unnötig weggeworfen zu haben, vielleicht aus einer Angst heraus, wenngleich die Gründe rätselhaft waren; er war in einem liebenswerten Mangel an Willenskraft von Heinrich weggedriftet, wie ein träumender Fahrgast in einem langsam abfahrenden Zug. Er sagte: »Ich ruf dich an, sobald ich wieder zurück bin«, und beendete das Gespräch.

»Wer war das, Schatz?« fragte Alex.

»Ja, wer *war* das?« sagte Justin. »Du bist ja ganz rot geworden.«

Robin lächelte ihm aufmunternd zu, überzeugt, daß da ein anderer Liebhaber seine Chance ergriff; und Danny spürte, jetzt viel deutlicher als noch vor zwei Monaten, daß sein Vater ihn leichter akzeptieren konnte, wenn er nicht gebunden war.

Als sie fast bei den Halls waren, schlug die Kirchturmuhr sechs, und Justin sagte: »Jetzt paßt auf! Das gesammelte Zischen des Tonic-Wassers in jedem bürgerlichen Heim im Land«; doch nach nur wenigen Sekunden dieses imaginierten leisen Gesprudels hörten sie statt dessen die wenig reizvolle Vorbereitung auf das eigentliche Glockengeläut.

»Jetzt bekommen wir leider die volle Campanologie«, sagte Alex.

»Mike wird fuchsteufelswild sein«, sagte Justin.

An dem Weg hinter der Kirche stand das Lostwithiel, das ehemalige Pfarrhaus, dann das frivol hübsche Ambages, das, so Justin, jeden, der darin wohnte, zum Schwulen machte, und dann Mikes und Margerys offenbar namenloses Haus, das seiner Meinung nach eigentlich Gordon's heißen sollte. Lostwithiel, das ziemlich heruntergekommen wirkte, war das Zuhause der senilen, aber wunderschön sprechenden Miss Lawrence, die ständig im Dorf umherirrte und vergaß, wo sie wohnte. Immer wieder war bei ihr eingebrochen worden, und wenngleich nichts bewiesen werden konnte, war die allgemeine Ansicht, daß Terry Badgett seine Hand im Spiel hatte. Ihr alter ungepflegter Reineclaudenbaum warf reichlich kleine Früchte auf den Weg, wo es von Wespen surrte und die Leute ihre Schuhe damit beschmutzten.

An der Haustür der Halls mußten sie eine Zeitlang warten. Danny bemerkte, wie die Fläche um das Yale-Schloß herum von zahllosen vergeblichen Versuchen, den Schlüssel hineinzustecken, aufgerauht war. Als Margery öffnete, sagte sie auf ihre melancholische Art: »Tut mir leid, sie gucken Kricket.« Justin sprang zu ihr hin und schlang die Arme um sie in einer Weise, die er »das West End ins West Country bringen« nannte; Robin begrüßte sie mit der wie üblich danebengegangenen Höflichkeit des zweiten Kusses. Danny sah zu, wie Alex ihr die Hand schüttelte, und dachte, wie entsetzlich förmlich er doch war.

Im Wohnzimmer standen Mike Hall und Adrian Ringrose vor dem Fernseher, als wüßten sie, daß er eigentlich ausgeschaltet werden sollte, und unterstützten einander darin, diesen Augenblick hinauszuzögern. Margery stellte Alex und Danny vor, während gerade ein zweifelhaftes Aus kommentiert wurde; dann drückte Mike den Knopf. »Crawley und Knight spielen gut«, sagte er.

Alex sagte zu Adrian: »Sie interessieren sich für Kricket?«, worauf dieser mit sanfter, aber präziser Stimme antwortete: »Nein, überhaupt nicht.«

Danny setzte sich in einen hochlehnigen Sessel; Alex stand neben ihm, allerdings verborgen von dessen Ohren. Er wollte sich nicht an ihn schmiegen oder ihn ständig im Blick haben. Schon in der Diele hatte Alex ihm wieder eine Hand auf die Schulter gelegt, wie um sich von ihm um die Hindernisse des Abends herumführen zu lassen, und sie dann heimlich zu seinem Hintern hinabwandern lassen. Danny hatte sich weggewunden, spürte aber, wie seine Abweisung hinter ihm wie ein blauer Fleck in der Luft hing. Er sagte sich im Kopf seine Worte vor, immer wieder und mit übersteigerter Zuversicht. Er wollte die Sache mit schneller Würde hinter sich bringen, und zwar so, daß er gut dabei wegkam. Es war wichtig, den richtigen Moment zu erwischen und nicht durch irgendeine Gereiztheit überstürzt dazu getrieben zu werden. »Ich mag dich sehr gern, aber weißt du, wir können uns nicht weiter sehen.« Was er sich zurechtlegte, festigte sich und wurde auch vernünftiger, begann aber gleichzeitig auch, wie alles Wiederholte, unsinnig zu klingen. Robin sagte gerade: »Ja, Dan ist mein Sohn. Und Alex ist, tja, ursprünglich ein guter Freund von Justin ...«

»Aha, verstehe«, sagte Adrian mit einem verspäteten Auf-
flackern, als er diese Information speicherte, wenngleich vermutlich ohne die Andeutung, die Danny heraushörte, daß die
Familie die Reihen schloß. »Ich hatte Sie gar nicht für so alt gehalten, einen erwachsenen Sohn zu haben«, fuhr er auf eine
trocken-süßliche Art fort.

»Das ist aber sehr nett«, sagte Robin und ließ sich in einen
niedrigen Sessel fallen. »Es ist schon seltsam, wenn einem vor
fünfzig die Haare ausgehen, wird man gern für jünger gehalten.«

»Das liegt an den Hormonen«, erklärte Justin wie der Besitzer oder vielleicht auch Trainer eines Vollbluts.

Adrian selbst hatte kräuselige, altmodische Haare, sehr dunkel
für einen Mann um die Sechzig. Dannys träge, wenngleich ge-
naue Sensoren vermochten nichts an ihm zu entdecken, das sie
zu Freunden machen konnte – vielleicht die Fähigkeit, sich hinzugeben. Er lächelte ihm gedankenverloren zu und blickte sich
dann in dem Raum um in der Erwartung, amüsiert zu werden.
Wenn seine Sensoren Sex empfingen, konnte Danny funktio-
nelles dummes Zeug reden, doch in einer Situation wie dieser
fand er es schwach oder unehrlich, ein Interesse zu zeigen, das
nicht vorhanden war. Vielleicht war es nur die Anspannung
wegen heute nacht, doch eine nüchterne halbe Minute lang
fragte er sich, was er in diesem öden Zimmer mit dem abgewetzten Blumenteppich, den gehäkelten Kissenbezügen und
den diversen Kabelsträngen, die Mike unbeherrscht verlegt
hatte, überhaupt sollte. Sein Vater hatte gesagt, man müsse sich
betrinken, um den ästhetischen Nerv zu betäuben. Die wenigen
Bilder mit Hochlandrindern und spanischen Tänzerinnen –
allerdings, wie Justin vermerkte, nie beide zusammen – verwiesen auf eine gewisse Feindschaft der Kunst gegenüber.

Mike war hinausgegangen, um Eis zu holen, und kam in einer
beißenden Wolke Kölnischwasser zurück, vielleicht weil er sich
in der Küche gerochen hatte. Danny erinnerte sich an den Duft
bei früheren Gelegenheiten und stellte sich vor, wie er sich damit
vollspritzte, wie Essig auf Fritten; das letzte Mal waren sogar die
Getränke leicht parfümiert gewesen, als Mike das Eis besorgte.

286

Sie tranken gerade alle ihre ersten beiden Schlucke, als die Kirchenglocken in einem stürmischen Getöse losbrachen. Margery setzte ihr Glas ab, als kostete es tausend Pfund, und ging die Fenster schließen. »Das *ist* aber auch ein Nachteil des Dorflebens«, sagte sie zu Adrian.

Mike sagte: »Das sind alles Arschlöcher.«

Adrian lächelte mißbilligend und sagte: »Ach, das ist ein schöner Klang, wenn es gut gemacht wird.«

»Die kommen von Salisbury«, sagte Mike, »oder von Southampton, nur um die Glocken zu läuten. Jetzt müssen wir den ganzen Abend *schreien.*«

Margery dachte offensichtlich, daß dies nichts Neues sei. »Es ist wohl schon ein recht schöner Ton«, sagte sie.

Danny wußte, daß er sich betrinken würde. Er hatte seinen großen Scotch mit Ginger Ale sofort halb ausgetrunken. Er dachte wieder an Heinrich und die verblüffende Tatsache, daß er jetzt am Abend angerufen hatte, bevor er sich auf eine ganze Nacht in das Gedränge des Drop stürzte, wo ihn bestimmt ein großäugiger spanischer oder französischer Junge in den hinteren Gang locken würde. Heinrich, der eine neue Rolle als vernachlässigter Freier einnahm, und die Welt, in der Heinrich seinen Lebensunterhalt verdiente, wo Hunderte Männer ständig seine Blicke auf sich zogen und ihm Geld zusteckten: Danny war eifersüchtig auf beides. »Natürlich liebe ich dich, Alex. Aber wir sind eben nicht füreinander gemacht. Das weißt du ebensogut wie ich. Wir haben nichts gemein.« Er wiegte den Kopf zu den Glocken, die soeben Madonnas »Bedtime Story« und ihre wiederkehrende gute Idee »Let's get unconscious, honey« zu improvisieren schienen.

Adrian sagte: »Ich brauche Ihnen wohl nicht zu sagen, daß Litton Gambril das älteste Glockenspiel mit acht Glocken im ganzen Land hat.«

»Ach, wirklich«, sagte Mike, wenig erfreut darüber, von einem, der gerade fünf Minuten in der Grafschaft war, auf diesem Gebiet belehrt zu werden.

Margery lächelte wohlwollend. »Spielen Sie selbst auch

Glocken?« fragte sie, wobei sie sich leise räusperte, um ihre Zweifel bezüglich dieser Konstruktion zu überbrücken.

Adrians lange Finger strichen über seine Fliege und zentrierten sie. »Ich habe einmal geläutet. Für Cambridge. Aber dann wurde ich später durch eine Sehnenscheidenentzündung leider zu einer gewissen Belastung in der Kammer.«

»Also, ich bin einmal für Cambridge ge*laufen*«, sagte Mike in einer seiner sarkastischen Nebenbemerkungen.

»Ich glaube, heute abend hören wir das ganze große Wechselläuten.«

Der Lärm im Zimmer war gedämpft, durchdrang aber dennoch alles, und Danny merkte, wie er der dichten Klangaura der Obertöne lauschte. Sie war wie eine akustische Wahrnehmung in der Trance eines E, wobei das Hypnotische daran die sich entfaltende Acht-Ton-Phrase war, die sich über die Unterhaltung legte und das Denken aufbrach.

Adrian, der rasch wieder in seine schulmeisterliche Art zurückgefallen war, erklärte Justin einige Feinheiten des Glockenspiels. »Also, der Conductor, wie er genannt wird, ruft an den Satzenden ›Bob!‹ und beginnt eine neue Reihe, von der aus dann weitere Wechsel geläutet werden können.«

»Wie, ›Bob‹…?« – Margery versuchte es auf die distanzierte Art, als erinnerte sie sich an jemanden, den sie einmal gemocht hatte. Sie schaute in ihr Glas. »Aber da gibt es doch bestimmt *Dutzende* von Wechseln.«

Adrian lächelte geziert. »Also, bei acht Glocken wäre die Anzahl der möglichen Wechsel Faktor acht.«

»Das wäre acht mal sieben mal sechs…«, sagte Robin.

Es entstand eine Pause, in der alle nachdachten. Justin sagte: »Wenn sie also den vollen Wechselbalg läuteten, dann wären das über vier Millionen Wechsel!«

»Verfluchte Scheiße…«, brummte Mike und leerte sein Glas.

»Nein, nein«, sagte Adrian mit einem hellen nervösen Kichern. »Aber doch immerhin weit über vierzigtausend.«

»Also, das sollen sie sich bloß nicht unterstehen«, sagte Mike, stand auf, trat zu Adrian und kippte den Rest in seinem Glas.

Alex war sehr still, und Danny fragte sich, ob er wußte, was auf ihn zukam. Wahrscheinlich, denn er war sehr sensibel; und dergleichen hatte er ja schon einmal durchgemacht. Danny blickte beiläufig zu Justin hin, der ihm in vieler Hinsicht fremd war, und sah, daß sie schon dabei waren, sich die schäbige Auszeichnung, Alex abserviert zu haben, zu teilen. Von seiner Trennung von George wußte er noch, wie weh das tat. Und ihm fiel auf, daß er, da er selbst es auch durchgemacht hatte, sich irgendwie berechtigt und geradezu ermächtigt fühlte, es seinerseits einem anderen zuzufügen. So hart waren die menschlichen Bezüge eben. Ein wenig schwindelig geworden von seiner Philosophie, griff er nach seinem zweiten kalten Glas.

Adrian sagte: »Ich finde, wir können uns so glücklich schätzen, daß wir dieses herrliche Schloß im Dorf haben.« Er hatte die überraschende Gesprächigkeit eines zugeknöpften Menschen, der jäh mit Alkohol abgefüllt wird.

»Wie glücklich, war mir noch gar nicht klar gewesen«, murmelte Margery.

»An dem Schloß selbst ist eigentlich nicht viel dran, oder?« sagte Justin zweifelnd.

»Mein liebster Justin hat das Schloß noch gar nicht gesehen«, sagte Robin, wobei er seinen Seitenhieb in einen Scherz kleidete. »Aber er lebt hier ja auch erst ein Jahr.«

»Nein, zehn Monate, um genau zu sein, Schatz, und drei Tage«, sagte Justin. »Und außerdem habe ich es noch nie für klug gehalten, Ruinen hinterherzulaufen.«

Adrian, den Witze aus der Fassung brachten, sagte: »Gestern habe ich die arme Miss Lawrence gesehen, wie sie wieder umhergeirrt ist. Sie hatte keine Ahnung, wohin sie ging.«

»Da haben wir's«, sagte Justin.

»Man muß sich um sie kümmern«, sagte Mike und wurde dabei etwas sanfter. »Was machen denn diese sogenannten Scheiß-Sozialeinrichtungen?«

»Sie hat eben nicht alle Tassen im Schrank«, sagte Justin. »Habe ich euch schon erzählt, daß ich sie gesehen habe, wie sie mit einem Käfer sprach?«

Danny griente und strich mit dem Finger durch die Nässe auf seinem Glas. Mike sagte zu ihm: »Sie sind sehr still heute, junger Mann.«

»Er ist immer still«, sagte Margery. »Das ist schön.«

Justin sagte: »Das liegt an der Landluft; die macht ihn müde. Er ist den ganzen Sauerstoff nicht gewöhnt, nicht wahr, Schatz. Normalerweise rennt er in einer LSD-Wolke herum, nicht wahr, Schatz.«

»Ich glaube, LSD raucht man gar nicht«, sagte Adrian.

»Nein, stimmt«, sagte Alex.

»Aber das tut Danny ohnehin nicht«, sagte Margery.

Adrian sagte mit der ganzen Beiläufigkeit des Schockierbaren: »Kriegen Sie denn etwas von diesen Drogengeschichten in London mit?«

Danny fand es absurd zu lügen. »O ja«, sagte er warm. Er konnte wohl nett zu ihnen sein, doch er haßte die schwachsinnigen Kompromisse, die einem aufgezwungen wurden, wenn man die abgelegene moralische Atmosphäre verklemmter alter Langweiler betrat. Da er nichts weiter sagte, nickte Adrian, wechselte die Farbe und sagte: »So, aha… ja…« (Ja, dachte Danny in einem Anfall trotziger Frustration, und ich komme in jeden Club in London kostenlos rein und kann tagelang am Stück zugedröhnt sein und jeden kriegen, den ich will.) »Ja. Davon habe ich in Südamerika natürlich eine Menge gesehen. Kokain gab's praktisch überall, und ich glaube, es hat fast nichts gekostet. Es hat mich allerdings nie gereizt, es auszuprobieren.«

»Tatsächlich…?« sagte Alex und beugte sich vor, um Dannys Aufmerksamkeit auf sich zu lenken.

»Ich hab gar nicht gewußt, daß Sie in Südamerika waren«, sagte Mike, verärgert darüber, daß seine Neugier geweckt wurde. »Wo denn?«

»Na, sehr lange. Ich war mit dem British Council in Caracas, dann vier Jahre in Lima. Das war Ende der fünfziger Jahre, nach Cambridge.«

»Nach Ihren Läutjahren.«

»Ja ... «

»Früher hieß es, beim British Council seien sie alle Blumenpflücker«, sagte Mike.

Adrian blickte einen Moment zu Boden, um dieser Bemerkung Zeit zu geben, sich zu verflüchtigen, und fuhr dann fort: »Ich habe ganz schöne Sachen von dort, Volkskunst, das können Sie sich gern ansehen, wenn Sie mich einmal im Ambages besuchen. In meinem Schlafzimmer hängt ein wunderschöner Peruaner.«

Die Worte selbst hingen, leicht und gleichmäßig betont, vor dem Hintergrundgetöse der Glocken in der Luft, und Margery war es, die als erste lachte, ein nahezu lautloses höfliches Schnüffeln, dann kam ein Gegacker von Justin, Danny hörte das Tschugg-tschugg von Alex' Lache, und dann drang es auch zu ihm durch die Glasur seiner Gedankenverlorenheit, und er begann, atemlos zu kichern, es hatte etwas von einer hysterischen Erleichterung, bis dann auch Mike sein selten vernommenes Wimmern hören ließ. Es wurde nicht ganz deutlich, ob Adrian selbst den Witz erkannt hatte. Das Amüsement war zu allgemein, um sich dagegen zu wenden, und so saß er verschämt lächelnd da und blickte seitlich zu Boden.

Nach einer Weile mühte sich Margery, ein langes Gesicht zu machen, und sagte mit dem unaufrichtigen Bedauern, das einem impulsiven Ausbruch folgt: »Adrian, entschuldigen Sie bitte.«

Verlegen und gezwungen, sich gewillt zu zeigen, sagte Adrian: »Na, Danny, vielleicht sollten Sie auch mal nach Südamerika gehen. In Lima schnupfen die Leute Kokain, wie Sie und ich Sherry trinken.«

Danny nickte, von einem weiteren Nachbeben des Lachens geschüttelt. »Ja, das könnte gut sein.« Er wandte den Blick ab. »Übrigens gehe ich in einem Monat wieder in die Staaten. Ich glaube, dort fühle ich mich doch eher zu Hause.«

Als er wieder aufschaute, machte Justin ein »Pack sie!«-Gesicht, und Robin sagte, sanft die Stirn runzelnd: »Das ist ja das erste, was ich davon höre.« Alex konnte er natürlich nicht sehen – nur die Konvulsion seiner Beine, die er immer wieder übereinanderschlug. »Du gehst zu deiner Mutter?« Robin bekam die Situation in den Griff.

»Ja, ich glaube«, sagte Danny. »Sie hat gesagt, sie kann mir jederzeit wieder einen Job da besorgen.«

»Und wo ist das?« fragte Adrian.

»San Diego...«

»Also, ich kann mir nicht vorstellen, daß ich je noch mal fliege«, sagte Mike laut und langsam, als wäre das der eigentlich interessante Aspekt daran. Danny sah, wie Justin sanft zu Alex hinblickte – den anderen bedeutete diese plötzliche Geburt eines Plans natürlich gar nichts.

Er sagte, verblüfft über die ungewollte Bitterkeit in seinem Ton: »Na, viel hält mich in diesem Land ja nicht.« Wenn man ein Publikum hatte, brachte man Dinge, die man dem anderen fast unmöglich ins Gesicht sagen konnte, nicht einmal im Bett, leicht heraus. Wobei man allerdings auch leicht zuviel sagte.

Mike sagte: »Wir könnten doch jeden Glockenläuter an seinem eigenen Seil aufhängen.«

»Ich habe mich eigentlich schon daran gewöhnt«, sagte Margery. »Ich glaube, es würde uns schon sehr fehlen, wenn es aufhören würde.« Dann sah sie, daß Alex aufgestanden war und zur Tür ging, und sagte: »Es ist den Gang entlang und dann links.« Er blinzelte und ging hinaus.

Die Unterhaltung plätscherte dahin, angereichert von Justins verschmitzten Hieben und abartigen Wendungen; er schien sich für das Gelingen des Abends in einem Maße verantwortlich zu fühlen, wie es zu Hause nie der Fall war. Mike glotzte starr an die Wand; zu tief war seine schwelende Empörung, als daß er sich mit seinen üblichen polemischen Ausfällen hätte Luft machen können. Danny hatte das kindliche Gefühl, nach seinem ungeschickten Auftritt im Rampenlicht ignoriert und nicht geschätzt zu werden. Ihm war nicht bewußt, wie grausam er gerade zu Alex gewesen war, und als er versuchte, seine Abschiedsrede noch einmal durchzugehen, hatte sie etwas entsetzlich Echoloses, Totes, wie etwas, was man in einem Aufnahmestudio sagt. Er blickte nacheinander in die Gesichter der anderen, verwundert darüber, worüber sie redeten. Die Miene seines Vaters war besonders ehemännisch und wohlwollend. Dann merkte Danny, wie vertraulich Justin zu ihm hersah, und er wußte, daß er recht hatte, als er mit dem Kopf in Richtung Tür zeigte. »Ich muß auch gerade mal«, murmelte Danny, während er sich hinausdrückte.

Die Tür der Toilette war geschlossen, und er wartete eine Weile davor, als er tatsächlich einen Drang verspürte. Dann dachte er: Also, er ist ja immer noch mein Freund, klopfte und ging hinein. Doch Alex war nicht da; und in der weißen Leere des stickigen kleinen Raums wußte Danny, daß die Krise jetzt voll ausgebrochen war. Beim Pinkeln schaute er seitlich in den Spiegel und sah, wie schrecklich schön er war: Das Bild wurde auf einer harten eitlen Fläche tief in seinem Auge reflektiert, und er dachte mit ruhigem Mitleid, wie ungern Alex ihn würde verlieren wollen. Auf dem schmalen Bord oberhalb des Beckens lagen eine schüttere Bürste, ein Kamm und eine eckige Flasche Kölnischwasser: Er zog den Stopfen heraus, um sich zu bestätigen, daß es dasjenige war, was sie den ganzen Abend gerochen hatten, und zog die Mundwinkel im Spiegel herab, als er sah, daß es *Bien-Être* hieß.

Alex saß auf der Stufe der Hintertür und blickte auf den abfallenden, ungepflegten Garten hinaus. Danny ging durch die Küche und setzte sich neben ihn, ohne ihn jedoch zu berühren. Alex sagte »Oh, Dan« – es kam sehr selten vor, daß er ihn bei seinem eigentlichen Namen nannte.

»Entschuldige«, sagte Danny. Er dachte, daß Alex durch irgendein Wunder vielleicht alles begriffen hatte.

»Ich finde wirklich, du hättest mir von dieser US-Geschichte etwas sagen können.«

»Ja...«

»Manchmal machst du mir richtig angst.« Alex nahm seine Hand, und er ließ sie in seinem Griff, aber ohne den Druck zu erwidern. »Was wird denn dann aus uns? Ich kann dich natürlich besuchen kommen. Darauf freue ich mich. Aber sehr praktisch ist das wohl kaum.«

»Also …«

»Aber vielleicht gehst du ja gar nicht«, fuhr Alex in einem gereizten, verzeihenden Ton fort. »Aber wenn du gehst, dann wäre es nett gewesen, es nicht mitten in einer Trinkrunde verkündet zu bekommen.«

Nie hatten sie einen Streit gehabt, nur separate Verletzungen und Irritationen, die sie einander entlockt hatten. Danny erkannte, daß er das nicht richtig gemacht hatte, und das machte ihn muffig und aggressiv. »Vielleicht gehe ich ja gar nicht«, sagte er und zog seine Hand zurück.

»Immerhin bin ich doch dein Freund. Der schlaksige Kerl, der dich umarmt hält, wenn du aufwachst, und der dann aufsteht, um dir Frühstück zu machen: Das bin ich.«

»Ja, hab mich schon gefragt, wer das ist«, sagte Danny. »Paß auf, es ist eigentlich ziemlich egal, ob ich hier bin oder in San Diego, ich kann dich nicht weiter sehen, Alex.«

Alex hatte schon Luft für seine nächste Bemerkung geholt, doch nun stockte er und ließ sie als tragischen Seufzer entweichen.

Danny stand auf, schlenderte in die Küche und ließ ein Glas Wasser ein. Von dem Whisky hatte er leichte Kopfschmerzen bekommen; genau wie der arme Heinrich … »Es tut mir sehr leid«, sagte er.

Als er sich umdrehte, saß Alex noch an derselben Stelle, aber gegen den Türrahmen gelehnt, als hätte ihn ein Windstoß da hingeweht. Die Pose war etwas theatralisch und ging Danny auf die Nerven. Er sah, wie Alex den Kopf wandte, einmal, schnell, um zu sehen, wo er war, und Danny hatte das Gefühl, als sei er die Verkörperung einer Befürchtung geworden, deren Anblick fast nicht zu ertragen war.

Als er wieder im Wohnzimmer war, sagte man ihm, er solle sich noch ein Glas nehmen. Er wußte, daß das Adrenalin der letzten fünf Minuten ihn nüchtern gemacht und Alex' barsche Aufforderung, er solle ihn allein lassen, unerwartet gedemütigt hatte. Die anderen wirkten alle jämmerlich betrunken und alt. Adrian erkundigte sich gerade nach einer Reinemachfrau, worauf verschiedene Dorfnamen hervorgekramt wurden, ein jeder gefolgt von einer grausig moralischen Anekdote.

»Wir hatten noch nie eine Scheiß-Putzfrau«, sagte Mike; woraufhin niemand vorgab, überrascht zu sein.

Justin sagte:»Man kann sich natürlich immer eine nackte Reinigungskraft holen.«

Adrian spitzte die Lippen, hätte aber deutlich gern mehr erfahren.

Mike wunderte sich monoton:»Ihr erzählt ja vielleicht einen Stuß.«

»Ich habe nichts gegen Nacktputzen«, sagte Margery, »aber ich glaube, ich müßte dann solange hinausgehen.«

»Wo steckt denn der schweigsame Schotte?« sagte Mike. »Poliert sich wohl die Fingernägel?«

Danny musterte erneut ihre fünf Gesichter; alle trugen sie eine törichte Miene einstweiliger Selbstgewißheit zur Schau, die er, was er vergaß, wohl auch oft selber aufgesetzt hatte, auch in extremeren Formen. Sogar Mike, der bei Alkohol wütend wurde, war offenbar in eine fruchtbarere und anspruchsvollere Beziehung zu sich selbst getreten. »Alex schnappt nur ein bißchen frische Luft«, sagte Danny; woraufhin Mike nickte und mit den Fingern auf sein Knie trommelte. Er wie auch Margery hatten das Rauchen aufgegeben, und die eigenartigen, mit Bügelriemen auf die Armlehnen des Sofas geschnallten Aschenbecher waren verschwunden; dennoch war der magnolienfarbene Wandanstrich mit einem Rauchfilm überzogen, was dem Raum eine Atmosphäre eingestellter Freuden verlieh. Vielleicht war es den anderen ja egal, oder sie waren zu betütert, um zu bemerken, daß der Raum sich mit Schatten füllte; Danny aber verlor nie sein Gefühl für die Geschwindigkeit der Zeit. Wenn er an Alex' epische Unschlüssigkeiten dachte – die Jahre ohne Sex, seine unerklärliche Einsamkeit –, dann geriet er vor Ungeduld fast in Panik.

Er sah, daß Justin wieder zu ihm herlinste, dabei ein Lächeln andeutete – er konnte die Ironie darin nicht ergründen, sie schien aufmunternd und enttäuscht zugleich, dazu auch noch unterschwellig sexuell, als hätten sie schon vereinbart, sich hinterher zu treffen. Er wußte, daß er gerade etwas Ernstes getan hatte, und brauchte die Bestätigung, daß es so richtig war. Dann polterten die Glocken die Tonleiter herab und verstummten.

Die Obertöne hielten sich noch einen Moment, danach wurde das Ohr von den Glocken bedrängt, die, immer leiser werdend, weiterläuteten. Die Stille war erstaunlich, gewöhnliche Existenz, hervorgehoben von der guten Stunde unablässigen, in Rhythmus und Lautstärke unveränderten Klangs. Und Stille war es aber auch nicht. Mike stand auf und stieß die Fenster auf, und da zwitscherte ein Vogel, ein Auto wimmerte rückwärts fahrend auf, ein altmodischer Rasenmäher rasselte wie eine Kinderratsche. Alex war irgendwo draußen in der Wildnis des Gartens. Er hatte Danny hineingeschickt, doch der vermutete, daß er wieder zu ihm würde hinausgehen müssen.

Mike stürmte mit dem wiegenden Gang des Raufbolds, den er hatte, wenn er betrunken war, durchs Zimmer. »So!« sagte er und schaltete das alte Philips-Grammophon in der blauen Lederverkleidung an, das er vertrauensvoll an einen noch älteren Röhrenverstärker und riesige, BDX-große Boxen angeschlossen hatte.

»Ich glaube, sie haben es ziemlich gekürzt«, sagte Adrian unklugerweise.

»Verstehen Sie mich nicht falsch, Ringrose«, sagte Mike über die Schulter. »Aber Ihre glockenläutenden Kumpels sind verfluchte Arschlöcher.«

»O Gott«, sagte Margery.

»Ja, leider«, sagte Mike, begeistert darüber, daß er dieses Stadium des Abends schon erreicht hatte.

»Ich seh mal nach Alex«, sagte Danny.

Er war in der Küche, als die Musik anfing, und als er in den Garten hinaustrat, drang sie klar und deutlich durch die Fenster. Es war Mikes Vergeltungsaktion gegen die Glocken, eine knisternde alte Platte mit Gregorianischen Gesängen, unverschämt laut aufgedreht, wenngleich die Musik selbst ganz und gar nicht aus der Ruhe zu bringen war: das karge und hallende Auf und

Ab von Männerstimmen, das rituelle Latein. Danny stand kurz bei den beiden Liegestühlen auf der groben Rasenfläche und überlegte, ob er Alex rufen sollte, so wie man ein Kind zum Essen oder zur Abendzeit hereinholt. Doch er erkannte, daß es der falsche Ton wäre: Er ärgerte sich über Alex, weil er noch immer da war, und gleich darauf fürchtete er sich ein wenig wegen der Verantwortung, die er übernehmen mußte. Gebückt ging er an den holzigen Buddleias vorbei und einen Weg zwischen Apfelbäumen entlang. An dessen Ende waren ein Schuppen, ein mit Winden überwucherter Baumkäfig sowie ein angelegter Streifen Küchengarten, der allerdings voller Unkraut war. Dahinter lief das Grundstück in eine Spitze aus, und es gab nur noch schenkelhohes wildes Gras, und ganz hinten, wo die Zäune sich trafen, stand ein großer alter Baum. Er sah Alex auf dem Zaun mit dem Rücken gegen den Baumstamm hocken, unnahbar und einsam. Man sah noch immer die gekurvte Bahn, die er durch das Gras gezogen hatte, und Danny watete aus einem kaum bewußten symbolischen Skrupel heraus auf einem eigenen Pfad zu ihm hin. Das Gras war von der Augusthitze trocken und ausgebleicht, und wo Dannys Hände hindurchstrichen, trafen sie auf Staub und zuweilen auch auf klebrige Sekrete wie blasige Spucke; unter seinen Schritten knackte es, und er merkte, daß er winzige graue Schnecken zertrat, die auch zu Dutzenden wie Samengehäuse an den dickeren Stengeln klebten. Als er schließlich neben Alex stehenblieb, war seine weite schwarze Jeans mit pudrigen Streifen überzogen. Er dachte, Alex weinte vielleicht und habe ihn weggeschickt, damit er es nicht sah, doch als er ihn aus den Augenwinkeln anblickte, war keine Spur davon zu sehen. »Ich wollte mal sehen, wie's dir geht«, sagte er.

Nach einer Weile sagte Alex: »Das ist wie ein Scheiß-Mord im Dom.«

»Die Musik, meinst du«, sagte Danny und kicherte.

Dann fuhr Alex fort, sehr angespannt, als fürchtete er sich vor allem, was Danny sagen könnte: »Du erinnerst dich sicher, wie wir noch vor kurzem da spazierengegangen sind.« Er fuhr mit der Hand durch die Luft, rasch, um sein Zittern zu verbergen.

Danny entdeckte einen sentimentalen Vorwurf. »Ja, natürlich, es war ein wunderschöner Abend«, sagte er; allerdings fand er es schon verblüffend, daß Alex ihn erwähnte, weil jener Abend auf dem Berg für ihn der stumme Wendepunkt gewesen war, als Alex nämlich von seinem Scheitern mit Justin erzählte und er das Scheitern so richtig ausstrahlte wie einer, mit dem es unklug wäre, ein Geschäft anzufangen. Danny sagte, ziemlich zuversichtlich, daß es dazu gar nicht kommen würde: »Wir werden aber immer Freunde bleiben.«

Alex drehte sich halb um, sah ihn aber noch immer nicht direkt an. »Ist es George?« sagte er.

Danny keckerte säuerlich. »George würde mich keinen Zentimeter an sich ranlassen.«

»Aber doch um Gottes willen nicht Terry?«

»Alex, es ist niemand!« Er wollte ihn tröstend anfassen, ihn aber auch vom Zaun stoßen, auf dem er mit dem Oberkörper schaukelte und sich behutsam umfaßte, als wäre jede Liaison Dannys eine gebrochene Rippe oder eine nicht verheilte Wunde.

»Entschuldige«, sagte Alex, »ich begreife kein Wort von dem, was du sagst. Für mich redest du puren Blödsinn. Wir sind zwei, die rasend ineinander verliebt sind, und du sagst, du kannst mich nicht mehr sehen.«

»Tja, ich habe mich eben geändert, Schatz, Menschen ändern sich. Es tut mir leid.« Er blickte zurück über die vollen zwei Monate ihrer Liebschaft und erinnerte sich, wie er sich an jenem ersten Abend, als Alex zu ihm kam, vor ihm anzog und dachte, noch nie jemanden gesehen zu haben, der so gute Manieren hatte und so ausgehungert nach Sex war. Es war zu einem seltsamen Zeitpunkt seiner kleinen Geschichte mit dem zynischen schwarzen Bob gewesen, und er sah jetzt, daß es vielleicht etwas Trotziges und Kapriziöses gehabt hatte, sich auf Alex einzulassen.

»Ich habe mich überhaupt nicht geändert«, sagte Alex. »Außer daß ich dich immer mehr geliebt habe.«

»Aber wir haben doch eigentlich gar nichts gemein«, sagte Danny und mußte zugeben, daß das nicht sehr toll klang.

Alex schüttelte den Kopf. »Ich habe gedacht, wir hätten eben unsere Liebe gemein«, sagte er.

»Ja, hm...« Danny blieb bei seiner Ansicht, daß es nichts gab, worüber sie reden müßten. Stirnrunzelnd blinzelte er die verworrenen Bilder ihrer gemeinsamen Nächte weg, die Seligkeit und den Schweiß; und er wußte, daß die schillernde Aussicht bestanden hatte, daß er so manches von Alex hätte lernen können, wenn er ihm die nötige Zeit und Aufmerksamkeit gewährt hätte. Momentan aber und daher vielleicht für immer mußte die Geschichte für ihn klar und ohne Schatten sein. Sie waren ausgegangen und hatten sich zugedröhnt, und Alex hatte sich für Dance öffnen lassen. Und jetzt ging es mit ihnen auch mit Musik zu Ende, einer viel klösterlicheren allerdings – auch wenn sie von fern durchsetzt war von Mikes Schreien, die aus dem Fenster schallten: »Arschloch!« Danny beschloß rasch und analytisch, daß Alex trotz seiner verletzten Verblüffung das Geschehene akzeptierte. Es kam kein unmittelbarer Vorschlag, Probleme aufzuarbeiten oder sich auf Probe zu trennen. Er konnte es nicht in Worte fassen, aber er sah in Alex' überstürzter Hinnahme der Katastrophe etwas Fatalistisches. »Komm«, sagte Danny.

Als sie sich durch das lange Gras zurückarbeiteten, bedeutete er Alex mit einer höflichen Geste, vorzugehen, und folgte ihm ein paar Schritte dahinter den ziemlich imaginären Weg. Je näher sie dem Haus kamen, desto großartiger wurden die Gesänge, und er wußte, daß noch einige ernste Augenblicke vor ihnen lagen; aber eigentlich fand er die Art und Weise, wie er die Sache über die Bühne gebracht hatte, ziemlich gut. Es war die erste große Trennung, die er herbeigeführt hatte, und bei einem älteren Mann erhob sich natürlich auch noch die Frage des Respekts. Er blieb stehen, um sich den Schmutz von der Hose zu wischen und zu klopfen.

16

»Herrlich, die Kreuzblumen!«

»O ja!« Alex trat durch das lange feuchte Gras zurück, um zu
den obersten Teilen des Turms hinaufzusehen: die verdeckten
Nischen, die kleinen Fialen wie Stalagmiten, die von den Gesim-
sen der Stützpfeiler emporwuchsen, die höheren Fialen, drei an
jeder Ecke und eine an jeder Seite, die das Ganze krönten. Es
wirkte alles prunkvoll, und wie bei vielen ausgesprochen überflüssigen Dingen erinnerte er sich daran am besten. In der
Danny-Periode hatte er es sich ja nicht richtig angesehen. Danny
stand nicht besonders auf Kreuzblumen, und so waren sie rasch
daran vorbeigegangen.

Er wandte sich um und sah, wie Nick zwischen den Grab-
steinen umherstreifte, sich bückte und mit der ihm eigenen angenehmen Gründlichkeit Moos abkratzte – was wohl mit dem
Gedanken zusammenhing, daß selbst etwas, was zu tun sich nicht
lohnte, es dennoch verdiente, ordentlich getan zu werden. Nick
war der erste Mensch, mit dem Alex geschlafen hatte, der älter
als er selbst war, und obwohl das in ihrem Alter kaum eine Rolle
spielte, hatte es nach den schlingernden Touren und quietschenden Weichenverschiebungen in den Nächten mit Danny doch
etwas, nun ja, Ruhevolles und fest Verankertes. Dieses Schema
war nun durchbrochen, da Nick kein Nehmer war und mit Alex
die Entschlossenheit zu geben teilte; seine amüsierte Anteilnahme an jedem Aspekt von Alex' Leben, als wäre Alex' Geschichte das einzige, was er beherrschen und dessen Schönheit
er erkennen mußte, hatte nach Dannys flatterhafter Gleichgültigkeit beinahe etwas Bedrängendes.

»Ich weiß, da gibt's irgendwo ein interessantes Wandgemälde«,
sagte er und hakte sich bei Alex ein, um ihn in die Vorhalle zu
steuern. Diese Geste schien, wie viele von Nick, die Zeit zu

komprimieren: Sie waren romantische Studenten aus einem goldenen Oxfordschen Zeitalter, aber auch ein nettes altes Paar vom Land, das seine Lebenslust noch nicht verloren hatte. Das Aufspringen des Riegels hallte ins Innere und erinnerte Alex, der sich seiner augenblicklichen Dünnhäutigkeit argwöhnisch bewußt war, an das charakteristische Scheppern der Riegel in Robins Haus; wobei es auch noch weitere, schwächere Echos gab, von Kirchenbesuchen in Kinderferien, wo er dann hineinging, um auf der Kanzel zu spielen, während seine Mutter die Blumen besorgte. Es war ein sonniger Oktobertag, und die Kirche, die ungeheizt war, war lichtdurchflutet. Nick schritt anerkennend umher, während Alex, der es sich stets zur Regel machte, die Anweisungen zu lesen, die Informationstafel studierte.

Das Fragment des Wandgemäldes war im nördlichen Schiff und zeigte Tobias mit dem Engel Raphael. Es war in verschiedenen Brauntönen ausgeführt, die sich mit der Verfärbung des Putzes und den groben Flecken, wo der Putz geflickt worden war, verbanden; einer dieser Flecken machte den Engel rätselhaft kieferlos. Dagegen konnte man den dicken kleinen Jungen in seinem braunen Wams sehr gut sehen, wie er seinen braunen Fisch hochhielt. Alex sagte: »Hier steht, daß es mit einem Pinsel aus einem Eichhörnchenschwanz gemalt wurde.«

»Es fällt schwer, dabei *nicht* auf gewisse Gedanken zu kommen«, sagte Nick.

Der Engel, der Tobias leitete, hatte fließendes Lockenhaar und trug eine gegürtete Tunika; er war ungefähr zwei Meter fünfzig groß und schritt mit einem dick konturierten rechten Bein mit sehr elegantem Fuß voran – die Ferse war angehoben, und die langen Zehen suchten Halt auf dem Boden, der mit einem löwenzahnartigen Büschel angedeutet war. Alex mußte an seinen letzten Tag mit Danny am Strand denken, eine überraschende Erinnerung, wenngleich dieser kleine Ausflug nach Dorset selbst nur Erinnerung war – seit London hatte er sich aus der aufgewühlten Trance der Vergangenheit wachgerüttelt. Am Ende jenes Nachmittags war er mit Danny am Meer entlanggegangen, durch den festen, wassergetränkten Sand, und bei jedem

Schritt blitzte silbrig zitterndes Licht unter ihren Füßen auf. Alex machte ihn in dem lyrischen, aber kriecherischen Ton, den Dannys Kälte ihm aufzwang, auf diesen Effekt aufmerksam, worauf Danny sich nur geräuspert hatte und die Winkel seines großen Mundes mißmutig herabzog.

Nick schlang von hinten die Arme um ihn, und sie verließen die Kirche. Schon das ganze Wochenende war er auf erfrischende Weise freundlich gewesen und kaschierte jedwede Anspannung, die er hinsichtlich der Begegnung mit Justin und Robin und dem Herumstöbern in der Landschaft von Alex' voriger Liebschaft verspüren mochte, mit seiner Begeisterung und der Lust auf alte Bauwerke. »Und jetzt das Schloß!« sagte er, als sie auf die Straße kamen.

»An dem Schloß ist nicht viel dran«, murmelte Alex, der seine Nervosität weniger gut verbarg und ganz gern etwas getrunken hätte. »Das Crooked Billet ist ein wunderbar unverdorbenes altes Pub.«

»Kunst vor Alkohol, mein Lieber«, sagte Nick. Er war ein Mensch, der große, klare Gefühle und alle möglichen Bedürfnisse äußerte und dann einen besonderen Charme darin zeigte, sie den Stimmungen anderer anzugleichen und um ihretwillen zurückzustellen – wenigstens um Alex willen. »Aber wenn es dir nicht so recht ist, können wir natürlich … Ich weiß, daß das ziemlich merkwürdig für dich sein muß. Du mußt mir alles sagen, was du denkst« – ein Satz, der bei Alex sogleich Befangenheit auslöste.

»Nein, wir gehen zum Schloß.«

Sie setzten sich in Nicks Wagen und fuhren aus dem Dorf und den Ruinenweg entlang, dem noch immer die steinerne Trockenheit des Sommers anhaftete, wenngleich die Kastanien schon ihre Blätter abwarfen und in den Hecken scharlachrote Bündel Mehlbeeren hingen. Auf dem Parkplatz stand noch ein anderes Auto – es hatte hinten eine Gitterabtrennung für einen Hund, und auf einer Fensterscheibe klebte die armselige Mahnung, daß man kleine Hündchen ein Leben lang hat. Nick ging durch ein Drehkreuz voraus auf das holperige Feld, auf dem die Ruinen standen oder sich hinduckten. Es gab einen pittoresken Teil Mauerwerk – das aufragende Fragment der Eingangshalle –, darüber hoch oben das luftige Gitter eines Erkerfensters sowie die verbarrikadierte Öffnung einer schmalen Wendeltreppe. Daneben war die Küche, wo Alex sich unter den Sturz des Kamins beugte und durch den Schornstein zu dem hellblauen Fleckchen Himmel hinaufspähte.

Alex wußte, daß es ihm hier als Junge ungeheuer gefallen hätte, denn er hatte eine Vorliebe für einsame Orte gehabt; in gewisser Weise erinnerte ihn die Ruine an jene hohle, notdürftig bewohnbare Eiche in dem Wald bei seiner Schule und an sein staubiges, taschenlampenbeleuchtetes »Haus« im Schrank unter der Treppe, dessen Decke sich wie eine Falle auf das schon langbeinige Kind stufig herabsenkte. »Ich habe Verstecken gespielt«, hatte er immer gesagt; und seine Mutter darauf: »Ja, aber auch nur Verstecken, weil keiner kommt und dich sucht, mein Süßer. Dann ist es wirklich nur Verstecken.«

Er ging bis an den Rand des Geländes, wo einige frisch gefällte Kiefernstämme gestapelt waren und in der Wärme der Sonne ihren Geruch von frisch Erbrochenem verströmten. Er beobachtete Nick, wie er geschäftig zwischen den Steinhügeln umherlief und die alten Schilder des Amts für Denkmalschutz las, auf denen »Lagerräume« oder »Kapelle« stand. Wieder kam ihm Danny in den Sinn. Er überlegte, wie er wohl seine Jugend gelebt hatte, wie er seinen Gelüsten gefolgt war und mit einer solchen Vielfalt von Männern geschlafen hatte, daß man als gemeinsamen Faden nur das blinde Verlangen, die Welt durch Sex zu erfahren, erkennen konnte. Bei dem Gedanken wurde ihm flau vor Neid und dem Gefühl, etwas verloren zu haben, auch wenn er Nick hatte und Sex natürlich nicht die einzige Art war, die Welt kennenzulernen. Er fragte sich, was es für Danny wohl bedeutet hatte, als er sagte, er liebe ihn, und ob es überhaupt eine Bedeutung für ihn gehabt hatte. Er hatte offensichtlich keinerlei Vorstellung von dem psychischen Schock, den es für einen wie ihn, Alex, bedeutete, sich zu verlieben. Danny würde immer ein großartiger Liebhaber sein, das würde seine Erfolgsbahn sein, wenngleich er nahezu nichts über die Liebe wußte – so wie manche großen Musiker nichts über Musik wissen und nur die Gabe haben, sie zu machen.

Im großen und ganzen war er jetzt sehr glücklich. Es war sehr schön und auch gerechtfertigt, die einsamen Aufregungen seiner Vergangenheit in Gesellschaft eines Mannes nachzuleben, der so gut aussah und so großzügig war wie Nick. Vormittags Ruinen und abends *L'elisir d'amore*. Es hatte wohl sicher damit zu tun, wieder hier in Litton Gambril zu sein, daß sein Bewußtsein einer surrealen und willkürlichen Ungerechtigkeit wieder stärker wurde. Der heutige Tag war wie jeder Tag der vergangenen vierzehn Monate ein Teil des Lebens, von dem er geglaubt hatte, er werde ihn mit Danny teilen, und indem er ihn ohne ihn verbrachte, verbrachte er ihn allein.

Die Sizilien-Tickets waren an dem Morgen nach seiner Rückkehr nach London gekommen. Sie hatten eine schöne Überraschung für Danny sein sollen, und nun lagen sie mit der unverzeihlichen Ignoranz einer Postsendung an einen jüngst Verstorbenen neben der Broschüre des Excelsior Palace Hotel in Taormina auf dem Küchentisch. Als er, fast schon auf dem Weg zur Arbeit, in das Zimmer kam und noch immer drauf und dran war, sich krank zu melden, hatte er die Tickets wieder gesehen und ganz heftig zu weinen angefangen, wobei er sie mit einem steifen, abwehrenden Arm auf dem Tisch herumstieß. Später steckte er alles wieder in den Umschlag und ging ins Büro.

Am Abend rief er Hugh an und weinte nochmals durch das unangemessene Medium des Telephons. Hugh sagte mit echter Sanftheit wie auch mit einem ununterdrückbar rechtfertigenden Ton: »Das tut mir wirklich leid, Schatz.«

»Das waren die schlimmsten Tage meines Lebens«, sagte Alex aufrichtig, wobei er bei seinem guten Gedächtnis glaubte, man könne einen Schmerz mit einem anderen vergleichen, der nur erinnert war.

»Sag noch einmal, wie alt er war«, sagte Hugh.

»Er war dreiundzwanzig. Das heißt, er ist es noch.«

»Ja«, sagte Hugh. »Weißt du, die wollen einfach nicht dieselben Dinge wie wir.«

Alex war so verblüfft über die Weisheit dieser Bemerkung, daß er sie sogleich zurückwies. »Aber wir waren doch wahnsinnig verliebt«, sagte er.

Am folgenden Abend ging er zu Hugh, wo sie sich erst in seiner Wohnung betranken und danach Pasta essen gingen. Beim Verlassen des Hauses mußten sie sich den Weg durch ein Grüppchen Theosophen bahnen, deren dankbare Mienen er ganz allgemein der Wirkung einer Séance zuschrieb. Das Restaurant war wie immer halb leer und zu hell erleuchtet, als wollte es auf seine geringe Beliebtheit noch extra aufmerksam machen. Die handkolorierten Photographien des Ätna und der Kathedrale von Palermo verschworen sich in dem makabren Übermaß an Ironie, die sich um jede Krise sammelt.

Alex hatte den Gedanken schon mehrmals erwogen und wieder verworfen, aber am Ende ihres Essens, als die Zunge vom Corvo und zwei Grappa gelöst und er von Dankbarkeit für seinen ältesten Freund erfüllt war, sagte er: »Wie fändest du es, mit mir zwei Wochen nach Sizilien zu kommen und nur in den besten Hotels zu wohnen?« Noch während er es sagte, bedauerte er es auch schon wieder – Hugh würde ihm auf die Nerven gehen und eine beständige Enttäuschung sein, wenn er da an Dannys Stelle saß, er würde Alex mit seiner Tweedjacke beschämen und ihn im Casanova und der Perroquet-Disco kompromittieren...

Hugh senkte in der plötzlichen Aufwallung zarter Gefühle den Blick, und Alex sah tief bewegt, wie gerührt er davon war, und vergaß sein Bedauern sogleich wieder – natürlich wäre es besser, die Tempel von Agrigent in der kennerhaften Begleitung von jemandem zu besuchen, der eine klassische Bildung genossen hatte, als im Zustand sexueller Ablenkung durch Danny und der unablässigen Sorge, er könnte sich langweilen. Mit Danny konnte er natürlich nicht fahren: Deshalb führten sie ja dieses Gespräch, das war der noch immer neue Sachverhalt, und es würgte ihn heiß und flüssig in der Kehle und trieb ihm die Tränen in die Augen.

»Das wäre wunderbar«, sagte Hugh gerade. »Aber ich glaube, ich kann gar nicht.«

»Ach, komm«, sagte Alex. »Du kannst noch dein ganzes Leben in deinem öden Bloomsbury verbringen. Das brächte doch Spaß. Denk nur, was für ein tolles Gespann wir in Griechenland waren vor all den Jahren.« Auch wenn er damals noch anders darüber gedacht hatte.

»Die Sache ist die, ich fahre zu der Zeit schon selber weg. Ich hatte gedacht, daß es jetzt nicht der rechte Zeitpunkt ist, es dir zu sagen, aber ich fahre weg, mit einem Freund, nach, äh, nach Nigeria, drei Wochen.« Hugh wirkte erschüttert darüber, diese Erklärung zu machen, konnte aber nicht umhin zu lächeln. »Ich lasse mich schon impfen.«

»Großer Gott!« sagte Alex im Ton freudiger Bestürzung. »Und wer ist dieser Mensch?«

»Oh... er heißt Frederick.«

»Aha. Vermutlich ist er Nigerianer, oder?«

»Wie...? Ja, doch.«

»Und wie alt...?«

»Ähm... nächsten Monat wird er sechsunddreißig – tja, also zufällig gerade, wenn wir in Lagos sind.«

»Ich frage dich nicht, wie du ihn kennengelernt hast« – woraufhin Hugh bei allen Anzeichen erregten Widerstrebens, mit dem er damit herauskam, ein wenig pikiert wirkte. Er häufelte und glättete den Zucker in der Dose zu einem winzigen Ätna.

»Ich sag's dir aber trotzdem. Ich habe ihn am Russell Square aufgegabelt.«

Alex lehnte sich zurück und nickte zu der offenbarten Logik dieses Fait accompli. Er wußte, welche Frage Hugh von ihm als nächstes hören wollte, und er stellte sie ihm mit gelassener Höflichkeit: »Wie ist übrigens sein Schwanz?« Hughs Glühen taktvoll unterdrückter Freude vertiefte sich zu einem triumphierenden Rot.

Alex wußte während der folgenden Wochen nicht so recht, was er von Hughs beispielloser Affäre halten sollte. Er durchlief die verschwommen konturierten Phasen des Kummers, und

seine Reaktionen auf Dinge außerhalb seiner selbst waren unberechenbar – null oder heftig. Während der ersten Tage brachte
ihn der leiseste Druck zum Weinen, und einmal prügelte er sich
beinahe mit jemandem, den er vom Auto aus beschimpft hatte.
Danach folgte eine Phase, in der er sich danach sehnte zu weinen, es aber nicht konnte, was ihm perverserweise als neuerliches
Scheitern erschien. Er ging zu Hugh, nur auf ein Glas, um den
Freund kennenzulernen. Frederick war schlank und ein wenig
schüchtern und hatte einen zutiefst melancholischen Blick,
selbst wenn er lachte. Mit verstörender Höflichkeit erkundigte
er sich nach dem Wohlergehen aller Verwandten Alex'. Je häu-
figer sich die Gläser leerten, desto mehr faßte er Hugh an, und
auch Alex wurde mit kleinen Streicheleien am Knie und anhal-
tendem Lächeln bedacht. Als Hugh einmal das Zimmer verließ,
sagte Frederick: »Hugh hat mir erzählt, daß dein Freund dich
verlassen hat.« Alex nickte nur, worauf Frederick seine Hand
nahm und sagte: »Also, ich bin der festen Überzeugung, daß du
wieder einen neuen findest«, wobei er ihm einen langen Blick
schenkte, der nicht nur kokett war, sondern auch eine peinliche
prophetische Gewißheit enthielt. Bald danach küßte und umarmte Alex die beiden und ging. Natürlich freute er sich über
das Glück seines Freundes. Diese Worte gebrauchte er sich selbst
gegenüber, um das kleine Restgefühl von Neid und Betrogen-
sein zu eliminieren.

Bis auf ein paar grauenhafte Telephonate hatte er sehr wenig
Kontakt mit Danny; einer davon war eine absurde Vignette
blockierter Kommunikation wegen des schlechten Empfangs
von Dannys Handy. »Ich sagte: Das war die schlimmste Woche
meines Lebens«, blaffte Alex drei- oder viermal, bis er eher wütend als elend klang. Danny hinterließ eine Nachricht auf seinem Anrufbeantworter, in der er ihm mitteilte, wann er nach
Kalifornien gehe, und Alex stöhnte darüber, wie diese blöde Idee
sich zu einem lebensverändernden Faktum hatte verfestigen
dürfen. Er war sicher, er würde ihn nie wiedersehen; und dann
düster beruhigt von dem Wissen, daß er dies ohnehin nicht ertragen hätte. Er schrieb ihm einen langen Brief, an dem er über

Tage hin im Kopf und auf Papier arbeitete und feilte, damit er auch vernünftig wurde; nach der Arbeit warf er ihn in einen Briefkasten in Whitehall und hatte sogleich schreckliche Angst, Danny könnte ihn beantworten.

Justin rief ihn mehrere Male an und stellte ihm viele Fragen; er war sanft, aber ziemlich bohrend – fast schien es, als habe er eine Möglichkeit gefunden, die Auswirkungen seiner Trennung von Alex zu beobachten, aber von einer späteren, schuldlosen Warte aus; vielleicht lag aber auch ein Element von Buße darin. Alex war sich, während er sich seufzend im Bett herumwarf, dieses Musters typischerweise selbst schon bewußt. Dieses zweite Scheitern war eine schockierende Bestätigung des ersten. Und dennoch mußte er zugeben, daß es in gewisser Weise auch leichter war: Er kannte die Lektion schon, er kannte die trauervolle Bestürzung darüber, unwissentlich den letzten Fick, den letzten leidenschaftlichen Kuß, die letzte Taxifahrt Hand in Hand im Dunkeln gehabt zu haben; und er wußte auch, daß es beide Male Anzeichen gegeben hatte ähnlich den sichtbaren, aber lautlosen Trommelschlägen eines Paukers, der die richtige Tonhöhe prüft.

An einem Sonntag Ende Oktober machte er die lange Fahrt quer durch London nach Hampstead, um mit einem freundlichen Arbeitskollegen Lunch zu essen; und beschloß, als er ein wenig angetrunken auf die Straße kam, ins Heath zu gehen und zu sehen, ob sich etwas ergab. Es war ein leuchtend blauer Tag, und obwohl die warmen Sonnenstrahlen schon aus den Straßen wichen, war es noch immer blendend hell, als er zu den westlichen Hängen des Hügels gelangte. Er wußte nicht so recht, wohin er gehen sollte, doch dann sah er einen sympathisch aussehenden Mann mit kurzen grauen Haaren und einem dunkleren Ziegenbart, der zielstrebig vor ihm auf einen Weg einbog, und dem folgte er gelassenen Schritts, aber mit dem beflügelten Gefühl, daß etwas Wichtiges nun seinen Lauf nehmen durfte. Lebhaft blickte er um sich. Die Kastanien waren schon kahl, doch die Eichen prangten noch in Gold und einem welken Grün, und eine halb entblößte Pappel stand in dem reflektierenden Teich ihres eigenen abgefallenen Laubs. Es war seine Lieblingstageszeit, wenn die sinkende Sonne durch die Bäume brach und jeden Ast entflammte.

Er gelangte hinab in ein schattigeres Waldstück mit ungleichmäßig hohem Unterholz und undeutlichen Wegen, auf denen bei jedem Schritt Bucheckern knackten. In den Büschen lungerten einige Männer herum. Den Mann, dem er gefolgt war, konnte er nicht sehen, dennoch fungierte er weiterhin in Alex' Kopf als Führer, der stumm aufgetaucht und wieder verschwunden war. Jetzt war er auf sich gestellt, und beim Cruisen war er ein hoffnungsloser Fall, selbst hier, wo alles so anspruchslos und anonym wirkte. Er ging weiter, schaute auf die Uhr, überlegte, ob er vielleicht doch lieber nach Hause gehen sollte, und dann war er binnen weniger Sekunden mit einem dunklen, untersetzten Mann in einen großen und noch immer relativ belaubten Busch gestolpert, kniete in dem Sexmüll und dem weichen Lehm, den steif werdenden Schwanz des Fremden im Mund. Der Mann kaute Kaugummi und sah sich um, scheinbar gleichgültig gegenüber der wundervollen Sache, die da für ihn getan wurde. Gleichzeitig sagte er »Ja«, als telephonierte er. Dann zog er rasch die Hüften zurück und stupste Alex eine kleine Ladung über Wange und Nase.

Als Sex war es das wohl Unbefriedigendste, woran Alex sich erinnern konnte; der Mann war kaum sein Typ, und er zeigte ein deutliches Desinteresse, den Gefallen zu erwidern; auch mußte Alex jetzt seine Hose in die Reinigung bringen. Dennoch fand er diese Episode bedeutsam. Mit großen Schritten ging er, unter den beiläufigen Blicken derselben wartenden Männer, zurück durch den Wald und wieder hinab durch die schmalen steilen Straßen zum Bahnhof mit dem faszinierten Gefühl, daß er etwas getan hatte, was seinem Wesen völlig fremd war. Die Straßenlampen begannen in dem seltsam neutralen Licht nach Sonnenuntergang zu glimmen, und die Gesichter der Menschen, an denen er vorbeikam, gewannen etwas Romantisches – warum, vermochte er nicht zu sagen. Nach einigem Nachdenken kam er zu dem Schluß, daß man etwas Wesensfremdes gar nicht tun konnte, und als er durch den Bogen trat und mit dem Lift hinabfuhr, hatte er das Gefühl, gerade eine entlegene Vorstadt seiner selbst besucht zu haben. Während der folgenden Tage erinnerte er sich zuweilen an den Geschmack des Fremden, die Rauheit der Saumnieten und -nähte seiner dicken Jeans, die schwere Atmosphäre der Freizügigkeit im Wald. Im Bett bekam das Ereignis eine Schönheit, die ihm, während es geschah, abgegangen war, und Alex dachte, daß er den Mann eigentlich ganz gern wiedersehen wollte.

Im Dezember begannen die Partys schon am frühen Abend, und oft war er, eilends und vom Alkohol wenig selbstkritisch, gegen neun Uhr schon wieder in die klamme Kälte der Nacht hinausgetreten, bereit für die neuartigen Freuden, die er von Danny gelernt hatte. Er erkannte, daß er angefangen hatte, die Katastrophe mit Danny auf eine diffus private Art auszugleichen. Er hatte wieder Lust auf Drogen, aber keine klare Vorstellung, wie er an sie herankommen sollte. Er wußte, daß es keine gute Idee wäre, seine Sekretärin zu fragen. Er hatte gehört, daß die murmelnden Jungen, an denen vorbei man in die Clubs ging, einem zu gern Paracetamol oder Haushaltsreiniger verkauften, und er wußte auch, daß sie ihn leicht übers Ohr hauen konnten. Mit Dannys Freunden hatte er nicht Kontakt gehalten, aber er hatte noch die Nummer des Jamaikaners Bob, und als er eines Abends nach Hause kam, rief er ihn an.

»…ja, ich weiß, aber das ist sein Problem«, sagte Bob gerade, als er den Hörer abnahm. »Hallo.«

»Oh, ist das Bob?«

»Ja.«

»Hier ist Alex – Alex Nichols.« Er hörte ein Geräusch von mehreren Personen, die etwas erörterten, einen laufenden Fernseher. Alex hörte auch die Anspannung in seiner Stimme, und als er in den Spiegel blickte, sah er seinen kriecherischen, bedürftigen Gesichtsausdruck.

»Du mußt mir schon ein bißchen helfen«, sagte Bob.

»Dannys Freund…?« Und das waren doch recht harte Worte.

»Ja, genau. Ich erinnere mich. Du bist der, der sich verliebt.«

»Genau.« Alex kicherte gefällig. Er hatte das dumpfe Gefühl, daß man Drogen nicht beim Namen nennen durfte. »Bob, weißt du, deine Tante …?«

»Tut mir leid, mein Freund, ich kann nichts für dich tun«, sagte Bob. »Schlechtes Timing, ja?«

»Ach …« Alex wußte nicht recht, ob das bedeutete, daß er später noch einmal anrufen sollte, oder ob es der Kode für einen größeren Zusammenbruch des internationalen Verkehrs war.

»Übrigens hab ich eine Karte von Danny gekriegt. Haste in letzter Zeit von ihm gehört?«

»Keinen Ton«, sagte Alex.

Am nächsten Tag überlegte er nach der Arbeit, daß er es noch einmal bei Dave vom Pornoladen versuchen könnte; immer wieder durchlebte er die überwältigende Stunde oder halbe Stunde, die er in hemdloser Umarmung mit ihm und Lars verbracht hatte, damals im Juni, und mochte nicht glauben, daß dies nicht auch Dave in ganz besonderer Erinnerung geblieben war. Als er dort ankam, studierte er kurz die Speisekarte des chinesischen Restaurants nebenan und flitzte dann durch den scheußlichen Perlenvorhang hinein. Es war ihm nie in den Sinn gekommen, daß die Beschäftigungsschemata bei Pornohändlern etwas erratisch sein konnten und daß Dave nicht da sein konnte. Doch genau das war der Fall. Ein fröhlicher Ire nicht mehr ganz mittleren Alters wärmte sich an einem rauchenden Calorgas-Öfchen neben dem Ladentisch. »Ja, mein Freund«, sagte er.

»Ach … äh …« Alex wandte sich ab und betrachtete rasch ein paar in Zellophan gehüllte Zeitschriftencover wie jemand mit Bifokalbrille in einer Kunstgalerie. Drei Männer in Ledergeschirr und Frisuren von circa 1970 standen um den festgebundenen Körper eines vierten herum. Ein strahlend Blonder lächelte, über den Rand eines Swimmingpools gebeugt, die Hinterbacken gespreizt, zurück – er war ein bißchen wie Justin, nur daß Justin natürlich nicht schwimmen konnte. Alex wurde klar, daß er unmöglich nach Dave fragen konnte, er fühlte sich ohnehin schon reichlich kompromittiert dadurch, daß er überhaupt hier war, inmitten dieser fremdartigen Pornos. Bestimmt lag es sträflich klar auf der Hand, was er von Dave wollte. Er kaufte eine optimistische Packung Präser und eilte hinaus.

Er war gerade in die Old Compton Street eingebogen, als er seinen Namen gebrüllt hörte. Das geschah sonst nur, wenn zufällig ein beliebter Mensch namens Alex ein paar Meter neben ihm war, doch er blickte über den langsam fließenden Verkehr, und da, die Hand erhoben wie ein Schiedsrichter, den rechten Augenblick abwartend, um zwischen den Taxis hindurchzuwitschen, stand tatsächlich Lars. Er gab Alex einen Kuß und fragte ihn, was er so treibe. Alex sagte mit einer Art lächelnder Passivität: »Nichts« – es war ein ausgesprochenes Wunder, daß Lars in diesem Moment erschienen war mit seinen blitzenden Augen und der fahlen Wolke, die er in die Nacht atmete. Seine blaue Steppjacke zeigte norwegischen Respekt vor dem Winter, doch sie stand offen, um seine muskulöse Brust- und Bauchpartie in einem engen weißen T-Shirt vorzuführen. Alex fand es großartig, daß Lars ihn auf der belebten Straße entdeckt und ihm hinterhergerufen hatte.

Sie gingen in eine Bar, in der Justin und er zu Anfang ihrer Liebschaft oft gewesen waren, die aber seither radikal zu einem High-Tech-Aufreißschuppen umgebaut worden war. Es lief schnelle Dance-Musik, was einer Unterhaltung nicht eben zuträglich war, doch Alex spürte wieder das Kribbeln des Neuanfangs. Er grinste Lars an und überlegte schon, ob etwas dagegen spreche, daß sie ins Bett gingen; sah dann aber, daß er sich selber einen Schritt voraus war. Wenn er guter Laune war, was in den letzten Wochen ein-, zweimal der Fall gewesen war, hatte es jedesmal etwas Manisches und Fixiertes gehabt.

»Na«, sagte Lars und klackte seine Bierflasche gegen die von Alex, »schön, dich zu sehen.«

»Dich auch.«

»Viel los gewesen?«

Alex blinzelte. Es war eine allgemeine Formel, die, wie er glaubte, eine kriminelle Bedeutung haben müsse. Es war nie entweder viel los oder wenig. »Ach, na ja«, sagte er. Er wollte nur eines, nämlich Lars klarmachen, daß die vergangenen zwölf

Wochen ein einziger Kummer gewesen waren. Das war seine Geschichte, und er hatte frustrierende Abende mit Leuten erlebt, die das nicht begriffen hatten. Manchmal war es ziemlich kindisch, sich elend zu geben, um Aufmerksamkeit zu erreichen. Er sagte dann zum Beispiel: »Mir geht's ziemlich dreckig«, und die Leute dachten, er habe »Mir geht's wie immer gut« gesagt, oder wenn sie es doch begriffen, fingen sie an, ausführlich über einen kleineren Erfolg zu reden, den sie gehabt hatten.

»Also, ich hab natürlich von dir und Danny gehört«, sagte Lars, nicht schnodderig, aber mit dem Unterton, daß das ja schon lange zurücklag. »Wahrscheinlich ist Danny einfach noch nicht bereit für ein geregeltes Leben. Wenn er das überhaupt je ist.« Das war natürlich die banale offizielle Linie. Alex war ziemlich sicher, daß auch Lars etwas mit Danny gehabt hatte; doch er war noch nicht bereit für diesen nachsichtig-skeptischen Ton. Und wo sie nun darüber redeten, wußte er gar nicht so recht, was er sagen sollte. Lars sagte: »Klar, er will immer Spaß, aber er ist nicht gerade ein Mr. Zuverlässig. Jedenfalls hoffe ich, daß du dir nicht wünschst, du wärst ihm nie begegnet.«

»Wenn ich das nicht wäre, dann säße ich jetzt nicht hier mit dir«, sagte Alex in dem blauen ausgleichenden Licht der Bar.

Lars kam ein amüsanter Gedanke: »Weißt du, ich glaube, das ist die einzige Familie, der ich begegnet bin, wo der Vater noch schärfer ist als der Sohn.«

»Oh...«, sagte Alex. »Ja, ich weiß, das finden einige, ähm...« Es ging manchmal über seinen Verstand, was sie ihm angetan hatten. Erst erledigte ihn der Vater und dann der Sohn. Sie machten Außenstehenden angst, wie die Doones von Exmoor oder so jemand. »Was ist das nur mit denen? Das Wood-field-...« – Alex spitzte den Mund und schüttelte den Kopf.

»Das Woodfield-Nochwas«, sagte Lars.

»Genau.«

»O Mann. Irgendwann erzähl ich dir mal 'ne kleine Geschichte. Aber nicht jetzt.« Und Lars lächelte wie früher Danny immer, wie all die Jungen in der Szene, wenn sie sich mal wieder an eine kleine Nummer aus ihren Akten der sexuellen Anekdoten mit ihren Kreuz- und Querverweisen erinnerten. »Und, bist du viel unterwegs?« fragte er.

»Nein«, sagte Alex; und mit einem ziemlich verschlagenen Pathos: »Ich hatte ja keinen, der mitgeht.«

Lars stieg nicht gleich darauf ein. »Das war doch im Château, oder, wo ich dich und Danny gesehen hab?«

»Na, klar!« sagte Alex. Er dachte, wenn er sich Zeit ließe, könnte Lars vielleicht vorschlagen, wieder da hinzugehen. Eine Woche zuvor war er zufällig einmal daran vorbeigefahren, die Rolläden waren unten gewesen und mit einem Vorhängeschloß verriegelt, das Neonlogo an dem klammen dunklen Spätvormittag grau und unentzifferbar. Es war eine schmale Fassade, wie ein kleines altes Lagerhaus, mit einem Mund und zwei geschwärzten Augen; der Durchschnittspendler hätte nie vermutet, welche Träume sich dahinter entfalteten.

»Also, momentan ist es da nicht so gut.«

»Wie das?«

»Wie du vielleicht weißt, hat es eine Razzia gegeben. Das letzte Mal sind die ganzen Tunten bloß mit einem Bier oder so was rumgestanden. Nicht so toll für Techno.«

»Kann ich mir denken«, sagte Alex, der das Gefühl hatte, persönlich beleidigt worden zu sein; und fuhr dann listig fort: »Aber du kriegst das Zeug sicher auch woanders her.«

Lars blickte sich um und schüttelte dann seine Jacke zurück, um mehr von sich zu zeigen. Vielleicht war es nur Alex' Angewohnheit, jeden, den er attraktiv fand, zu idealisieren, vielleicht war Lars selbst auch nicht gerade Mr. Superzuverlässig, aber für den Augenblick war der Junge genau der richtige. Er sagte: »Klar, wir müssen nicht da hin. Und keine Sorge, Schatz, ich besorg dir alles, was du willst.«

Nick ging zum Auto zurück, um die Flasche zu holen, die er unbedingt hatte mitbringen wollen, während Alex am Tor wartete und durch die vergilbenden Bäume auf das Haus blickte. Jetzt, da sie hier waren, hatte er die Gründe für den Besuch vergessen. Er mochte Robin nicht und wußte, daß er viel Gewese um Nick und Justin machen würde, damit sie am anderen nur das Beste sahen. Es wurmte ihn, daß Justin nach der verheißungsvollen Verdrossenheit vom vergangenen Jahr bei Robin geblieben war. Zu Weihnachten hatten sie eigens gedruckte Karten verschickt, vorn drauf ein Bild des schneebedeckten Hauses, es hatte einen Augenblick gedauert, bis Alex merkte, daß sie jeweils den Namen des anderen geschrieben hatten. Und da war das Haus noch immer, und sie waren drin unter dieser erstickenden Reetglocke. Von oben sah man dünnen Rauch über dem Kamin verwehen und leuchtend rosa Rosen. Alex dachte daran, wie er hier angekommen war und Dannys rosa Trikothemd von einem Liegestuhl hatte hängen sehen wie das Mal einer lässigen Inbesitznahme. Er dachte an Danny in Uniform in der Königlichen Akademie und an Dannys Bericht von seinen Verehrern, wie sie ihm ihre Nummern aufdrängten wie Dollarscheine im G-String eines Strippers. Er dachte an Robin, wie er hereinplatzte, als sie nach dem Vögeln nackt dalagen und dösten, und wie er sagte: »Herrgott, Dan, das ist doch wohl nicht dein Ernst.«

Robin ließ sie jetzt auch ein. Er trug eine kurze Schürze über der Jeans und eine Klappe über dem linken Auge. Alex murmelte Besorgnis wegen der Klappe, wenngleich er sich insgeheim sehr darüber freute und fand, daß sie seinen gesellschaftlichen Nachteil als doppeltes Woodfield-Opfer ausglich. Robin meinte, es sehe schlimmer aus, als es sei, und zog sich zu seinen Vorbereitungen des Lunchs zurück. Justin saß im Wohnzimmer und las Zeitung; als sie hereinkamen, zupfte er sich eine randlose Brille von der Nase. »Ich hab's gesehen«, sagte Alex, umarmte ihn ächzend und grinste über den Schock darüber, wie sehr er ihn liebte.

»Nicht, Schatz, das ist hier wie in der Augenklinik«, sagte Justin. Er sah Nick liebevoll an und sagte: »Hallo, Schatz«, als wären sie alte Freunde, die sich einigten, eine kleine Reiberei zu vergessen. Diesmal sah Alex, daß es überflüssig war, sie einander förmlich vorzustellen. Er trat beiseite in dem Gefühl, ein heikles kleines Ereignis, eines, das neu für ihn war und unerwartet reich, nicht stören zu sollen – die Begegnung zweier seiner Liebhaber mit ihrer raschen Abfolge verborgener Würdigung und Ablehnung.

Das Zimmer war kaum merklich verändert und auch etwas voller. Andere kleine Bilder eines ganz anderen Geschmacks – Regency-Silhouetten und gerahmte Karikaturen – füllten die Lücken zwischen den Familienporträts und Robins gruseligen Aquarellen des Hauses. Etliche hochglanzlackierte Möbelstücke – ein Zeitungsständer, eine Porzellanvitrine, ein Satz Beistelltischchen mit Festonrand – waren in eine unmögliche Ehe mit den angestammten Kunstgegenständen gezwungen worden. Alex wurde klar, daß diese Sachen aus dem Haus von Justins Vater gerettet worden waren. Er schlenderte zu den Regalen, sah etwas anderes und stieß nach einem Augenblick des Überlegens einen Schrei aus. Auf dem niedrigen Fenstersims, seitlich gedreht, um am günstigsten zur Sonne zu stehen, dabei aber in einem vollendeten Schmollen ins Zimmer starren zu können, stand der polierte Bronzekopf des zwölfjährigen Justin, der Alex immer so amüsiert hatte. »Wie ich sehe, hast du den ›Geist der Pubertät‹ geborgen, Schatz«, sagte er.

Justin kam herüber, wobei seine Züge, vielleicht unbewußt, zu einer Erwachsenenversion desselben Ausdrucks geronnen. Alex sah, wie er sich dazu entschloß, den Scherz doch noch zu akzeptieren. »Du meinst den Ganymed von Litton Gambril. Ja, Schatz. Wobei die Versicherung, wie du dir denken kannst, eine schreckliche Belastung ist.« Nick stand hinter ihnen in gelassener Ungewißheit über den Grad an Ironie.

Sie gingen in die Küche, um etwas zu trinken, und Nick fragte Robin – der ständig auf der Suche nach etwas mit dem Kopf herumzuckte – über das Schloß und andere Sehenswürdigkeiten der Gegend aus. Anscheinend hatte Robin inzwischen weitere Wohnungen in dem scheußlichen Haus gebaut, zu dem sie bei Alex' erstem Besuch alle hingezerrt worden waren, doch dann war der nette alte Knabe, dem es gehörte, gestorben, und die Pläne hatten sich in Luft aufgelöst. Robin erzählte von seiner vergeblichen Arbeit, als wäre das die eigentliche Tragödie daran. Justin war von dem Thema sichtlich bis zum Gehtnichtmehr gelangweilt und lotste Alex sachte durch die Hintertür in den Garten.

»Tut mir leid wegen Long John Silver, Schatz«, sagte er, als sie mehr oder weniger außer Hörweite waren.

»Hoffentlich nichts Ernstes«, sagte Alex.

»Nein, ich glaube nicht. Ein Blutgefäß ist geplatzt, und es ist alles ziemlich scheußlich geworden.«

»Heißt das, daß er nicht mehr sehen kann?«

»Ach, das schon«, sagte Justin. »Aber für alle anderen sieht es so gräßlich aus. Ich mußte ihn überreden, es zu bedecken.«

Alex wußte nicht recht, wer dadurch nun geschützt war. »Wie ist es passiert?«

»Im Bett, Schatz. Offenbar wurde es durch Niesen verursacht oder Kotzen oder, ähm… Natürlich wage ich nicht, an Sex zu denken, falls es beim anderen Auge auch noch passiert. Dann müßte er Blindekuh machen!«

Alex nahm einen Schluck von seiner Bloody Mary. Sie standen an der niedrigen Mauer zwischen dem Rasen und dem langen Gras, wo er an jenem Tag im letzten Sommer Justin beim Sonnenbaden angetroffen und auch Danny zum ersten Mal gesehen hatte. Er hatte ein sehr gutes Gefühl bei Nick, wollte aber dennoch Justins Billigung oder wenigstens, daß er sich spürbar eifersüchtig damit zurückhielt. »Schön, wieder hier zu sein«, begann er verbindlich, blickte zum Bach und dem Berghang dahinter und spürte wieder jenes sexuelle Gerangel und sarkastische Gerede, das sich auf so seltsame Weise mit der pastoralen Besinnungslosigkeit dieses Ortes verband.

»Du solltest es mal im Winter sehen«, sagte Justin. »Dann gibt's überall nur diese toten braunen Pflanzen da.«

»Du meinst den Ampfer.«

»Mm.« Justin blickte in sein Glas und schüttelte den lebhaften letzten Zentimeter darin. »Na, diesmal hast du dir ja einen richtigen Mann geholt, Schatz.«

»Ich glaube schon«, sagte Alex, wenngleich Justins implizite Selbstkritik der Sache die Würze nahm.

»Viel hast du ja nicht von ihm erzählt.«

Alex sagte: »Ich hätte das ungehörig gefunden.«

Justin sagte: »Du hast gesagt, du hättest ihn in einem Club kennengelernt.« Sein Ton war argwöhnisch und spitz und verhüllte seinen Neid auf die Welt der Begegnungen nur unvollkommen.

»Ja.«

»Dann gehst du jetzt also einfach in Clubs, wie?«

Alex lächelte; natürlich war es herrlich, mit so etwas aufgezogen zu werden. »Ich bin mit diesem Lars hin, Dannys Freund, du erinnerst dich.«

»O ja. Ich glaube, unser General Dayan ist ziemlich scharf auf ihn.«

»Weil er eine runderneuerte Ausgabe von dir ist, mein Lieber. Gewissermaßen. Er ist das, was du gern wärst, wenn du zwölf Jahre jünger wärst, aus Oslo kämst und in einem Fitneßclub wohntest.«

Justin schien das zufriedenzustellen. »Na, ich bin beeindruckt, daß du ihn wegen einem abserviert hast, der doppelt so alt ist wie er.«

»Nick ist erst einundvierzig«, sagte Alex. Und natürlich war es nicht ganz so gewesen, er war nicht sicher gewesen, ob mit Lars etwas lief, und erst als Lars sagte, wenn Alex nicht Nick anbaggern werde, dann werde *er* das tun, begriff Alex, was alles möglich – oder, wie es ihm durch die empathische Linse der Droge erschien, unausweichlich war. »Er war ungeheuer freundlich«, fuhr Alex fort. »Weißt du, es hätte die Freundlichkeit eines Verrückten oder eines Langweilers sein können, aber tatsächlich ist er nur ein bißchen von beidem.« Er merkte, daß er darauf bedacht war, Justin durch das Rühmen von Nicks wahren Vorzügen nicht zu verletzen.

Justin sagte: »Na, Verrückte bist du ja gewohnt, Schatz. Hast du übrigens von Miss D. gehört?«

»Ich habe eine Karte gekriegt vor ungefähr... neun Monaten. Und du?«

»Er war im Sommer ein paar Tage da, mit einem umwerfenden spanischen Freund. Sie wirkten ganz glücklich«, sagte Justin, der vielleicht weniger auf Alex' Gefühle Rücksicht nahm, wenngleich er den Eindruck vermittelte, lediglich als Beobachter einer Verabredung zum Glücklichsein zu sprechen.

Nach dem Lunch sagte Nick, er wolle gern die Steilküste sehen, und Robin sagte, er wisse, wo man dazu am besten hingehe. Justin weigerte sich, an dem Ausflug teilzunehmen, wenn Robin fuhr, und erzählte Nick mit peinlicher Offenheit, wie sie einmal beinahe alle in den Tod gestürzt worden seien. Alex trank geradezu vorsätzlich, da er ausnahmsweise einmal nicht fahren mußte; man kam daher überein, daß Nick fuhr. Robin setzte sich nach vorn zu ihm, um ihn zu dirigieren.

Als sie in die schmale Straße am Ende des Dorfs einbogen, sagte Nick: »Auf geht's!« und bretterte los, genau wie Robin damals; es war etwas jungenhaft Sinnliches, was Alex nie gehabt hatte. Er lehnte sich zurück und drückte die Taste, um einen Luftschwall hereinzulassen. Die Banketten zu beiden Seiten waren hoch und die Hecken darauf mit den weichen wimmelnden Sternen der Waldreben geschmückt, die schon grau und mottenzerfressen waren. Hin und wieder fiel der braune Fächer eines Kastanienblattes auf die Motorhaube. Wie beim ersten Mal kam ihnen niemand entgegen.

Als sie das Tor erreichten, stieg Robin aus, und Alex dachte, wie angenehm es wäre, ihn da zurückzulassen und zuzusehen, wie er herangerannt kam und dabei so tat, als würde er es als Scherz nehmen. Nick fuhr durch und wartete auf ihn, den Blick im Spiegel, bis er herankam, die Tür öffnete und sagte: »Ich laufe die letzte Meile. Fahr einfach geradeaus auf die Spalte zu.« Und so holperten sie ohne ihn über den steilen Hang, den Unterboden des Wagens entlang zischten die Grasbüschel. Alex blickte zur Seite hinaus und sah, wie das ganze Panorama landeinwärts immer mehr an Kontur gewann, die von den Talsenken aufsteigenden Hanglinien, die mit alten Reifen beschwerten Silagewälle, kleine erlenbestandene Felder, es ging bergan, vorbei an geschützten Höfen unter schrägen Wäldchen und niedrigen kahlen Weiden und weiter den offenen Hügelspitzen entgegen, den Gratwegen und langen Kammhöhen.

Sie gelangten in die breite Senke zwischen den beiden wogenden Kliffkappen, und Justin sagte: »Das reicht jetzt aber, Schatz, vielen Dank.« Nick hielt an, und sie stiegen aus und gingen die letzten hundert Meter zu Fuß. Die Luft wurde zunehmend frischer, und obwohl das lange Gras dünner und schmuddelig wurde, zauste der Wind es und brachte es, indem er es niederdrückte, zum Glänzen.

Justin blieb in einem weisen Abstand von der bröckeligen Kante stehen, während Nick und Alex, die romantischerweise weitergegangen waren, mit dem humorig guten Gewissen des erfolgreichen Paars zurückkamen und ihn in einer etwas ungeschickten Umarmung festhielten, wobei Justin die Tasche von Alex' Jeansjacke ergriff. Dann war durch das Toben des Winds und über dem fernen Krachen der Wellen Robins Keuchen zu vernehmen. Er schloß zu ihnen auf, lief, die Hände auf den Hüften, umher, um wieder zu Atem zu kommen, beschloß dann, sich dazuzustellen, und legte Nick schließlich ebenfalls den Arm auf die Schulter. Eine Weile betrachteten sie die tintigen Zonen des Meeresgrundes, über den die kleinen Wolkenschatten hinwegsegelten; dann, als die Sonne sich nach Westen neigte, wurde die Wasserfläche rasch grau, und sie sahen die geringelten Silberbahnen der Strömungen darauf.